KB181293

1930년대 '조선적 이미지즘'의 시대

정지용과 김기림의 경우

현대문학
연구총서

43

1930년대
'조선적 이미지즘'의 시대

정지용과 김기림의 경우

나 민 애

The period of 'Joseon style Imagism', in 1930's
— *Focusing on Jeong Jiyong and Kim Gilim*

푸른사상
PRUNSASANG

이 도서의 국립중앙도서관 출판예정도서목록(CIP)은 서지정보유통지원시스템 홈페이지(http://seoji.nl.go.kr)º
국가자료공동목록시스템(http://www.nl.go.kr/kolisnet)에서 이용하실 수 있습니다.(CIP제어번호: CIP201601253

하늘에 뜬 모든 별이 반짝거리지만 그중에도 유난히 밝은 것들이 있다. 별처럼 많은 시인 중에서도 유독 눈에 들어오는 이름들이 있다. 이를테면 소월은 가장 애틋하고, 백석은 가장 그리운 시인이다. 독특하기로는 이상을 뺄 수 없고, 단단한 면에서는 육사가 빠질 수 없다. 그렇게 시인들에게는 각자의 몫이 있다. 이 책에서 정지용과 김기림을 선택한 것은 오로지 그 몫 때문이었다. 정지용은 가장 고마운 시인이었고 김기림은 가장 궁금한 시인이었다.

연구자의 입장에서 시인과 시는 질문이 되어 다가온다. 왜 고마운 것이며 왜 궁금한 것일까. 문학사에 이 두 사람이 몫이 있다는 말은, 이두 사람이 각각 제 나름의 문학으로 하여금 어떤 강을 건너게 했다는 말과도 같다. 그 강을 건넜기에 우리의 문학은 여정을 계속해 오늘에 이를 수 있었다. 그러니 정지용이 건넜던 강, 김기림이 건넜던 다리가 고맙지 않을 리 없다.

두 사람의 실체에 좀 더 가까이 갈 필요가 있었다. 이 책은 그 실체에 대해 나름 몰두한 결과물이다. 결론적으로 말하자면 정지용 자신이 하나의 강이 되는 방식으로, 또한 김기림 자신이 하나의 다리가 되는 방식으로 말미암아 그들은 1930년대를 훌륭하게 건너왔다. 지금만큼 빠르게 변하긴 했을까마는, 1930년대 조선 사회는 격변기에 놓여 있었다. 그 변화의 속도를 상대적으로 셈할 수 있다면 아마도 우리가 지금 느끼는 우리 사회의 변화 속도보다 더 빠른 속도로 당대인들을 덮쳤을 것이라 짐작된다. 날마다 새로운 것이 생겨나고, 새로운 것이 들리던 시기였다. 새로운 풍물과 광경과 지식과 방식이 몸과 마음, 머리와 상상의 영역까지 들어와서, '생각하던 방식' 그 자체를 바꾸어놓던 시기이기도 했다. 현실이 상상을 변화시키고, 상상이 다시 현실을 변화시키는 뫼비우스의 띠는 시인들의 인식론과 상상의 장에도 큰 영향을 미쳤다. 당시의 시인들은 이러한 변화를 딛고 또 다른 세계로 나아가고자 했다.

이 책은 박사학위 논문을 바탕으로 한 것인데, 논문을 쓰는 내내 머리를 떠나지 않았던 상징적인 상상은 시인이 어디론가 떠나는 장면이었다. 정지용은 예의 그 점잖은 도포를 입고 계속해서 길을 걸어갔다. 김기림은 더할 나위 없이 깔끔한 안경과 양복을 갖추고 길을 걸어갔다. 시인의 주변에서는 도시가, 이론이, 소문이, 지식이, 신문이, 사건과 사람들이 휙휙 지나가고 있었다. 뿐만 아니라 그것들은 시인의 도포 자락과 양복을 물들였다. 그럼에도 불구하고 그들은 정지용이었고, 김기림이었으며, 시인이었다. 그들은 각자 맡은 바 소임으로서 아주 먼 곳으로의 행보를 지속하였다. 그 행보 끝의 최종 종착지는 아니더라도 그들이 향했던 어떤 지점이 '조선적 이미지즘'이라고 본 것이 이 논문의 논지이다. 조선적 이미지즘은 애초 만석꾼 부자로 출발하지 못했던 우리 시단을 밝고 아름답게 밝혀주는 등불과도 같다.

'조선적 이미지즘'은 가시적인 스펙터클에 매혹된 시인의 모습을 반영할 뿐만 아니라 근대 현실에 대한 반작용으로서 상상의 세계를 드러내고 있다. 조선 문단에서 이미지즘의 특수성을 밝히는 연구는, 비단 근대적 문명에 대한 수용(受容)과 반사(反射)의 작업을 넘어 새로운 판(板)을 꿈꾸고 상상 세계를 지향하면서 시적 세계를 구축하는 일이 1930년대 근대문학의 가치관이었음을 논증하는 의미가 있다.

이 책의 제2장은 서구 이미지즘 이론에 대한 고찰, 조선 문단으로의 이입 상황 검토, 정지용과 김기림의 은유론 및 이미지관을 서술하고 있다. 이어 문단 상황 및 논쟁 등을 통해, 1930년대 정지용과 김기림이 이미지즘에 주목한 이유가 당대 문단 내 '조선시'의 요청과 연결되어 있음을 논구한다. 그리고 '조선시'의 지향이 은유를 선택하는 필연적 이유로서, 당대 일제 식민지학(植民地學)의 심상지리로 보급되던 '조선에 대한 은유'에 주목한다. 일제 식민지학에서 조선 반도의 심상지리 및 민족에 대한 지배 욕망을 은유를 통해 유포시키는 상황에 대응하여 조선적 이미지즘은 주체적이고 문학적인 은유로 새로운 탈출구를 모색하였다.

제3장에서는 정지용의 경우를 구체적으로 고찰한다. 그의 작품에는 다양한 감각의 문제 사이에서 지속적인 '혼(魂)'의 문제가 탐색됨을 확인할 수 있다. 지용의 초기 시편에서는 '개인의 혼'이 감각적 세계 내에서 어떻게 위치하는가를 모색했고, 후기 시편에서는 '공동체의 혼'이 심상지리 내에서 어떻게 발견될 수 있는가를 탐색했다. 이 혼의 문제가 개인의 것에서 전체의 것으로 점차 확장되는 과정이 정지용의 초기 시에서 후기 시로의 변모를 담당하고 있다. 정지용에게 있어 민족 공동체의 영혼이 자라날 수 있는 상상 공간의 확보가 이미지즘의 도달 지점이었다.

제4장 역시 김기림의 은유 지향적 공간성에 주목한다. 정지용이 현실 공간에 상상 공간을 은유하는 인식론을 보여준 데 반해, 김기림은 현실 공간을 역전적으로 활용하여 전복적인 은유의 방식을 드러낸 바 있다. 신문, 지도, 박람회, 근대 사진, 조감도 등 현실의 수평적 판이 그의 인식의 기초를 차지한다면, 김기림의 시 창작은 이 수평적 판을 뒤집으면서 시작된다. 이것이 김기림 문학 세계의 수평적인 좌표에 해당한다면 이 좌표를 입체적으로 만드는 수직적인 좌표 역시 확인된다. 김기림은 이미지를 통해 근대적 인식의 하나인 조감도적 인식을 전복하는 수직적 상상력, 즉 천상적 상상력과 지하층의 상상력을 개발했다. 이미지를 통한 시적 인식의 수평적 전개와 수직적 전개는 김기림 문학의 전체 구조를 형성하고 있다. 현실 공간에 대한 전복적 공간은 근대 문학인의 내면에 게릴라적 도피처를 마련했다는 의미를 지니고 있다. 앞서 정지용의 경우처럼 문학적 상상 공간의 구성 요소가 김기림 작품의 제반 이미지들이고 이 이미지들에 의미를 부여하는 역할은 은유가 맡고 있다.

'조선시'의 명제에 기여한 조선적 이미지즘의 주체적인 발전 양상은 현실의 변화와 시학적 필요성을 기반으로 하고 있다. 정지용과 김기림에게서 확인한 주체적이며 문학적인 심상 공간의 확보는 이미지즘의 조선적인 특질을 드러낸다. 공동체의 정신적 숨터를 확보하고 형성하는 지향성이 조선적 이미지즘의 역할임을 확인하는 일은 조선 근대문학의 내적인 모색을 지지하는 일과 맥락을 같이한다.

왜 하필 이미지즘을 문제 삼느냐고 묻는다면 우리의 이미지즘은 찾아야 할 권리를 충분히 누리지 못했기 때문이라고 대답할 수 있다. '조선적 문학'의 꿈은 이미지즘을 통해 한 뼘 더 자랄 수 있었다. 사실 이미지즘을 얼마나 구현해냈느냐의 문제보다 이미지즘을 통해 우리에게 어떤 다리가 만들어졌는가, 어떤 뿌리가 내려졌는가가 중요하다.

우리 문학을 공부하면서 힘들 때마다 시인과 문학이 지닌 자긍심에 대해서 생각했다. 그 중의 하나가 외국 문학의 영향을 받았다 하더라도 우리는 그림자가 아니라는 생각이다. 조선의 근대문학은 유입된 근대문학의 에피고넨에서 끝난 것이 아니라 이 땅의 몫으로서 자기만의 뿌리와 줄기를 형성하고 있었다. 이 자생적 힘에 대한 신뢰를 저버린다면 지금 생산되고 있는 후예로서의 문학들도 상당 부분 지반을 잃을 수밖에 없다.

공부머리가 좋지 못해 늘 자책하는 마음으로 살았다. 아둔한 제자를 거두어주신 오세영 선생님, 권영민 선생님, 신범순 선생님, 김유중 선생님께 감사드린다. 힘들 때 도닥여주신 양승국 선생님, 문혜원 선생님, 남기혁 선생님, 곽명숙 선생님께, 여러 선배님들께 감사의 마음을 전하고 싶다. 이럴 때가 아니고서는 쑥스러워 말씀을 올릴 수 없다. 멀리 고향에는 늘 실망만 안겨드리는 자식이 세상에서 가장 똑똑하다고 믿고 계시는 부모님이 계시다. 그분들이 더 연로하시기 전에 책을 드릴 수 있어 다행이다. 이 말을 사랑한다는 말로 들어주신다면 더 다행이겠다.

2016년 여름
나민애

차례

1930년대 '조선적 이미지즘'의 시대

이미지즘의 복권 가능성과 방향

이미지즘의 복권 가능성과 방향

1. 논의의 배경과 목표

이 책은 정지용과 김기림을 통해 1930년대 '조선적 이미지즘'의 형성과 의미를 밝히는 것을 목적으로 삼는다. 특히 이 책에서는 '이미지즘의 복권' 문제에 주목하고 있다. 이에 대한 정당한 이해가 한국 근대문학 및 모더니즘 문학의 제자리 찾기와 연결되어 있기 때문이다. 즉, 이 책은 이미지즘에 대한 새로운 조명을 통해 근대 문인이 접한 새로운 감각이 이미지라는 감각의 총체를 거쳐 작품 전체의 구성 원리와 지향성으로 구현되는 과정과 의미를 규명하고 있다.

2000년대 이후의 모더니즘 문학 논의는 '감각론'을 중심으로 진전을 이루어왔다. 구체적으로, 감각론의 연구 성과들은 근대적 예술가의 내면이 '무엇을 수용했다'를 넘어서, '어떻게 감각했다'를 밝혀내는 데 일조한 바 있다. 이에 이 책은 '감각의 방식'에 대한 후속 연구는, 감각의 표상(表象)이자 결과물인 이미지 자체의 속성을 포괄하되, 그것이 지닌 '구성 원리'와 '지향성'까지를 고찰하는 방식으로 나아가야 한다고 본다. 이미지를 단지 시각적인 표상으로 인식하는 한에서는 예술가의 내적인 상상과 지향성의 구도를 파악하기 어렵다.

그래서 이 책은 이미지즘에 대한 기존의 이해 방식, 특히 '회화성' 위주의 작품 분석을 지양한다. 대신 이미지에 대한 소재적 이해를 극복하기 위해서는 명시된, 즉 '보이는 것'과 '보는 것'을 넘어서 인식론적이고 상상적인 이미지의 의미와 원리를 중시해야 한다고 본다. 이런 문제의식을 바탕으로 이 책은 1930년대 조선의 이미지즘에 대한 적극적인 의미 부여를 시도한다. 이미지즘의 현상이 아닌 원인에 주목할 때 근대문학의 이미지가 '어디서 와서 무엇으로 나타났는가'의 문제를 넘어, '왜/어떻게 작동했는가'를 파악할 수 있을 것이라 기대하기 때문이다. 그 파악을 위해서 대표적 이미지즘 시인들을 고찰하면서 1930년대 소위 '감각파' 문학의 문학사적 의미와 독창적 성격을 드러내고자 했다.

문학사에서 1930년대의 이미지즘은 매우 중요한 지점으로 인식되어 왔다.[1] 그러나 사적(史的) 주목에도 불구하고, 이미지즘의 가치는 상당히 간과되어온 경향이 있다. 이를테면, 이미지즘이라는 용어를 사용하

---

1   문학사적인 입장에서 1930년대 이미지즘을 언급한 대표적인 논문 및 저서는 다음과 같다. 백철, 『신문학사조사』, 민중서관, 1950 ; 김윤식, 『한국현대시론비판』, 일조각, 1975 ; 김용직, 「30년대 한국 모더니즘시의 전개」, 『전형기의 한국문예비평』, 열화당, 1979 ; 문덕수, 『한국 모더니즘시 연구』, 시문학사, 1981 ; 박철희, 『한국시사연구』, 일조각, 1982 ; 김용직, 『한국현대시사』 1, 한국문연, 1996.

는 맥락은 '회화적(繪畵的) 심상'이 우세한 작품을 지칭하는 수준을 넘어서지 못하고 있다. 이미지즘이란 말로 그린 그림일 뿐이라는 인식 때문에, '회화적'일 뿐인 이미지즘에 대한 부정적인 평가가 적지 않다. 부정적인 평가들은 이미지즘의 작품이 가시성이나 표면적인 감각에 주목한 결과 '사상의 부재'를 극복하지 못했다는[2] 점에 초점을 맞추고 있다.

이처럼 이미지즘에 대한 기존의 인식이 '시각적 인상을 집중, 강화하는 시'[3]의 차원에 집중되어 있다는 사실은 이미지즘에 대한 활발한 연구를 저해하는 요인으로 작용해왔다. 국내의 영미 문학 연구에서는 이미지즘 연구가 이미 상당한 편이고,[4] 국문학계에서도 영미 이미지즘 및

---

2 김우창은 기법적인 면으로 인해 정지용이 내면세계를 갖지 못하고 감각적인 면에 기울어져 있다는 비난을 받았다고 평가했으며(김우창, 『궁핍한 시대의 시인』, 민음사, 1977, 94쪽) 문덕수는 "이미지스트는 이러한 전통의식이 없다"(문덕수, 위의 책, 시문학사, 1981, 50쪽), 권정우는 "이미지즘 계열의 시가 지니는 치명적인 한계는 사상의 부재"(권정우, 『정지용의 『정지용 시집』을 읽는다』, 열림원, 2003, 11쪽)라고 평가했다.

3 예를 들어 조영복의 "익히 알려진 것처럼 정지용 시는 단순히 '시각적 인상을 집중, 강화하는 이미지즘 시'의 차원이나 촉각 등의 특정한 감각의 편향성을 모색한 것에 머무르지 않는다"는 언급은 이미지스트 시인에 대한 평가가 시각적 감각을 다룬다는 의미로 단순화되어왔음을 드러내고 있다(조영복, 「1930년대 문학의 테크널러지 매체의 수용과 매체 혼종」, 『어문연구』 37권 2호, 한국어문연구회, 2009, 258쪽).

4 김재근, 『이미지즘 연구』, 민음사, 1973 ; 박재열, 「이미지즘」, 『영어영문논총』 2집, 경북대학교 영어영문학 연구회, 1982 ; 박영순, 「Ezra Pound의 이미지즘 시학 연구」, 『인문사회과학연구』 10집, 공주대학교 인문사회과학연구소, 1995 ; 이철, 「에즈라 파운드의 이미지즘 연구」, 『영어영문학』 14집, 한국강원영어영문학회, 1995 ; 김영민, 『에즈라 파운드』, 건국대학교 출판부, 1998 ; 현영민, 「에즈라 파운드의 이미지스트 시학」, 『현대영어영문학』 47집 1호, 한국현대영어영문학회, 2003.

에즈라 파운드 수용 양상은 1970년대부터 연구된 바 있다.[5] 그럼에도 불구하고 한국 현대시의 이미지즘과 그 의미 자체에 대한 고찰은 그다지 활성화되지 않았다.[6]

여기서 한 가지 염두에 둘 점은 '이미지즘'이라는 용어 자체의 의미이다. 이미지즘이라는 용어는 1900년대 초반 서구 이미지즘 운동에서 왔기 때문에 한국문학사에서 이 용어를 사용할 때에는 영미 이미지즘 운동의 성격이나 정의를 고려하지 않을 수 없다.[7] 특히 1930년대 조선 시단의 이미지즘을 이해하기 위해서는 영미 이미지즘을 정확하게 파악할 필요가 있다. 물론 용어 자체가 서구에서 왔다고 해서 1930년대 조선의 문인들에 의해 창작된 일련의 작품군을 서구 이미지즘이라는 개념의 틀 안에 국한시킬 필요는 없다. 서구 이미지즘에서 말하는 '이미지'라든지 '메타포' 등의 개념이 정지용·김기림 등의 이미지 및 '메타포우어'와 정확히 일치할 수도 없고, 일치해야 하는 것도 아니다. 이 책에서는 수용

5　김종길, 「한국 현대시에 끼친 T. S. 엘리어트의 영향」, 『진실과 언어』, 일지사, 1974 ; 정효구, 「정지용 시의 이미지즘과 그 한계」, 김용직 편, 『모더니즘 연구』, 자유세계, 1993 ; 백운복, 「1930년대 한국 이미지즘과 주지적 문학론 연구」, 『인문과학연구』 4집, 서원대학교 인문과학연구소, 1995 ; 이미순, 『김기림의 시론과 수사학』, 푸른사상사, 2007 ; 김유중, 『한국 모더니즘과 그 주변』, 푸른사상사, 2006 ; 홍은택, 「영미 이미지즘 이론의 한국적 수용 양상」, 『국제어문』 27집, 국제어문학회, 2003.

6　한국 현대문학 연구에 있어서 이미지즘에 관한 연구가 활발하게 이루어지지 않고 있는 데 반해 조영복은 "1930년대 정지용 등의 이미지즘 시와 영미 이미지즘 간의 관계, 김기림과 에즈라 파운드와의 관련성 등에 대한 새로운 논의가 필요하다고 판단된다"고 지적하고 있어 주목된다(조영복, 앞의 글, 245쪽).

7　이 용어가 발생하게 된, 운동으로서의 이미지즘과 사조의 특징에 대해서는 이 책의 제2장 1절에서 상술하기로 한다.

사 연구를 바탕으로 조선의 시인들이 외래의 사조를 주체적으로 굴절하고 이해한 결과물에 주목하고자 한다. 따라서 앞으로의 논의는 서구 이미지즘에 대한 정밀한 이해를 바탕으로 하되, '서구적인 이미지즘'과 '조선적인 이미지즘'의 변별점과 차별성을 파악하는 방향으로 진행될 것이다. 조선 문학만의 변별점을 파악하는 일은 조선 근대문학의 정체성을 드러내고 모더니즘 문학의 주체적인 성격을 확인하는 작업으로 이어질 수 있다. 이와 같은 입장에서 1930년대 조선의 이미지즘이 지닌 특수하고 주체적인 성격을 고찰 대상으로 삼을 때, 다음 두 가지 전제 사항이 필요하다.

첫째는 '이미지즘'이라는 사조 및 그것과 연관된 '주지주의', '모더니즘' 사조에 대한 명확한 의미 규정 및 관계 설정이다. 통상적으로 한국 현대시사에서 1930년대는 카프 계열의 프로문학이 쇠퇴하고 근대적 감각의 모더니즘이 대두된 시기로 파악된다. 이때 모더니즘이라는 용어는 논자와 견해에 따라서 다소 상의하게 해석되고 있다. 관점에 따라 모더니즘은 이미지즘, 주지주의, 아방가르드, 다다이즘, 초현실주의 등의 제반 사조들과 포함 관계로 이해되기도 하고, 때로는 명확하게 구별되는 용어로 사용되기도 하고, 혹은 혼용되어 이해되기도 한다. 이를테면, 백철은 모더니즘과 이미지즘을 동일시하는 입장이다. 백철에게 있어 모더니즘 개념은 이미지즘과 동의어이고, 대신 주지주의는 모더니즘과 구분된다.[8] 한편 조연현의 경우에는 모더니즘과 주지주의를 같은

---

8   백철, 앞의 책, 304~311쪽.

개념으로 보는 입장이다.[9] 김윤식은 백철과 같이 "협의의 모더니즘이란 …(중략)… 구체적으로 그것은 1920년대부터 영시에서 등장한 이미지즘과 그것에 유사한 정신 및 기법이라 볼 수 있다"[10]라는 언급을 통해 협의의 모더니즘과 이미지즘을 동일시한다. 이러한 논자들이 모더니즘과 이미지즘을 동일하게, 또는 모더니즘과 주지주의를 동일하게 파악한 경우라면, 다음 세대의 연구자들에게서 모더니즘 개념은 이미지즘과 주지주의 양자를 포함하는 개념으로 확장되는 경향을 보인다. 대표적으로 김용직은 1930년대 한국 모더니즘을 전기 모더니즘인 이미지즘과 후기 모더니즘인 주지주의 계열의 작품으로 구분하였으며,[11] 오세영은 모더니즘을 주지주의와 이미지즘의 양 계열로 나누어 파악한 바 있다.[12] 물론 다른 의견들 역시 여전히 제기되고 있다. 박철희[13]는 모더니즘과 이미지즘을 등식으로 처리하여 정지용, 김기림, 김광균, 신석

9   조연현,『한국현대문학사』, 성문각, 1969, 501쪽.
10   김윤식,「모더니즘시 운동양상」,『한국현대시론비판』, 일조각, 1975, 241쪽.
11   김용직,「30년대 한국 모더니즘시의 전개」,『전형기의 한국문예비평』, 열화당, 1979, 108쪽.
12   이와 같은 견해는 오세영,『문학과 그 이해』(국학자료원, 2003, 23쪽)와「모더니즘, 포스트모더니즘, 아방가르드」,『한국 근대문학론과 근대시』(민음사, 1996) 참조. 참고로 오세영이 모더니즘을 영미 계열 이미지즘과 대륙 계열의 주지주의로 구분한다면 최승호는 이러한 오세영의 견해를 따르면서도 대륙 계열에 아방가르드를 위치시키는 입장이다. 최승호는 "현재까지 '모더니즘'이란 용어 아래 영미 이미지즘 계열과 대륙 아방가르드 계열을 혼동해서 쓰고 있다 보니 개념상 혼란이 나타나곤 했다. …(중략)… 이제부터는 영미 이미지즘 계열과 대륙 아방가르드 계열을 확실히 구분할 필요가 있다"(최승호,「정지용 자연시의 은유적 상상력」, 김신정 편,『정지용의 문학 세계연구』, 깊은샘, 2001, 64쪽)고 본다.
13   박철희, 앞의 책, 206~207쪽.

정, 장서언, 장만영 등을 이미지즘 곧 모더니즘으로 보는 반면, 문덕수는 이미지즘, 주지주의에 초현실주의까지 합하여 모더니즘이라고 이해하고 있다.[14] 이와 같이 모더니즘과 이미지즘 등의 사조적 개념의 문제는 현재 하나의 의견으로 확정되지 않았다. 그렇지만 대다수 논의의 공통된 견해는 모더니즘이라는 사조 안에 이미지즘이 포함되어 있다고 요약할 수 있다. 필자 역시 이미지즘을 모더니즘의 한 계열로 보는 논의, 그중에서도 오세영의 구분 및 개념[15]을 따라 이미지즘과 모더니즘의 관계를 파악하기로 한다. 이 개념을 따른다면 이미지즘에 대한 새로운 논의는 결과적으로 모더니즘 연구를 진전시키는 일환이 될 수 있을 것이다.

전제 사항의 둘째는 1930년대 한국 이미지즘에 속하는 시인의 범주화이다. 제2장 1절에서 상술되겠지만, 문예사조상의 서구 이미지즘은 1909년, 또는 1912년부터 1917년까지 일단의 영미 시인들이 일으켰던

---

14 문덕수, 앞의 책, 12쪽.

15 "김기림에게 모더니즘이란 특별히 어떤 공통된 경향의 문예사조를 가리키는 것이 아니라 단순히 현대라는 시기에 등장한 제 문학 운동을 포괄적으로 지칭하는 용어가 아닌가 생각된다. 즉, '현대에 유행하는 모든 문예 경향'이라는 뜻이다. 따라서 김기림을 제외하고 최재서, 백철 등의 견해로 보자면 그것은 이 용어가 만들어진 영미의 모더니즘, 즉 이미지즘과 주지주의를 뜻하는 것임을 알겠다. 이는 이 시대를 대표하는 위의 비평가들이 모두 일본의 대학에서 당시 영문학을 전공했다는 사실로도 미루어 짐작할 수 있는 일이다. 원래 영미 논자들에게서 모더니즘이란 유럽 아방가르드를 제외한 이미지즘이나 주지주의를 지칭하는 것이었기 때문이다."(오세영, 앞의 글, 『한국 근대문학론과 근대시』, 민음사, 1996, 424쪽).

시운동을 지칭한다.[16] 이 운동은 낭만주의의 막연한 정신 편향과 센티멘털리즘에 대한 반작용으로 시발되었으며, 사물에 대한 추상적 표현에서 벗어나 구체적이고 직접적인 표현을 중시했다고 알려져 있다. 이러한 서구 이미지즘이 조선 문단에 영향을 미치기 시작한 것은 1910년대 후반부터이다. 서구 이미지즘은 1919년경부터 조선 문단에 이입되기 시작했으며 이에 해당되는 작품 활동은 1930년대 가장 활발했던 것으로 알려져 있다.[17]

당대 평론으로서 김기림의 언급에 주목하면, 조선 시단에서의 이미지즘이란 정지용, 신석정, 김광균, 장만영, 박재륜, 조영출[18] 등의 시인들

16 서구 이미지즘의 시기에 대한 입장으로는 1909~1917년의 운동, 또는 1912~1917년의 운동이라는 두 견해가 있다. 전자를 강조하는 입장은 1909년은 흄을 중심으로 조직된 시인클럽의 초창기 활동을 중시하는 경우이고, 후자를 강조하는 입장은 에즈라 파운드의 역할을 더 중시하는 경우이다. 두 입장 모두 집단적 이미지즘 운동이, 1917년에 간행한 네 번째 사화집인 『이미지스트 시인선집』으로써 일단 끝나게 된다고 본다. 개인적인 활동은 그 뒤에도 계속되어 1930년에는 이미지스트 사화집이 또 한 번 간행된 바 있지만 이것을 본격적인 운동으로 보지는 않는다. 전자의 입장에 대한 상세한 파악은 김재근, 앞의 책(민음사, 1973), 후자의 입장에 대해서는 Stanley K. Coffman, *Imagism : a chapter for the history of modern poetry*(Norman : Univ. of Oklahoma Press, 1951)에서 볼 수 있다.

17 홍은택, 앞의 글, 152~167쪽.

18 김기림은 정지용을 이미지즘 시인으로 규정한 바 있으면서 또한 그를 주지주의 시인이라거나 모더니즘 시인이라고 규정하기도 한다. 나아가 조영출에 대해서도 주지주의 시인이라고 평가한 바 있다. "그(김기림-인용자)는 1933년 시단을 회고하면서 정지용, 조영출 등의 작품에서 주지적 정신이 발견된다고 지적하며 "이 주지적 정신이라고 하는 것은 한 시대가 또는 사물이 혼돈·무질서의 사태에 있을 때에 그것을 비판하고 정리하기 위하여 요구되는 정신이다'라고 쓰고 있다."(서준섭, 「한국문학에서의 모더니즘」, 김윤식·정호웅 편, 『한국문학의 리

에 의해 주도되었던 일단의 경향을 의미한다.[19] 1930년대 당대에서부터 이미지즘은 '조소성', '이미지', '회화성'이라는 특징으로 이해되어왔다. 그리고 이 당시에 이미지즘 시인으로 규정된 시인들은 이후 지금까지도 이미지즘의 대표적인 시인들로 인정받고 있다. 위에 언급된 시인들 외에도 후대 연구자들에 의해 김기림 자신, 20여 편의 시를 남긴 장서언, 1939년에 등단한 박남수 등 역시 이미지즘에 포함되어 이해되고 있다.[20]

앞서 언급했듯이 기존에 이미지즘 시인을 하나의 사조로 묶어왔던 공통 특질, 즉 이미지스트 시인이냐 아니냐를 가르는 판별 기준은 선명한 시각적 이미지, 회화적 심상의 주된 사용에 달려 있었다. 그러나 회화성 여부로 이미지스트로 분류된 시인들이 유사한 시풍을 공유하는 것은 아니다. 이미지즘 시인 내에서도 극히 도시적인 시세계를 바탕으로 한 시인이 있는가 하면, 전통적이고 목가적인 세계를 바탕으로 한 시인이 있다. 이를테면 김기림의 시가 문명에 대한 비판적 시각을 냉철하게 보여준다면, 정지용은 자연과 서정성에 대한 주목을 놓치지 않았던 편이다. 또한 김광균이 도시적 풍경에 주목하였다면,[21] 신석정은 목

얼리즘과 모더니즘』, 민음사, 1989, 42쪽).

19 김기림, 「모더니즘의 역사적 위치」, 『인문평론』, 1939.10(『김기림 전집』 2, 심설당, 1988, 56~59쪽). 이후 이 책에서 인용되는 김기림의 작품 및 평론 등은 1988년 간행된 심설당판의 『김기림 전집』에서 인용하며 표기 및 제목은 이를 따른다. 전집의 출판사와 출간연도는 생략한다..

20 이후 연구자들에 의해 이미지즘 사조의 시인들로 이미지즘에 해당하는 시인에 대한 설명으로는 이미순, 앞의 책, 21쪽 ; 한영옥, 『한국 현대 이미지스트 시인 연구』, 푸른사상사, 2010, 20쪽 참조.

21 서준섭, 앞의 글, 59쪽.

가적인 풍경을 구현한 시인에 해당한다. 그리고 장서언[22]이 지극히 내적이고 상징적인 세계를 배경으로 삼았다면, 장만영[23]은 고향 풍물의 전통적이고 설화적인 세계를 그려낸 바 있다. 이미지즘 시인들은 지금까지 '회화성'을 기준으로 하나의 범주를 형성해왔으나 이미지즘 시인 군 안에서도 일종의 유형화가 가능하며, 또한 필요하다고 볼 수 있다. 이에 필자는 이미지즘 시인군의 유형화를 제언하면서 도시적 풍경을 중심에 둔 '차가운 이미지즘'으로서의 김기림과 김광균, 그리고 자연적 풍경을 중심에 둔 '따뜻한 이미지즘'으로서의 정지용, 신석정, 장서언, 장만영 등으로 구분할 필요가 있다고 주장한다.[24] 이러한 유형화는 이

22 장서언(1912~1983)은 1930년 『동광(東光)』지에 「이발사의 봄」으로 등단하였으나 작품 편수는 많지 않다. 작품집으로는 1959년 신구문화사 간행의 『장서언 시집』이 있다. 문단 활동 당시 장서언은 김기림에 의해 "조소성"이 능한 이미지즘의 계열의 시로 언급되었다(오세영, 『20세기 한국현대시 연구』, 일지사, 1990, 142쪽).

23 장만영(1914~1976)은 1932년 『동광(東光)』지에 「봄노래」로 등단하였으며 40여 년 동안 시집 『羊』(자가, 1937), 『축제』(인문사, 1939), 『유년송』(산호림, 1948), 『밤의 서정』(정양사, 1956), 『저녁종소리』(정양사, 1957), 『저녁놀 스러지듯이』(규문각, 1973), 『놀따라 등불따라』(경운출판사, 1988)을 상재하였다. 역시 김기림에 의해 "조소적 깊이를 가진 시인"(『김기림 전집』 2, 57쪽)이라는 평가를 받은 바 있다.

24 이 책은 기존의 이미지즘을 다음의 두 가지로 구분하여 유형화한다. 여기서 기준으로 삼은 '차가운 이미지즘'과 '뜨거운 이미지즘'은 각각 도시적 서정 대 자연적 서정, 외적 사회에 대한 비판 의식 대 내적 세계에 치중한 서정성의 특징으로도 구분될 수 있을 것이다. 이와 같은 이분법을 도입하는 이유는 대립적인 도식을 통해 이미지즘의 세부 상황을 이해할 수 있을 것이라 판단하기 때문이다. 모던한 시풍의 이미지즘 작품과 서정적인 시풍의 이미지즘 작품을 구분하기 위해 이 책에서는 Lévi-Strauss의 '차가운 사회'와 '뜨거운 사회' 용어에 착안한 '차가운 이미지즘'과 '뜨거운 이미지즘'이라는 용어를 활용한다. 그러나 여기서 사용

미지즘에 대한 총체적 이해를 도울 뿐 아니라, 이미지즘이 근대지향적인 경향과 전통지향적인 경향의 종합으로 이루어졌음을 보여준다.[25] 이 연구서에서는 전자를 대표하는 시인으로서 김기림과 후자를 대표하는 시인 정지용을 집중적으로 논의해서 전체적인 이미지즘의 성격을 재규명하고자 한다.

이미지즘 시인의 대표로 정지용과 김기림을 선정한 이유는 그들 작품 세계의 수준과 두 시인이 문단에 미친 당대 영향력에도 기인하고 있다. 우선, 정지용은 신선한 은유·청신한 감각·절묘한 언어표현 및 은유 구사력 등을 통해 확고하고 대표적인 이미지스트의 한 사람으로 지칭된 바 있다.[26] 김기림은 시론의 내용 상 주지주의자로 인식되어왔지

하는 용어의 의미는 Lévi-Strauss의 그것과는 다소 다르다. Lévi-Strauss는 저서 『슬픈 열대』(박옥줄 역, 한길사, 1995)를 통해 역사를 소화하는 두 방식으로 차가운 사회와 뜨거운 사회를 구분해서 제시한 바 있다. 이때의 차가운 사회는 근대 이전의 사회로서 장기간 안정적인 상징질서를 유지해왔으며 주기적인 축제를 통해 욕망의 과잉을 탕진한다. 반면 근대라는 뜨거운 사회에서는 욕망의 과잉이 너무나 커서 이미 매일 축제를 벌이고 있다고 할 정도이다. 이와는 달리 이 책에서 파악하고 있는 이미지즘의 유형은 도시문학적 이미지즘과 전통서정시적 이미지즘으로 구분될 수 있다.

25 유종호는 한국문학의 흐름을 고찰하면서 그 흐름의 중심에는 두 가지 중심축이 있다고 요약한다. 하나는 토착주의 지향으로 말해질 수 있는 반근대주의, 전통주의이고 다른 하나는 반토착주의 또는 근대주의 지향이다. 그는 이 두 가지 지향성이 서로 상반되는 대칭축으로서 서로 반복되면서 균형을 이루어왔다고 평가한다(유종호, 「한국 시의 20세기(2)—두 개의 축」, 『세계의 문학』, 민음사, 2006. 겨울 참조).

26 "적확한 이미지와 카톨릭적 절제에서 온 듯한 고전주의적인 언어의 통제나 집중력은 그를 이미지스트라고 부르게 하기에 족하다"(김종길, 『시론』, 탐구당, 1965, 115쪽), "정지용은 또 하나의 이미지스트=모더니스트 계열의 시인"(김우

만 시 작품에서 보여준 다양한 은유와 이미지 · 일상 언어의 시화 · 기법적 측면 등에 의하면 이미지즘 시인으로 분류할 수 있다.[27] 또한 그의 초 · 중기 시론은 이미지즘에의 영향 관계를 드러내고 있다는 점 역시 간과할 수 없다.[28] 이 두 시인은 1930년대에 이미지즘에 주목했다는 공통점뿐만 아니라 세계의 표상에 대한 관심, 근대적 소재, 바다와 여행, '동물 은유', '지도 은유', 공간에 대한 시화(詩化) 등을 선택한 유사성을

창, 앞의 책, 51쪽), "우리나라 최초의 이미지즘 실천자"(김학동, 『정지용 연구』, 민음사, 1987, 99쪽)라는 규정 및 박철희, 앞의 책, 206~207쪽 ; 문덕수, 앞의 책, 43쪽 ; 최승호, 앞의 글, 62쪽 ; 권정우, 앞의 책, 10쪽 등에서도 정지용을 이미지스트로 명시한 바 있다.

27 시론가로서의 김기림에 주목하여 그를 주지주의 계열 시인으로 파악하는 논의가 있지만 김기림을 이미지즘 시인으로 파악하는 견해 역시 적지 않다. 대표적으로 문덕수는 "김기림의 다음 시구(「기상도」 중의 '병든 표정', 25~32행-인용자 주)를 보면, 시각적 이미지를 강조하는 이미지즘의 영향을 얼마나 짙게 받았는가를 알 수 있다"라고 평가했으며(문덕수, 앞의 책, 204쪽), 박노균은 "일반적으로 이미지즘 계열의 시인으로 정지용, 김기림, 김광균, 신석정, 장서언, 장만영 등이 자주 거론되며 이들 중 정지용, 김기림, 김광균은 대표적인 이미지스트로 평가된다"(박노균, 「정지용과 김광균의 이미지즘 시」, 『개신어문연구』 8집, 개신어문학회, 1991, 221쪽)라고 김기림을 이미지스트로 분류한다. 같은 맥락으로 최혜실은 "30년대 한국 모더니즘 시는 흔히 김광균, 김기림, 정지용으로 대표되는 영미 이미지즘 계열과 이상, 삼사문학 등의 초현실주의 계열로 나누어지고 있다"라면서 김기림과 정지용을 이미지즘 시인으로 계열화한 바 있다(최혜실, 「모더니즘의 의미와 한계」, 김용직 외, 『한국현대시사의 쟁점』, 시와시학사, 1991, 308쪽).

28 문혜원은 "김기림의 초기 시론은 다분히 이미지즘적인 경향을 보이고 있다"(문혜원, 「김기림의 시론 연구」, 『한국의 현대문학』 2집, 한국현대문학회, 1993, 228쪽)고 파악하며, 이미순은 "김기림은 1930년대에 이미지즘 시론을 전개하면서 이미지 형성 방식으로 '메타포어'를 내세운다. 해방 후 그는 '은유'를 '비유'로 지칭하면서 그 기능에 대해 새롭게 인식한다"(이미순, 앞의 책, 19쪽)고 본다.

보이고 있어 비교에 있어 상호 선명한 지표가 될 수 있다. 뿐만 아니라 이 두 시인은 위와 같이 공통된 소재와 표현을 기반으로 하되 지향성과 시세계를 대조적으로 형성하고 있기 때문에 함께 고찰할 때 이미지즘의 균형적 대칭축을 확인할 수 있을 것으로 보인다.

정지용(1902~1950)과 김기림(1908~?) 외에도 김광균(1914~1993) 역시 대표적인 이미지스트로 인정받아 온 시인이다. 그러나 1930년대 시단으로 연구 초점을 맞출 경우 김광균을 정지용, 김기림 두 시인과 동등한 비중으로 다루기에는 무리가 있다. 우선, 김광균은 활동 시기상 정지용, 김기림보다 확실히 후속 세대에 속한다. 김광균 시집 『와사등』의 작품 연표에는 첫 작품 「가는 누님」이 『중외일보』 1926년 12월 14일 자로 발표된 것으로 되어 있다. 첫 작품의 발표가 1926년이면 정지용과 같이 등단한 셈이지만,[29] 실상은 이때 김광균은 겨우 13세의 나이로서 등단작의 수준 역시 중학 시절 습작기를 벗어나지 못했다. 그 작풍조차도 1930년대 후반기 김광균의 대표적인 특징이나 이미지즘적 특징을 지니지 않은 전통서정시에 가까운 작품이었다. 등단 이후 김광균이 초기 작품을 가려서 모은 제1시집이 『와사등』(남만서점, 1939/정음

---

29 정지용은 1922년(21세) 시 「풍랑몽」을 발표, 시인의 길로 들어섰다고 알려져 있으나(이숭원 주해, 『원본 정지용 시집』, 깊은샘, 2012 연보 참조) 「풍랑몽」은 '1922년 3월 마포 하류 현석리'라는 창작 기록이 남아 있되 공식 발표된 것은 1927년 7월 『조선지광』을 통해서였다(최동호, 『그들의 문학과 생애—정지용』, 한길사, 2008, 34쪽). 이보다 앞서 정지용은 1926년 6월 교토 유학생 잡지 『학조』에 「카페 · 프란스」 · 「파충류 동물」 등을 발표하였으며 이때의 작품은 정지용이 공식 지면에 가장 먼저 발표한 한국어 시로 알려져 있다. 따라서 정지용의 공식적인 등단 연도는 1926년으로 봐야 한다.

사, 1946)인데 모두 27편이 수록되어 있다. 1930년대 중반 이후에 집중적으로 발표된 총 27편의 작품을 가지고 1930년대 시단의 중심축을 이루었다고 평가하기는 어렵다. 그보다 김광균은 정지용과 김기림의 다음 세대에 속하는 시인으로서, '모더니즘의 신세대론'에서 자기 정체성을 확립한 시인이라고 보는 것이 타당하다. 정지용과 김기림이 같은 세대 의식을 공유하고 모더니즘 이론과 창작의 중심에 서 있었던 반면 김광균은 시기적으로나 의식적으로나 이들과는 엄정하게 구분되어 있었다. 따라서 김광균은 정지용, 김기림보다 ① 등단 시기 및 주된 활동 시기가 늦다는 점, ② 정지용과 김기림이 1930년대 후반 제기한 신세대론의 주역으로 자임할만큼 세대 간 차이를 보인다는 점, ③ 1930년대 문단 내 파급 효과가 비중 있지 않았다는 점을 들어 제2장 '신세대 논쟁' 부분에서 다루기로 한다.

그렇다면 대표 시인 정지용과 김기림을 통해서 이미지즘의 어떠한 부분을 부각시키고 조명할 수 있을 것인가. 또한 이미지즘은 왜 재고되어야 하며 근대문학 내 그 위상과 사적인 역할을 왜 재론해야 하는가. 기존 이미지즘의 공통분모로서 주목되어온 회화성은 이미지즘의 표면적 현상일 뿐이지 본질은 아니기 때문이다. 회화성이라는 공통점은 이미지스트들이 주장한 '선명한 이미지의 제시'라는 강령의 일부분이지, 이미지즘의 궁극적인 성격을 포괄하고 있지는 않다.[30]

그렇다면 '회화성'이 아닌 이미지즘의 궁극적인 의의는 무엇으로 파

---

30 서구 이미지즘에 대한 고찰과 정지용 및 김기림 시론과의 비교는 제2장 1절에서 상술.

악할 수 있을까. 필자는 이미지즘의 본질이 결과적으로 어떤 이미지를 만들었는가의 문제, 즉 '이미지'에 있지 않고, 이미지를 만들어 내는 원리 확립에 있다고 본다. 이 연구에서 주목하는 이미지의 구성 원리는 바로 '은유'에 있다. 1910년대 후반 영미 이미지스트들은 일상생활의 모든 것을 소재로 삼되, 현실감이 있는 산 언어로 시를 쓰려고 한 시인들이다. 이때의 '산 언어'란 바로 직관을 언어화한 것, 즉 '싱싱한 은유(fresh metaphor)'를 의미한다. 이미지즘의 이론적 지주였던 흄(T. E. Hulme)은 "가시적 의미(visual meaning)를 가능케 하는 것은 신선한 은유(fresh metaphor)이며, 이미지(image)"[31]라고 강조한 바 있다. 즉, 이미지즘의 핵심인 '이미지'란 구체적으로는 '은유'와 매우 깊은 관련을 맺고 태어난 새로움이라는 것이다. 이미지와 은유의 관계를 강조한 이미지즘의 이론들은 시의 회화성이 실제 무엇을 바탕으로 표면화되는지 밝힐 수 있는 단서가 된다. 흄은 관습화되지 않은 '새로운 은유'야 말로 '이미지'이며 이것이 바로 이미지즘의 중요한 기반이라고 강조했다. 이미지즘 이론에 의하면 직관을 통해 시의 언어가 태어나되, 구체적인 언어의 태어남은 '싱싱한 은유'와 '이미지'의 원리 속에서야 가능하다. 이러한 서구 이미지즘의 원칙을 고려할 때 '이미지즘'이란 이미지가 포함된 모든 시를 지칭하는 것이 아니라는 사실을 알 수 있다. 이미지즘의 조건은 낯설고 신선한 은유를 가지고 직관적 언어, 이미지를 생산하는가에 달려 있다.[32]

---

31 박재열, 앞의 글, 58쪽.
32 오세영은 이미지즘에서 은유를 중시했다는 사실을 다음과 같이 언급하고 있다. "이미지즘이 프랑스 상징주의로부터 받은 영향은 대개 세 가지로 요약될 수 있다. …(중략)… 둘째는 상징주의의 상징에서 유추하여 이와 등가를 이루는 가치

물론 종래의 이미지즘 연구에서도 이미지즘의 핵심이 '이미지'에 있다고 본다. 필자 역시 이 의견에 동의한다. 그러나 기존의 관점과는 달리, 이미지즘에서의 '이미지'가 지닌 의미를 확장·보완해야 할 필요가 있다. 이미지즘 연구에서 '이미지'라는 개념은 시각적인 표상, 시각적 감각을 언어로 드러낸 결과물로 국한되는 경향이 있다. 이와 같은 이해는 본래 이미지즘이 운동을 표방하면서 강조했던 '이미지'의 의미와 정확히 일치하지는 않는다. 이미지즘에서 주창하는 '이미지'의 개념은 단지 '표상'들의 모임이나 '회화성'의 구체적인 양태가 아닌, '신선한 은유'라는 창작 원리, 그 신선함을 낳는 내적인 세계에의 혁신과 닿아 있기 때문이다. 널리 알려진 이미지즘의 '회화성'이란, 서구 이미지즘에서의 주장한 내용의 일부에 해당되지, 핵심까지 포괄하는 것은 아니라고 할 수 있다. 조선 시단의 정지용과 김기림, 나아가 이미지에 관해 탁월한 실천과 시론을 보여주었던 이미지스트 시인들도 '이미지'를 시적 회화성 이상으로 이해하고 활용했다. 이상의 이유에 근거, 이 연구에서는 이미지즘에 대한 이해에 있어서 '이미지'만이 중심이자 가치라고 판단하지 않고 '이미지'에 '은유'의 관점을 추가하는 것이다.

서두에 언급한 바와 같이 조선의 이미지즘을 밝히려는 궁극적 목적은 감각론 연구의 연장선상에서 근대문학적 이미지의 운동 원리를 밝혀보려는 데 있다. 감각에 주목한 선행 연구들은 주로 1930년대의 모더니즘—특히 정지용·김기림·이상 이 세 시인을 중심으로 진행되어 왔다. 정지용에 대한 연구 성과들은 초기 시의 모던한 성격에 주목한 경우, 중기시의 종교적 성격에 주목한 경우, 후기 시의 소위 산수와 전통에 주목한 경우로 삼분화될 수 있다. 그리고 90년대 이후의 연구들은 감각론 연구를 통해 삼분법의 구분을 극복하는 방향으로 진전되고 있다.[33] 특히 신범순에 의해 제기된 '산책가'와 '시선' 및 '감각'의 문제는 이후 다양한 후속 연구들로 파급되어 감각론 연구의 중심이 되었다.[34]

---

33 정지용 연구에 있어 초, 중, 후기라는 세 시기에 대한 명확한 구분과 각 시기별로 서로 연관되지 않는 성격 규정에 대한 문제 제기는 적지 않았다. 그중에서도 감각론은 이 삼분법적 연구 경향을 통합하는 중요한 시각을 제시해왔다. 세 시기를 통합하는 감각 연구의 대표적인 사례로는 김신정, 「정지용 시 연구」(연세대학교 박사학위 논문, 1999)를 들 수 있다.

34 대표적인 논문은 다음과 같다. 신범순, 「정지용 시에서 '헤매임'과 산문 양식의 문제」, 『한국현대문학연구』 5집, 한국현대문학회, 1997 ; 신범순, 「정지용 시에서 '詩人'의 초상과 언어의 특성」, 『한국현대문학연구』 6집, 한국현대문학회, 1998 ; 김신정, 위의 글 ; 신범순, 「정지용의 시와 기행산문에 대한 연구—혈통의 나무와 德 혹은 존재의 平靜을 향한 여행」, 『한국현대문학연구』 9집, 한국현대문학회, 2001 ; 정문선, 「한국 모더니즘 시 화자의 시각체제 연구」, 서강대학교 박사학위 논문, 2002 ; 이수정, 「정지용 시에서 '시계'의 의미와 '감각'」, 『한국현대문학연구』 12집, 한국현대문학연구, 2002 ; 이형권, 「정지용 시의 '떠도는 주체'와 감정의 차원」, 『한국문화이론과 비평』 19집, 한국문학이론과 비평학회, 2003 ; 이상오, 「정지용 시의 풍경과 감각」, 『정신문화연구』 28집 1호, 한국학중앙연구원, 2005 ; 나희덕, 「1930년대 모더니즘 시의 시각성 : '보는 주체'의 양상을 중심으로」, 연세대학교 박사학위 논문, 2006 ; 남기혁, 「정지용 초기시의 '보는' 주체와 시선(視線)의 문제」, 『한국현대문학연구』 26집, 한국현대문학회, 2008 ; 남기혁, 「정지용 중·후기시에 나타난 풍경과 시선, 재현의 문제」, 『국어문학회』 47집, 국어문학회, 2009 ; 김예리, 「1930년대 한국 모더니즘 문학에 나타난 시각 체계의 다원성」, 『상허학보』 34집, 상허학회, 2012 ; 김예리, 「정지용의 시적 언어의 특성과 꿈의 미메시스」, 『한국현대문학연구』 36집, 한국현대문학연구,

정지용의 작품이 시의 내적인 정신세계를 중심으로 연구되었다면 김기림에 대한 연구 성과들은 주로 그의 시론과 문명비판적 입장을 조명한 연구[35]와 모더니즘적 사조 안에서의 연구로 대별할 수 있다. 김기림의 시론은 탁월하지만 작품은 그렇지 못하다는 견해, 시론에서 주장된 이론을 작품이 따라가지 못했다는 견해와 더불어 김기림은 시 작품보다는 시론적 측면에서 더 많은 주목을 받은 경향이 있다. 그러나 최근의 감각 연구에서는 김기림 시론에 대한 주목 못지않게 작품 내적인 특성에 대한 새로운 주목이 이루어지고 있다.[36]

2012.

35 문혜원, 앞의 글; 오세영, 「김기림의 '과학으로서의 시학'」, 『한민족어문학』 41집, 한민족어문학회, 2002; 문혜원, 「김기림 시론에 나타나는 인식의 전환과 형태 모색」, 『한국문학이론과 비평』 23집, 한국문학이론과 비평학회, 2004; 문혜원, 「1930년대 주지주의 시론 연구」, 『우리말글』 30집, 우리말글학회, 2004; 송기한, 「김기림 문학 담론에 나타난 과학과 유토피아 의식」, 『한국현대문학연구』 18집, 한국현대문학회, 2005; 김유중, 「김기림의 역사관, 문학관과 일본 근대 사상의 관련성」, 『한국현대문학연구』 26집, 한국현대문학회 2008.

36 이 대표적인 연구 성과들은 다음과 같다. 신범순, 「30년대 모더니즘에서 '산책가'의 꿈과 재현의 붕괴—한국 모더니즘의 새로운 이해를 위하여(상)」, 『시와시학』, 1991. 가을; 신범순, 「30년대 모더니즘에서 '산책가'의 꿈과 재현의 붕괴—한국 모더니즘의 새로운 이해를 위하여(하)」, 『시와시학』, 1991. 겨울; 신범순, 「김기림의 근대성 추구에 있어서 '작은자아' '군중' 그리고 '가슴'의 의미」, 김용직 편, 『모더니즘 연구』, 자유세계, 1993; 신범순, 「원초적 시장과 레스토랑의 시학—야생의 식사를 향하여」, 『한국현대문학연구』 12집, 한국현대문학회, 2002; 신범순, 「식당의 시학—이상과 김기림」, 『천년의시작』 2권 2호, 2003.5; 정문선, 「자아, 주체, 그리고 시점공간」, 『현대문학의 연구』 29집, 한국문학연구학회, 2006; 조영복, 『문인기자 김기림과 1930년대 '활자-도서관'의 꿈』, 살림, 2007; 곽명숙, 「김기림의 시에 나타난 여행의 감각과 의미」, 『한국시학연구』 21집, 한국시학회, 2008; 김예리, 「김기림 시론에서의 모더니티와 역사성의 문

이상의 연구 성과 중에서 특히 주목해야 할 경향은, 근대인의 감각이 가시적인 스펙터클에 매혹되면서도 이에 대한 반작용으로서의 상상의 세계를 형성한다고 보는 시각이다.[37] 이러한 시각은, 근대적 문명에 대한 수용(受容)과 반사(反射)의 작업이 근대 시인의 역할이 아니라 그것 위에서 어떤 판(板)을 꿈꾸고 무엇을 지향했는지 내면의 세계를 체계화해나가는 것이 바로 1930년대 근대문학의 가치관이었음을 논증하는 의미가 있다. 실질적으로 1930년대의 시단은 특히 조선의 시가 혁신해야한다는 '새로움의 강박감'에 대하여 폭넓은 공감대를 형성하고 있었으며 이 새로움이 어느 방향으로 나아가야하는지에 대해서는 다양한 문단좌담, 논쟁, 비평 등을 통해서 서로 다른 의견이 충돌하던 시대였다.[38] 정지용과 김기림 역시 1930년대 문단의 중심으로서 이러한 '새로움'의 시대적 요청에 민감하게 반응했던 시인들이었다. 그들에 대한 당대의 평가는 신선하고 새로운 시도, 감각, 언어를 보여주었다는 중론으로 모아지는데 왜 이들 시인에게 이러한 시도가 필요했던 것일까. 정지용과 김기림에게는 새로운 시를 창조해야 했던 시대적이고 필연적인

제」, 『한국현대문학연구』 31집, 한국현대문학회, 2010 ; 김예리, 「김기림의 예술론과 명랑성의 시학 연구」, 서울대학교 박사학위 논문, 2011 ; 이광호, 「김기림 시에 나타난 근대성에 대한 시선」, 『어문연구』 153집, 한국어문연구회, 2012.

37 신범순은 "흔히 도시미학이라고 생각되는 모더니즘은 단순히 근대 도시문명에 대한 긍정적 미학화가 아니고 또한 도시에 대한 부정적 비판도 아니다. 오히려 그에 대한 욕망과 거부적 몸짓의 뒤섞임이다"라고 언급한 바 있다(신범순, 「30년대 모더니즘에서 '산책가'의 꿈과 재현의 붕괴—한국 모더니즘의 새로운 이해를 위하여」, 79쪽).

38 이에 대한 분석은 1930년대 후반 '신세대 논쟁'을 언급하는 제2장 2절에서 상술.

배경이 존재한다. 이 책에서는 정지용과 김기림의 새로움, 그리고 감각의 문제가 당대 문단에서 공유했던 '새로운 시에 대한 기획'과 더불어 논의되어야 한다고 본다. 이것은 비단 그들만의 문제가 아니라 이미 지즘이 요청되었던 필연성이고, 조선 문단만의 모더니즘이 형성되었던 원인이며, 1930년대 후반 여타의 시인들에 의해 '조선시'의 가능성이 타진될 수 있었던 근거이기도 하다.

따라서 필자는 선행된 감각론의 연장선상에 있되, 감각 기관을 중시하는 입장에서 벗어나 감각들의 종합적 시학을 파악하는 방향으로 나아가야 한다고 판단한다. 신범순의 '산책자' 개념 제기 이후, 후속 연구들은 '시각'이라는 근대적 감각의 양상과 드러남에 대해서 많은 성과를 축적했다. 그러나 '산책가', 즉 근대적 문학인의 초상에서 '보는 행위'는 시작(詩作)의 출발이지 시작(詩作)의 결미가 아니다. 시인의 '시각'을 근대에 와서 발명된 시각 · 광학적 장치로 파악하거나 근대적 '보는 방식'이 시인의 눈에 적용되었다고 파악하는 연구 관점은 매우 중요하지만 시인의 주체적인 상상력을 간소화시킬 위험이 있다. 감각론 연구는 형식적이고 감각적인 수용 기관으로서의 '시각'이 아니라 광범위한 '인식론적인 관점'으로 확대되어, 근대인의 감각을 인지적 측면으로 파악할 필요가 있다. 당대 시인을 포함한 근대인들의 인식론적인 관점이 바뀐 것은 분명하다. 인식론적인 변화는 가시적인 문물이 변화된 것뿐만 아니라 관념의 변화, 개념의 변화, 관점의 변화, 지식의 변화까지를 포함하는 광의의 변화를 의미한다.[39] 그리고 우리가 인식론적 변화에 주목하

---

39 인지하는 감각 과정을 사회적 담론과 연결시켜 의미를 확대한 대표적인 연구

는 이유는 그것이 시에 드러났음을 확인하기 위해서만이 아니다. 보다
중요한 논의의 핵심은 당대 얼마만큼 근대적인 시선을 획득했느냐를 확
인하는 일이 아니라, 이러한 판의 변화 위에서 정지용과 김기림의 문학,
당대 이미지즘적 상상력이 어떻게/어떤 새로운 현실을 만들어 내었는
가에 있다.

이 책에서는 이미지즘이 1930년대 시인들에게 영향을 미쳤던 내적
원인, 시인들이 이미지에 대해 고민했던 이유, 나아가 조선 문단의 이
미지즘 원동력에는 다음의 세 가지 기제가 있다고 본다. 우선 ① 변화된
'현실 인식의 장(場)'이 존재한다. 1930년대는 근대 문명의 유입과 강압
된 식민 체제로 인해 문화적·사회적 변화가 극심했다. 현실적 변화를
따라 인지하고 파악하는 방식 역시 변화를 겪었다. 따라서 이 책의 논의
는 그 부분에 대해 실증적인 자료 및 학습된 이미지를 제시하며 당대의
'인식론적인 장(場)'의 변모를 고찰한다. ② 다음으로는 문학적인 창조의

로 주은우의 『시각과 현대성』(한나래, 2003)을 들 수 있다. 주은우는 '시각성'
을 근대적인 감각에 대한 수용에 국한시키지 않고, 광범위한 인식의 변화와 관
련된다고 본다. 이러한 입장에서 저자는 시각 체계와 시각성이라는 개념을 구
별해서 사용한다. 그의 저서에서 중심되는 용어는 시각성이 아닌 시각 체계(the
scopic regime)로서 이 개념은 원래 프랑스의 영화학자 메츠(Metz, 1982)가 사용
한 용어로 알려져 있다(주은우, 99쪽). '시각 체계(the scopic regime)'는 각종 시
선이 관계되는 전체적 틀로서의 시각 전체 장을 의미하고, 시각성(visuality)은
사회화된 시각(vision socialized)으로서 담론의 전체 체계가 개입하는 문화적 구
성물을 의미한다(주은우, 19~23쪽). 그러나 담론을 염두에 둔다 해도 이 두 용
어 모두 시인의 마음 속에서 이루어지는 이미지의 갈등, 개념과 의미와 상징물
들의 길항으로 진전되지는 않는다. 따라서 이 연구서에서는 '시각'을 강조하는
두 용어 대신에 시인이 파악하고, 만들고, 구성하고, 상상하는 내적인 과정을 중
시하여 '인식론적인 장'이라는 용어를 사용하고자 한다.

세계, '상상 세계의 장(場)'이 요청되었다. 이것은 문단적으로는 조선 문단의 위기론과 '조선시'의 가능성을 타진하는 일로 드러났으며 시인들에게는 새로운 문학이 필요하다는 강박으로 다가왔다. 이 연구서가 대상으로 삼고 있는 이미지즘 문학에서는 앞서 ①의 '인식론적인 장'을 바탕으로 하되, 이것이 시학적으로 전복된 '상상적인 장(場)'을 확인할 수 있다. 이것은 문학 텍스트를 총체적으로 살펴볼 때 드러나는, 작품 세계의 궁극적인 의미라고 할 수 있다. ③ 마지막으로, 이미지즘의 특수성으로서 현실적인 ①과 상상적인 ②를 연결하는 상상력의 원리로서, '은유-이미지의 기제'가 존재한다.[40] 이미지즘 논의를 통해서 현실 세계의 변화와 그에 길항하는 내적 상상 세계의 형성을 연결하는 원리로서 새로운 이미지와 그것의 창조 원리인 은유를 파악할 수 있다.[41]

---

40 특히 정지용에게 있어 은유와 상상력의 문제는 여러 논자들에 의해 주목받아 온 문제이다. 김예리는 「정지용의 시적 언어의 특성과 꿈의 미메시스」(『한국현대문학연구』 36집, 한국현대문학회, 2012)에서 언어의 용법으로서의 '은유적 언어'가 지닌 상상력에 주목한다. 권오만은 「정지용 시의 은유 검토」(『시와시학』 14호, 시와시학사, 1994. 여름)에서 게슈탈트적 기반 위에서의 은유 양상을 살핀다. 그리고 최승호는 "은유에의 의지는 곧 환유에 대한 이데올로기적 투쟁"(앞의 글, 75쪽)이라는 입장에서 정지용의 1930년대 후반 은유를 고찰한다. 이 연구서에서는 상상력으로서의 은유, 개념적 은유, 이데올로기로서의 은유에 관한 이들의 이론을 참고하되 은유의 언어를 포함하는 이상의 것으로 확대시킨다. 이 연구에서 정지용과 김기림에게 특징적이라고 파악한 은유란, 사고하는 방식 및 파악하고 상상하는 방식 그 자체를 의미하는 것이다. 이 은유는 수사 기법으로서의 은유를 넘어 작품 전체의 은유적 구조와 인식론적 지향성까지를 포괄하고 있다.

41 "은유는 문채론의 하위 개념이지만 모든 비유의 대표로서, 리챠즈가 파악한 바대로 수사학을 넘어서서 '사고의 무소부재한 원리'로까지 인식될 정도로 인식론의 문제와 직접 연결되는 중요한 비유이기도 하다"(박현수, 『시론』, 예옥,

주어진 근대적 현실을 창작의 세계로 전이시키는 방법으로서, 이미지즘 시인들은 기법으로서의 은유뿐만 아니라 총체적인 인식론적 은유를 선택한 바 있다. 은유를 통해 현실의 인식과 상상의 세계, 이 두 가지 차원이 결합되면서 새로운 이미지의 체계는 공고하게 형성되었다. 조선의 이미지즘이 서구 이미지즘의 무조건적 수용이 아니라 선택적인 차용이었음은, 이 은유와 이미지를 이미지즘 시인이 적극적으로 활용하고 의식적으로 적용하는 과정에서 증명될 것이다.

그 주체적인 의의를 확보하기 위해 필자는 이 연구를 통해 '조선적 이미지즘'이라는 용어를 제언하고자 한다. '조선적 이미지즘'은 '인식론적인 은유'의 지향성을 통해 형성된 주체적이고 문학적인 내적 세계를 지칭한다. 당대 현실과 문학적으로 재구축된 세계를 연결하는 은유의 방식은 단어와 단어의 결합이라는 수사적인 기법에만 존재하는 것이 아니라, 전체 작품 세계의 은유적 구도를 창출해내는 방향으로 나아간다. 조선 문단에서의 이미지즘을 논하면서 명확하고 선명한 회화성이 드러났는가를 기준으로 판별하는 것은 이미지즘의 핵심을 간과하는 일이다. 이미지즘에서의 회화성은 이미지즘의 한 특징일 뿐이지 최종적 목표는 아니다. 이미지즘은 단지 언어로 그린 그림이 아니라는 말이다. 이미지즘은 '회화성'으로 요약됨을 넘어, 새로운 시적 세계를 획득하고 그 안에 의미를 부여하는 '내적 공간'의 문제로 확대될 수 있다. 일반적으로 작품 분석에서 풍경이나 배경이라고 해석되는 요소, 대상에 대한 묘사, 선명한 회화성, 보이는 것의 포착 등, 이미지즘 작품군의 제반 특

2011, 356쪽).

징을 모아 놓고 그 지향성을 살펴보면 이들 이미지즘의 특징들이 결국 '공간성'의 문제로 나아가고 있음을 알 수 있다. 그것도 현재적인 공간을 표상하려거나 보이는 것을 재현하려는 욕망이 아니라, 현실의 공간에 상상적인 공간을 은유하는 일 즉 덧씌우고 재탄생시키려는 공간 창조자의 욕망이 이미지즘의 원동력이다.

1930년대 일군의 시인들이 '왜 이미지의 선명화에 주목했는가?'라는 문제의식은 이미지즘에 대한 의미를 규정하는데 핵심적인 역할을 맡고 있다. 이에 대한 답변으로서 '서구 이미지즘이 원래 그러했으니까 따랐다'는 대답은 조선 문학의 가능성을 지나치게 간과한 결과이다. 또한 다른 답변으로서 '회화성을 중시했으므로'라는 대답은 질문의 동어반복에 지나지 않는다. 이에 대해 이 책은 외적인 현실 공간 인식 위에 내적인 공간을 창조하는 문학적 성취가 '조선적 이미지즘'의 핵심이라고 파악한다. 이를 논증하기 위해서 본론에서는 식민지적인, 문명적인 당대 현실이 제시하는 심상지리에 맞서 조선 이미지즘이 맡은 심상지리의 창조를 작품을 통해 분석하면서 그 의미를 구체화할 것이다.

'조선적 이미지즘'에서 구현하는 새로운 심상지리는 개인을 넘어서는 공동체의 정신적 숨터, '낙토(樂土)'의 은유적 재창조로서 나타난다. 그것이 정지용에게서는 새로운 토폴로지의 발견이었고, 김기림에게는 수직적 공간 인식과 수평적 공간 인식의 입체적 결합으로 구현된다. 시인 정지용에게 있어 '꽃'이나 '나무'나 '화초'로 은유되는 민족적 정신, 시인 김기림에게 있어서는 창공을 나는 '조류'와 해도를 누비는 '어족'으로 은유되는 인간군이 실제 현실에서는 찾을 수 없는 문학적 숨터에 존재한다. 현실에서는 그같은 숨터를 찾을 수 없다는 사실은 비극적이다.

또한 시인의 정신이 문명의 아케이드나 정비된 시가지, 외현적인 감각의 자극이나 보급된 식민학(植民學)에서 정신적 안존을 얻기에 이러한 숨터 찾기는 더욱 애상적이다. 시인의 비극과 애상이 클수록 그들이 지향하려는 세계는 더욱 선명하게 드러날 필요가 있으며, 그 필요성에 의해 활용된 것이 이미지즘이라고 볼 수 있다.

이 책은 결론적으로 현실 공간을 '낙토'의 공간으로 은유하는 지향성이 바로 이미지즘의 핵심이라고 파악한다. 상상적 공간에서 구축의 단위가 되는 것이 '이미지'이고, 그것을 재탄생하는 방법론은 '은유'였으며, 결과적으로 추구한 것은 공동체적 정신이 배양될 수 있는 상상적 공간 확보라고 할 수 있다. 이 점이 충분히 논증될 경우 1930년대의 이미지즘은 서구 이미지즘의 수용이 아니라 필연적이고 주체적인 변형이자 '조선적 이미지즘'이라고 재호명할 수 있을 것이다. 나아가 이를 통해 이미지즘이 새로운 시를 창조하려는 근대적이며 조선적이고 주체적인 문학사조임을 증명할 수 있으리라 기대한다.

2. 인식론적 은유와 이미지의 작동 원리

이 책에서는 이미지즘 전개 방식의 원리로서 은유에 주목한다. 정지용과 김기림의 작품에서 은유가 가지는 의미는 수사 기법의 수준에 그치지 않는다. 그 이상으로 은유는 ① 국어 시 쓰기에 대한 주목, ② '기교파'·'감각파'라는 당대 평가에서 '감각'을 '기교'라고 비판받게 만든 주요인, ③ 현실 층위와 상상 층위를 연결시켜 이미지를 탄생시키는 방

식, ④ 작품 전체적으로는 현실 인식을 상상의 재기술된 세계로 이행시
키는, 이미지의 작동 원리이기도 하다.

이미지론에서의 이미지는 표상, 또는 개념의 재생산으로 이해된다.
즉 이미지는 구체적 · 추상적 사물과 개념적 · 상징적 내용 등을 반영한
표상이라는 것이다.[42] 표상이라는 말은 때로 '재현(representation)'이라
는 단어로 번역되기도 하는 독일어 'Vorstellung'으로서 문자 그대로 '앞
에 세우다'[43]란 의미를 가진 용어이다.[44] 이 표상이라는 개념은 이미지
와 상징 및 관념을 총칭하는 용어[45]로 정의되거나, '이미저리(Imagery)'

42 "이미지와 실재 사이의 관계—여기서 우리는 루돌프 아른하임의 성찰(1969)에
   따르기로 한다. 그는 이미지의 가치가 실재와 맺어지는 편리하고 암시적인 삼
   분법을 제안한다. a) 재현적 가치 : 재현적 이미지란 구체적 사물을 나타내는 이
   미지를 말한다. b) 상징적 가치 : 상징적 이미지란 추상적 사물을 나타내는 이미
   지를 말한다. c) 기호적 가치 : 아른하임에 의하면, 이미지가 어떤 내용의 성격을
   시각적으로 그대로 반영하지는 않으면서 내용을 나타낼 때 그 이미지는 기호로
   쓰인다."(Jacques Omong, 『이마주』, 오정민 역, 동문선, 2006, 102쪽).
43 Kaja Silverman, 『월드 스펙테이터』, 전영백과 현대미술연구회 역, 예경, 2010,
   148쪽.
44 철학 분야에서는 '표상'이라는 번역어로, 문학 비평 분야에서는 '재현'이라는 단
   어로 자주 옮겨지는 이 용어는 논자에 따라서 매우 다양한 의미를 지니고 있기
   도 하다. 류순태의 경우 표상이라는 용어에는 재현(representation)과 현전(pre-
   sentation)의 의미가 동시에 담겨 있다고 보고, 이 두 특성을 포괄하기 위해서는
   재현이라는 용어보다 표상이라는 용어가 적합하다고 주장한다. 이 논문에서 파
   악하는 표상이란 주체와 대상이 다양한 관계 맺음을 통해서 추구하는 실재(real-
   ity)와 결부되어 있는 개념이다. 류순태는 절대적 주체가 상상력을 통해 이미지
   를 획득했을 때의 표상과 욕망하는 주체가 무의식적으로 환상을 획득할 때의
   표상을 구분하고 1950년대 모더니즘 시는 시각성과의 결합을 통해 주체와 객체
   가 구분되는 표상을 창출한다고 보았다(류순태, 「1950년대 한국 모더니즘 시의
   표상 연구」, 서울대학교 박사학위 논문, 1999, 10~15쪽).

와 동의어로 사용된다.[46] 이미지론에서 말하는 표상으로서의 이미지 개념은 단순히 반복적인 재생을 의미하지는 않지만, 기존의 문화적 코드와 관념을 구축하는 역할로 이해되고 있다.[47] 즉 표상으로서의 이미지란 뭔가를 마음속에 떠올리는 심적인 조작에 관련되는 면과 어떤 것의 대체물을 구체적으로 제시하는 물질적인 행위에 관련되는 면, 그렇게 두 가지 상(像)에 걸쳐 존재하는 보편적 개념이라고 할 수 있다.

이와 같이, 일반적인 이미지론에서 '이미지'라는 개념이 전체적이고 보편적인 의미를 설명한다면, 문학사조인 이미지즘에서 강조하는 이미지는 새로운 심상과 환기라는 특수성을 지니고 있는 개념이다. 이미지즘에서의 이미지는 표상 · 재현 · 설명 · 재생 · 제시 등의 기본적인 이미지 개념과는 달리 '심적 현상으로서의 심상'에 초점이 맞추어져 있다.[48] 즉 그들이 주장하는 선명한 이미지는 어떤 개념이나 사물을 명확하게 드러내는 역할을 하는 것이 아니라, 감각과 특이하게 연결되어 전

---

45 W. Dilthey, 『체험과 문학』, 한일섭 역, 중앙신서, 1979, 19쪽(이숭원, 「한국근대 시의 자연표상 연구」, 서울대학교 박사학위 논문, 1986, 1쪽 재인용).

46 이러한 예로는 이숭원의 위의 글을 들 수 있다. 이 논문은 표상은 곧 'Imagery'라는 기본 이해를 바탕으로 삼고, 결과적인 표상 개념의 범위를 "정감이나 생각을 표현하기 위한 자연대상의 처리 방식 일체를 지칭하는 개념"(이숭원, 위의 글, 2쪽)으로 확대해서 적용한다.

47 "가장 단순한 의미에서 표상은 눈앞에 존재하지 않거나 스스로를 표현하지 못하는 실물을 표현하는 행위 혹은 대리하는 행위를 가리킨다. 표상은 결코 자연적이거나 단순히 외부 현실에 비추어 확증 가능한 것이 아니라 기존의 문화적 코드에서 항상 구축되어 나오는 것이다."(Joseph Childers · Geri Hentiz, 『현대문학 · 문학비평 용어사전』, 황종연 역, 문학동네, 1999)

48 김재근 편역, 『이미지즘 시인선』, 정음사, 1977, 209쪽.

혀 다른 개념을 떠올리게 하는 내적인 역할을 맡고 있는 것이다. 기존하는 것의 재현이 아닌, 새로운 감각을 환기시키는 이미지를 창조하기 위해서 이미지스트들이 구체적으로 내세운 방법은 "이미지는 감각적 경험의 지적 표현이고, 그 특징은 사상의 막연성과 소박성에 반대되는 투명성과 정확성과 복합성이 된다"[49]는 강령이었다. 이런 입장이었기 때문에 서구 이미지즘에서의 이미지는 '회화적 표상'이 아닌 '지와 정의 복합체'라는 새로운 의미로서 강조되게 되었다.

그렇다면, 이러한 이미지즘 이론 안에서 '이미지'와 '은유'는 어떤 관계로 설명되는가. 이미지즘 이론가 흄은 '은유'를 이미지즘의 핵심으로 파악하고 있다. 그는 이미지와 은유 모두 장식적 기능을 넘어서 있는, '직관'의 영역에 닿아 있다고 보았다. 전통적이며 고전적인 은유론에서 은유는 수사법의 장식으로 인식되는 것이 일반이다. 장식, 즉 표면적인 요소를 보여준다는 인식은 일반적인 '이미지' 개념에도 해당되는 특성이다. 하지만 흄은 이미지즘 운동에 있어서의 이미지란 단순한 장식이 아님을 명확히 한 바 있다.[50] 그리고 흄이 이미지를 '직관'의 압축으로 파악한 것처럼 은유 역시 장식이 아닌 직관적 이미지의 일부로 설명된다.

흄의 시론인 「근대 예술과 그 철학, 낭만주의와 고전주의, 근대 예술

49 김재근, 『이미지즘 연구』, 민음사, 1973, 4쪽.
50 흄은 고전주의적 시론을 가지고 이미지즘의 원리를 형성해낸 이론가이자 시인이다. 그에게 있어 시란, 시인이 느끼는 순간적인 인상을 "물질적인", 즉 "시각적인" 이미지로 간결하고 정확하게 표현해낸 것이며, "시에서의 이미지란 단순한 장식이 아니라 직관적인 언어의 정수 그 자체"이다(T.E. Hulme, *Speculations : essays on humanism and the philosophy of art*, ed. Hervert Read, United Kingdom : Routledge & Kegan Paul, 1924 [(1977 reprinted)], pp.120~135).

이론에 관한 저작 계획[51]에는 이미지와 은유를 함께 강조한 여러 대목이 등장한다. "중요한 목표는 확실하고 정확하고 명확한 묘사이다. 묘사를 정확하게 할 수 있게 하는 것은 오직 새로운 은유뿐이다"라든지, "시각적인 의미만이 새로운 은유의 그릇으로 전달될 수 있을 따름이다. …(중략)… 시에 있어서의 심상은 단순한 사치가 아니고 바로 직관적 언어의 본질인 것이다."[52] 등의 구절이 바로 그 대목이다. 이 외에도 흄이 자신의『사색록(Speculations)』에서 시론을 전개하면서 은유를 강조한 대목을 찾기는 어렵지 않다. 흄의 언급 중에서 이미지를 신선하게 만들어내는 은유의 기능을 설명한 가장 구체적인 대목으로는 "비유의 정묘한 결합으로서 우리들은 서로 떨어져서는 얻어질 수 없는 생각을 우리의 마음 속에 솜씨 있게 지어내고 있다. 생각은 말보다 앞서 있는 것이다. 그리고 생각은 두 개의 상이한 심상을 동시에 마음 속에 제시함으로써 이룩되는 것이다"[53]는 언급을 들 수 있다. 이 언급은 신선한 이미지는 두 개의 상이한 이미지를 한 자리에서 연결함으로써 생산된다는 사실을 강조하고 있다. 원재료가 되는 상이한 두 이미지는 관습적인 것일지라도 그것을 연결하는 순간 새로운 하나의 이미지가 창조된다는 것이다. 이것은 복합을 통해 새로움을 지향하려는 이미지즘의 지

---

51 T.E. Hulme, "Modern Art and Its Philosophy, Romanticism and Classicism, Plan for a Work on Modern Theories of Art", ibid.

52 이 대목의 번역은 김재근, 위의 책, 31~33쪽 참조.

53 "By a subtle combination of allusion we have artificially built up in us an idea which, apart from these, cannot be got at…… Thought is prior to language and consist in the simultaneous presentation to the mind of two different images."(p.33)

향성을 잘 보여주고 있기도 하다.

흄이 제기하는 이미지즘 시론에서의 은유는 가시적인 언어 기교를 넘어서 인식론적인 수준에 닿아 있다. 그는 시에서 상이한 사상과 정서의 본질은 시인이 그러한 것을 결합하기 전에는 없었던 조화된 종합의 의미를 나타낸다고 보았다. 이 시적 종합의 구성은 은유를 통해서 가능하다. 흄에게 중요한 것은 가시적이고 회화적인 표현의 사실성이 아니고 인식의 본질을 제시하는 것인데, 인식의 새로운 종합을 위해서는 문자 그대로의 의미보다는 대상을 '은유적인 의미'[54]로 보는 것이다. 즉 이미지즘에서의 은유란 인식을 전환시키기, 그래서 대상과 정서의 새로운 국면을 드러내기로 요약될 수 있을 것이다.

이와 같은 은유의 성격은 리쾨르의 해석학적 은유론을 통해 정립된 바 있다.[55] 리쾨르의 은유론은 아리스토텔레스 이래의 전통적인 은유론에서 확장된 이론이면서도 전통 이론과는 다른 면모를 지니고 있다. 우선, 아리스토텔레스는 『수사학』에서 설득의 기술로서의 은유를 설명하면서 전통적인 은유 이론(대체론)의 초석을 확립했다. 그는 은유가 대

---

54 op.cit., p.203.

55 리쾨르의 은유론은 Paul Ricoeur(1975), *La métaphore vive*(Paris:Seuil) 및, 영역판 Paul Ricoeur(1977), *The Rule of Metaphor:Multi-Disciplinary Studies of the Creation of Meaning in Language*(Trans. Robert Czerny with Kathleen McLaughlin and John Costello, Toronto: University of Toronto Press.) 그리고 1978년 2월 시카고대학에 의해 후원된 심포지엄 "은유：개념적 도약"에 발표되었던 논문 Paul Ricoeur(1979), "The Metaphorical Process as Cognition, Imagination, and Feeling"(*On Metaphor*, ed. Sheldon Sacks, Chicago: University of Chicago Press, pp.141~157)이 있다. 이후 본 논문에서 인용되는 내용의 출전은 1977년도 영역판에 따른다.

상을 비유적으로 설명할 뿐 명확하게 드러내지 않기 때문에 과학적인 언어에서 추방되어야 할, 일탈적이고 장식적인 언어의 용법이라고 정의했다. 이러한 수사학적 관점은 은유를 낱말 수준의 대치 현상으로 본다. 즉 은유는 유사성을 바탕에 두고 A라는 하나의 낱말이 B라는 다른 낱말을 대치하는 것, 이를 통해 사물의 이름에 또 하나의 이름을 부여하는 것으로 정의된다.[56] 은유를 장식이나 기법으로 보는 관점에서 훌륭한 은유란, 낱말과 낱말 사이에 숨겨진 유사성을 얼마나 정확하게 찾아내느냐에 달려 있다.

리쾨르의 해석학적 은유론 역시 전통적인 은유론을 기반으로 삼고 있다. 리쾨르의 이론은 수사학적이고 전통적인 은유를 부정하는 것이 아니라, 세밀하게 고찰하는 데에서 출발한다. 그 결과 그는 아리스토텔레스의 전통적 은유의 기능을 ① 수사적 은유와 ② 시적 은유로 구분한다. 『시학』에서의 은유를 살펴보면 그것은 A를 B에 연결시키는 하나의 구조를 지니지만, 기능적으로는 위의 두 가지로 나뉜다는 것이다.[57] 그리고 리쾨르의 은유론은 바로 이 ② 시적 은유에 집중하면서 전개되어

---

56 아리스토텔레스는 "은유란 유(類)에서 종으로, 혹은 종에서 유로, 혹은 종에서 종으로, 혹은 유추에 의하여 어떤 다른 사물에다 다른 사물에 속하는 이름을 전용(轉用)하는 것"이라고 정의한 바 있다(Aristoteles, 『시학』, 천병희 역, 문예출판사, 2002, 124쪽).

57 박성창은 "리쾨르가 아리스토텔레스의 작품으로부터 천착하고 있는 이러한 '기능들의 이분화'에 대한 지적"이 매우 흥미로운 점이라면서 "실제로 아리스토텔레스에게 은유는 수사학과 시학이라는 서로 구분되는 두 분야에 속한다"고 평가한다(박성창, 「시언어와 창조적 은유─리쾨르의 철학적 은유론의 문체론적 적용을 위한 시론」, 『수사학과 현대 프랑스 문화이론』, 서울대학교 출판부, 2002, 145쪽).

나간다.

리쾨르는 시적인 은유의 창조적인 능력을 철학적으로 고찰하면서, 은유란 표현 기교가 아닌 의미의 창조라고 정의한다. 알려지다시피 리쾨르는 해석학자이고, 그는 인간이 언어로 이루어진 담론을 통해 세계와 관계할 수 있다고 보는 입장을 지니고 있다. 해석학자로서의 리쾨르는 특히 은유의 작용이 명료한 세계 이해를 가능하게 하고, 미래적 삶의 영위를 드러낸다고 파악한다.[58] 리쾨르가 주장한 은유 이론의 핵심은 은유의 '~로 보기(seeing as)'[59]라는 개념을 통해 잘 드러난다. '~로 보기(seeing as)'는 언어사용자들이 은유를 통해 비로소 익숙한 것을 새로운 시각으로 파악하게 된다는, 은유의 창조적 측면을 강조한 개념이다. 리쾨르는 은유를 단지 단어와 단어의 연결(수사학적 기법)이 아닌 의미론적 혁신을 드러내는 기제로 확장하여 사용하고 있는 것이다. 비트겐슈타인의 용어에서 차용한 '~로 보기(seeing as)' 개념[60]은 은유와 상상

---

58 Karl Simms, 『해석의 영혼 폴 리쾨르』, 김창환 역, 엘피, 2009, 29쪽.

59 'metaphorical seeing'으로서 'seeing as' 개념과 그로 인한 '살아 있는 은유(living metaphor)'의 의미론적 혁신에 대해서는 Paul Ricoeur(1977), *The Rule of Metaphor*, pp.230~231 ; Paul Ricoeur(1979), "The Metaphorical Process as Cognition, Imagination, and Feeling", p.148 참조.

60 더 정확히 말하자면, Wittgenstein의 개념을 은유의 이미지, 그리고 상상력과 연결시킨 것은 Ricoeur 이전에 Hester의 작업이었고, 물론 Ricoeur도 Hester의 성과임을 분명히 명시하고 있다(*La métaphore vive*, pp.268~269). Hester는 Wittgenstein의 '~로서 보기' 개념을 빌려와 은유 이론에 적용하였다. 사실 Wittgenstein의 주된 논의는 은유나 상상력에 관한 것이 아니었다. Wittgenstein은 '오리-토끼' 그림과 같은 애매한 형상을 통해 지각의 본성에 관한 문제를 다루었다. 그에 따르면, 그 그림을 애매하다고 할 수 있는 것은 어느 순간은 토끼로 보이다가 또 오리로 보이기 때문이다. Wittgenstein은 이를 '국면의 떠오름

력이 매우 밀접하게 결부된 문제임을 보여준다.[61] 비트겐슈타인이 분명히 지적한 바 있듯이, '~로 보기' 개념은 '봄(seeing)' 혹은 시각과 관련된 문제면서도 일반적인 '봄'과 동일시될 수 없다. 은유적인 '~로 보기'는 대상의 모습을 순전히 수동적으로 받아들이는 감각 행위가 아니라, '어떠한 국면을 주목하는 것(noticing an aspect)'[62]을 의미한다. 그리고 '어떠한 국면을 주목하는 것'은 이미지를 갖는 것, 즉 상상하는 것과 관련되어 있다. 즉 은유란 단순히 유사성과 적절성의 문제가 아니라 '무엇을 어떻게 보고 상상하느냐'의 문제라는 것이다. 이와 함께 리쾨르는 '은유의 감각적 순간'[63]에 주목한다. 이것은 은유가 이미지를 형성하면

(dawning of aspect)'이라는 용어로 정의하였다(Wittgenstein, 『철학적 탐구』, 이영철 역, 책세상, 2006, 344쪽 참조).

61 이 용어와 상상력의 관계에 대해서 리쾨르의 입장은 다음에 요약되어 있다. "This analysis of the work of resemblance suggests in turn that the notions of 'productive imagination' and 'iconic function' must be reinterpreted. Indeed, imagination must cease being seen as a function of the image, in the quasi-sensorial sense of the word ; it consists rather in 'seeing as...' according to a Wittgensteinian expression—a power that is an aspect of the properly semantic operation consisting in seeing the similar in the dissimilar." (Paul Ricoeur(1977), *The Rule of Metaphor: Multi-Disciplinary Studies of the Creation of Meaning in Language*, Trans. Robert Czerny with Kathleen McLaughlin and John Costello, Toronto: University of Toronto Press, p.6)

62 Wittgenstein의 지적과 용어를 설명하고 더불어 자신의 은유론을 전개하는 부분은 Paul Ricoeur(1975), *La métaphore vive*, Paris: Seuil. p.193 참조. 또한 이 개념에 대해 Karl Simms는 "'~로 보기'는 리쾨르가 게슈탈트(Gestalt) 심리학에서 빌려온 개념이다. '~로 보기'는 단순하게 보는 것과 다르다. 단순히 보는 것은 경험에 불과하다. 하지만 '~로 보기'로 보기는 경험과 행위의 중간, 혹은 '경험과 행위가 동시에 일어나는 것'이다"라고 분석한다(Karl Simms, 위의 책, 143쪽).

63 Paul Ricoeur(1975), *La métaphore vive*, Paris: Seuil, p.263.

제1장 이미지즘의 부권 가능성과 방향

서 의미론적 혁신을 이루어내는 순간을 말한다.

그러면 이러한 은유론을 통해 리쾨르는 무엇이 가능하다고 논증한 것일까. 리쾨르의 은유론은 '은유를 통한 현실의 재서술(redescription)'[64]이 가능다고 본다.[65] 그리고 이를 통해 종합 또는 통일로서의 상상력이 작동해서 현실을 허구로 새롭게 서술하는 '발견적 허구의 창조'[66]가 일어난다고 하는 점을 강조한다. 이른바 리쾨르에게 은유는 상상력을 통해 세계에 질서를 부여하는 형식을 의미한다.[67]

현실을 재서술하는 힘으로서의 은유가 문학 분석에서 중요한 이유는 이 은유의 재서술적 기능이 원고지 앞에서의 시인의 작업을 드러내기 때문이다. 상징적으로 산책자였던 시인은 집으로 돌아와 테이블, 즉 원고지 앞에 앉아 시 쓰기를 시작한다. 굳이 집과 테이블이 아니더라도 시인에게는 구상과 접촉과 감각의 순간이 있고, 그것이 언어를 입고 상상

---

64 "the issue is no longer the *form* of metaphor as a word focused figure of speech, nor even just the *sense* of metaphor as a founding of a new semantic pertinence, **but the reference of the metaphorical statement as the power to 'redescribe' reality.**(강조-인용자) 논점은 더 이상 문제에 초점을 맞추는 단어 수준에서의, '은유의 형식'에 있지 않다. 또한 논점은 새로운 의미론적 타당성을 확립시키는 것으로서의 '은유의 감각'에도 있지 않다. 중요한 것은 '은유적 진술의 참조(지시 내용)'로서 이것은 현실을 '재기술'하는 힘으로 작용한다." Paul Ricoeur(1977), p.6.

65 "Finally, if all languate, all symbolism consists in 'remaking reality', there is no place in language where this work is more plainly and fully demonstrated. 만약 모든 언어가 혹은 모든 기호체계가 '실재를 재생산하는 것'에 있는 것이라면, 언어 안에는 이런 실재의 재생산이 [은유의 영역에서만큼] 더 분명하고 또 충분하게 제시된 곳이 없다." Paul Ricoeur(1977), p.237.

66 Paul Ricoeur(1975), *La métaphore vive*, p.301.

67 Karl Simms, 앞의 책, 153쪽.

적 세계를 완성하는 창작의 순간이 있다. 산책자의 핵심은 걸어 다니면서 본다는 것, 즉 관찰과 이해와 상상이 결합되어 있다는 점이다. 감각하고 사유하고 몽상하고 상상하는 이 산책자의 시작법은 현실을 말하되 비현실적인 상상의 세계를 지향하고, 비현실적인 상상의 세계를 말하는 것 같지만 현실에 접목되어 있다는 측면에서 은유적인 사고방식과 연결되어 있다.

현실을 선별하여 명확히 서술하면 역사 기록이 되겠지만, 현실을 창조적이며 상상적의 방식으로 재기술한다면, 그것은 은유이자 나아가 문학이 된다. 산책자의 기법이자 사유의 방식으로서의 은유는 현실을 재기술 하면서 당대의 시학(詩學)이자 개별적인 문학 세계를 구축해 나간다. 이 재기술이 중요한 것은 "세상을 재묘사 하는 것은 세상을 변화시키기 위해 필요한 첫 단계"[68]라는 말처럼 기존의 관습적 사유와 이데올로기에 균열을 내고 전복시키는 활동으로 이어지기 때문이다.

이렇게 은유는 비유어법(figure of speech)을 넘어서, 창조와 상상의 세계에 접근하는 구축의 원리가 될 수 있다. 이 점에 최초로 주목했던 리쾨르의 은유 개념 역시 단지 '낯설게 보기'를 넘어서는, 총체적 인식론의 문제 볼 수 있다. 이러한 은유의 인식론적 기능에 주목하여 최근의 새로운 은유론의 전개가 이루어지기도 했다. 리쾨르의 인식론적 은유론을 계승 · 확장시킨 이론으로는 레이코프 등의 미국 언어학자들로 대변되는 인지언어학을 들 수 있다. 인지언어학에서는 리쾨르의 주장과

---

68 Salman Rushdie의 "Imaginary Homelands" 부분(박종성, 『탈식민주의에 대한 성찰』, 살림, 2006, 79쪽에서 재인용).

궤를 같이하는 은유론을 주창하는데, 그것은 "은유란 광범위하고 필수불가결한 인간의 이해의 구조"이며 인간은 은유를 통해 세계를 비유적으로 파악할 수 있다는 것이다. 즉 은유는 언어 기교가 아닌 상상력이며 인간 내적인 능력 자체라는 것이다. 그리고 이와 같은 은유론에서는 상상력으로서의 은유를 무모한 환상이나 창조성이 아닌, 경험과 세계에 독창적인 이해와 질서를 부여하는 능력이라고 보았다.[69] 이러한 은유의 상상력에 기초를 마련한 것이 앞서 설명한 리쾨르의 은유론이다. 이 책에서는 그의 은유론의 인식론적인 측면, 상상적인 측면에 착안하여 작품 분석 및 해석에 활용할 것이다.

리쾨르의 해석학적 작업은 국내에 널리 알려져 있지만 그의 은유론은 아직 번역서조차 없는 실정이다.[70] 그러나 리쾨르의 은유론은 은유 연구 및 최근의 인지언어학에서도 그 중요성을 인정받고 있다. 이 책에서는 이러한 리쾨르의 은유론을 바탕으로 하여, 1930년대 언어적 '기교'이자 근대적 '감각'의 공동분모, 현실을 주체적이고 문학적인 방법으로 시적 의미화하는 방식을 논구한다. 그리고 은유를 통해 세계 인식을 드러내는 방식, 즉 인식론적인 은유를 통해 시인의 상상적이며 내면적인 지

69   M. Johnson, 『마음 속의 몸』, 노양진 역, 철학과현실사, 2000, 37쪽.
70   리쾨르의 은유론 이해에는 다음의 저작들이 대표적이다. 최호진, 「은유의 지평
      ―폴 리쾨르의 은유해석학에 대한 기원적 고찰」, 장로회신학대학교 석사학위 논
      문, 2007 ; 이윤경, 「폴 리쾨르의 은유이론 연구―『살아 있는 은유』를 중심으로」,
      서울대학교 석사학위 논문, 2010 ; 장경, 「문학 해석과 창조적 은유―뽈 리쾨르
      의 문학이론을 중심으로」, 『불어불문학연구』 33집, 한국불어불문학회, 1996 ; 정
      기철, 「리쾨르의 은유론」, 『상징 은유 그리고 이야기』, 문예출판사, 2002 ; 박성창,
      앞의 글, 『수사학과 현대 프랑스 문화이론』, 서울대학교 출판부, 2002.

향성을 드러내는 작업을 '은유화'로 개념화하고자 한다. 이 책의 논의 대상인 이미지즘 시인에게서 은유는 창조 및 지향의 의미를 담고 있다. 이 책의 3장과 4장에서 논의되는 바와 같이, 정지용과 김기림은 구체적인 은유 효과와 은유적인 인식을 통해 세계를 내적으로 '은유화'하는 시 쓰기를 시도한다.

일반적으로 '이러이러한 이미지가 나타났다'고 하는 판단에는 이미지의 의미를 결론으로 삼아 논의를 귀결시키는 경향이 강하다. 이에 반해 은유를 통해 이미지를 파악하는 경우는 이미지를 결론적 의미가 아닌, 과정적인 방향으로 해석할 수 있다. 은유, 즉 A의 상황을 B의 상황이라고 보려는 의도에는 일종의 지향성이 내포되어 있는 것이다. 이 책에서는 1930년대 시 문학에서 이미지, 은유가 강하게 추구되고 중시되었던 필연성이 이러한 지향성의 표출과 결부되어 있다고 본다. 조선적 이미지즘은 물론, 대상에 대한 감각의 정확한 포착을 중시했지만, 정확한 것보다 더 중요한 것은 당대에 왜 이러한 이미지와 은유의 인식론이 나타났는지를 살피는 일이다.

이 책은 결론적으로 1930년대 이미지즘이 이미지의 계열체와 통합축을 통해 입체적이고 문학적인 좌표를 형성하고, 그 안에 정신적인 공간을 마련하는 성과를 이루었다고 본다. 정지용에게는 낯선 것과 친숙한 것을 연결시켜서 불가해한 세계를 가해한 세계로 재기술하는 은유가 있었고, 병치를 통해 축소지향적인 세계로 초점을 맞추는 이미지의 순도화가 있었으며, 바다와 산을 아우르는 여행[71]을 통해 조선의 이미지

---

71 정지용의 여행을 총체적으로 살펴보면 북유(北遊) · 남유(南遊) · 동유(東遊) 등을

적 토폴로지를 재구축하는 흐름이 있었다. 김기림에게는 은유와 은유를 연결하여 세계의 판을 확장시키는 파노라마적 세계 인식이 있었고, '지도-테이블-박람회'를 연결하는 서판적(書板的)인 시선과 현실적·미디어적 판(板)을 전복시켜 탈출하는 '뒤집힌 지도'의 은유가 존재했고, 근대적 조감도(鳥瞰圖)의 시선에 맞서는 천상과 하층의 수직 구도가 존재했다. 두 시인은 이미지의 포착으로 귀결되는 작품을 보여주기보다는, 현실의 세계에 길항하는 새로운 공간성의 창조를 다양한 이미지를 활용해서 보여주었다. 이 공간성의 창조에는 현실을 어떻게 바라보았으며, 현실이 무엇으로 탈바꿈하기를 상상했는지, 문학적 정신의 지향성이 포함되어 있다. 그리고 그들의 '은유화' 양상을 통해 확인할 수 있는 이 지향성이야말로 리쾨르의 은유론에서의 '은유적 진실(metaphorical truth)'[72]이자 '조선적 이미지즘'의 의의에 해당한다.

1930년대 '조선적 이미지즘'의 시대

아우르는 조선 사방에 대한 탐사로 이해할 수 있다. 제3장 3절에서 이에 대한 상세한 분석을 시도한다.

72 Paul Ricoeur(1977), p.7, pp.247~256. 이에 대해 이윤경은 "은유는 의미를 거쳐 지시를 통해 언어 바깥으로 나아간다. 외부로 나아가려는 지시의 움직임 속에서 문자적 지시는 유보되고 은유적 지시는 해석을 요청한다. 해석을 불러일으키는 은유는 언어에 선행하는 세계를 다시 구성하는 창조적 용법이다. 세계는 마치 고정된 것처럼 보이지만, 고정불변의 것이 아니라 역동적인 가능성을 지닌다. 새로움을 담지하는 은유는 일상적 세계에 변화를 일으킨다. 은유로부터 발생하는 새로운 의미를 리쾨르는 은유적 진실로 간주한다"(이윤경, 「국문초록」, 앞의 논문)라고 풀이한다.

은유 정신의 지향성과
세계 '재기술'의 방법론

은유 정신의 지향성과 세계 '재기술'의 방법론

1. 정지용 · 김기림의 은유론과 이미지즘 수용의 필연성

이 절에서는 정지용과 김기림의 시론을 중심으로 그들이 이미지와 은유에 대해 어떤 인식을 지니고 있었는지 고찰한다. 이어서 서구 이미지즘 이론을 확인하면서 국문학에서의 이미지즘 연구가 시각적 심상 중심의 이미지즘에서 벗어나야 함을 논증하고자 한다. 1930년대 당대 문단에서 이미지즘을 어떻게 파악하고 있었으며 시인의 은유관은 어떠했는가를 고찰하는 일은 '조선적 이미지즘' 논리의 바탕으로서 확인될 필요가 있기 때문이다.

이와 같은 작업을 위해서는 우선 서구 이미지즘의 이론과 조선 문단 내로의 수용 과정에 대해서 면밀히 고찰할 필요가 있다. 일반적으로 문예사조상의 이미지즘은 영미에서 일어났던 일단의 시운동을 지칭한다. 시기에 대해서는 두 가지 견해가 있는데, 1909년부터 1917년까지 일어

낳다고 보는 견해[1]와 1912년부터 1917년까지 일어났다고 보는 견해[2]가 있다. 기점상의 견해는 상이하지만 1917년에 집단 운동으로서의 활동은 끝났다는 점, 이후 1930년대까지도 개개의 시인들이 이미지즘 시인을 개별적으로 창작했다는 점에는 이견이 없다. 기점의 차이는 시론의 기초를 마련했던 흄의 활동을 인정하느냐, 아니면 시론과 시작 활동의 중심이었던 에즈라 파운드를 시작으로 보는가에 달려 있다.

정확한 서구 이미지즘의 기점을 어느 시기로 보든, 운동의 중심적 인물로는 단연 에즈라 파운드를 꼽을 수 있다. 에즈라 파운드는 이미지스트 강령을 만들고, 엔솔로지 출간의 주축이 되었으며, '이미지스트'라는 용어를 만든 인물이다. 에즈라 파운드가 사용한 이미지스트라는 용어는 '이미지(image)'에서 온 것이다.[3] 현대 시론에서 이미지는 우리말로 심상 혹은 영상이라고 번역되고 있다.[4] 일반적으로 이미지, 또는 '마음에 새겨진 상(象)'으로서의 심상이라는 용어는 대상이 지닌 형상을 모방적으로 표현해냈다는 의미, 특히 시각이라는 감각으로 파악한 대상에 대한 기억[5]이라는 의미가 강조되어 사용된다. 바르트에 의하면 이미지

1 　김재근, 『이미지즘 연구』, 민음사, 1973, 10쪽.

2 　백운복, 앞의 글, 60쪽.

3 　김재근, 앞의 책, 14쪽.

4 　"이미지는 순수 한국어로 모습에 해당하는 말이다. 별도로 영상이라든가 심상이라고 말할 수도 있다. 그러나, 대개는 그대로 쓰이며 그 집합 형태를 이미저리라고 한다."(김용직, 『현대시원론』, 학연사, 1990, 175쪽)

5 　이와 같은 견해는 주은우, 앞의 책, 49쪽 및 "image는 우리 말로 번역하면 심상 혹은 영상이라는 뜻이므로, IMAGISM은 우리 말로 사상주의(寫像主義)라고 번역한다. 따라서 사상주의를 신봉하는 시인 imagist들이 주장하는 시는 심상의 명확을 중요한 골자로 한다. 이미지는 시상─심상의 한 단위가 되는 것이다. 심

의 고대 어원은 '모방하다'는 imitari에 뿌리를 두고 있는데 이 말의 뜻은 단순 모방이 아니라 인간이 다시 재조작한 '재현(re-presentation)'에 가깝다.[6] 그리고 재현으로서의 이미지는 표상들의 집합체라는 의미를 지니고 있어서 무엇을 어떻게 '보았다'는 시각성의 역할을 중시하고 있는 것이 사실이다.[7] 이미지라는 용어는 '모방'·'재현'·'표상'의 개념과 연관되어 있기 때문에 이미지즘 역시 가시적 표상·외연·대상의 재현·시감각의 결과로 이해되는 경향이 강하다. 그러나 일반 이미지론에서든, 시각 체계를 중심에 놓고 이미지를 파악하는 연구[8]에서든 이미지가 곧 시각적 감각에 국한되지 않다는 점은 누차 강조되어왔다. "이미지는 시각이나 영상 이미지만을 일컫는 것이 아니다"[9]라는 사실은 이미지에 대한 정확한 이해와 연구에서 매우 중요한 지침이 될 필요가 있다.[10] 바

상은 심리학과 문학 연구에 관련되는 논제가 된다. 심리학에서 볼 때 심상은 반드시 시각적인 것은 아니라도 과거의 감각적이거나 지각적인 경험에서 오는 심적인 재현, 즉 기억을 말하는 것이다."(김재근, 앞의 책, 14쪽).

6 주은우, 앞의 책, 123쪽에서 재인용.

7 "이미지의 그리스어 어원인 아이콘의 경우에서 볼 수 있듯이 이미지는 그 무엇보다 우리 눈앞에 3차원의 공간을 펼쳐 보이는 시각적 경험과 관련이 있다."(유평근·진형준,『이미지』, 살림, 2001, 28쪽)

8 주은우의 위 논의는 시각 체계의 현대적 역할을 파악하는 사회학 저술로서 보는 방식에 따른 다양한 이미지 변화에 대한 서술을 포함하고 있다. 시각성의 변화와 이미지의 생산이 연결되어 있다는 논지임에도 불구하고 이때의 "시각은 우리의 경험, 언어, 다른 감각들, 그리고 지각 장치를 포함하고 있는 기술"(주은우, 앞의 책, 53쪽)로서 파악되기 때문에 '보는 것'이 시감각에 수용된 외적 상을 넘어서 문화적이고 이데올로기적인 인지적 담론 위에 형성된 총체적 개념으로 이어지고 있다.

9 유평근·진형준,『이미지』, 살림, 2001, 26쪽.

10 이미지스트 시인 연구에 있어서 "심상은 반드시 시각적인 것만이 아니다"는 사

슐라르와 뒤랑의 이미지론을 바탕으로 삼은 이미지론에서도 "이미지라 일컫는 것은 물질적으로 혹은 구체적으로 표현된 것만 가리키지는 않는다. 이미지의 영역이란 그러한 구체적인 결과물을 낳게 한 의식 · 무의식적 동인 및 이미지를 낳게 한 심리적 원인 모두를 포함한다"[11]고 본다. 원론적으로 이미지라는 것은 시각성을 중시하면서도 시각성을 넘어서 있는 총체적 영역이지만, 이미지즘에 대한 이해에서는 이 부분이 상당히 간과되어 다시 시각중심적인 이미지로 축소되어 이해되는 경향이 있다. 그리고 이러한 경향의 시발점은 서구 '이미지즘'을 '사상파(寫像派)'로 번역, 수용했던 근대 일본의 수용 과정과 무관하지 않다.

> 그런데 감정을 대상으로 한 시는 이미 이마지스트(사상파)의 시대에 사멸한 것이라고 생각하였다. 사멸까지는 아니 했어도 이미 그 시대를 종결한 것으로 생각해 왔다. ……이마지스트는 이메지(影像)의 창조를 목적하였으므로 따라서 감각을 새로운 가치에 있어서 발견하였다. 그러나, 그러한 영상의 감각을 통하야 역시 감정의 세계를 상징하려고 하였던 까닭에 그것도 서정시의 범주를 아직 완전히 벗어나지 못했다.[12]

인용문에서 김기림은 '이마지스트'를 '사상파(寫像波)'로 부르고 있다. 이미지즘과 사상파가 병기된 것은 조선 문단이 일본에서의 번역 용어를 그대로 받아들인 결과이다. 가와지 류코(川路柳虹) 같은 이는 「사상

실이 강조된다(김재근, 앞의 책, 14쪽 참조).

11 김재근, 위의 책, 26쪽.

12 김기림, 「시의 회화성」, 『詩苑』 1934. 5(『김기림 전집』 2, 103쪽).

파의 태도」[13]에서 이미지즘의 핵심을 요약적으로 제시할 정도로 파악하고 있었다. 이때 '사상파'라는 용어는 이미지즘을 소개하기 위해 일본 다이쇼 시대부터 '이미지즘'에 대한 번역어로 고안되었다. 사나다 히로코는 이 번역어로 인해 이미지즘에서의 이미지가 지닌 영상(映像)적 측면, 즉 시각성만을 부각시켰다고 파악한다. 그리고 이러한 이미지즘을 '사상'으로 번역했기 때문에 이미지즘에 대한 이해가 다른 오관(五官)에 대한 종합적 이해가 아닌, 시각성 중심으로 국한되는 경향이 발생했다고 지적한다.[14] 조선 문단에서도 일본의 번역어를 따라 이미지즘을 '사상파'로 소개했다. '사상파'라는 한자어는 '상(像)'을 그대로 모사한다는 의미를 지닌다. 이미지즘이 '사상파'가 되어 조선에 이입되었기 때문에 1920~30년대의 이미지즘 역시 일본 문단에서와 마찬가지로 시각성 중심으로 이해되는 경향이 강했다.

영미 이미지즘을 한국 문단에 처음 소개한 이는 황석우로 알려져 있

---

13 1) 이미지스트는 두 가지 새로운 요구사항을 내걸고 있다. 첫째, 재래 시에 대한 반항으로써 자유로운 신시형을 요구한다. 이는 자유시로 발전하였다. 둘째, 실재에 대한 강력한 요구의 표현이다─근대 회화의 표현과 같이 생 혹은 실재에 직면, 육박해가는 경향이다. 2) 형식적인 외형률을 피하며, 대상을 대하는 작자의 내적 호흡을 중시한다. 3) 최신의 수사법을 쓴다. 미사여구를 쓰지 않고 솔직한 표현을 쓴다. 4) 이미지를 존중한다. 즉 감각을 존중한다. 상투적인 이미지 개념에 대한 반항의 성격을 지니고 있다. 이 면에서는 상징주의와 상통한다. 5) 이미지의 발랄성이나 리얼한 면을 보면 이미지즘은 몽롱주의가 아니라 정확한 세계를 지향하는 것을 알 수 있다. 6) 재래 시인과 같은 관념이나 환상, 암시보다는 생생한 직접성을 지향한다. 한마디로 이미지로 된 회화를 그려내는 것이다(가와지 류코(川路柳虹), 「사상파의 태도」, 『현대시가』 1918. 3. 11~12쪽을 심원섭, 『한일 문학의 관계론적 연구』, 국학자료원, 1998, 276~277쪽에서 재인용).
14 眞田博子, 『최초의 모더니스트 정지용』, 역락, 2002, 80쪽.

다. 그는 1919년『매일신보』에 기고한「시화(詩話)」에서 처음으로 '사상파(寫像派)'라는 명칭을 사용하였다.[15] 이후 1924년에는 박영희가 이미지스트를 "사상주의자(임매지스트)"(『개벽』, 2호)로 부르며 로월, 둘리틀, 올딩턴, 플린트, 플레처 등을 소개하였고, 양주동은 이미지즘을 '사상주의'로 칭하며 이미지스트 6원칙을 요약·소개하였다.[16] 서구 이미지즘의 초석을 마련했던 흄이나 중심적 인물인 에즈라 파운드는 오히려 늦게 소개되었다. 이미지즘의 이론적 지도자로서 흄이 처음 소개된 것은 1934년 최재서에 의해서였다.[17] 이와 같이 부분적인 소개, 역순행적인 소개 역시 이미지즘에 대한 회화성 중심의 이해를 강화시키는 원인이 되었다. 초창기 수용에 있어 흄이나 에즈라 파운드의 원칙이 중심이 된 것이 아니었기 때문에 조선 문단에서의 이미지즘은 기법적으로 회화성을 골자로 한 서구 사조 정도로 이해되고 말았다.

물론 서구 이미지스트들 역시 심상의 명확성을 가장 강조했으며, 이미지는 그러한 시상 내지 심상의 한 단위로서 가치를 인정받았다. 그럼에도 불구하고 심상을 단지 회화적이고 가시적이라고 파악하는 것은 이미지즘에 대한 편협한 이해라고 할 수 있다. 실례로 이미지스트들의 1916년도의 시집이자 두 번째 이미지스트 시집인『몇 명의 이미지스트 시인들』의「서문」에는 "첫째로, 이미지즘의 시는 단순히 회화적인 표현을 의미하는 것이 아니다. 이미지즘의 시는 주제에 대해서보다는 표

---

15   홍은택, 앞의 글,『국제어문』27집, 국제어문학회, 2003, 163쪽.
16   양주동,「정오이삼―김기진군에게」,『조선문단』12호, 1925.10(위의 글, 164쪽 재인용).
17   홍은택, 앞의 글, 166쪽.

현 양식에 중점을 둔다. 작자가 전달하려고 하는 것은 무엇이든지 명백하게 표현할 것을 의미하는 것이다"[18]라고 적혀 있다. '명백'이 문제이지 '회화적 표현'이 문제가 아니라는 것이다.

'이미지' 는 일순간에 지적이고 정적인 복합물을 제시하는 것이다. 나는 복합물이라는 말을, 적용에서 절대적인 합의를 보지는 못할지라도 차라리 하트와 같은 보다 새로운 심리학자들이 사용하는 기술적인 의미로 사용한다. 그것은 갑작스런 해방감 ; 시간제한과 공간제한으로부터 벗어나는 느낌 ; 위대한 예술작품들 앞에서 우리가 경험하는 갑작스런 성장감을 주는 그러한 복합물을 순간적으로 제시하는 것이다.[19]

인용문은 '이미지'에 대한 에즈라 파운드의 입장을 압축적으로 보여주는 구절이다. 이미지즘의 시인들이 명확한 심상을 중시한 것은 사실이지만, 그 심상의 중시는 위와 같은 근본적이며 전제적인 조건 위에서 이해되어야 한다. 이미지즘 운동의 지도자였던 에즈라 파운드는 심상을 회화적 표상으로서가 아니고 즉각적인 지(知)와 정(情)의 복합을 표현하는 것이라고 규정하였다. 즉, 상이한 직관이 순간적으로 합일된 것이 바로 이미지즘의 핵심이라는 말이다.[20] 위에 인용한 파운드의 「회고록」과 1916년도의 엔솔로지 시집 서문 외에, 당시 영미 신진 시인들에

---

18 김재근, 앞의 책, 38쪽.
19 Ezra Pound, 「회고록」, 『에즈러 파운드 시와 산문선』, 전홍실 편역, 한신문화사, 1995, 398쪽.
20 김재근 편역, 『이미지즘 시인선』, 정음사, 1977, 209쪽.

게 지도서 역할을 했다는 「이미지스트 시인이 하여서는 안 될 몇 가지 금제 조항」에도 같은 강조가 나와 있어 파운드가 이미지의 관습적 의미를 넘어서려 했음을 알 수 있다.

에즈라 파운드의 입장이 이와 같다면 흄의 이론에서 이미지란 어떤 의미를 지니고 있는가. 서구 이미지즘에서는 에즈라 파운드의 이론 외에 초창기 이론적 기초를 마련했던 T. E. 흄의 이론이 또 다른 중심을 이루고 있다. 한국문학사에서 흄은 주지주의 문학론을 주장한 철학자로 알려져 있다. 그렇지만 흄은 장시를 포함, 26편 306행의 이미지즘 시를 썼던 이미지스트 시인이자 1908년 런던에서 '시인 클럽'을 주재하며 이미지즘을 시작한 초창기 이론가이기도 하다. 가장 널리 알려진 흄의 논문으로 「낭만주의와 고전주의」를 들 수 있는데 이 논문은 100년 동안의 낭만주의가 끝나고 고전주의의 부흥이 시작되리라는 것, 그리고 이 새로운 고전주의 정신의 독특한 무기는 '이미지'가 될 것이라는 주장을 담고 있다.[21] 흄의 이미지즘은 이러한 변화의 감지와 요청을 동반하고 있다. 흄은 새로운 사상이란 실재와 언어와의 관계를 변화시킬 때 표현될 수 있으며, 끊임없이 창조적이기 위해서는 새로운 이미지가 탄생해야 한다고 보았다. 이때 용어와 실재와의 관계를 변화시키는 것을 흄은 새로운 은유의 탄생으로 설명한다.

세상에서 가장 좋은 것은 은유 사용의 즐거움이라는 흄의 주장처럼 그는 특히 새로운 은유에 주목하였다. 흄은 새 시대 문학이 담아내야 할 상이한 경험을, 예전에는 없었던 조화된 종합, 즉 새로운 은유로 표현할

21 김재근 편역, 앞의 책, 185쪽.

수 있다고 보았던 것이다. 흄은 이미지 중에서도 시각적인 부분을 중시한 편이지만, 그는 시각적인 부분을 모사하자고 주장한 것이 아니라 새로운 실재와 새로운 감각의 종합을 이미지로 파악했다. 흄에 있어서 이미지의 역할이나 은유의 기법은 상당히 유사한 의미로 인식되었다.

서론에서 간략하게 언급한 바 있듯이, T. E. 흄의「근대 예술과 그 철학, 낭만주의와 고전주의, 근대 예술 이론에 관한 저작 계획」에서 발췌한 아래의 시론을 보면, 그의 은유에 대한 강조와 그것을 통한 시적 목표를 보다 확실히 파악할 수 있다.

> 1) 중요한 목표는 확실하고 정확하고 명확한 묘사이다. 묘사를 정확하게 할 수 있게 하는 것은 오직 새로운 은유뿐이다.
> 2) 결코 평범한 설명이 되어서는 안 된다. 평범한 설명은 아무 효과도 가져오지 못한다. 항상 상사적(相似的)인 것을 가지지 않아서는 안 된다. 그러한 것이 다른 하나의 세계를 이룩하는 것이다.
> 3) 비유의 정묘한 결합으로서 우리들은 서로 떨어져서는 얻어질 수 없는 생각을 우리의 마음 속에 솜씨 있게 지어내고 있다. 생각은 말보다 앞서 있는 것이다. 그리고 생각은 두 개의 상이한 심상을 동시에 마음 속에 제시함으로써 이룩되는 것이다.[22]

이러한 언급에서와 같이 흄의 설명에 의해서 은유는 이미지즘 시의 핵심으로 떠오르게 된다. 그의 이론에서 은유, 혹은 '상사적인 것'에 대한 강조는 여러 차례 이루어졌다. 2)에서 볼 수 있듯이 흄에게 있어서

---

22 김재근, 위의 책, 33쪽.

은유라는 것은 또 다른 세계를 이룩하는 창조 행위로 인식되었다. 3)에서는 은유가 지금까지 연결되지 않았던 두 개의 상이한 심상을 정교하게 결합하고, 두 가지를 한꺼번에 제시하는 것임을 강조하고 있다. 흄은 특히나 '싱싱한 은유'를 강조했다고 알려져 있다. 흄에 의하면 "언어 속에 있는 모든 말도 처음엔 살아 있는 은유로 시작되지만 거기서 모든 시각적 의미가 서서히 사라져 버리고 일종의 통속어가 되고 만다."[23] 그러나 "창조적인 예술가"는 겉을 둘러싸고 있는 흐름의 베일을 뚫고 "내적 흐름 속으로 침투해 들어가 그가 고정시킬 새로운 모양의 것을 가지고 나오는데", 그것이 바로 "새로운 은유"이며, 이 은유가 바로 인습화된 언어의 한계를 넘어서 인간의 미적 정서를 적절히 표현할 수 있는 이미지인 것이다.[24] 이를 요약하자면, 이미지즘의 핵심은 이미지이고, 그 이미지는 일반적인 표상으로서의 이미지가 아닌 정서와 사상의 충돌로 새로운 심적 효과를 유발할 수 있는 새로운 이미지를 의미한다. 그리고 새로운 이미지가 탄생하기 위해서는 서로 다른 상이성의 연결, 즉 은유를 통한 방법을 활용해야 한다는 것이다. 은유는 서로 연결되어 있지 않은 사상들을 종합하는 기제로서, 창조를 낳는 이미지의 원동력이라고 이해되고 있다.

이상에서 고찰한 내용은, 이미지즘 초기 이론을 마련한 흄이 '은유'와 이미지의 상관관계를 동반의 관계로 파악하고 있었다는 사실이다. 그

---

23 현영민, 앞의 글, 『현대영어영문학』 47집 1호, 한국현대영어영문학회, 2003, 72쪽.
24 위의 글, 같은 쪽.

런데 이미지즘에서의 이미지를 은유와 밀접한 관계로 주장한 것은 비단 흄뿐만이 아니다. 에즈라 파운드 역시 유사한 주장을 전개한 바 있다. 파운드는 그의 시론「시의 매체로서의 한자」의 주석에서, 이미지란 "해석적 은유"라고 설명한다. 그에게 있어 이미지나 은유는 동위의 것이다. 객관적 사물이든 주관적 감흥이든 어떠한 시적 대상을 그것이 아닌 다른 것에 의탁하여 해석한 결과가 바로 이미지이고 은유라는 주장이다. 파운드가 이미지즘 시론을 전개하면서 중국의 표의문자에 관심을 기울였던 이유도 은유를 통해 시적 언어를 확보하려는 의도에서 비롯되었다고 알려져 있다.[25] 이러한 이미지즘의 원리를 근거로, 이 책에서는 한국 근대문학의 이미지즘 분석에 있어 은유론이 상당히 유효할 것으로 판단한다.

또한, 이상 살펴본 바에 의하면 이미지즘을 회화적 작품, 묘사로서의 작품이라고 이해하는 것은 단순화된 견해임을 알 수 있다. 말로 그려진 그림이라든가 시각적 심상이라는 특징들은 이미지즘의 핵심들을 온전히 포괄하고 있지 않다. 정작 이미지즘에서 중요하게 여겨진 강령들은, 이미지즘이 회화성 중심이 아닌 '지(知)'와 '정(情)'의 복합체라는 점, 그리고 이러한 복합의 새로움을 은유, 특히 상이한 것과 상이한 것을 연결하는 새로운 은유가 담당하고 있었다는 내용들이다. 그러나 이미지즘 수용사에 의하면 서구 이미지즘의 이론적 핵심들이 조선 문단에 명확하게 전달되지 않았던 것으로 보인다. 그럼에도 불구하고 정지용과 김기림에게서 서구 이미지즘의 원칙, 즉 신선한 이미지를 강조하고 그

---

25 이미순, 앞의 책, 푸른사상사, 25쪽.

것이 지닌 창조성을 긍정하는 태도는 그들이 새로운 시를 전개하는 데 유효한 자극으로 작용했다. 정지용과 김기림이 이미지즘을 어떻게 자기화했는지는 작품 창작상에서 우회적으로 확인할 수 있다. 이들 시인의 작품에서 새롭고 참신한 은유의 개발이 활발하게 진행되었으며, 이미지의 활용을 통해 시적 세계를 탄탄하게 구축했다는 특성은 서구 이미지즘의 핵심을 창작 상에서 소화한 것으로 보아야 한다.

김기림 등의 시인은 서구 이미지즘에서 부분적 영향을 받되 그것을 조선 문단의 특수한 상황 위에서 소화하여 조선만의 특수성을 지닌 이미지즘을 형성했다. 정지용과 김기림은 일본에서 수학할 때 영문학을 전공했다.[26] 그렇지만 그들의 정체성은 서구 문학 전공자라기보다는 조선 문단의 현실에 더 밀접한 관계를 맺고 있었다. 그들이 서구 이미지즘에 관심을 보였던 이유도 서구 문학을 수학한 경험과 관계가 있다기보다는 서구 이미지즘의 시대적 필연성과 정지용·김기림의 조선적 이미지즘의 시대적 필연성이 상당히 유사한 배경을 지니고 있었다고 볼 수 있다. 즉, 조선적 이미지즘에 대한 이해에서 서구 이미지즘은 어디까지나 참조와 비교의 대상이 될 수 있을 뿐 전폭적인 발신자로 볼 수는 없다.

서구 이미지즘과 조선 이미지즘은 상당히 유사한 시대적 배경에서

---

26 정지용은 1923년 5월 교토 도시샤대학 예과에 입학하여 1926년 4월 본과 영문과에 입학했다. 그의 졸업논문이 블레이크의 상상력 연구라는 사실은 널리 알려져 있다. 또한 김기림은 1936년 4월 센다이의 도호쿠제대 영문학과에 입학해 수학한 바 있다(최동호, 『그들의 문학과 생애—정지용』, 한길사, 2008 및 이숭원, 『그들의 문학과 생애—김기림』, 한길사, 2008 참조).

출발하고 있다. 김기림이 낭만주의를 비만한 '오후'의 시학으로 비판한 것처럼, 서구 이미지즘은 전시대 낭만주의에 대한 혐오와 극복을 통해 시작되었다. 서구 이미지즘은 이전 시대의 상징주의에서 영감을 받았으되 그것을 뛰어넘으려는 의도를 지니고 있었다. 이러한 극복이 필요했던 이유는 당대 영미 시단이 기존의 경향만을 답습하고 있다는 문제의식이 제기되었기 때문이다. 현실의 문제점을 타개하고 새로운 시대를 맞이하기 위해서 문인들은 새로운 시의 필요성을 제기했고, 그 구체적인 방안의 하나로 이미지즘이 시운동으로서 출현했던 것이다.

서구 이미지즘 시운동이 출발한 이러한 문단의 위기의식은 1930년대 조선 문단에서도 강하게 제기된 바 있다. 김기림이 전 시대의 낭만주의를 극복하고 '오전의 시학', '전체로서의 시'를 주장했던 것, 정지용·김기림을 포함한 당대 시인들의 시단에 대한 문제 제기, 비평에서의 의견 충돌, 문예지와 신문 신춘문예 등을 통해 새로운 신인을 모색하며 새경향을 촉구한 점 등은 서구 이미지즘의 배경과 상당히 유사하다고 볼수 있다.[27] 조선의 이미지즘 역시 전대의 낭만주의적 경향과 상징주의적 경향을 극복하고 새로운 시대에 부흥한 새로운 문학을 찾기 위한 모

---

27 1930년대 문학의 위기론 및 새로운 지도 시학에의 대망은 다음과 같은 신춘문예 기사에서도 찾아볼 수 있다. 1935년 1월 1일자 『조선일보』에는 「신춘문예선후감」이 실렸는데 그중 비평 부분의 선작이 없었음을 밝히는 구절에 주목할 만한 내용이 들어 있다. 선후감을 작성한 기자는 신춘문예 공고를 통해 '조선문학의 나아갈 길'을 제시해달라고 했지만 이것을 제시하는 어떤 논문도 찾아볼 수 없었다고 적었다. "해외명사문학의 갈길 만을 아리키지 말고 조선문학의 갈길도 좀 아리키라"는 구절은 이 당시 조선문학 주체적 발전에 대해 문단 전체가 깊은 관심과 기대를 기울였음을 알 수 있다.

색 일로에서 발화하였던 것이다. 서구 이미지즘의 존재는 정지용과 김기림의 시에서 왜 이전과는 다른 낯선 은유들, 낯선 풍경들이 전폭적으로 시에 출현하게 되었는지, 그들이 이미지의 구축을 통해 작품 세계를 형성한 것은 무엇 때문인지 이해하는 데 도움을 줄 수 있다. 나아가 서구 이미지즘을 발신자로 삼기보다 상황의 유사성을 토대로 양측의 이미지즘을 비교할 때 한국문학에서의 이미지즘에 대해 보다 정확한 이해를 얻을 수 있을 것이다.

정지용의 경우, 이미지즘은 물론 서구 사조에 대해서 언급한 예 자체를 찾아보기 어렵다. 이 점은 김기림의 경우와 사뭇 대조적이다. 김기림은 시론을 발표하면서 시를 쓰고, 또다시 시론을 발표하면서 시를 쓰는 식의 시론과 시 창작 수순을 반복했다. 이 과정에서 김기림의 시론은 변화하고 성장했다. 그러나 정지용의 시론은 이와는 상반된 입장에 있다. 정지용에게 있어 시에 대한 관점은 전통적인 시학을 기반으로 공고하게 형성되어 있었기 때문에,[28] 굳이 자체적으로 변화하거나 논증적으로 서술할 필요가 없었다. 정지용은 구태여 시는 이러이러한 것이고, 이렇게 창작되어야 한다는 구체적인 창작론을 펼치지도 않았다.[29] 대신

28 "시학(詩學)과 시론(詩論)에 자조 관심(關心)할것이다. 시의 자매(姉妹) 일반예술론에서 더욱이 동양(東洋) 화론(畫論) 서론(書論)에서 시의 향방(向方)을 찾는이는 빗둘은 길에 들지 않는다. 경서(經書) 성전(聖典)류를 심독(心讀)하야 시에 원천(源泉)에 침윤(浸潤)하는 시인(詩人)은 불멸(不滅)한다. …(중략)… 고전적(古典的)인 것을 진부(陳腐)로 속단(速斷)하는 자는, 별안간 뛰어드는 야만(野蠻)일 뿐이다."(정지용, 「시의 옹호(擁護)」, 『문장』 1권 5집, 1939.6)

29 "시가 어떻게 탄생되느냐. 유쾌(愉快)한 문제다. 시의 모권(母權)을 감성(感性)에 돌릴것이냐 지성(知性)에 돌릴것이냐. 감성에 지적 통제(統制)를 경유(經由)하느냐.

시 쓰기의 정석을 짧은 비유나 명제를 통해서 단편적으로 언급했다. 이 단편적 언급들의 어조는 강경하고 내용은 확신에 가득 차서, 짧은 분량임에도 불구하고 시에 대해 갖고 있었던 정지용의 확실한 태도를 대변하고 있다. 이러한 정지용의 시론은 몇 편의 시론, 『문장』지에 실렸던 「시선후(詩選後)」 수 편, 그리고 문단 대담 등을 통해 드러나 있다.

정인섭 : 장서언의 경향은 어떻다고 보십니까, 정선생?

정지용 : 기어이 꼬집어 어떤 경향이라고 내세워야만 하겠습니까? 시를 짓는 데 있어서 이것이 무슨 파니 무슨 파니 하고 짓는 것은 너무 견고한 주의자적 시는 재미없다고 봅니다. 가령 시 한 편을 대할 때 그것을 순수예술의 견지에서 감상하지 아니하고 이것이 무슨 파냐고 묻는다면 나는 침묵하겠습니다.

정인섭 : 아니 그는 그 사람이 내가 관계하는 학교의 학생이니까 그러는 것이지요. 그런데 내가 본 바로는 장 군은 다른 사람과 좀 달라서 악마적이면서도 신비하고 어덴가 에로틱한 말초신경의 전율을 느끼게 하는 무엇을 갖고 있다고 보기 때문에 묻는 것입니다.

정지용 : 나는 그 사람의 시를 감상한 데 불과한 것입니다. 그것이 무슨 파냐고 작고 물오시니 그럼 예전의 이태백의 시는 무슨 파이었던가요? 이태백의 시는 그저 이태백의 시일 뿐이겠소.

정인섭 : 그래도 무슨 경향이라는 게 있을 것이 아닙니까 **나는 그것을 신감각파라고 봅니다.**

정지용 : **신감각파? 글 짓는데 신감각, 구감각이 어데 있습니**

제2장 은유·정신의 지향성과 세계 제기술의 방법론

혹은 의지(意志)의 결재(決裁)를 기다리는것이냐. 오인의 어떠한 부분이 시작의 수석(首席)이 디느냐. 또는 어떠한 국부(局部)가 이에 협동하느냐. 그대가 시인이면 이따위 문제보다도 달리 총명(聰明)할 데가 있다."(정지용, 위의 글)

까? 감각은 사람이면 누구에나 다 있을 것이지요.[30]

　정지용 : 지금 정인섭 씨는 三三년에 말하자면 **신감각파문학이
나오리라 하셨지마는 신감각파라는 것은 일본서도 칠팔년전에 벌
서 段落하지 않았습니까.**

　백　철 : …(중략)… 부르문학의 한 형태로 순수문학이 있지마
는 이것의 멸망은 지금 일본에서도 불란서에서도 문제가 되어 있
어 세계적으로 위기에 봉착하였다고 볼 수 있는데 조선에서도 그
러타고 봅니다.

　정지용 : 작품량이 적은 것이지 결코 몰락은 아닙니다.[31]

　정지용은 시론의 발표를 아꼈지만 좌담회를 통해서는 솔직하고 직설
적인 문학관을 표출한 경우가 종종 있다. 1933년 1월 『동아일보』에서 신
춘 기획의 일환으로 개최한 「문인좌담회」 역시 그러한 예의 하나이다.
이 좌담회에서는 정지용과 김기림 외에도 이광수, 김억, 김동인, 정인
섭, 백철 등이 참석하여 여러 가지 문단 문제에 관한 종합적인 토론이
이루어졌다. 이 중 정인섭이 정지용에게 시인 장서언의 시풍을 묻는 부
분이 있다. 일반적으로 장서언은 이미지스트 시인으로 분류되는데 이
당시에 정인섭은 그에 대해 '이미지스트'라는 특징 대신 '신감각파'라는
표현을 사용하고 있다. 후대에 이미지즘으로 규정되는 특징이 당대에도
이미 '감각'의 문제로 범주화되고 있음을 알 수 있다. 그러나 정작 이미

30　「문인좌담회 1―사조경향 작가작품 문단진영」, 『동아일보』 1933. 1. 1(강조-인
　　용자).
31　「문인좌담회 8―사조경향 작가작품 문단진영」, 『동아일보』 1933. 1. 10(강조-
　　인용자).

지스트의 대표격인 정지용은 이 '감각'에 대해 회의적인 입장을 취한다. 그 이유는 정지용이 순수문학을 강력하게 옹호하는 대변자를 자처했기 때문이다. 그는 자신을 비롯한 당대의 시인들이 '감각'이라는 용어로 수식되는 데에 반발한다. 그 이유는 자신의 문학이 어디까지나 순수문학이지 '감각'이라는 시대적 사조를 따라 형성된 것이 아니라는 의식에 있다. 정인섭이 '신감각파'와 '구감각파'로 나누어 새로운 시인들의 특징을 구분하려고 할 때 정지용은 '감각' 자체가 중요한 것이 아니고 그 문학성이 중요함을 역설한다. 왜냐하면 자신을 비롯한 시인들의 중요성이 '감각'의 새로움으로 이야기된다면, '감각'의 미래에 시의 미래가 달려 있다는 말이 되는데 정지용은 이보다 먼저 순수하게 문학성을 확립해야 한다고 보기 때문이다. 따라서 정지용은 '감각'에 대한 논의로 귀결되지 않는, 보편적 예술성의 가치를 높게 치면서 순수문학을 옹호한다.

시는 香처럼 使用하야 裝飾하는 것이 아니라 시는 마침내 선현이 밝히신 바를 그대로 쫓아 吾人의 性情에 돌릴 수밖에 없다. 性情이란 본시 타고난것이니 시를 갖을수 있는 혹은 시를 읽어 맛드릴수있는 恩惠가 도시 性情의 타고낳은 福으로 칠 수밖에 없다. 그런데 이 성정은 水性과 같아서 돌과같이 믿을수는 없는 노릇이니, 또한 그릇에 담았다 한들 물이 썩듯이 썩을 수 있는 것이니, 시를 감시하고 안광이 배지를 透할만한 鑑識力을 갖어야 할 것이다. 이를 위해서는 지각과 분별이 필요하며 시와 청춘은 사욕에 몸을 맡기지 말고 '劣情, 痴情, 惡情이 요염한 미문으로 기록되어 나오는 데야 쓴 사람이나 읽는 이가 함께 흥흥 속아 넘어가는 것'을 버려두어서는 안된다. 目不識丁의 農夫가 되었던덜 詩하다가 性情을 傷우지는 않았을 것이니 누구는 이르기를 詩를 짓는이보담 밭을 갈라고 하였고 孔子—가라사대 詩三百에 一言以蔽之曰思無邪라

고 하시었다.[32]

위의 인용문에서 정지용은 시는 장식이 아니라 내면 '성정(性情)'의 발현으로 파악하고 있다. 시 쓰는 이의 정신과 교양이 우선 함양되어야 시가 나올 수 있다는 그의 시론은 "시인은 구극에서 언어문자가 그다지 대수롭지 않다", "표현의 기술적인 것은 차라리 시인의 타고난 재간 혹은 평생 숙련한 腕法의 부지중의 소득이다"[33]라는 표현에서 다시금 반복되고 있다. 1930년대 말 정지용은 정신적 가치에 우선순위를 두고 언어, 표현, 기술, 장식 등을 그 다음의 부차적인 일이자 숙련의 소치로 파악하고 있다.

> 비유는 절뚝바리. 절뚝바리 비유가 진리를 대변하기에 현명한 長女노릇 할 수가 있다. 무성한 감람 한포기를 들어 비유에 올리자. 감람 한포기의 공로를 누구한테 돌릴 것이냐. 태양, 공기, 토양, 우로, 농부, 그들에게 깡그리 균등하게 논공행상하라. 그러나 그들 감람을 배양하기에 협동한 유기적 통일의 원리를 더욱 상찬하라. 감성으로 지성으로 意力으로 체질로 교양으로 지식으로 나중에는 그러한 것들 중의 어느 한가지에도 기울리지 않는 통히 하나로 시에 대진하는 시인은 우수하다.[34]

이런 입장의 정지용이고 보니 구체적으로 '은유'나 '비유' 등에 대해 언급한 경우는 매우 적다. 위의 인용문은 그 적은 경우의 대표적인 예

---

32 정지용, 「시선후」, 『문장』 1권 4집, 1939. 5.
33 정지용, 「시선후」, 앞의 책.
34 정지용, 「시의 옹호(擁護)」, 『문장』 1권 5집, 1939. 6.

로서 그는 "비유는 절뚝바리"라는 표현을 쓰고 있지만, 사실 비유 자체에 대한 견해라기보다는 시의 전체가 '유기적 통일의 원리'로 나아가야 함을 강조하는 시론이기도 하다. 따라서 정지용에게 있어 작품에서 풍성한 은유를 사용함과는 대조적으로 은유에 대한 의식적인 강조는 없었다고 보는 편이 옳다.

그렇지만 시인 자신이 시론에서 밝히지 않았다고 해서 시인의 은유나, 당대에 '감각'으로 이해되었던 새로운 표현이 중요하지 않았다는 말은 아니다. 정지용에게 개별 기법으로서의 은유가 중시되지 않았던 것은 그가 수사법으로서의 은유에 치중하지 않았기 때문이다. 대신 그는 작품에서 은유화를 통해 내면세계를 공고히 구축했다. 이 은유적 세계에 대한 분석과 그 지향성의 의미는 3장에서 논의될 것이다. 작품 분석 이전에 이 장에서는 정지용이 왜 이 은유와 이미지의 창조에 적극적으로 임했는지 그 배경으로서 문단의 위기에 주목한다. 그것은 2절에서 논의될, 정지용과 그의 에피고넨 시인들이 추구했던 '조선시'의 가능성 탐색으로 이어진다.

시론에서 정지용의 은유론이 우회적이고 문학 원론적인 수준에 머무르는 한편, 심층적으로는 문학 본질에 대한 고민 및 조선 문학의 위기 타개를 바탕으로 하고 있었다면, 김기림의 상황은 어떠했을까. 김기림은 정지용보다 서구 이미지즘과의 깊은 관련을 보이고 있다. 김기림의 「문학개론」에는 유명 이미지스트인 H. D.(힐다 두리틀)의 시가 인용되어 있다.[35] 또한 "상징주의의 이윽고 타기(惰氣)에 찬 기운 없는 실내악

---

35 『김기림 전집』 3, 203쪽.

에 불만을 품고 차라리 모ー든 청각적 요소를 시각적 영상(映像)으로 번역(飜譯)하려고 한 사상(寫象)파(이마지스트)는 어떠했는가"[36] 등의 구절을 보아서는 이미지즘에 대한 이해가 상당했음을 알 수 있다. 김기림의 시론은 초기·후기 사이에 큰 변화를 보이고 있는데 그중에서도 1930년대 전반기에는 이미지즘을 중심으로 한 시론을 전개한 것으로 알려져 있다.[37]

김기림의 은유론은 시론 전반에 걸쳐 폭넓게 나타난다. 해방 전에 이미지즘 시론을 전개할 때 가장 뚜렷하게 나타났고, 해방 이후에 리처즈(I. A. Richards)의 이론을 소개하면서 또다시 전개된 바 있다.[38] 해방 전의 은유론으로서 김기림은 새로운 시의 핵심이 새로운 이미지에 있고 이 새로운 이미지를 탄생시키기 위해서는 새로운 눈을 확보해야 한다고 강조했다. 이러한 일환에서 그는 이미지와 더불어 은유에 주목한 바 있다.

1) 시에 있어서도 「컴밍스」[39]에 의하여 「케이딘스」[40]가 문제가

---

36 김기림, 『문학개론』, 신문학연구소, 1946, 13쪽.

37 당시 김기림에 대해 이미순은 그가 "이미지를 형성하는 방식으로서 은유에 초점을 두고 수사학을 전개한다. 그는 이미지즘 시론을 전개하면서 은유론을 제시"했다고 평가한다(이미순, 앞의 책, 푸른사상사, 2007, 13쪽).

38 위의 책, 19쪽.

39 정식 이름은 Edward Estlin Cummings. 1894. 10. 14 미국 매사추세츠 케임브리지~1962. 9. 3 뉴햄프셔 노스콘웨이. 미국의 시인·화가. 문학 실험기에 기발한 구두법과 구절법(句節法)으로 처음 주목을 끌었다. 뉴잉글랜드 후손의 정신과 에머슨의 '자립정신'을 바탕으로 도시화한 구어체 시를 썼다. 자신의 이름을 소문자로만 쓰도록 하기 위해 법적 절차를 밟았을 정도로 인습 타파를 진지하게 받아들였다.

되었고 또는 「이미지」혹은 「메타포어」가 문제가 되고 다시 「딕
슨」[41]이 문제되고 있는 오늘날 大戰 이전의 머리로써 이것을 대하
는 것은 그 비평가 자신으로서도 매우 위험한 일이오, 그러니까 대
상이 된 불행한 시는 「뮤세」처럼 눈물 속에 피난할 밖에 없을 것
이다.[42]

2) 그래서 여기서부터 단순과 단조에 대한 착각이 일어났다. 즉
단순은 시작상 지극히 고귀한 미덕이나 그러나 그것은 시 속에 쓰
여진 개개의 「이미지」나 「메타포어」가 지극히 명확하고 直裁한 것
을 의미하는 것이고 시는 오직 다만 한 개의 「이미지」나 「메타포
어」를 가져야 된다는 말은 1「퍼센트」도 의미하지 않는다. 즉 단조
에 빠지는 것을 허락하는 아모러한 관대도 의미하지 않는다.[43]

3) 그래서 거기는 「이미지」(영상)의 비약이라든지, 결합에서 오
는 미(美)라느니보다는 「메타포어」(은유)의 미가 더욱 뚜렷하게 눈
에 뜨인다. 「가버리는 제비」나 「숨은 장미(薔薇)」는 아마 이 시인
의 청춘·행복, 지나가버린 모든 아름다운 과거의 「메타포어」이며
「마음이 안으로 차는 喪章」은 잃어버린 모든 것, 그리고 분열과 환
멸에 느껴우는 일근대인의 실망의 가장 아름답고 또한 전연 누구
의 모방이 아닌 독창적인 「메타포어」의 미를 가지고 있다고 생각
한다.[44]

이상은 김기림의 초기 시론 중에서 '메타포어'를 언급한 부분들이다.
인용 1)에서 "「이미지」혹은 「메타포어」"라는 부분, 인용 2)에서 "이미

40 cadence(리듬, 억양, 박자)

41 diction(어법)

42 김기림, 「시의 재평가」, 『신동아』, 1933. 5(『김기림 전집』 2, 352쪽).

43 김기림, 「각도의 문제」, 『조선일보』, 1935. 6. 4(『김기림 전집』 2, 170쪽).

44 김기림, 시론 「현대시의 발전」, 『조선일보』, 1934. 7. 12~7. 22(『김기림 전집』 2,
    331쪽).

지」나 「메타포어」"라는 부분에서 볼 수 있듯이 '메타포어'는 이미지와 유사한 성격을 지닌 것처럼 이해되고 있다. 김기림은 이미지와 은유를 크게 구분하여 사용하고 있지 않다. 이미지의 형성에 은유의 역할이 동반된다고 강조한 것은 서구 이미지즘의 주장과 크게 다르지 않다.

　김기림이 초기 시론에서 은유를 강조한 이유는 그가 극복의 대상으로 삼았던 이전 시대의 사조와 관련이 있다. 1920년대 상징주의 시론은 '상징'을 중심에 두고 강조하였다. 전 시대의 강조점이 '상징'이라는 개념에 있다면, '상징'을 대체하는 새로운 개념으로서 김기림은 '은유'를 강조했던 것이다. 따라서 김기림의 초기 시론은 은유 자체를 주장했다기보다는 종전의 상징주의 시와의 차별성을 드러내기 위해서 은유를 언급한 점이 있다.[45] 하지만 김기림의 초기 시론에서의 은유 강조가 '상징'에 대한 대타 의식에서 출발한다 하더라도 그것이 이미지즘에 대한 그의 이해, 시적 실천에서 이미지와 은유의 역할을 증폭시킨 의의를 간과시킬 수는 없다. 앞서 언급한 바와 같이 서구 이미지즘 역시 상징주의를 계승하되 극복해야 한다는 목적의식을 지니고 출발했다. 그리고 이미지즘은 상징주의와는 결별하는 독자적 이론으로 구축되어갔다. 이와 같은 계승과 극복의 과정이 김기림의 초기 시론의 은유론에서도 엿보인다. 김기림은 모더니즘뿐만 아니라 이미지즘 사조, 이에 관련되는 인물인 에즈라 파운드, 엘리어트 등의 문학과 이론을 매우 선진적으로 언급하고 이해했다. 그의 문명 파악의 수준이 매우 수준급이었던 것처럼 김기림의 세계 문학 흐름에 대한 파악 역시 상당히 정확했다. 이러

45　이미순, 앞의 책, 20쪽.

한 서구 사조의 흐름에 대한 이해를 바탕으로 김기림은 조선 문학의 현실을 반추하면서 지도적인 비평을 진행하였다. 따라서 그의 은유 내지 이미지즘에 대한 수용 역시 서구 사조 중에서 이러한 부분이 조선 문단에 필요하다는 판단하에 등장했다고 볼 수 있다.

이것이 초기 이미지즘을 수용하던 김기림의 은유론이라면, 해방 이후 김기림의 은유론은 문학론과 문장론에 관한 깊이 있는 지식으로서 설명되었다. 즉 후반기의 은유론은 이미지즘과는 별개의 방향으로 진전되었다. 해방 후 김기림은 세 권의 문학론을 간행한 바 있다. 『시론』(백양당, 1947)과 『시의 이해』(을유문화사, 1950), 그리고 『문장론신강』(민중서관, 1950)이 그것이다. 이 중에서 『시론』은 간행연도가 해방 이후이지만 수록 평문들은 대개 해방 이전에 작성되었고,[46] 『시의 이해』와 『문장론신강』이 해방 이후의 작업에 해당된다. 이 중에서 『시의 이해』는 주로 I. A. 리처즈의 문학이론을 바탕으로 시의 심리학적 해명을 소개하고 리처즈를 한국 문단에 소개하는 데 초점이 맞추어져 있다. 『문장론신강』에도 리처즈의 『수사학의 철학』을 언급하는 부분[47]이 있으며 리처즈의 은유 이론을 비교적 자세히 서술하고 있다. 당시 『문장론신강』은 이태준의 『문장강화』와 함께 문학인들 사이에서 널리 읽혔던 필독서로 자리

---

46 『시론』에도 리처즈에 대한 언급이 실려 있어 김기림이 리처즈의 이론을 접했던 것은 이른 시기임을 짐작할 수 있다. 이 저서의 앞 부분에서 김기림은 "현대시는 우리 시대가 아니면 쓰지 못할 것이 되지 아니하면 안 된다. 어느 정도 현대의 정세에서 생겨난 것으로 과거의 시인에는 볼 수 없는 새로운 요구와 충동과 태도에 조응하는 것이 되지 않으면 아니된다. ─I. A.리차즈"(『김기림 전집』 2, 15쪽)라는 구절을 제시하고 시작한다.

47 『김기림 전집』 4, 17쪽.

매김했다. 이 저서의 항목 중 「비유」 부분에서 김기림은 "메타포어라는 말은 고대 희랍말로서는 추이(趨移), 즉 옮아가는 것을 의미하는 것으로 나타나는 말이 표면의 뜻, 즉 보통 뜻하고는 다른 것으로 옮아간다는 뜻이다"[48]라고 설명하고 있다. 이 설명은 아리스토텔레스 이래의 전통적은 은유론을 그대로 옮겨놓은 것이다. 이어지는 다음 대목을 통해 김기림이 기본적인 은유 정의 외에도 은유 이론의 최근 경향에까지 상당한 지식과 관심을 가지고 있었음을 알 수 있다. 김기림은 은유에 대한 전통적 정의에 이어 1930년대 후반 주장된 리처즈의 은유 이론(상호교섭설)을 소개한다. "리차즈는 비유구조의 이 두 계열을 갈라서 숨은 뜻 즉 A를 테너라고 부르고, 그것을 밀어가는 B를 비이클이라고 하였다"[49]라는 구절에서 알 수 있듯이 김기림은 리처즈 은유 이론의 핵심과 전문 용어를 정확하게 파악하고 있었다.

　김기림이 은유론의 대가인 I. A. 리처즈의 원서를 직접 읽고 소개하였으며, 그에 대한 이해 정도가 상당했음[50]은 널리 알려진 사실이다. 은유론의 오랜 역사에서 I. A. 리처즈는 그의 이론을 중심으로 이전과 이후로 나뉠 만큼 큰 영향을 끼친 학자로 알려져 있다. 그는 18세기 콜리지의 낭만주의적 언어관에 초점을 맞추어 은유에 대한 관심을 부활시켰고, 아리스토텔레스로부터 내려온 전통적 은유 이론을 상호교섭 이

48　『김기림 전집』4, 134쪽.

49　『김기림 전집』4, 136쪽.

50　김기림의 리처즈 이해와 수용에 대해서는 박성창, 「근대 이후 서구수사학 수용에 관한 고찰—김기림과 I. A. 리차즈를 중심으로」, 『비교문학』41집, 한국비교문학회, 2007 참조.

론으로 확장시킨 최초의 인물이기도 했다. 리처즈의 은유론이 전개되던 당시(1920~30년대)에 은유론은 죽은 이론으로 치부되고 있는 상황이었다. 그렇지만 리처즈는 은유론을 되살리고 혁신하고자 했다.[51] 구체적으로 그는 인간의 사고가 근원적으로 은유적이며, 언어적 은유는 이처럼 기저(基底)적인 은유적 사고 과정의 표현이라고 주장했다. 한국에도 일찌감치 알려져 있었던 그의 대표적인 저서『수사학의 철학(The Philosophy of Rhetoric)』(1936)에서 리처즈는 우리의 실재가 하나의 '투사된 세계'라면서 "언어에서의 은유의 과정, 즉 우리가 명백한 언어적 은유들에서 배우는 단어의 의미들 사이의 교환이 지각되는 세계―그 자체가 이전의 은유 또는 무의식적 은유의 산물인―에 중첩된다."[52]는 주장을 펼치기도 했다.[53]

그런데 김기림은『문장론강화』에서 '은유'라는 용어를 사용하지 않고 계속 '비유'라는 명칭만을 사용한다. 김기림은 리처즈의 저서『수사학의 철학』과 오그던(C. K. Ogden)과 리처즈의 공저인『의미의 의미(The Meaning of Meaning)』(1923)의 구절을 상당 부분 인용하면서도 독자적

---

51 이에 대해 권오만은 "은유 경시 풍조 속에서 그것에 얼마쯤 제자리를 잡아준 것은 I. A.리차즈의 공적이다"(「정지용 시의 은유 검토」,『시와시학』 14호, 1994. 여름, 61쪽)라고 평가한다.

52 I. A. Richards, *The Philosophy of Rhetoric*, Oxford: Oxford University Press, 1936, pp.108~109.

53 그런데 한국 문단에서 리처즈는 40년대와 해방 이후 '신비평주의'를 전개한 인물로 더 알려져 있다. 그가 내세운 신비평주의도 사실 은유적 표현에 대한 정확한 분석과 인식의 기초를 강조한 이론이었지만(김진우,『은유의 이해』, 나라말, 2005, 14쪽) 우리 문단에는 은유에 대한 강조 이전에 시의 내부적인 분석을 강조하는 신비평의 방법만이 부각되었다.

인 은유 개념을 정착시키는 데 주의를 기울이지 않는다. 그에게 있어 은유의 의미는 이미지의 유사 차원, 또는 넓은 의미의 비유라는 언어학적 측면으로 인식되고 있음을 알 수 있다. 후기 시론의 김기림에게 은유가 단독적 의미를 가지는 경우는 은유를 오로지 지성 작용의 일부로서 파악할 때에 국한된다. "주지주의의 시에 있어서조차 그것이 관련하는 것은 지식이 아니고 지성(예를 들면 영상의 신기·선명이라든지 '메타포어'·'세타이어'·'유머'의 認知 등)에서 오는 내부적 만족이다."[54]는 언급에서 알 수 있듯이 김기림은 은유를 풍자나 유머와 같은 기법을 낳는 지성 작용의 하나로 인식하고 있다.

초기 시론에서 김기림이 이미지즘 시운동을 소개하려 했다고 해서 서구의 은유론이 그대로 수용되거나 서구 이미지즘에서만큼이나 강조된 것은 아니다. 김기림은 새 시대의 문학으로 은유를 강조했지만 이것이 흄의 '이미지즘' 이론에서처럼 실재와 낱말의 새 관계를 통해 현실의 변혁을 표현하라는 주장에는 미치지 못했다. 김기림의 초창기 시론에서는 이미지즘의 일환으로서 은유를 중시하면서도 흄이나 에즈라 파운드의 은유론에 대한 언급은 찾아볼 수 없다. 그리고 해방 이후 시론에서는 이미지즘보다 리처즈의 은유론을 애호하면서 은유를 수사학의 일종으로 확정한다. 하지만 김기림의 은유 이해가 서구 이미지즘의 주장과 정확히 겹치지 않았다고 해서 창작에서 은유의 역할이 축소되는 것은 아니다. 오히려 이상의 고찰을 종합해보면 김기림은 은유론 전반에 대해 지속적인 관심을 지니고 있었다는 사실을 알 수 있다. 김기림은 오랜 시

---

54 김기림, 「시와 언어」, 『인문평론』, 1940. 5(『김기림 전집』 2, 26쪽).

간 동안 은유에 대해 상당히 폭넓고 다양하게 이해하고 있었던 것이다. 그리고 작품에서 김기림은 서구 어느 이미지스트 못지않게 신선한 은유와 그로 인한 새로운 세계의 건축을 실천적으로 보여준 바 있다.

2. '조선적 이미지즘'의 가능성과 신세대의 '조선시' 추구

위에서는 서구 이미지즘의 핵심을 점검하고, 정지용과 김기림의 은유론과 비교·검토하였다. 이를 통해 개별 시인의 이미지즘에의 접근 정도를 살펴보았다면, 2절에서는 '조선적 이미지즘'이라는 주체적인 소화가 가능했던 문단적 상황을 고찰하고자 한다. 우선, 1930년대 문단의 기교주의 논쟁을 재고하면서 언어적 '기교'가 지닌 긍정적 의미를 확인할 필요가 있다. 당대 기교주의 논쟁에서는 김기림의 시론 및 시적 성과를 '기교'라고 비판하는 입장들이 제기되었다. 앞서 '이미지즘' 내지 '사상파'라고 하면 회화성·시각성 중심으로 이해되는 경향이 있어서, 이미지즘에 대한 본질적 이해를 저해했다고 살핀 바 있다. 이와 마찬가지로 이미지즘이라고 하면 역시 기교적인 부분, 감각적인 가시성에만 주목한다는 비판이 당대에서부터 있어왔다. 이러한 부정적 인식은 임화와 박용철, 김기림간의 '기교주의 논쟁'에서 촉발되기에 이르렀다. 그러나 기교에 대한 거센 비판, 즉 이미지의 구현과 은유적 언어 등의 활용에 대한 비판은 기교주의 논쟁의 후발 논쟁격인 신세대 논쟁에 가서는 절충된 입장으로 순화된다. 이 부분에서 상술될 내용은 이 오해와 순화의 과정에서 드러나는 이미지즘의 주체적 역할이다. 비판이 순화될 수 있었던 원인은 기교라고 비판되었던 시의 제반 성격이 반대로 신세대 시인들에 의해서는 '조선시'의 특질로 받아들여졌기 때문이다. 이런 흐름을 염두에 둔다면 정지용과 김기림 등에 의해 선행되었던 언어 기법 및 그로 인한 이미지의 구현, 즉 이미지즘의 영향력은 사실상 조선 문학을 구축하는 방향으로 흡수·변용되었다고 할 수 있다. 이 전체적 흐름을 확인하기 위해 이 절에서는 기교주의 논쟁을 고찰하고, 그 연장선상에서 신세대 논쟁과 '조선시'의 필요성에 대한 오장환, 김광균, 『문장』파 신인들의 입장을 논의하고자 한다.

대체로 기교주의 논쟁은 프로문학계와 순문학계의 충돌로 이해되어 왔다. 때문에 이데올로기적 논리 차이로 파악되기도 하지만, 그 이전에 '기교주의 논쟁'의 핵심은 과연 '기교'란 무엇이며 그 역할은 무엇인가에 대한 의견차를 전제하고 있다. 이때 한쪽에서는 비판받고 다른 한쪽에서는 옹호되었던 '기교'는 은유 및 이미지, 그리고 그것을 만들어내는 언어와 상당히 밀접한 관계에 놓여 있다.

기교주의 논쟁은 1935년 김기림의 평문 「시에 있어서의 기교주의의 반성과 발전」으로 시작되었다. 김기림은 이 글에서 1920년대 "구식 로맨티시즘"을 비판한다. 김기림은 이전 시대의 문학이 "내용주의"와 "소박한 사상"에서 비롯되었다고 본다. 그는 조선 신시의 발달 과정을 고찰한 결론으로서, "혼돈", 즉 "로맨티스트의 일시적 감흥에 의한 즉흥시"를 벗어나는 "진정한 시적 자각—다시 말하면 시적인 사고와 형상에의 자각"[55]을 제기한다. 김기림에 의하면 낭만주의에서는 내적인 시

55 김기림, 「시에 있어서의 기교주의의 반성과 발전」, 『조선일보』, 1935. 2. 10~14

의 질료가 외부적으로 형상화될 때 질서와는 무관하게, '영감'의 지지를 받아서 시가 된다. 그는 이러한 시가 더 이상 조선 문단의 지향성이 되어서는 안 된다고 강하게 비판한다. 대안으로서 김기림이 제시한 시의 미래는 '로맨티시즘'이나 '영감'과는 대조적인 '기교주의'에 놓여 있다. 「시에 있어서의 기교주의의 반성과 발전」에서 김기림은 기교를 매우 긍정적인 개념으로 규정한다.

> 근대시의 이러한 순수화의 경향은 항상 기교주의의 방향을 더듬어 온 것은 주목할 일이다(나는 이제 여기서 기교주의의 내용을 규정하지 않으면 안되겠다. 이 말은 시의 가치를 기술을 중심으로 하고 체계화하려고 하는 사상에 근저를 둔 시론을 지적한 것이다. 그러나 낡은 「예술을 위한 예술」론이라든가, 「이스테티시즘」, 혹은 예술지상주의와는 엄연하게 구별되어야 한다. 즉 예술지상주의는 차라리 논리학의 문제에 속하거나 기교주의는 순전히 미학 권내의 문제다). 조선에 있어서의 기교주의, 혹은 시의 순수화의 기도 등은 물론 한 운동의 형태를 갖춘 일도 없고 그렇게 뚜렷하게 일반의 의식에 떠오르지 못했다. 그러나 우리는 30년대 전반기를 통하여 이것을 개별적으로는 얼마간이고 지적할 수가 있고 또한 한 경향으로서도 우리가 추상할 수가 있었다고 생각한다. 이 기운이 유래하는 내부적 동기에 대하여서는 이미 말하였고 전술한 선진제국의 새로운 시운동의 영향도 지적할 수가 있다.[56]

인용 부분에는 '기교주의'가 무엇을 뜻하는지 김기림의 설명이 나와

『김기림 전집』 2, 95쪽).
56 위의 글, 98~99쪽.

있다. 김기림은 기교주의를 순수문학과 비슷하지만 예술지상주의의 순문학과는 차별적인 순문학으로서 규정한다. 그가 말하는 기교주의는 전적으로 "미학 권내의 문제"로 서술되고 있다. 즉 김기림의 기교주의는 작품의 미학적 수준을 최대로 높이기 위한 시학(詩學)의 일종인 것이다. 그런데 여기서 말하는 시의 미학이라든가 예술적 수준은 과연 무엇으로 재단될 수 있을까. 그것은 사상의 문제임과 동시에 언어의 문제이기도 하다. 조선 문학에서 사상의 강조, 내적인 감정의 확보 등 내용적 문제를 중시한 것은 김기림 이전에도 물론 존재했다. 그렇지만 내용적인 측면과 표현적인 언어를 동시에 문제삼은 것은 1930년대 김기림·정지용의 시적 공적이라 할 수 있다. 김기림이 기교주의를 중시한 것도 이러한 총체적 시학의 탐구, 언어가 어떻게 조직되어 문학적 언어의 수준을 높일 수 있을 것인가 고민한 바탕에서 출발했다.

위에 인용된 부분은 김기림의 서구 형태시에 관한 설명 다음에 이어지는 내용이다. 서구 형태시에 대해 언급한 이유는 형태시 자체를 소개하기보다는 조선 시단에도 혁신이 필요하다는 주장을 펼치기 위해서였다. 김기림의 서구 문예 소개는 서구에서는 이러한 변혁도 벌어지고 있는데 우리 문단은 도대체 무엇을 하고 있느냐는 자성의 목소리를 담고 있다. 그가 말한 "전술한 선진제국의 새로운 시운동"[57] 변화는 다음과 같다.

　　시에 있어서의 입체파는 회화상의 입체파처럼 시의 의미에 있어

57　김기림, 앞의 글, 99쪽.

서까지 그렇게 분명한 미학을 수립할 수는 없었고 차라리 외형에 대한 변혁에 그쳤다. 보다 적절하게 말하면 인쇄술의 시적 표현이라고도 말할 수 있다. 아포리네르나 콕토의 이상스럽게 지면에 활자를 배열해놓은 시도 그 의미는 지극히 온건한 서정시인 것이 많았다.[58]

김기림이 아폴리네르나 장 콕토의 '형태시'를 최우선의 시 형태로 파악한 것은 아니다. 그렇지만 그들의 형태시에 대한 시도는 시의 언어적 형태성에 주목한 운동으로서 그 의의에 자극받아야 한다고 평한다. 김기림이 보기에 조선 문학에서 가장 아쉬운 점은 '시의 의미'에 대한 '미학의 수립'이 결여되었다는 것이다. 다시 말해서 언어적인 형태성은 있었지만 미학은 없었다면서 이 둘의 결합을 가장 이상적인 시의 미래로 보고 있는 것이다. 그리고 결합으로 인한 이상적인 시학의 수준이야말로 김기림이 위 평론에서 말하고자 했던 '기교주의'의 진의라고 할 수 있다.

김기림에게 있어서 '기교주의'는 편내용주의 · 편감상주의를 떠나 시의 균형을 바로잡는 일이었고, 완전한 시학을 구축하는 일이었다. 그에게 기교주의는 외적 언어의 발전과 내적 내용의 일치가 질서 있게 구현되어 하나의 건축물을 만들어내는 시의 미학을 의미했다. 따라서 김기림의 기교주의에서 우리가 주목해야 할 것은 '기교'가 맞느냐 아니냐를 넘어 '시란 무엇인가'에 대한 그의 확고한 견해라고 할 수 있다. 그는 기

---

58 위의 글, 97쪽.

교주의라는 "새로운 미학"[59]을 조선 문학의 미래로 파악했던 것이다.

김기림의 평론 이후 임화는 「담천하의 시단 1년」(『신동아』, 1935. 12), 「기교파와 조선시단」(『중앙』, 1936. 2)을 통해 '기교주의' 비판에 나선다. 두 논자 간의 대립적 논쟁 구도를 주목한 많은 연구자들은 기교주의 논쟁을 리얼리즘 대 모더니즘 간의 대결방식으로 파악한다.[60] 그런데 한 가지 강조해야 할 사항은 김기림에게는 특정 이데올로기가 문제되기 이전에 '시의 본질'에 대한 고민이 우선되었다는 점이다.[61] 모더니스트 김기림의 본질도 이러한 고민과 연결되어 있다. 김기림에게 있어 모더니즘은 리얼리즘을 극복하기 위한 방편이었고, 첨단 유행 사조 이전에 '시의 본질'을 모색한 결과로 채택된 최선의 방법론이었다. 그러기 때문에 김기림은 스스로 모더니즘은 기교에 치중했다는 비판을 하면서, 모더니즘의 기교를 넘어서는 '기교주의', 즉 사상과 기교가 하나 되는 '전체로서의 시'를 주장하였다. '전체로서의 시'가 창작에서 가능했느냐의 여부를 떠나 김기림이 모더니즘을 비판하고 반성하면서 당대 문단의 문제적 현실을 타개하려고 했다는 점은 충분히 강조될 필요가 있다.

---

59 김기림, 앞의 글, 같은 쪽.

60 김시태, 「기교주의 논쟁고」, 『제주교육대학교 논문집』 8집, 제주대학교, 1977, 75~88쪽 ; 한계전, 「한국 근대 시론형성에 관한 연구」, 서울대학교 박사학위 논문, 1982 ; 서준섭, 『한국모더니즘 문학 연구』, 일지사, 1988, 197~216쪽 ; 윤여탁, 「기교주의 논쟁의 전개와 그 의미」, 『시의 논리와 서정시의 역사』, 태학사, 1995, 45~63쪽.

61 김용직 역시 임화가 이데올로기 대립 우위를 보인 데 반해, 김기림과 박용철은 시 본연의 것을 찾고자 한 시도였다는 의의를 지닌다고 파악한 바 있다(김용직, 『한국현대시연구』, 일지사, 1974, 255~260쪽).

'전체로서의 시'는 서구 사조의 자극을 받되, 조선 문단의 특수성에서 발전한 주체적인 시론이었기 때문이다.

임화가 이데올로기의 강점을 배경에 깔고 논쟁에 임했기 때문에 표면적으로는 그의 언술이 힘을 얻을 수밖에 없는 구도였다. 그런데 기교주의 논쟁의 목적이 시단의 미래를 무엇으로 설정할 것인가에 놓여 있었다고 본다면 이 논쟁의 중심은 임화 대 김기림, 즉 리얼리즘 대 모더니즘이 아니라 시에 대한 관점의 차이로 옮겨져야 한다. 임화는 이데올로기적인 역할에 충실한 시를 시의 본질이라고 생각했다. 그에게는 시의 본질이 그 작품 자체에 있는 것이 아니라 역사와 사회에 기여하는 기능에 있었던 것이다. 임화에게는 문학의 정의보다 문학의 가치와 기능이 선행했다. 오히려 본질적인 시문학에 대한 의견 충돌은 김기림과 박용철 간에 있었다고 볼 수 있다.

박용철은 「기교주의설의 허망」(『동아일보』, 1936. 3. 18~25), 「을해시단총평」(『동아일보』, 1935. 12. 24~28)을 발표하면서 임화와 김기림의 의견 양측을 부정한다. 박용철은 기교주의란 신기(新奇)의 추구에 지나지 않는다고 비판한다. 김기림은 기교를 극복하는 기교, 즉 작품의 내적·외적 수준을 제고시킨 미학을 기교주의라고 말한 것이었는데, 박용철은 '기교'는 일반 기교일 뿐이라고 일축한다.[62] 물론 박용철 역시 기교주의 논쟁의 핵심이 언어적인 부분임은 알고 있었다.

---

62 김기림이 주장한 기교주의의 맥락과는 달리 박용철은 "기교를 중시하지 아니한 예술가가 언제 어디 존재할 수 있었는가!"(박용철, 「기교주의설의 허망」, 『박용철 전집』2, 깊은샘, 2004, 14쪽)와 같이 보편적인 표현 기법으로 이해하고 있다.

그야 言語(그 意味와 音響의 綜合體인)를 가지고 幾何模樣의 圖案(흔히 말하는 저 대단한 기하학적예술의 意가 아니라) 이 사람의 心理에 일으키는것과 類似한 效果를 일으키는 綜合을 시킬수도 있을것이다. 그러나 筆者가 固執하는 觀點은 이것이 偶成的(eccentric)이아니여야 한다는것이다. 出發을 規定하는 目的없이 그저 무어든 맨들어보리라는 目的밖에는 없이 이것 저것을 맞추다가 「아 이것 그럴듯하고나」式으로 이루어지는것이아니라 이미 精神속에 成立된 어떤 狀態를 表現의 價値가 있다고 判斷하고 그것을 表現하기 위해서의 길로 가는 것을 말함이다. [63]

　　위의 인용문을 보면 박용철은 언어가 지닌 종합의 효과를 알고 있었다. 하지만 시적 언어의 기능을 알면서도 최우선적으로 강조하지 않았던 이유는 '이미 정신 속에 성립된 어떤 상황'을 우선시했기 때문이다. 논쟁 이후, 박용철은 그의 시론의 핵심인 「시적변용에 대해서」를 발표했다. 이 시론에서 박용철은 "巧妙한 配合·考案·技術. 그러나 그우에 다시 참을성있게 기다려야되는 變種發生의 챈스"[64]라면서 기술적 제작보다 생장하는 시심이 본질적이라고 주장했다. 그런데 이러한 내적 생장의 신비를 주장하는 시론은 이미 기교주의 논쟁의 시점에서도 그 단초를 드러내고 있었다. 김기림이 조선 문단의 미래로서 내용과 형식의 조화, 즉 전체를 주장했다면 박용철은 형식보다는 내용의 심오한 경지를 발달시키는 입장을 선택했던 것이다.

　　기교주의 논쟁에서 임화와 박용철이 지닌 공통점이 있다면 '기교주

63　박용철, 위의 글, 앞의 책, 22~23쪽.
64　박용철, 「詩的變容에대해서」, 앞의 책, 4쪽.

의'에서의 기교를 범상한 수준의 언어 묘기로 보았다는 것이다. 하지만 최초 기교주의를 제기했던 김기림은 기교주의가 일반 기교를 뛰어넘는 고차원적인 완성이라고 보았다. 임화에게 기교가 '기법'이었다면, 김기림에게 기교란 일종의 '기술'이었다. 각 논자에게 '기교'가 어떤 의미인가에 의해서 서로 다른 논리 전개가 펼쳐졌다. 첫 출발선상에 놓인 '기교'의 개념 규정이 달랐기 때문에 김기림이 임화의 논리를 수용하는 듯 했어도 이 논쟁의 합일은 애초부터 불가능했다고 볼 수 있다.

이처럼 기교주의 논쟁이 '기교'에 대한 서로 다른 개념에서 시작한 것은 또한 언어의 역할에 대한 믿음이 다르다는 말과도 같다. 임화에게 언어는 도구에 불과했고, 박용철에게 언어는 생장하는 시심을 엿보게 하는 효과물이었으며, 김기림에게 있어 언어는 절차탁마하여 완성도를 높일 수 있는 미학의 일부였다. 그리고 이러한 문학적 언어관의 차이는 각 논자가 지닌 '시의 본질'에 대한 견해차이기도 했다.

1935년에서 1937년 사이 기교주의 논쟁이 당대 '시의 본질'에 대한 차별적 의견들의 충돌이라고 할 때, 이와 유사한 문제의식은 1930년대 후반기에 있었던 신세대 논쟁으로도 이어지고 있다. 앞서 정지용을 다룬 부분에서 1930년대 후반이 전형기로서의 위기를 겪었음을 언급한 바 있다. 1930년대 후반뿐만 아니라 1930년대 전반까지를 아울러서 문학계의 위기의식 및 그로 인한 방향성의 모색이 특징적으로 나타났다.[65]

---

65 "이 시기의 특징을 굳이 '전형기'라고 붙이지 않아도 그 분위기의 방향과 색깔이 다양한 사조와 유파의 생성과 소멸처럼 정리되지 않은 혼돈 속에서 무언가 명확한 방향성을 확립하고 체제를 세우려는 움직임이 있어왔다."(김태석, 「기교주의논쟁 발단에 담긴 내포적 의미」, 『국문학논집』 17집, 단국대학교 국어국문학

1930년대 중반의 기교주의 논쟁이 1930년대 후반의 신세대 논쟁으로 이어지는 흐름 역시 전반적인 위기의식을 반증하고 있다. 비평사 연구에서 1930년대 후반 신세대 논쟁은 실상 기교주의 논쟁만큼 중요하게 다루어지지는 않았다. 하지만 두 논쟁은 논자가 겹칠 뿐만 아니라 문학의 미래를 논한다는 주제의식이 비슷하기 때문에 함께 살펴볼 필요가 있다.

시단의 세대논쟁은 임화의 「시단의 신세대(1)~(7)」(『조선일보』, 1939. 8. 18~26)로 시작되었다. 임화가 「시단의 신세대(1)」에서 언급한 주요 골자는 다음과 같다. 즉 모더니즘은 이제 끝났고 새로운 시가 요청되어야 하는데 여기서 새로운 시란 '시대성'의 획득을 목표로 삼아야 한다는 것이었다. 여기서 '새로운 시대성'이라는 부분은 이후 「시단의 신세대(2)」에서부터 구체적으로 규명되어나간다. 임화가 '새로운 시대성'을 발견한 것은 오장환과 김광균, 그리고 윤곤강의 시집을 통해서였다. 구세대에 대한 정리와 신세대를 통한 전망 제시가 이루어졌다는 차원에서 임화의 「시단의 신세대」 연재는 매우 중요한 의미를 지니고 있다.[66] 같

과, 2000, 304쪽)

66 이 글의 전개를 살펴보면 우선 (1)편은 "교체되는 시대조류"라는 부제로서 전체적으로 구세대의 종언과 신세대 대망론을 전개하고 있다. 이후 (2)·(3)편은 "현대와 서정시의 운명—'獻詞'가 표현한 시인으로서의 새 관념"이라는 부제를 달고 있어 오장환의 시집『헌사(獻詞)』에 대한 분석과 호평을 내용으로 하고 있다. 다음 (4)편은 "언어·이메지·정신—십자로상에 방향을 찾는『와사등』의 지적"이라는 부제로 김광균의 시집『와사등』을, (5)·(6)편은 "시의 장식성과 단순성(上)—윤곤강군의『동물시집』소고"라는 부제로 윤곤강 시집에 역시 찬사를 아끼지 않는다. 임화는 이어 마지막 (7)편 "사치의 정신과 소박의 정신"을 통해 이상의 자신이 제시한 신인 시인들을 총망라하고 있다.

은 해 초반 「신인론」(『비판』, 1939. 2)에서 신인을 비판했던 임화는 「시단의 신세대」를 발표하는 시점에 와서는 오히려 신인에 대한 호평을 아끼지 않는다. 그중에서 김광균에 대해서는 "『이메지』의 단조로웁고 불길한 고요하므로부터의 내면화의 운동은 1930년대이래로 우리 신시우에 '모더니틔'의 바람을 모라오던 신흥시파의 새로운 방향전환이요 하나의 귀결이다. 이것은 『와사등』의 공적"이라며 극찬한다. 임화의 입장에서 볼 때 김광균 등의 신인은 구세대의 두 가지 단점, 즉 기교주의의 사치성과 경향시파의 소박성을 극복하고 새로운 통합을 만들어낸 공적이 인정된다. 이때 임화가 시단의 신세대를 그 자신이 주장했던 경향시파의 후예가 아니라 기교주의와의 혼혈로 인정한 것은 십분 흥미로운 점이다. 임화가 이전 기교주의 논쟁에서 비판하고자 했던 기교주의가 사실은 가치를 지니고 있었다는 우회적인 인정인 셈이다. 그리고 임화의 절충적 의견에 동조하듯 김기림 역시 1939년 12월에 신인 오장환과 김광균을 상찬하는 「시단의 동태」[67]를 발표한다. 이 글은 『문장』지 추천 신인들에 의해 한창 공격받고 있던 임화의 평론 「시단의 신세대」를 지지하는 글이자 논리 면에서는 그 연장선상에 있는 글이었다.

　임화와 김기림이 조선 문단의 미래를 동일한 신인 시인들에게 부여했는데 어떻게 논쟁이 가능했을까. 기교주의 논쟁은 임화와 김기림의 대결 구도로 표면화되었지만, 신세대 논쟁은 임화와 김기림이 같은 입장에 있고 반대 입장으로는 『문장』파 신인들이 있었다. 특히 신세대 논쟁은 기성 문인 임화와 『문장』 추천 신인인 김종한, 박남수, 박두진 사

67　『인문평론』, 1939. 12.

이에 두드러지게 나타났다. 임화는 경향시파와 기교주의의 종합적 계승으로 오장환, 김광균, 윤곤강을 내세웠고, 『문장』지 쪽에서는 이와 달리 자신들의 추천 신인들에게 반박 지면을 제공했다. 그래서 촉발된 세대 논쟁은 일견 신세대와 구세대의 충돌로 보이지만 사실은 임화와 김기림이 내세운 신세대와 정지용의 영향력하에 있었던 신세대 간의 충돌이라고 볼 수 있다.[68]

그런데 이들 신세대는 두 갈래로 나뉘어 있었음에도 불구하고, 그 구분을 넘어서는 양측의 공통점이 하나 발견된다. 어느 쪽의 신세대건 조선 문학에 대한 위기의식과 함께 '조선시'의 가능성을 강조했다는 점이다.[69] 김기림의 기교를 발전 · 계승했다는 신세대나 정지용의 전통적 서정을 옹호하는 신세대나 공통적으로 '조선 문학의 독자성'에 주목했다. 다만 신세대 시인 중에서 유일하게 의견을 달리하는 예외적인 인물은 김광균이었다. 다른 신인들은 대개 구세대에 대한 비판, 즉 이전 세대가 지나치게 외래 사조를 추수했다고 경계했는데 김광균은 그러한 문제점에 대해서는 무관심했다. 그는 구세대를 극복하기보다는 구세대의 장점을 계승하고 발전하려는 편이었다. 김광균은 「서정시의 문제」(『인문평론』, 1940. 2)를 문명의 상실을 염려하고 현대성을 강조하면서 시

---

68 전반적인 전개 양상에 대해서는 나민애, 「모더니즘의 본질과 시의 본질에 대한 논리적 충돌」, 『한국현대문학연구』 32집, 한국현대문학회, 2010 참조.

69 오장환은 「방황하는 시정신」(『인문평론』, 1940.2)에서 "사조의 다량주문과 유입 속에 태동"을 비판하고, '민족적 서정시'의 확립을 추구한다. 이런 자주적 입장은 김종한, 박두진, 박남수 등과도 공통된 부분으로 박두진은 「시와 시의 양식」(『문장』, 1940.2)에서 '조선문학의 독자성'을 주장한다.

작한다. 논의 과정에서 구세대 논자에 속하는 이원조의 의견을 인용하는데 김광균은 이에 대해서 비판하기보다는 그와는 같은 문제의식, 다른 원인 파악을 언급한다. 김광균이 경계하고자 한 것은 주체성의 와해가 아니라 "고전에의 맹종이 주는 해악"이었고 그가 판단하기에 현 문단의 문제점은 "자연발생적 서정시를 생산하고 그것을 감상하던 문명을 상실"한 점에서 비롯되었다. 그러면서 김광균은 1930년대의 모더니즘을 옹호하는 입장을 펼친다. 다른 신세대들이 모더니즘이란 이미 영향력을 상실했다고 판단하는 데 반해 김광균은 계승하는 특이함을 보여준다. 그러면서 그는 "시가 현실에 대한 비판정신을 기를 것"을 강조하는 것으로「서정시의 문제」끝을 맺는다.

이러한 입장의 김광균을 보면 1930년대 후반, 1940년대 초반의 논의임에도 불구하고 1930년대 초반에 있었던 김기림의 논의를 재생하고 있는 듯하다. 실제로 김광균이 김기림에게 많은 영향을 받았으며, 김기림을 통해 모더니스트가 되었다고 자술한 바 있다.[70] 김광균은 김기림과 세대를 달리하면서도 김기림의 이미지즘적 경향을 계승하고자 했다. 임화나 김기림이 상찬한 바와 같이 김광균은 '새로운 표현법'이라는

---

70 김광균이 김기림과 처음으로 만나 장시간 나눈 대화에서 김기림이 전해주는 프랑스 시단의 동향과 시와 회화와의 관계에 대한 이야기는 김광균에게 커다란 충격을 준다. 그가 고흐의 작품〈수차가 있는 가교〉를 처음으로 보고 두 눈알이 빠지는 것 같은 감동을 받았을 뿐만 아니라『세계미술전집』을 구하여 거기에 빠져들고 회화의 바다에 표류하게 된 것도 바로 그 무렵이라고 한다. 한마디로 이것이 계기가 되어 그의 시작세계가 회화적인 기법으로 훨씬 기울게 되었다는 것이다(김학동,「김광균의 생애와 문학」,『김광균 연구』, 국학자료원, 2002, 337쪽).

장점을 지니고 있었으나 이 새로움은 이미 기교주의 논쟁을 통해 추구, 반성되었던 언어의 형상성에 주목한 결과였다. 그리고 그것은 김기림이 기교주의 논쟁에서 종합으로서의 기교주의를 주장, 전체주의 시론으로 나아가야 한다고 했던 주장의 한 부분만을 극적으로 추구한 결과로 이해할 수 있다.

김광균과는 달리 김종한, 오장환, 박두진, 박남수 등의 신인은 구세대를 비판하며 '조선시'의 성립이 가능하다는 주장을 펼쳤다.[71] 그런데 이들의 주장은 비판의 대상이 되었던 구세대 시인, 즉 김기림과 정지용으로 양분된 문단의 축적된 성과를 바탕으로 할 때에만 가능한 것이었다. 따라서 신세대 논쟁은 구세대에 대한 전면 부정이 아니라 비판적인 이해를 통한 다음 단계로의 도약이라고 말할 수 있을 것이다. 이렇게 시대와 시대, 세대와 세대의 연결이 가능했다는 것은 그만큼 조선 문학의 기반이 형성되었음을 의미한다. 기반의 하나로서 1930년대 전반 정지용과 김기림의 활발한 활동은 1930년대 후반 신인 시인들로 하여금 '조선시'를 주장할 수 있는 뒷받침이 되었다. 정지용과 김기림이 이미지즘을 선언하고 그 기치 아래로 들어간 것은 아니지만 그들의 작품 활동에서 확인되는 이미지와 은유의 지향성, 은유적 인식론의 수준은 시의 수준을 제고하는 데 일조한 것이 사실이다. 그리고 신세대 시인들은 그러한 시학적 수준의 제고를 바탕 삼아 전통적 장르인 시조나 가사가 아

---

71 이들의 평론은 다음과 같다. 김종한, 「시문학의 정도(正道)―참된 '시단의 신세대'에게」, 『문장』, 1939. 10 ; 오장환, 「방황하는 시정신」, 『인문평론』, 1940. 2 ; 박두진, 「시와 시의 양식」, 『문장』, 1940. 2 ; 박남수, 「조선시의 출발점」, 『문장』, 1940. 2.

닌, 근대적이되 조선적인 새로운 시의 형태가 가능하다는 주장을 제기할 수 있었던 것이다. 김종한 등 '조선시'의 적극적 주창자들이 저마다 정지용 또는 김기림의 시적 작업을 계승한다는 정체성을 지니고 있었다는 점 역시 1930년대 이미지즘적 활동이 후대 시인에게 영향을 미쳤음과 조선 문학적인 가능성을 내재하고 있었음을 보여준다.

3. 식민체제의 은유에 대항하는 은유적 심상지리의 주체성

앞선 1절에서는 서구 이미지즘 배경과 이론에 대한 확인, 1920~30년대 조선 문단으로의 유입사 점검, 정지용과 김기림의 은유론 및 이미지관에 대해 고찰하였다. 이것은 본 논의를 진행하기 위한 기본적 점검 사항에 해당한다. 이어 비평과 논쟁 등을 통해 당대 문단 상황을 파악하고자 하였다. 이러한 파악이 필요했던 까닭은 정지용과 김기림이 이미지즘, 즉 이미지의 구현과 그 창작 원동력으로서의 은유에 주목했던 이유가 당대 문단의 위기론적 상황과 결부되어 있기 때문이다. 기교주의 논쟁에서 비판받았던 '기교'라는 항목은 신세대 논쟁으로도 이어지는 화두였는데, 이 화두는 신세대 논쟁의 시점에 가서는 비판에서 절충적 옹호의 입장으로 바뀌어갔다. 김기림과 정지용의 문학적 성과는 다음 세대로 이어지는 문학적 성과로서 인정되었던 것이다. 구체적으로 2절에서는 김기림과 정지용의 후속 세대라는 자의식을 지니고 있었던 김광균과 『문장』지 신인 등 신세대 논쟁의 주역들이 '조선시'를 주창할 수 있었던 근거가 선행된 김기림과 정지용의 이미지즘적 시 작업임을 확인했다.

지금까지 논의된 내용은 이미지즘에 '조선적'이라는 수식어를 붙일 수 있을 상황적 근거를 모색하는 일에 초점이 맞추어져 있다. 1930년대 후반 등장한 차세대 시인들로 하여금 '조선시'의 주장으로 나아가게 하는 부분이 정지용과 김기림의 시적 작업에 있다면 이들의 작업에는 '조선시'의 선행적 요소가 있다고 할 수 있다. 이 절에서는 그 선행 요소로서의 구체성을 '이미지즘'의 조선적 양태를 통해 밝히고자 한다.

아무리 정지용이 순문학의 옹호자라고 해도, 또한 김기림이 모더니즘의 기수라고 해도 그들의 문학 창작이 순문학 내지 모더니즘 하나만으로 설명되는 것은 아니다. 어떠한 문학도 현실과는 무관할 수는 없기 때문에 이들 문학의 이해를 위해서는 당대의 분위기와 역사적 상황과 같은 현실을 고려할 필요가 있다. 당대의 상황은 일제 식민주의와 근대 문명의 유입으로 요약할 수 있을 것이다. 근대화와 식민지화가 동시다발적으로, 그것도 자발적이지 않은 상태로 진행되었다는 사실은 조선 문학인들의 공통되고 필연적인 문제의식으로 작용했다.[72] 이런 문제의식이 있었기 때문에 1910년의 문인이건, 1930년대의 문인이건 '조선적 근대문학의 수립'이라는 화두는 공통되고 지속적인 열망으로 작용했다.[73]

---

72 "일제하 조선의 문학인들에 있어 식민지적 현실이라는 것은 어떻게든 문학적으로 의식되고 표현되지 않으면 안 되는 문제였다. 조선에서 근대문학이 식민지화 과정과 더불어 배태되어 형성·발전했다는 사실은 당대 문학인들의 근원적인 콤플렉스에 해당하는 것이었다."(방민호, 『채만식과 조선적 근대문학의 구상』, 소명출판, 2001, 11쪽).

73 "당대 조선의 문학인에게 있어 조선적 근대문학의 수립이라는 문제의식은 매우 자의식적인 것이었다. 그들은 이미 성숙한 면모를 보여주고 있던 서양과 일본

여기서 주목하는 바는 '공통되고 지속적'이라는 특성이다. 이 특성은 '조선적'이라는 수식어가 과연 민족주의자로 구분되는 문학인만의 것이 아니라는 말이다. 또한 '조선적'이라는 수식어는 전통과 고전에의 지향을 분명하게 드러낸 문학, 이를테면 『문장』지 문인들만의 것 또한 아니다. 분명한 노선을 따르지 않고 특정 '주의'를 표방하지 않은 문인의 내면에도 '조선적 근대문학'의 열망은 '공통되고 지속적'으로 존재할 수밖에 없었다.

지금까지 정지용과 김기림, 더욱이 서구 사조와 관계된 1930년대의 이미지즘이 조선 근대문학의 수립에 대한 비전을 지녔다고 논구한 시각은 많지 않다. 이들 시인의 목표의식은 의식적으로 행해진 것이 아니라 작품 내에서 자연스럽게, 즉 지극히 문학적인 방식으로 드러났기 때문에 두드러지게 돌출되지는 않았다. 흔히 이들의 문학적인 방식은 모더니즘의 자장 안에서, 구체적으로는 예술적 자율성으로 논의되어왔다. 그러나 수준 높은 문학성을 확보하여 문학 자체의 수준을 제고하려는 이들의 시 창작과 시론이 모더니즘의 예술적 자율성이라는 단일 이유로 촉발된 것은 아니었다. 이들에게 있어 예술적 자율성의 추구는 보다 복합적인 상황으로, 특수한 조선적인 경우를 전제로 이해되어야 한다.[74] 그리고 모더니즘의 조선적 전개의 단초를 우리는 이미지즘, 즉 모

근대문학의 존재를 의식하지 않을 수 없었다. 특히 소설에서 이광수·염상섭·김동인·이태준 등에 있어 조선적인 근대문학의 수립이라는 이상은 그들의 문학적 작업의 근원을 이루는 근본적인 동기였다고 해도 과언이 아니다."(방민호, 위의 책, 13쪽).

74 이러한 문제의식은 1980년대 후반 서준섭의 논의에서 제기된 바 있다. 서준섭

더니즘의 출발로 인정되고 있는 사조[75]를 통해서 구체적으로 확인할 수 있다.

정지용과 김기림의 문학에서는 지속적으로 변주되고 진행되는 일련의 이미지들을 확인할 수 있다. 이 시인들이 창조한 이미지들은 시적 소재, 즉 내용으로 이해되는 경향이 강하다. 그렇지만 작품의 소재가 현실에서 무엇을 의미했고, 시인에게서는 어떤 의미를 지녔는가 하는 것은 작품 해석의 1차적 문제일 뿐이다. 보다 중요한 문제는 그 이미지들이 창조되는 인식론적인 사고방식, 그리고 그 인식론을 바탕으로 작동하는 이미지들의 지향성에 있다. 시인들이 각각의 이미지, 단어, 표상에 어떤 의미를 부여했는가를 넘어서 시인들이 그 이미지를 왜 만들어야 했으며 어떻게 만들어가고자 했는지가 바로 이 책에서 드러내고자 하는 주제에 해당한다.

앞장에서 언급했듯이 1930년대 당대에는 현실의 변화, 파악하고 인지하는 방식의 변화, 시각장의 변화가 분명하고 극심하게 일어났다. 그런데 이러한 당대의 근대적인 변화를 시 작품이 그대로 흡수하지는 않

은 "그것(모더니즘—인용자)이 왜 이 시기(1930년대—인용자)에 이르러 본격화되었는가 하는 점으로, 그 발생론적 기반에 대한 재인식이 요청된다. 30년대 한국 모더니즘은 자체의 토대 구축이 결여된 상황—일본 자본주의에 편입된 상황에서 발생하고 파시즘의 등장과 함께 전개된 문학이다. 이러한 조건은 한국모더니즘과 서구 및 일본의 모더니즘을 일단 구분하여 생각할 수 있게 하는 요소가 된다."고 언급한 바 있다(서준섭, 앞의 글, 31쪽).

75 이러한 입장은 김용직, 「30년대 한국 모더니즘시의 전개」, 앞의 책, 106쪽 참조. 또한 문덕수 역시 영미 모더니즘이 이미지즘에 대한 반동으로 일어났다고 파악하면서도 모더니즘이 바로 이미지즘 계열에서 발전한 새로운 현대시운동이라고 강조한다(문덕수, 앞의 책, 44쪽).

는다. 시 작품은 반영이 아니라 창조이기 때문이다. 그리고 창조로서의 시 작품은 현실과 상상적 문학 세계 사이의 차이를 문학적인 방식으로 해소하려 한다. 차이의 문학적 해소로서 정지용과 김기림은 근대적 스펙터클의 세계, 유학을 통해 습득한 근대 지식의 세계를 조선적인 방식이자 주체적인 방식으로 재해석해낸다. 그것이 이들 시인이 이미지즘이라는 사조에 착안하여 이루고자 했던 목적의식이고, 새로운 문학을 만들어야 한다는 시대의 요청에 대한 반응이었다.

따라서 근대 조선의 시인으로서 정지용과 김기림에게 있어 '시란 무엇인가'를 묻는 것은 연구를 위해 가능하고 필요한 일이지만, 이 질문에 대한 답변으로는 보편적인 문학론 이전에 특수한 조선의 상황이 먼저 고려되어야 한다. 조선 문학의 정체성은 우선적으로 조선어(국어)의 사용에 있다. 그 안에 담겨지는 사상과 정서는 국어를 통해 구상되고 국어를 통해 작동하며 국어를 통해 표현된다. 따라서 가장 기본적이고 일차적인 문제는 '조선어'로 시 쓰기라고 할 수 있을 것이다.[76] 조선어로 된 문학을 지속 가능한 것으로 만들기 위해서는 언어의 질적인 수준과

---

76 문혜윤은 "'조선의 문자를 사용하여 글을 쓴다'는 것은 1930년대엔 이미 익숙한 관념이자 습관이었다. 그러나 1900년대 초만 하더라도 그것은 전혀 보편적인 것이 아니었다"(문혜윤, 『문학어의 근대』, 소명출판, 2008, 9쪽)라고 분석한다. 그러던 것이 "국문체의 전면적인 확산은 식민지 이후, 특히 1920~30년대에 걸쳐 일어난다. 1920~30년대는 식민 지배가 문화정치로 선회되었던 시기이며, 공적 교육의 장에서 조선어 교육의 비중이 축소되어가던 시기이자, 주시경의 후계들이 이어받은 어문운동이 최고조에 이르렀던 시기이고, 문학사에 기록된 그 어느 때보다 풍성한 문학적 결과물들이 산출되었던 시기"(문혜윤, 같은 책, 16쪽)로 변화하게 된다.

작품 구조적인 질서가 탄탄하게 제고될 필요가 있다. 이것은 당대 조선 시단에 '시학'이라든가 '미학적 성취'가 요청되어야 했다는 말이 된다. 그리고 문학의 미학적 수준을 시학으로 끌어올린 시도로서 1930년대 의 정지용과 김기림의 위상을 논할 수 있다. 이들이 문학의 수준을 높 이는 방식은 어디까지나 조선 언어의 시적 활용이라는 기초를 떠나지 않는다. 조선어로 좋은 시를 쓰려는 고민이 있었기에 각 시인의 작품은 훌륭하고 신선하고 풍성한 은유를 사용할 수 있었다. 이 책에서는 나아 가 이 은유라는 것은 과연 조선어의 수준을 끌어올리는 작품 창작의 기 법 면에서만이 아니라, 상상의 지향성을 끌어내는 문학적 지향성을 드 러낸다고 본다.

정지용은 작품을 구상하면서 구절구절 숱한 은유를 창안했다. 국문 글쓰기를 기반으로 새로운 시 형식을 정착하는 일은 새로운 요소를 창 안하는 발견의 과정[77]이라는 거시적 관점에서 볼 때, 정지용의 특징으 로 주목받았던 '기법'과 '이미지'는 단순히 말에 대한 천재적 기질의 발 로가 아니라 '은유'를 개발하고 활용하면서 조선 언어로 시화하는 과정 과 연결되어 있다. 그의 은유는 언어의 기교를 넘어 시인과 세계가 연 결된 방식을 드러내는 기제로 이해할 수 있다. 구체적으로 정지용의 은 유는 세계를 내적으로 해석, 즉 '~으로 보기(seeing as)'를 적용한 결과 로서 탄생되었다. 정지용의 은유는 근대 조선을 언제나 염두에 두고 이 루어졌다. 전통적인 사고방식을 습득했던 유년기를 떠올린다면 조선에 들어온 근대는 이질적인 낯섦의 수준을 벗어날 수 없다. 이해 불가능

---

77 권영민,『국문 글쓰기의 재탄생』, 서울대학교 출판부, 2006, 53쪽.

한 그것에 대해 정지용은 은유를 통해 이해 가능한 것으로의 독해를 시도한다. 그 시도가 바로 정지용의 이미지즘 시로 알려진 초기 시편들에 집중되어 있다. 이것은 정지용이 낯선 눈으로 세상을 파악한 결과물로서, 낯선 것을 익숙한 것으로 치환해 내적 세계를 유지하려는 그의 시적 의도가 드러나 있다.

정지용의 초기 시편은 외적인 세계를 내적인 세계에 끌어들여와 대입시키는 양상을 하고 있다. 이것은 '외부의 대상은 내부의 대상이다'라는 은유의 구조를 지닌다. 외부의 대상은 내면으로 끌려들어와 내면의 풍경을 이루게 된다. 그리고 이와는 반대로 정지용의 후기 시편은 내적인 세계를 외적인 세계에 대입시키는, '내부의 대상은 외부의 대상이다'라는 은유의 구조를 지닌다. 이럴 때 외부의 세계는 내부의 세계가 펼쳐진 상상의 공간으로 재탄생하게 된다. 실제의 공간이 내적인 상상의 공간을 덧입었기 때문에 이 공간에서는 내적인 자아가 세계 속에서 혼연일체하는 상황을 맞을 수 있다. 이 두 가지 은유의 세계는 정지용에게 있어 특징적으로 나타난다. 외적인 세계를 두고 그것을 내적인 문법으로 독해하느냐, 내적인 세계로 재탄생시키느냐는 정지용의 작품에서 선명한 이미지와 정신적인 의미를 드러내는 문제이기도 하다. 그리고 그 특징적인 세계는 근대 조선 문학의 정체성을 어떻게 유지 · 발전시켰는지 실천적인 작업을 보여주고 있다.

정지용의 은유 사용에 대해서 일반적인 은유론을 대입한 나머지, 수사학적 기법이라고 이해하는 것은 전체적인 시세계의 이해를 저해한다. 정지용의 은유는 그의 초기 시부터 후기 시까지 전면적으로 드러나는 기법일 뿐만 아니라, 시인의 내적 지향성을 분명하게 파악할 수 있는 의식의 지향성이다. 이 지향성을 통해 그가 문학으로 성취하려고 했던 것은 다음과 같다.

> 시는 언어의 구성이기 보다 더 정신적인 것의 열렬(熱烈)한 정황(情況) 혹은 왕일(旺溢)한 상태(狀態) 혹은 황홀(恍惚)한 사기(士氣)이므로 시인은 항상 정신적인 것에서 정신적인 것을 조준(照準)한다. 언어의 종장(宗匠)은 정신적인 것까지의 일보 뒤에서 세심할 뿐이다. 표현의 기술적(技術的)인 것은 차라리 시인의 타고난 재간(才幹) 혹은 평생 숙달한 완법(腕法)의 부지중의 소득이다. 시인은 정신적인 것에 신적 광인처럼 일생을 두고 가엾이도 열렬하였다. 그들은 대개 하등의 프로페슈날에 속하지 않고 말았다. 시도 시인의 전문이 아니고 말았다.[78]

「시의 옹호」에서 정지용은 "하등의 프로페슈날에 속하지 않"은 시인들을 언급한다. 이때 '하등의 프로페슈날'이란 1920년대 감성적 낭만주의 시인들을 지칭한다고 볼 수 있다. 시에 대해서 철저한 관점을 지니지 못했던 이전 시대를 비판하고 그것을 넘어서는 시학을 세우고자 한 목적의식에 있어서는 정지용과 김기림 모두 공통적이다. '프로페슈날'에 대한 강조에는 시인이 전문적인 정체성을 지니고 과연 무엇을 해야 하는가에 대한 암시도 들어 있다. 이전 시대의 시인들이 프로 의식을 갖추지 못했다면, 새로운 시대에는 반대로 '고도의 프로페슈날'이 요청될 터이다. 정지용의 고전주의적 시론을 고려한다면, 이 '고도의 프

---

78 정지용, 「시의 옹호」, 『문장』 1권 5집, 1939. 6(정지용, 『정지용 전집』 2권, 민음사, 2001, 243쪽).

로페슈날'이란 동양적이고 정신적인 교양·문화·시론을 바탕으로 한 당대 조선인의 서정성을 드러내는 것이다. 그리고 시의 수준을 한 단계 높이는 방법으로서 '고도의 프로페슈날'이 되기 위해서는 프로 시인으로서 절제를 중시하고 이미지의 형상성을 들여올 필요성이 제기된다.

정지용의 초기 시를 이미지즘의 영향 관계하에서 파악하는 견해도 있지만, 이미지즘과 정지용 초기 작품의 선후 관계는 재조정될 필요가 있다. 이미지즘의 서구 수용이 먼저 있고, 그 이후에 정지용의 시작이 출발한 것이 아니다. 반대로 정지용이 놓여 있는 시대의 시사적인 요청과 필요성이 있었고 그 필연성에 의해 조선적인 것(내용·정신)과 이미지즘적인 것(표현·기교·문명)의 결합이 있었던 것이라고 볼 수 있다. 이러한 내적인 축적과 외적인 수용의 결합, 조선적인 것과 외래적인 것의 결합이 정지용에게 있어서는 근대적 조선시의 완성이고, 감정의 절제와 구조의 완성이고, 이미지의 지향성이며, 은유의 활용이다.

정지용에게 은유가 중요한 것은 은유를 통해 드러난 지향성이 조선 지리에 대한 상상적이고 내면적인 지도를 완성하는 데 기여하기 때문이다. 정지용은 특히 후기 작품에서 평북 너머의 '북유(北遊)', 금강산 기행의 '동유(東遊)', 남해와 제주도 기행의 '남유(南遊)'를 합하여 세 방향의 '천유(天遊)'를 행한다. 이러한 여행의 경험과 의미화는 그의 작품과 수필에 고루 분포되어 있다.

북과 남을 가로지르는 가로축과 동으로 향하는 세로축이 만나서 정지용의 내면적 조선 공간에는 일종의 좌표가 성립된다. 이 좌표는 근대적인 과학 담론이나 일본 제국주의의 논법과는 전혀 다른 방식으로 조선의 공간을 획득하는 시적이고 주체적인 인식론이라고 볼 수 있다. 정지용의 전체 작품을 고찰하면 그의 작품들이 현대적이고 전통적인, 근대적이고 반근대적인 다양한 방식의 좌표를 획득하는 일점들의 역할을 한다고 볼 수 있다. 그것들은 정지용의 시세계에 점점이 일종의 성좌를 이루어 그의 작품 세계를 구현하고 있다. 이 책에서는 그 지향성을 분명하게 보여주는 것으로서의 '은유'에 주목한다. 은유는 단순히 창의적인 표현이 아니라 특수한 내면세계를 형성해나가는 인식론적 방향성을 지니고 있다.

정지용의 작품을 대상으로 한 은유 분석을 염두에 둔다면, 정지용은 조선적 정체성의 시인이라고 볼 수 있다. 그는 모더니즘 시인이며, 전통주의자이며, 순수문학 옹호자이면서도 또한 당대 조선의 민족과 국토와 정신이 처한 위기를 문학적으로 해결하려고 고민한 시인이었다. 정지용은 순문학을 옹호했기 때문에 흔히들 그가 현실이나 문명에는 무관심했다고 오인하기 쉽다. 또한『문장』지에서 보여준 일련의 활동으로 인해 정지용을 이병기와 이태준과 함께 전통주의자, 내지는 상고적이며 복고적인 정신주의로 인식되기도 한다. 물론 정지용의 이러한 모더니즘, 전통주의, 순수문학론의 성격 역시 중요한 특질이지만, 정지용이 당대 조선의 유구한 민족성이 처한 보편적인 위기에 대해 문학적인 반응을 보였다는 사실 역시 간과될 수 없다. 정지용에게 있어 모더니즘이든 전통이든 고전이든 그것들의 필요성은 어디까지나 조선과 조선 민족이 존재한다는 전제 조건 위에서 출발하는 것이다. 즉 정지용의 전통주의가 성립하기 위해 선행되는 것은 당대의 조선, 조선 민족이었다는 말이다. 이러한 정체성은 정지용의 초기 시에서 후기 시까지 연속적으로 드러나는 공통적 특질이다. 이런 점을 들어 정지용은 민족적 정체성과 미학적 정체성을 문학 내에서 합일하려고 시도한 근대 문인이라고 할 수 있다.

정지용에게 있어 민족과 시대의 문제가 명시적 주장으로 표면화되지 않았지만 그는 조선의 현실과 조선 문학의 현실에 대해 깊은 관심을 지니고 있었다. 정지용의 현실적·민족적 문제의식이 문학 내적인 방향으로 전개되었던 것처럼, 김기림 역시 민족적 현실에 대한 문학적 대응으로 민족 정체성의 문제와 문학의 수준 문제를 함께 고려했던 시인이라고 할 수 있다. 김기림의 작품에서 드러나는 은유 양상은 정지용과 사뭇 다르다. 그렇지만 그 결과적인 구도의 의의는 정지용의 인식론적인 은유들이 형성하는 지향점과 상당히 유사하다. 앞서 정지용의 문학 세계에는 조선 반도를 가로지르는 '천유'의 행보가 조선의 실제 공간을 문학적이고 상상적인 방식으로 재구성한다고 언급했다. 그의 작품에서는 동서남북을 횡행하는 정지용의 문학적 행보로 인해 상상적이며 지향적인 문학의 공간이 실제 조선 반도 위에 구축된다. 그렇다면 이 문학적 공간이 형성되는 의의는 무엇일까. 정지용은 이미지와 은유를 통해 조선 반도의 상상적 지리지를 문학적으로 형성하면서 그 안에 영적인 의미, 전통, 민족, 공동체 등의 가치를 배치시킨다. 이를 통해 문학 안에서 재탄생된 조선의 공간은 새로운 위상의 공간으로 재편될 수 있었다. 실제 공간을 바탕으로 인식론적 은유화를 통해 문학적이며 상상적인 지향의 공간을 획득하는 이러한 특징은, 김기림의 문학 세계에서도 나타나는 특징이다.

김기림에게 있어 가로축은 '지도', '박람회 판', '메뉴판', '테이블'로 이어지는 일종의 '서판(書板)'이 담당하고 있다. 현실의 미디어적 '판(板)'으로서의 지도 이미지 및 사진 이미지 등은 1차적으로 김기림이 놓인 당대의 문명적 현실을 보여주는 기능을 한다. 그리고 작품에서는 이 미디어적이고 현실적인 판이 뒤집히는 전복적 '서판'을 통해 겉면에 놓인 문명적인 인식을 탈출하는 실마리를 제공한다. 신문기자로서의 김기림은 문명의 흐름과 세계정세에 매우 밝았던 인물이었다. 즉 그는 세계의 실질적 판도와 판세를 읽을 수 있었다. 그리고 시인으로서의 김기림은 이 명확한 현실 인식을 바탕으로 그것을 뒤집는 문학의 상상력을 십분 활용한다. 미디어적 현실 인식의 '판'을 문학적인 전복의 '서판'으로 변화시키는 작업이 김기림 문학의 가로축이라면, 김기림의 세로축은 근대 문명적 조감도의 시선을 와해하는 천상-지하층의 개발로 나타난다. 근대적 조감도는 일종의 근대적 인식의 '판'에 해당되는 것으로서 근대 과학의 시선, 일제 규율의 시선을 내포하고 있다. '판'에 대한 현실적 파악과 그것의 시적 전유가 김기림의 가로축을 형성했던 것처럼, '조감도'적 판에 대한 실질적 파악과 그것의 시적 전복이 김기림의 세로축을 형성하고 있다. 김기림은 이 조감도의 시점을 넘어서는 상층의 시선으로 '천상'의 은유를, 그리고 조감도의 시점에 잡히지 않는 은폐의 공간으로서 '지하층'의 은유를 상정하고 있다. 시적 공간에 세로로 놓인 이 구조는 김기림의 작품 세계에 깊이를 부여하는 역할을 한다.

이러한 기능을 표면적으로 맡고 있는 것이 작품의 이미지이다. 선명한 이미지는 유형별로 계열화될 수 있으며, 나아가 그 계열화는 작동 원리의 규명으로 이어져야 하고, 또한 작동 원리는 지향성과 내면 의식을 밝힐 수 있어야 한다. 이러한 수순 없이 이미지의 의미에만 주목한다면 정지용과 김기림, 그리고 이미지즘의 진정한 역할을 이해할 수 없다. 원고지를 앞에 둔 시인의 내면 활동에 주목할 때 그의 언어와 이미지와 사상과 정서가 어디에서 와서 어떻게 움직이면서 작품을 만드는지 그 궤와 운동의 지향성을 확인할 수 있다. 이것이 조선의 이미지즘을 재음미해야 할 필요성에 해당된다. 조선의 이미지즘은 명확한 회화성 여부를 기준으로 의의를 규정할 수 없다. 분명 조선의 이미지즘 시인은 선명한 이미지를 보여주고 있으나 선명한 이미지의 구현이 궁극적 목표는 아니기 때문이다. 이미지즘 시인들은 화가가 되기를 원한 것도 아니고 시로 쓴 회화를 추구한 것도 아니었다. 서구 이미지즘이 회화성 외의 다른 여러 중요한 특질을 지니듯이, 조선의 이미지즘 역시 회화성 외의 다른 여러 중요한 특질로 재고될 필요가 있다.

후속 세대에 대해 정지용이 지니고 있었던 영향력은 과연 그가『문장』파의 핵심인물이자 시부문 선자(選者)였다는 것만으로는 해석될 수 없다. 흔히 정지용의『문장』지 활동을 근거로 그의 작품 분석에서도 전통성을 발견하지만,『문장』지가 먼저가 아니라 그의 성향이 민족의 고유성에 닿아 있기 때문에『문장』지에 동참한 것으로 보아야 한다. 정지용뿐만 아니라 민족주체성의 수호라는 문인들의 내적 공감대가 먼저 있고, 그것의 발현이자 실천으로서『문장』파의 등장이 있을 수 있었다. 공동체적 자기규정을 가능하게 하는 것은 문학을 포함한 문화의 주요 역할이다. 시인으로서의 정지용 역시 문학적인 자기규정이 필연적으로 전제되어야 했을 것이고 그 정체성은 공동체적이며 문화적인 성격을 포함하고 있었다.[79] 공동체적인 가치라든가 감각을 문학적으로 형상화

---

79 "자기가 누구이며 자기가 속해 있는 공동체가 어떤 것인가라는 자기규정은 모든 문화가 실천하는 활동 가운데 하나이다. 그러한 문화에 의한 자기 규정은 나

해야 할 필요성이 더욱 거세게 문제시되었던 이유는 역시 당대 현실의 압박적 상황이라고 할 수 있다.[80]

특히 이 책에서 주목하는 당대의 특징은 이 식민지적 현실이 상당히 '은유적'으로 구조화되고 있었다는 사실이다. 당시 일본에는 효과적이고 성공적인 식민지화를 위해 식민학회(植民學會)가 존재하고 있었고, 심지어 '식민정책학(植民政策學)'이 학문의 일종으로서 연구되고 있었다. 그리고 이 식민정책학에서는 심상지리의 은유적 파급을 매우 중요한 방법으로 다루었다.[81] 제국주의를 내세운 일본의 대외관(서양관과 아시아관)이 그들의 시선으로 포획되고 재구성된 심상지리를 통해 표상되었음은 잘 알려져 있는 사실이다.[82] 이때, 제국주의 논리에서 중시된 심

름대로 수사(rhetoric)를 지니고 있고 다양한 장치나 권위(국민적인 축제나 기원의 역사, 기본적인 텍스트 등)와 같은 의례적인 수단을 통해서 자신들의 자기 규정에 대해 친밀감을 만들어내려고 한다." (姜尙中, 『오리엔탈리즘을 넘어서』, 이경덕 · 임성모 역, 이산, 2002, 13쪽)

80 문학은 문화의 한 유형으로서 다음과 같은 문화의 성격을 공유한다고 할 수 있다. Edward Said는 문화에 "다양한 정치적, 이데올로기적 명분이 서로 뒤섞여 있기 때문에" "자국 문화에 대한 숭배"(Edward Said, 『문화와 제국주의』, 박홍규 역, 문예출판사, 2005, 23쪽)를 당연시할 가능성이 많다고 본다. Said의 논지에 의하면 문학 역시 정치적 · 이데올로기적 · 현실적 · 민족적 · 국가적 사고방식과 무관할 수 없다.

81 姜尙中, 앞의 책, 84~86쪽.

82 "지리적인 표상과 그곳에 담긴 인간의 박물학적인 분류에 반영되어 있다. 특히 심대한 영향을 미친 것은 세계문명 지지(地誌)와 관련한 후쿠자와 유키치의 계몽적인 저작이었다. 후쿠자와의 대중서 『서양 사정(西洋事情)』을 비롯해서 『콘사이스 세계일람(掌中萬國一覽)』, 『세계 각국 편람(世界國盡)』 등은 서구가 이질적인 문화와 접촉한 경험을 바탕으로 만들어낸 '지지 체계'나 '지지 입문', '지지 안내', '지지 사전'과 같은 부류의 텍스트를 세속적이고 '평이한 문장'으로 바꿔놓은 것

상지리는 식민지 지배를 정당화하기 위해 식민지에 대한 의도된 은유를 포함하고 있다. 이 은유는 조선인과 일본인, 중국인의 심리를 지배하고 그들의 식민 지배를 정당화하는 방식을 유도하는 효과를 지니고 있었다.

식민 체제의 은유에 대한 일례로서, '조선은 방종한 여자다'는 은유[83]가 의도적으로 확산되었음을 들 수 있다. 이 은유에는 제국은 남성에 은유되므로 응당 식민자가 될 능력이 있고, 조선은 여성으로 은유되므로 응당 피식민자가 된다는 논리가 담겨 있다.[84] 이와 같이 식민주의적 심상지리는 근대 일본이 전개했던 역사관의 소산임과 동시에 열등한 조선이라는 관념을 널리 인지시키고 고정하려는 의도로 활용되었다. 식민자가 피식민자를 지배하기 위해서는 피식민자에게서 지배 가능한 속성을 발견할 필요가 있다. 일본 본토인들이 아이누족에게서 '야만'의 속성을 발견한 것처럼 지배자는 피지배자를 스스로와 구분하기 위해서 차별적

이다."(姜尚中, 위의 책, 87쪽)

[83] "성차별을 환기시키는 듯한 은유의 증식은 국제정치의 리얼리즘으로도 확산되는데, 예컨대 일본과 청(淸) 사이에 끼인 조선은 '득의양양하게 맘껏 욕구를 채우고도 지칠 줄 모르는 지나(支那) 남자'에게도 아양을 떠는 성적으로 방종한 '여자'로 비유되었다."(姜尚中, 위의 책, 90쪽)

[84] 일본 제국주의 입장에서 조선에 대한 이러한 성적 은유 및 비하의 은유를 확산시켜야 했던 이유는 암암리에 식민지화의 당위성을 전파하기 위해서였다. 일본 제국주의뿐만 아니라 식민지화의 일반은 '여성-남성'의 은유, '강간과 수탈'의 은유를 전제하고 있었다. 이와 관련하여 박종성은 "식민지를 사람의 몸에 비유한다면, 식민 지배는 강간에 해당된다. 몸은 식민지에 대한 은유이다. '남성적 파워'를 지닌 일본이 '여성적 피식민국' 조선을 '강간'한 것이다. 한 나라가 식민 지배를 당하면, 그 나라의 땅과 자원은 유린당하고 언어와 전통과 문화는 파괴된다"고 설명한 바 있다(박종성, 앞의 책, 5쪽).

표상을 발견해내야 한다.[85] 그리고 지배자의 의도된 표상화 작업은 은유를 통해 효과적으로 이루어질 수 있다. 때문에 식민화의 정당화를 위해서 일본 제국주의가 은유를 활용한 것은 필연적 절차였다고도 볼 수 있는 것이다.

심지어 일본이 한국을 식민지화하는 과정에서 만든 일선동조론, 만선일체론, 조선 타율성 사관, 조선 정체성 사관 등 다수의 조선론 역시 심상지리에 관한 은유와 함께 구체화되었다.[86] 그 예로 전전(戰前) 일본을 대표하는 학자 후쿠다 도쿠조(福田德三)는 조선을 "더럽고 탁하며 불결하기가 이루 말할 수 없는 흙덩이 속에 유유자적하게" 사는 사람들이라고 표상했다.[87] '조선 반도는 더러운 흙덩이'라는 은유를 통해 조선의 열등성은 구체적으로 형상화되고 널리 보급되었던 것이다. 더 구체적으로는 창경원 등이 담고 있는 조선 왕궁에 대한 동물원의 은유 또한 식민 체제의 의도가 일상적 은유로 파급된 예로 들 수 있다. 1910년 합병 이후 이왕직 관제가 실시되고 창경궁이 창경원으로 격하되면서 이왕직(이왕가) 동물원, 창경원 동물원, 경성동물원 등으로 불렸다. 창경원은 조선 황실의 권위와 정통성을 훼손하기 위해 일제가 고안한 시각 장치였다. 동물원의 설치는 창덕궁에 갇힌 조선의 임금, 나아가 식민지에 갇힌 조선인 전체를 은유했다. 그래서 창경원 설치에 대해 "왜놈이 한국 황제를 동여다가 동물원 속에 집어넣고 오백년 이씨의 종사를

---

85 小森陽一,『포스트콜로니얼』, 송태욱 역, 삼인, 2002, 13쪽.
86 강상중, 앞의 책 3장 中「식민정책학의 심상지리와 그 이론」참조.
87 위의 책, 97쪽.

멸하게 하며 근지 오천년 되는 단군 자손이 삼천만이나 되는 것을 금수와 같이 압제"하는 것으로 보거나, "원수가 우리의 종묘사직을 과실밭과 동물원"으로 만들어 "다 금수의 터가 되었"고 "지금 덕수궁, 창덕궁은 다 감옥소와 같"다며 분개했하는 기사가 종종 등장하기도 했다.[88] 이러한 식민 체제의 은유는 식민지 조선을 체제 안으로 획득시키려는 의도를 지니고 있었다.

식민 체제의 심상지리를 통해 식민지화의 당위성을 은유적으로 보편화하려고 한 것은 일종의 차별화 전략이다. 이와는 달리, 일본의 조선에 대한 내선일체론은 동질화의 은유를 전략으로 삼고 있었다. 식민이란, 1차적으로는 일본인들을 조선 반도에 이주·정착시킨다는 것을 의미하고 2차적으로는 조선인의 전부를 일본인으로 변화시킨다는 것을 의미한다. 일본은 식민지 조선에 소위 '내지(內地)'의 축소판을 건설하려고 했다. 그들은 조선 민족에게 일본을 내적으로(황국신민주의를 통해, 창씨개명과 일어 교육 및 사용을 통해), 외적으로(건축물과 근대 통신 자본주의 교통 매체 등) 닮아가라고 강요한다. 이러한 일본 제국주의 노선은 '경성은 작은 도쿄다'라는 은유에 닿아 있다. '조선은 또 다른 일본이다'라는 은유를 체제상으로 완성시키는 것은 식민의 2차적인 목표라고 할 수 있다.

하지만 일본 식민 체제의 은유는 동질화를 표방하는 듯해도 결국은 차별성의 부각으로 이어지고 있었다. 일본 식민 체제의 은유는 '조선'과 '일본'의 유사성을 바탕으로 하고 있지만, 다른 한편 그 은유에는 '조선'

38 이경민, 『경성, 카메라 산책』, 아카이브북스, 2012, 180~183쪽.

과 '일본'을 완전한 동일성이 아닌 유사한 다름으로 보는 차별성이 존재하고 있다. 이를테면 조선의 경성은 일본의 도쿄를 닮되 완전히 같아지지는 말고 우열의 차별성을 여전히 유지하라는 식이다. 유사성을 앞세운 차별화의 논리는 일본의 식민 정책의 방식이며 또한 근대화의 방식이기도 했다. 근대화의 논리에 의하면 조선은 도쿄를 닮아가야 하고, 도쿄는 파리와 뉴욕을 닮아가야 한다. 철도 체제와 교육 체제를 닮아가야 하고 과학적 인식과 합리적 이성을 닮아가야 한다. 하지만 식민 체제에서든 근대화에 있어서든 닮음이 완전한 동일로서 귀결되는 일은 발생하기 어렵다. 때문에 닮아가야 하지만 완전히 같을 수는 없다는 인식은 근본적인 차별성과 절망감을 초래할 수밖에 없다. 조선인들의 인식은 시대가 제기하는 유사성의 요청 앞에서 동일성에 도달하지 '못한다는/않으려는' 갈망으로 이중화된다. 문학은 어디까지나 현실을 떠나서 존재할 수 없기 때문에 당대 조선의 문학 역시 이러한 모순과 갈망과 절망과 무관할 수 없다.

조선의 1930년대는 식민 체제의 지배 야망이 극에 달하고 근대화의 최절정기를 맞았던 시기이다. 그렇다면 이 말은 식민 체제의 은유와 근대화의 은유 역시 가장 막강하고 폭넓게 확산되었다는 뜻이기도 하다. 하필 동일한 시기에 조선 문단에서도 은유가 가장 활발하고, 정교하게 개발되었던 것은 단지 우연의 소산이라고 말할 수는 없을 것이다. 이와 같은 상황을 전제한다면 조선의 이미지즘 역시 식민지화, 근대화되는 조선 사회 자체가 은유적으로 구조화되었다는 사실과 무관할 수 없다.

이렇게 강압적인 은유의 시대에 대응하여 문학적이고 주체적인 은유를 선보인 것이 바로 '조선적 이미지즘'이라고 말할 수 있다. 식민 체제와 근대화의 은유에 대응하는 은유의 주체적인 방식이 정지용과 김기림으로 대별되는 이미지즘을 통해 구체화되었다. 이미지즘이 서구 사조가 이입된 결과만이 아님을 강조하는 이유 역시 조선적 이미지즘에는 조선만의 개성적인 은유와 이미지를 확립하려는 주체적인 시도가 확인되기 때문이다. 그 주체적인 시도에 대한 인식론적인 은유 분석을 통해 볼 때, 당대 이미지스트들은 조선 반도를 문학적이며 민족적인 상상의 공간으로 재기술했다. 즉, 현실에 지배적이고 체제적인 은유의 압박이 만연할 때 이미지즘 시인들은 주체적인 은유를 창조해 이에 대응하고자 했다.

다시 본론으로 돌아와서, 정지용과 김기림의 은유는 이러한 식민 체제의 은유적 심상지리 위에서 그 의의를 탐색할 필요가 있다. 정지용 등의 은유가 식민지학의 은유적 심상지리와는 전혀 다른, 새롭고 주체적인 심상지리를 형성했기 때문에 더욱 그러하다. 일제의 은유적 동일화의 강제와 차별이라는 모순적인 상황에서 1930년대 이미지즘은 주체적인 은유의 세계를 확립하며 가장 강렬한 문학적 저항의 모습을 보여주었다. 일본이 조선이라는 '바탕 공간'을 가지고 내지(內地)라는 '소망 공간'을 지향했다면, 조선 이미지즘의 은유는 조선 반도라는 '바탕 공간'을 가지고 새로운 조선 반도라는 '소망 공간'을 구현하는 차별성을 지니고 있다. 조선의 지리를 재편해서 드러낸 문학적인 토폴로지의 형성은 이 시기 이미지즘의 시대적 의의를 드러낸다. 이것은 민족주의라든가 독립의 열망과는 또다른 주체적 노선으로서 현실에 토대를 둔 조선 문학의 가능성을 보여준다고 하겠다.

이 책에서 이미지즘의 '회화성'이 아닌 '공간성'을 강조하는 것도, 그리고 그 공간성의 구성 요소인 이미지와 그 이미지를 상상의 공간으로 인도하는 은유를 강조하는 것도 이러한 이유에서이다. 일본 제국주의에서 강요하는 식민 체제의 은유와 근대화가 강요하는 문명의 은유는 조선의 정체성을 소외시킨다. 정지용과 김기림은 이 소외의 문제점을 깊이 인식하고 있었다. 조선적 정체성을 복권하는 일은 복고주의적 과거 회귀로는 해결되지 않는다. 일본 식민 체제의 은유, 근대화의 은유에 함몰되지 않기 위해서는 과거 유산과 현대적 문제점이 충돌하는 지점에 새로운 지도와 주체적 은유를 확립하는 일이 필요하다. 주어진, 근대화의/식민 체제의 은유적 허상에 사로잡히지 않기 위해서는 주체적이고 독자적인 은유의 독법을 개발해야만 한다. 모순으로서의 현실 은유를 걷어내는 주체적인 문학 은유의 확립을 위해 정지용 등은 이미지를 강조했고, 이 이미지를 통해서는 공간의 재건설과 재기술이 이루어졌다.

구체적으로 말해서 정지용이 조선의 지리를 상상적인 화원으로 의미화하면서 물리적인 지리를 토폴로지의 수준으로 재편하는 것, 김기림이 서판적 상상력을 토대로 전복적인 상상−판을 구축하는 것은 식민 체제하의 조선 지리를 구원적 은유의 세계로 건너가도록 해준다. 식민주의 사고방식에서 기획된 이미지가 재생산/파급되는 상황에서, 이에 맞서는 조선 시인들의 시적 이미지의 생산 방식이 어떠했는지를 규명하는 일은 매우 중요한 의미를 지니고 있다. 이미지는 단순히 소재의 반영과 상상의 산물이 아니라 시대적인 문제와도 결부되어 있는 것이다. 조선적 이미지즘의 이미지는 기교와 언어의 문제를 넘어 현실적이고 주체적인 문학 정체성에 관계된다는 점에서 재고될 필요가 있다.

당대 이미지즘의 이러한 시대적 의의에 착안한다면 조선 문단에서 이미지즘이 지닌 의의는 상당히 적극적이며 주체적이라고 할 수 있다. 아직까지 이미지즘이라고 하면 곧 시각적 심상이라는 도식이 공고하게 존재하고 있는 상황이지만 시각 심상만이 이미지즘의 변별점은 아니다. 정지용과 김기림에게서는 숱하게 새로운 감각, 이미지, 표현 방식, 기교주의라고 비판받을 정도의 언어 활용이 있었는데 이것들은 과거의 이미지(인지 방식), 현재의 근대적 이미지(인지 방식), 그리고 이 둘을 은유적으로 연결하여 지향해내는 은유의 상상력의 지향성이 드러난다. 이때 이미지를 만들어내는 은유의 지향성, 그것이 구현한 토폴로지의 구축이 바로 총체적인 이미지즘의 조건으로 제시될 수 있다.

그렇다면 일제의 심상지리에 맞서는 조선 반도의 심상지리, 일제의 은유에 대항하는 조선 문학의 은유란 어떤 의미를 지니고 있을까. 이것은 문학으로 만든 자기 정체성이자 민족적 정체성의 구현이라고 할 수 있다. 자기 정체성이 제국주의의 아래에서 창씨개명의 정체성으로 와해되어가는 시기에 조선 문단은 '문학의 위기설'을 제창했고, 그러한 1930년대의 요청 앞에 이미지즘은 조선적인 방향으로 적용·발달했던 것이다. 정지용과 김기림이 은유적인 현실의 모순에 문학적이고 은유적인 방식으로 대처한 결과, 그들은 현실에는 없으나 문학의 세계에서는 능히 꿈꿀 수 있는 상상 세계의 공간을 명확하고 선명한 이미지로 구현해냈다.[89] 그것은 개인의 내밀한 감각을 넘어서 공동체(민족)의 정

---

39 레이코프와 존슨에 따르면, 은유는 인간의 일상 생활에서 현실을 축조시켜주는 인식적 구조물일 뿐만 아니라, 은유로 구축된 새로운 현실 세계 안에서 새롭게

신이 노닐 숨터로서의 상상적 공간을 확보하는 방향으로 나아간다. 그 공간의 토대와 윤곽과 구조를 만드는 하나하나가 바로 정지용과 김기림의 이미지들이고, 이미지들에 창조력을 부여하는 것이 바로 은유의 인식론이다. 독특한 이미지의 창안과 이미지에 창조적 힘을 준 은유는 조선 반도를 다른 공간으로 창조해낸다.

궁극적으로 김기림과 정지용의 이미지스트적인 공통점은 '낙토(樂土)'를 재창조했다는 것이다. 상징주의나 낭만주의에서 강조했던 것은 감정과 정신(영혼) 그 자체였다면, 이미지즘은 불확실한 정신 자체가 아니라 정신들의 장소를 마련함으로서 그것이 유지될 수 있는 가능성을 부여했다. 공동체의 정신적 숨터가 있어야 공동체적 정신이 배양 · 성장될 수 있다.[90] 이러한 정신적 성장의 모색과 형성이 정지용과 김기림의 이미지즘적 문학 세계인 것이다. 구체적으로 그것은 정지용에게는 토폴로지와 '화원'으로, 김기림에게는 천상과 지하의 전복적 공간으로 나타났다. 다음 장에서는 그 이미지적 공간이 형성되는 구체적 상황을 고찰하고자 한다.

사고하고 행동하게 해준다(김경용, 『기호학의 즐거움』, 민음사, 2005, 247쪽).

90 '조선적 이미지즘'이 조선 민족의 정체성을 구현하기 위해 문학적 공간을 창출했다는 이 책의 논의는 공간론에 대한 다음의 논의를 참조할 수 있다. 우선, 인간의 실존과 의미있는 장소와의 밀접한 상호관계에 대해서는 M. Heidegger를 비롯한 여러 학자들에 의해 강조되어왔다. 그리고 이러한 장소의 의미를 종합적으로 언급하면서 논의를 진행하는 Edward Relph는 최근 저작은 "장소가 정말로 인간이 세계에 존재하는 데 근본적인 속성이라면, 또 개인이나 집단에게 있어 안정과 정체성의 원천이라면, 의미 있는 장소를 경험하고 창조하고 유지하는 방법을 잃지 않도록 하는 것이 중요하다"(Edward Relph, 『장소와 장소상실』, 김덕현 외 역, 논형, 2008, 34쪽)고 강조한 바 있다.

정지용 문학의
이미지적 토폴로지 추구

정지용 문학의 이미지적 토폴로지 추구

1. 은유의 병치 기법과 세계의 디오라마적 파악

당대에서부터 지금까지 정지용은 언어를 다루는 능력이 탁월하다는 평가를 받아왔다. 물론 작품에서의 은유 역시 이러한 언어 구사력을 통해 빛을 발한다. 하지만 은유를 비단 개인의 특별한 언어능력이 자연스럽게 발휘된 결과라고만 평가할 수는 없다. 시인이 은유를 사용하고 개발한 이유에는 작품 구성을 어떻게 하고 싶었는가에 대한 의도가 포함되어 있다.[1] 박용철과 함께 유기체적인 시론을 강조했던 시인임에도 불

---

1   이에 대해 권영민은 언어 사용의 절제가 아닌 구성적 측면의 이미지 창조에 논의의 초점을 맞추어야 하며, 그 이미지 창조에 영향을 미친 개념의 변화 역시 함께 고찰되어야 함을 지적한 바 있다. "지금까지는 그의 언어가 절제미가 있음, 다시 말해서 언어가 얼마나 간결하게 사용되었는지 언어 사용의 축소에 초점이 맞춰져 있었다면 이제 그의 언어의 구성적 측면, 즉 언어와 언어가 모여 어떤 새

구하고, 이러한 특징 때문에 그의 작품은 감정의 '절제', 감각과 지성의 '질서'라는 평가[2]를 동반한다.

이러한 작품의 대표적인 예로서 「카쎄·쯔란스」를 들 수 있다. 이 작품은 공식 지면에 발표된 순서에 따르면 작품군의 처음에 놓여 있다. 이 작품에 대해서는 초기의 이미지즘 작품이라는 평가,[3] 모더니즘 출현의 전조라는 평가,[4] 유학 시절의 병적이고 우울한 심리 상태를 드러낸 작품이라는 평가[5]가 중심을 이루어왔다.

로운 이미지를 창조하고 있었는지를 여기에 영향을 미친 개념의 변화와 함께 고찰해야 할 필요가 있다."(권영민, 『정지용 시 126편 다시 읽기』, 민음사, 2004, 97쪽)

2　지성, 제작, 조화, 질서, 절제를 중시하는 정지용의 면모는 다음과 같은 김환태의 평에서 적절하게 지적되었다. 김환태는 정지용에 대해 "시란 결국 조화요 질서다. 그러나 있는 그대로의 감정은 곧 질서와 조화를 의미하지 않는다. 그리고 또 문학 그것이 곧 감정에 질서와 조화를 부여하는 것은 아니다. 그러므로 천재는 반드시 깊이 느끼고, 예리하게 감각하는 외에, 그 느끼고 감각한 것을 조화하고 통일하는 지성을 갖추어야 한다. 정지용은 이 지성을 가장 고도로 갖추고 있는 시인이다. 그리하여 그는 결코 감정을 그대로 토로하는 일이 없이, 그것이 질서와 조화를 얻을 때까지 抑制하고 기다린다. 그리고 감정의 한 오라기도 감각의 한 조각도 총체적 통일과 효과를 생각하지 않고는, 덧붙이지도 깎지도 않는 것은 물론, 가장 미미한 음향 하나도 딴 그것과의 조화를, 그리고 그 내포하는 의미와의 饗應을 고려함이 없이는 그의 시 속에서의 호흡을 허락하지 않는다"고 지적한 바 있다(김환태, 「정지용론」, 『삼천리문학』 2집, 1938.4.1 ; 김은자 편, 『정지용』, 새미, 1996, 92쪽에서 재인용).

3　오세영, 「모더니즘, 포스트모더니즘, 아방가르드」, 앞의 책, 425쪽.

4　최동호, 『그들의 문학과 생애—정지용』, 한길사, 2008, 48쪽.

5　김신정, 「'시어의 혁신'과 '현대시'의 의미—김영랑, 정지용, 백석을 중심으로」, 『상허학보』 4집, 상허학회, 1998 ; 김종훈, 「결핍으로서의 기호들」, 최동호 외, 『다시 읽는 정지용 시』, 월인, 2003 ; 남기혁, 「정지용 초기시의 '보는' 주체와 시선(視線)의 문제」, 『한국현대문학연구』 26집, 한국현대문학회, 2008.

이러한 관점 외에도 선행 연구 중에서 「카똁·쯔란스」와 영화의 연관성을 통해 새로운 시각을 도출한 문혜원의 논의에 주목할 수 있다. 문혜원은 "실제로 정지용의 시들은 영화의 장면 장면을 연상시키는 일면을 지니고 있다. 한 예로 「카똁·쯔란스」는 카똁·쯔란스로 가는 과정의 들뜨고 어수선한 분위기를 묘사한 전반부와 도착한 후의 후반부로 나뉘어 있어서, 영화에서의 장면과 장면 사이의 비약과 유사한 느낌을 준다"[6]고 평가한다. 문혜원의 분석 외에도, 정지용의 작품에서 영화를 연상할 수 있다는 평가로서 최동호의 「백록담」에 대한 분석을 들 수 있다. 최동호는 "「백록담」의 시적 특징은 산문적 서술과 장면 구성에 있다. 한 편의 시가 9개의 장면으로 구성되어 있는데, 이 장면들은 영화적 기법으로 제시되면서 하나하나가 합쳐져 전체를 구성하는 하나의 풍경을 보여준다는 점에서 종전의 지용시에서 볼 수 없는 참신성을 갖는다"[7]라고 평가한다. 문혜원과 최동호의 분석은 지용의 시를 영화의 장면 제시와 연관짓는 공통점을 보이지만 그 근거와 대상 작품은 전연 다르다. 특히 최동호는 영화적 기법이 비로소 「백록담」에 와서 등장한 것이자 '종전의 지용시'와는 다른 차별점이라고 평가하면서 초기의 다른 작품들에서는 영화적 기법을 찾아볼 수 없다고 평가한다. 그러나 최동호의 논의는 갑작스럽게 등장한 「백록담」의 영화적 기법을 후기의 세계관과 함께 설명하지 못하고 있다. 이와는 달리 문혜원은 「카똁·쯔란스」와 같은 초기작에도 분명 영화적 기법이 보임을 지적한 바 있다. 「카

---

6 문혜원, 『한국 현대시와 모더니즘』, 신구문화사, 1997, 228쪽.
7 최동호, 앞의 책, 109쪽.

「쎄・뜨란스」뿐만 아니라 「슬픈 인상화」나 「황마차」와 같은 작품 역시 매우 영화적인 구성과 기법을 보여준다고 할 수 있다.

수박냄새 품어 오는
첫녀름의 저녁 때…………

먼 海岸 쪽
길옆나무에 느러 슨
電燈. 電燈.
헤염처 나온듯이 깜박어리고 빛나노나.

沈鬱하게 울려 오는
築港의 汽笛소리……汽笛소리……
異國情調로 퍼덕이는
稅關의 旗ㅅ발. 旗ㅅ발.

시멘트 깐 人道側으로 사뿃 사뿃 옴기는
하이한 洋裝의 點景!

그는 흘러가는 失心한 風景이여니……
부즐없이 오랑쥬 껍질 씹는 시름……

아아, 愛施利・黃!
그대는 上海로 가는구료…………

— 「슬픈 印像畵」 전문[8]

122

시 「슬픈 인상화」에는 이국적인 풍경이 그려져 있다. 해안에 늘어서 있는 가로등이라든가, "애시리 황"[9)]이라는 이름이라든지, 양장 차림새, 상해로 떠난다는 설정 등은 이국적일 뿐만 아니라 그림, 또는 영화의 한 장면에 가까워 보인다. 고정된 장면이라기보다는 이별의 스토리를 함축하고 있어서 일종의 영상을 보고 난 이후의 감흥이 작품 안에 담겨 있다고 해도 무리가 아닐 것이다. 정지용은 근대 문물의 경험을 노골적으로 언급하는 시인은 아니었다.[10)] 그렇지만 정지용은 도쿄 유학 중에서도 성경 서사극에 속하는 영화 〈킹 어쁘 킹스〉[11)]를 보았고, 해방 후에 〈춘희(라 보헴)〉[12)]를 보기도 했다. 수필 「비」에는 영화 〈춘희(라 보헴)〉

---

8 『학조』 1호, 1936. 6(이숭원 주해, 『원본 정지용 시집』, 깊은 샘, 2012, 66~67쪽). 이 책에서 인용되는 정지용의 시 작품은 『원본 정지용 시집』을 따른다. 이후, 작품 인용 시 출판사와 출간연도는 생략한다.

9 '애시리'는 서구 여성의 이름에 많이 쓰이는 Ashley의 한자식 표기(『원본 정지용 시집』, 67쪽).

10 정지용의 산문에서 문화 체험을 주제로 한 것은 1) 연극 : 『문장』 2권 2호(1940. 2)에 실렸던 「관극소기」, 2) 전람회 : 「繪畵教育의 新意圖」에서 여학교 미술전람회, 3) 무용 : 「생명의 분수—무용인 조택원론(상)」 「조택원 무용에 관한 것」, 4) 음악회 : 「수수어 IV-1」를 들 수 있다. 단편적인 기록으로는 영화에 대한 언급이 네 번 등장한다. 대중적인 문화 체험을 그다지 자랑스럽게 생각하지 않았던 정지용의 경향을 생각한다면 이례적으로 많은 숫자이고, 또한 그가 영화를 여러 번 보았다는 증거이기도 하다.

11 이 영화는 조선에서도 '왕중왕'이라는 제목으로 인기를 끌었던 영화 〈The King of Kings〉(1927)를 말한다. 예수가 순교하는 마지막 1주일과 그의 부활까지를 다루고 있는 작품으로서 감독은 세실 드밀(Cecil B. DeMille), 주연은 H. B. 워너, 도로시 커밍, 어니스트 토렌스, 조셉 쉴드크로트 등이었다.

12 1937년 미국에서 제작된 108분짜리 영화. 조지 큐거 감독, 그레타 가르보와 로버트 테일러 주연.

를 보고 나서도 그 감흥을 쉽게 지우지 못했다는 일화가 적혀 있다.[13] 이 수필은 해방 후에 작성된 것이기는 하지만, 영화 감상 후의 지용의 반응을 잘 드러내고 있다고 하겠다. 정지용이 영화를 보고 난 잔영을 수필에 옮겼던 것처럼, 「슬픈 인상화」의 창작 당시에도 일종의 영화적인 장면을 연상하면서, 또는 영화의 한 대목을 떠올리면서 창작에 임했을 가능성이 있다.

앞서 정지용의 초기 시와 후기 시에서 각각 영화적 장면 제시 특질을 지적한 선행 연구들이 시사하듯이 정지용에게 있어 장면 제시의 독특함은 분명 문제적인 논의 대상이라고 할 수 있다. 이 책에서는 문혜원의 지적에 기대어, 「카페·쁘란스」의 무대적인 구성 방식을 주목한다. 초기 문제작 「카페·쁘란스」는 마치 이국적인 영화의 부분을 보는 듯한 인상을 준다. 이 작품에는 선명한 시공간이 배경으로 제시되어 있고, 배경 앞으로 개성적 등장인물들이 움직이고 있을 뿐만 아니라, 장면의 전환과 행동의 전개, 대사와 독백이 시의 진행과 함께하고 있다.

옮겨다 심은 綜櫚나무 밑에
빗두루 슨 장명등,

---

13 "검은 커-틴으로 싼 어둠 속에서 창백한 감상이 아직도 떨고 있겠으나 나는 먼저 나온 것을 후회치 않아도 다행하다고 하였다. 그러나 다시 한 떼를 지어 브로마이드 말려들어가듯 흡수되는 이들이 자꾸 뒤를 잇는다. 나는 휘황이 밝은 불빛과 고요한 한 구석이 그립은 것이다."(정지용, 「비」, 『정지용 전집』 2, 민음사, 2001, 190쪽) 이후 인용되는 정지용의 수필 및 시론 등 산문은 20018년 간행된 민음사판의 『정지용 전집』 2에서 인용하며 표기 및 제목은 『전집』을 따른다. 전집의 출판사와 출간연도는 생략한다.

카뻬 · 쯔란스에 가쟈.

이놈은 루바쉬카
또 한놈은 보헤미안 넥타이
뻣적 마른 놈이 압장을 섰다.

밤비는 뱀눈 처럼 가는데
페이브멘트에 흐늙이는 불빛
카뻬 · 쯔란스에 가쟈.

이 놈의 머리는 빗두른 능금
또 한놈의 心臟은 벌레 먹은 薔薇
제비 처럼 젖은 놈이 뛰여 간다.

※

『오오 패롵(鸚鵡) 서방 ! 꾿 이브닝!』

『꾿 이브닝!』(이 친구 어떠하시오?)

鬱金香 아가씨는 이밤에도
更紗 커-틴 밑에서 조시는구료!

나는 子爵의 아들로 아모것도 아니란다.
남달리 손이 히여서 슬프구나!

나는 나라도 집도 없단다.
大理石 테이블에 닷는 내 뺨이 슬프구나!

오오, 異國種 강아지야
내 발을 빨어다오.
내 발을 빨어다오.

—「카̇예 · 쯔란스」 전문[14]

   이 작품의 다소 과장된 표현, 장면 제시와 화자의 언술이 대사처럼
처리되어 있는 점, 등장인물의 대화 및 독백이 등장한다는 점 등을 염
두에 두면 시나리오의 한 장면이나 연극의 문대를 연상하게 된다. 또한
"패롤(鸚鵡) 서방! 꾿 이브닝!"이라든가, "내 발을 빨어다오"와 같은 표현
은 일상어와는 거리가 멀어서 꾸며진 대사 내지는 번역된 시나리오 일
부라는 느낌을 준다. 이 작품을 읽으면서 독자는 마지막 화자의 언급,
"슬프구나!"라는 구절 부분에서 '나'라는 시적 화자가 독백을 하고 있
는 느낌을 받게 된다. 이런 여러 요인으로 인해 일련의 사태가 진행되
는 위 시의 장면은 연기가 펼쳐지는 무대와 유사하게 보인다.

   시에서 펼쳐지는 장면을 무대 공연이라고 생각하게 되는 다른 요인
으로서 이 작품에 희곡의 요소들이 상세하게 갖춰져 있음을 들 수 있
다.「카̇예 · 쯔란스」에는 매우 분명한 시간적 배경, 공간적 배경, 그리고
등장인물, 행동이 제시되어 있다. 구체적으로 공간은 비가 내리는 밤,
도로가 깔려 있는 도심으로 설정되어 있으며 등장 요소들은 은유를 통

해 표현되어 있다. '이놈은 루바쉬카', '한사람은 보헤미안 넥타이',[15] '밤비는 뱀눈', '불빛은 울음', '이놈은 빗두른 능금', '한 놈의 심장은 벌레 먹은 장미', '한 놈은 제비', '울금향은 아가씨', '나는 룸펜' 등, 여러 개의 은유가 각 등장인물들의 설정하는 역할을 맡고 있다. 그리고 은유로 설정된 인물 및 등장 요소들은 무대 뒤에 앞서거니 뒤서거니 하면서 배치되거나 움직인다. 무대에 등장하는 요소들을 구체적으로 드러내는 은유들 전체가 모여서 전체 작품의 분위기와 의미를 도출해내는 역할을 맡고 있다.

여러 요소들이 좌우, 전후로 배치되어 전체를 형상화하는 이러한 기법은 병치라고 개념화할 수 있다. 정지용은 그의 시 창작에서 시의 구성 요소들을 중첩적으로 배치하거나 병치하면서 전체 시의 구조를 완성해나가는 방식을 즐겨 사용하였다. 그의 작품에서는 은유를 통해 선명한 이미지를 드러내는 구절들 역시 병치되면서 시의 전체를 구성한다. 시의 구성 요소들을 병치하면서 전체를 만들어나가는 이러한 방식은 어떠한 효과를 가져 오는가. 요소가 하나가 아닌 여러 개이고, 그 요

---

5 '이놈은 루바쉬카', '한사람은 보헤미안 넥타이'라는 표현은 그 사람이 무엇을 입고 있는지에 대한 서술이다. 표현 기법을 명확히 구분하자면 부분으로서 전체를 표현하는 환유에 해당하지만 이 책에서 사용하는 '은유'는 환유, 직유, 제유 등이 포함되어 있는 광범위한 비유적 표현을 의미한다. 여기에서 토대로 삼고 있는 리쾨르의 저작에서 "As we recall, for Aristotle metaphor is not an abbreviated simile, but simile is a weakened metaphor. Our primary focus, therefore, must truly be on the 'is' of equivalence(은유가 축약된 직유인 것이 아니고, 직유가 약화된 은유인 것이다. 따라서 우리는 동치의 '이다'에 중점을 두어야 한다)" 면서 동치의 계사 '이다'를 통해 비유적으로 연결되는 기법을 모두 은유의 범주에 속한다고 본다(Paul Ricoeur(1977), p.248).

소들이 좌우 및 전후에 배치될 때에는 요소들 간의 간격으로 인해 전체적인 구조가 깊이감과 입체감을 얻게 된다. 즉 은유 단위들의 병치 기법[16]은 정지용의 작품을 하나의 입체적 세계로 만드는 원리로서 주목할 수 있다. 시의 구성 요소인 개별 은유들이 겹쳐지고 관계를 맺으면서 전체적으로는 정지용만의 선명한 이미지의 구조가 등장한다.

시의 이러한 입체 구조는 앞의 시 「카페 · 쁘란스」에서 확인할 수 있었던 무대적인 성격 또는 '디오라마적' 구성과 일치한다. 디오라마[17]는

---

16   휠라이트는 은유를 치환은유(epiphor), 병치은유(diaphor)로 나누었다. 치환은
      유는 전통적인 의미의 은유로, 하나의 대상을 다른 대상으로 대체하는 비유, 즉
      "비교를 통한 의미의 탐색과 확대 작용"을 말한다. 이에 비하여 병치은유는 "병
      치와 합성에 의한 새로운 의미의 창조"를 말한다 (박현수, 앞의 책, 356쪽). 그
      러나 박현수는 정확히 말해서 이것은 은유의 종류라기보다 은유의 두 작용을
      명명한 것이기에 은유의 종류로 보기 힘들다고 설명한다. 박현수의 정리에 의
      하면, 휠라이트의 용어를 '치환은유', '병치은유'로 의역한 이는 김준오인데 그
      는 은유라는 용어를 부가함으로써 은유의 한 종류인 것처럼 오해되게 만들었
      다. 오히려 '치환비교', '병치비교'가 적절할 수 있다. 김태옥은 치환은유를 외유
      (外喩), 병치은유를 교유(交喩)로 번역하였는데, 어색한 번역이지만 원저자의 의
      도는 적절하게 반영되었다 할 수 있다(김준오, 『시론』, 삼지원, 2000, 183쪽 ;
      Philip Wheelwright, 「은유의 양면작용」, 『은유와 실재』, 김태옥 역, 1982(박현수
      위의 책 356쪽, 각주 18번에서 재인용)). 박현수의 이와 같은 지적은 병치를 은
      유의 작용으로 명시했다는 의미가 있다.

17   디오라마(diorama)는 배경을 그린 길고 큰 막 앞에 여러 가지 물건을 배치하고,
      그것을 잘 조명하여 실물처럼 보이게 한 장치로서 스튜디오 안에서 만들 수 없
      는 큰 장면의 촬영을 위한 세트로 쓴다. 풍경화나 사진으로 꾸며진 평면 혹은 곡
      면으로 되어 있는 배경막(幕) 앞에 평면적이거나 입체적인 대상을 놓고 색깔
      있는 투명한 얇은 천이나 플라스틱 현수막을 사용하여 입체효과를 높인다. 무
      대 가장자리를 장식하거나 익면을 추가적으로 설치하여 원근효과를 높이기도
      한다. 원근법을 엄격하게 적용해야 좋은 효과를 얻을 수 있으며 조명을 기술적
      으로 사용하는 것도 도움이 된다. 핍쇼(peep shows, 구멍으로 들여다보는 쇼)와

파노라마와 같이 근대적인 재현 기법의 하나이지만, 수평적으로 확장되어 연속적인 움직임을 획득하는 파노라마와는 다르다. 발달 과정에서 디오라마 무대 자체가 360도 회전하는 방식이 개발되기도 했지만 원래 디오라마는 그 자체는 고정되어 있는 일종의 무대 틀이라고 보는 편이 지배적이다. 그리고 배경적 틀 위에는 요소들을 전후좌우로 배치해서 실제 광경과 유사한 입체감을 느끼도록 고안되었다. 이러한 디오라마적인 무대 장면을 시에 활용하는 이유, 또는 구성 요소들의 병치 기법을 작품 구성 원리로 도입한 이유는 무엇일까. 정지용의 시를 일종의 재구성된 무대라고 본다면, 그 위에 배치되어 있는 요소들의 세계 역시 시인에 의해 재편되고 재조직된 상상 세계라고 할 수 있다. 정지용 시에서의 디오라마적 무대의 창조는 시인이 현실 세계를 내면으로 끌고 들어와 일종의 내적인 무대로서 재조직한 결과라고 해석할 수 있을 것이다. 즉, 정지용은 세계에 대한 자기 해석을 통해 또 다른 시적 세계를 재구성하는, 세계의 연출가적인 속성을 지닌 시인이다.

정지용이 박람회 등의 디오라마 관람을 통해 이러한 구성 원리를 개발해냈다고 말할 수는 없다. 그렇지만 디오라마는 근대적인 시각 방

그와 비슷한 쇼에 쓰이던 원래의 디오라마는 19세기 이전에 시작되었으며 프랑스 풍경화가이자 물리학자이며 은판(銀板) 사진법 발명가인 루이 자크 망데 다게르 등이 이를 발전시켰다. 그는 동업자 샤를 마리 부통과 함께 1822년 파리에서 '디오라마'라고 부르는 전시장을 열었다. 다게르 기법은 오늘날 디오라마에도 전시되는 대상의 규모나 주제의 종류에 관계없이 널리 쓰이며 특히 박물관에서 많이 사용된다. 보통 디오라마는 배경이 넓고 틈의 제약 없이 볼 수 있는 파노라마나, 배경이 관객을 완전히 둘러싸는 사이클로라마와는 구별된다(V. R. Schwartz, 『구경꾼의 탄생』, 노명우 · 박성일 역, 마티, 2006, 55쪽).

식의 하나로서, 당대 근대인들의 인식론적 측면에 이미 포함되어 있었음 역시 간과할 수 없는 사실이다. 실제 디오라마 기법이 시에 절대적 영향력을 발휘했다는 식으로 과대평가할 수는 없지만 당대의 현실적 변화를 점검하는 일은 정지용 등의 시편을 이해하는 데 참고가 될 수 있다.

디오라마는 파노라마와 함께 19세기 초반에 유럽에서 인기를 누리던 구경거리였다. 파노라마는 '전개'와 '확장'에 주안점을 두어 영상들을 연속성 있게 관람할 수 있도록 했다. 반면 디오라마는 어떤 배경이나 정경을 실제인 것처럼 입체감 있게 만들어내는 데 주안점을 두었다. 디오라마가 일본을 거쳐 한국에 소개된 것은 상당히 이른 시기부터였다. 디오라마는 이미 1910년대부터 조선 경성에 소개되었다는 기록을 찾아볼 수 있다. 1915년 경성에서는 '조선물산공진회'가 열렸는데 공진회 일부로 건설된 '철도특설관' 1층 양측에 디오라마 방식으로 제작된 경원선과 호남선 모형을 전시했다는 기록이 있다. 이 '철도특설관'은 공진회 중에서도 상당히 많은 인기를 끌었던 건물로서 관람객들은 이 디오라마 앞에 줄지어 서 있었다고 알려져 있다.[18] 디오라마는 파노라마와 함께 공진회 및 박람회의 인기몰이 역할을 담당하곤 했다. 역시 같은 조선물산공진회의 '영림창 특설관'에서는 삼림에 관한 각종 자료와 임산물들을 전시했었는데 특히 백두산 모형과 압록강의 마을, 겨울의 벌목과 운반 디오라마는 볼 만했다는 기록이 남아 있다.[19] 이렇게 이른 시기인 1910

---

18 이각규, 『한국의 근대박람회』, 커뮤니케이션북스, 2010, 233~234쪽.

19 위의 책, 235쪽.

년대는 물론이고 1940년 일제 시대 최대이자 최후의 박람회였던 '조선 대박람회'에 이르기까지 디오라마는 단골로 등장하는 전시 형태였다.[20]

물론 이러한 디오라마적 형태를 정지용이 실제 얼마만큼 경험했고, 또 디오라마 시각성이 작품에 어느 정도 드러나는지 밝히는 것은 이 책의 주안점이 아니다. 정지용은 분명 근대 시인이고 근대 문명이 시각 중심주의적 성격이 강한 것은 사실이지만, 정지용의 '보는 주체'가 근대 시각 체계를 훌륭히 습득했는지 아닌지를 살펴보는 일은 시학 연구의 목표가 될 수 없기 때문이다. 하지만 당대의 일반적인 변화상을 확인하고 정지용의 시를 재고하는 것은 그의 작품을 깊이 이해할 수 있는 기초 작업이 될 수 있다. 정지용에게 디오라마가 있는 것이 아니라, 디오라마적인 깊이감을 작품 구상에 활용했다고 말할 수 있다. 그리고 시인에게 이 깊이감이 왜 필요했는지, 요소와 요소 사이의 간격과 배치 사이에 그가 어떤 의미를 채워 넣었는가는 정지용 작품의 지향성과 상당한 관련이 있다. 이 지향의 의미는 조선 지리에 대한 문학적 형상화와 공동체적 정신의 획득으로서 다음의 3절에서 논의될 것이다.

이 책에서는 정지용의 작품에 은유의 병치 기법이 주효하다고 보는데, 기존에 정지용에 대한 선행 연구는 대개 은유를 고찰한 연구[21]와 병

---

20 위의 책, 279쪽.

21 진수미, 「정지용 시 은유 연구」, 서울시립대학교 석사학위 논문, 1994 ; 권오만, 앞의 글 ; 이미순, 「정지용 시의 수사학적 연구」, 『한국문학과 모더니즘』, 한양출판사, 1994 ; 최승호, 앞의 글 ; 김용희, 「정지용 시에서 은유와 미적 현대성」, 『한국문학논총』 35집, 한국문학회, 2003 ; 이상오, 「정지용 시의 자연 은유 고찰」, 『한국현대문학연구』 16집, 한국현대문학회, 2004 ; 윤의섭, 「정지용 시의 시간의식 연구」, 아주대학교 박사학위 논문, 2005 ; 금동철, 「1930년대 한국 모더니즘

치 기법에 주목한 연구[22]로 구분되어 있다. 이 중에서 병치에 주목한 선행 연구들은 '기법'이 '기교'에 그치고 말았다는 부정적인 판단[23]과 '조작으로서의 배치'를 긍정적으로 파악하는 경향으로 나뉜다. 후자인 긍정적 입장의 예로서 김춘수는 「향수」의 병치 구조가 "아무런 이유도 없는 우연이 필연처럼"[24] 만들었다고 지적하고, 김신정은 『백록담』에 함께 실린 산문 작품에서는 나열과 병치의 방식이 더욱 두드러지게 나타나고 있다"[25]고 평가한다. 병치에 주목한 논자 중에서 특히 은유적 병치, 이미지의 병치에 주목한 논자로는 김용희,[26] 손병희, 장경렬을 들 수 있다. 손병희는 「압천」「유리창 2」「발열」「백록담」「우리나라 여인들」「촉불과 손」「파라솔」「불사조」「유선애상」 등을 '은유적 병치'에 의존한 텍

시의 수사학적 연구」, 근대문학 100년 연구총서 편찬위원회 편, 『논문으로 읽는 문학사』 1, 소명, 2008.

22 장경렬, 「이미지즘의 원리와 '시화일여'의 시론—정지용과 에즈라 파운드, 그리고 이미지즘」, 『작가세계』 11집 4호, 1999 ; 김신정, 「'미적인 것'의 이중성과 정지용의 시」, 김신정 편, 『정지용의 문학 세계연구』, 깊은샘, 2001.

23 "정지용의 시는 외적 현실을 몇 개의 감각적인 이미지로 단순화시키고, 다시 그것을 병치시킴으로써 일정한 시적 효과를 얻고 있지만, 그것은 결국 현실 자체의 복잡한 구조와 운동을 시에서 배제하는 결과를 낳을 뿐이다."(김재용 외, 『한국근대민족문학사』, 한길사, 1993. 사나다 히로코, 「정지용 재평가의 가능성」, 한국현대문학회 2009년 제1차 전국학술발표대회 2009 재인용)

24 손병희, 『정지용 시의 형태와 의식』, 국학자료원, 2007, 14쪽.

25 김신정, 앞의 글, 121쪽.

26 김용희는 「촉불과 손」을 분석하면서 "현존과 융합의 은유가 아니라 대립적인 것들이 병치적으로 연결되고 서로 충돌하며 대치되는 은유의 '불안한 거리'를 보여준다. 불꽃의 은유적 변이들은 사물의 표상 과정을 중단시키고 정신의 자기동일성을 파괴하는 언어의 해방적 자유를 보여준다"고 평가한다(김용희, 앞의 글, 221쪽).

스트 구성으로 본다.[27] 그리고 장경렬은 「겨울」이라는 시에서 "별개의 두 이미지를 병치함으로써 시인은 무언가 새로운 의미의 지평을 열고자 하였던 것"[28]이며 이것은 이 '이미지의 중첩과 병치'야말로 에즈라 파운드가 한시에 관심을 갖게 된 원인, 서구 이미지즘의 강령, 그것에 영향받은 정지용의 특징이라는 견해를 제기한다.[29]

앞서 「카㘩 · 쯔란스」를 분석하면서 구성 요소적 은유들의 중첩을 통해 전체 구도가 완성된다고 파악했는데, 그렇다면 이 은유의 병치, 그리고 위에서 장경렬 등의 논자가 언급한 이미지의 병치는 어떠한 시적 효과를 지니는가. 결론적으로 말해 정지용의 은유 병치는 '외적인 현실'의 차원을 '내적인 현실'의 차원으로 해석해낸 결과물이라고 볼 수 있다. 전통적인 은유론에 의하면 서로 다른 것의 유사성을 발견해서 연결하는 것이 은유의 기본적 형식이다. 아리스토텔레스는 비슷한 것, 즉 유사성을 찾아내는 것이 은유 성립의 관건이라고 말했지만,[30] 시적인 은유에서는 이미 남들이 유사성을 찾아낸 은유를 '죽은 은유'라고 부른다. 이

----

27 손병희, 앞의 책, 139~140쪽.

28 장경렬, 앞의 글, 323쪽.

29 이에 대해 최동호는 「정지용의 산수시와 情 · 景의 시학—장경렬 교수의 「비」해석과 관련하여」(최동호 외, 『다시 읽는 정지용 시』, 월인, 2003)에서 장경렬의 논의가 한시의 특성에 대한 오해에서 비롯되었다고 논박하지만, 장경렬의 논의에서 한시 전통, 서구 이미지즘, 정지용을 연결하는 시도가 이루어졌다는 점, 그리고 그 키워드로서 '이미지의 병치'가 적극 고찰된 점은 이후 후속 논의에서 중시되어야 한다고 판단된다.

30 Aristoteles에 의하면 은유에 능하다는 것은 서로 다른 사물들의 유사성을 재빨리 간파할 수 있다는 것을 뜻한다(Aristoteles, 『시학』, 천병희 역, 문예출판사, 2002, 134쪽).

말은 시적 은유의 본질이 남들이 포착하지 못했던 '숨겨진 유사성'을 찾아내는 일에 달려 있다는 말이다. 그런데 숨겨진 유사성의 발견이란 남들과는 다른 '새로운 해석'의 제시라고 볼 수 있을 것이다. 즉 '신선한 은유'란 곧 '새로운 해석'의 결과물이다. 이러한 관점에서 볼 때 정지용의 비관습적이고 신선한 은유는 새롭게 개발되고 창조되는 해석의 결과물이라고 말할 수 있다.

정지용에게 있어 'A는 B'라는 기본적 은유 도식은 남들이 유사성을 기반으로 한 대상과 대상의 연결을 넘어서 있다. 정지용의 'A는 B'라는 은유 표현은 숨겨져 있던 대상의 진실을 드러내는 일, 낯선 특성과의 조우로 볼 수 있다. 이때 정지용이 대상으로 삼는 'A'와 'B'는 사물 수준에 국한되지 않고 물체, 물적 이미지, 심적 이미지,[31] 그리고 이것들을 얻는 세계까지로 확장된다.[32] 정지용 은유에서 A는 은유되는 대상이다. 이 은유되는 대상으로 눈앞의 사물이나 풍경과 같은 '외적인 현실' 영역에 있다. 이것을 은유의 대상으로 삼은 이유는 외적인 현실을 이해해야 할 필요성이 있지만 쉽게 이해되지 않기 때문이다. 반대로 은유하는 대상 B는 '내적인 현실'로서 이해하고 싶은 지향성의 세계이지만 현실

---

31 정지용의 은유는 두 가지 다른 대상을 결합하면서 새로운 이미지를 만들어 낸다. 사르트르에 의하면 이미지란 유형성(有形性, corporéoté) 안에서 부재하는 대상 혹은 비존재인 대상을 겨냥하고 있다. 여기에는 사물의 세계에서 소재를 빌려온 이미지들과 심적 세계에서 소재를 빌려온 추상적 이미지들, 그리고 외부적 요소와 심적 요소의 종합으로 나타나는 중간 단계의 이미지들도 포함된다 (Jean-Paul Sartre, 『상상계』, 윤정임 역, 에크리, 2010, 52쪽 참조).

32 정지용의 시가 대부분 사물시라는 주장이 문덕수(앞의 책)에 의해 제기되었지만, 그 주장은 정지용의 정신사적 연구 및 감각 연구 등에 의해 극복된 바 있다.

적으로는 쉽게 허락되지 않는 세계를 의미한다. 이 둘을 연결하는 것이 정지용의 은유이고, 낯설고 신선한 표현이고, 감각이라고 볼 수 있다. 따라서 정지용의 은유는 비단 기교가 아니라 은유적인 세계 해석 방식으로 확대되며 '언어'라는 외적인 부분과 '감각'이라는 내적인 부분이 결합되는 방식 또한 은유적인 방법론을 통해 완성된다고 볼 수 있다.

정지용을 고평했던 당대의 평론들은 공통적으로 그의 '감각', 그리고 '언어'에 주목했다. 그런데 감각이 예민하다고 해서 탁월한 언어가 뒤따르는 것이 아니고, 또한 언어능력이 뛰어나다고 해서 예리한 감각이 촉발되는 것도 아니다. 그럼에도 불구하고 정지용에게서 '감각'과 '언어'는 함께 묶여 있고 같이 평가된다. 그렇다면 감각을 언어적으로 탁월하게 드러냈다고 평가할 만한 근거는 무엇일까. 그것은 정지용이 당대에 누구도 시도하지 않았던, 비관습적인 은유를 대폭 끌어와 신선하고 낯선 표현들, 그로 인한 감정의 낯선 구도를 만들어 보여주었기 때문이다.

정지용의 감각과 언어에 대한 당대의 고평은 이양하와 김환태를 중심으로 이루어졌다. 그중, 이양하는 『정지용시집』(1935)이 출간되자 다음과 같은 시집평을 발표한 바 있다.

> 그것은 모지고 날카롭고 성급하고 안타까운 한 개성을 가진 촉수다. 그것은 대상을 휘여잡거나 어루만지거나 하는 촉수가 아니오, 언제든지 대상과 맛죄이고 부대끼고야 마는 촉수다. 그리고 맛죄이고 부대끼는 것도 예각과의 날카로운 충돌을 보람있고 반가운 파악이라고 생각하는 촉수요, 모든 것을 일격에 잡지 못하면 만족하지 아니하는 촉수다. 여기 이 촉수가 다다르는 곳에 불꽃이 일어나고 이어 激動이 생긴다. 따라 시인은 이러한 때 다만 자기 말초의 感官뿐만 아니라, 깊이 전신영혼이 휘둘리고, 보는 독자는 이

熾烈하고 아슬아슬한 광경에 거이 眩暈을 느낀다. …(중략)… 씨는 무엇보다도 먼저 감각의 시인이다. 시인의 예민한 촉수가 이르는 곳에 거기는 반드시 새로운 발견이 있고 새로운 발견이 있는 곳에 반드시 기쁨이 따른다.[33]

널리 알려진 이 글에서 이양하는 정지용에게 있어 대상을 파악하는 "예민한 촉수"가 특징적이라고 판단한다. 그리고 이 '촉수'가 있다는 사실을 바탕으로 정지용을 "감각의 시인"이라고 규정한다. 이양하의 이 글은 『정지용시집』이 출간된 지 얼마 되지 않은 시기에 시집평의 일환으로 작성되었다. 그리고 이양하의 즉각적 찬사 이후 등장한 최재서나 김기림 등 논자들의 긍정적인 평가가 이어졌다. 이런 당대의 평가들은 1930년대 정지용에 대해 '감각의 시인'이라고 수식하는, 공통의 의견을 형성하고 있다.

그중에서도 이양하의 글은 상세한 서평의 모범적인 사례를 보여주고 있는데, 특히 이 글은 필자가 중요하게 생각하는 작품의 구절들을 뽑아가면서 정지용의 특색을 정리해나가는 방식으로 되어 있다. 이양하는 정지용의 작품「비로봉 1」에 대한 해석 가운데 다음과 같은 언급을 한 바 있다.

한 완전한 스케치! 또렷한 연필자욱이 옴푹옴푹 마음에 새기어지는 듯한 스케치다. 그러나 우리는 이것이 동시에 한 아름다운 서

---

33 이양하, 「바라든 지용시집」, 『조선일보』, 1935. 12. 7~11(김은자 편, 앞의 책, 80쪽).

정시인 것을 잊어서는 아니된다. 왜 그러뇨 하면 우리는 여기 한 풍경의 선명한 스케치를 볼 뿐 아니라 귀뚜라미처럼 산드랗게 언 시인의 마음의 도식을 볼 수 있기 때문이다.[34]

인용문에서 이양하는 정지용의 시를 "한 완전한 스케치"라고 말한다. 정지용이 풍경을 아름답고 완벽하게 표현해놓았다는 말이다. 그런데 이양하는 '스케치'의 완성도만큼이나 중요한 특징으로 "시인의 마음의 도식"을 언급하고 있다. '마음의 도식'은 "촉수가 다다르는 곳에 불꽃이 일어나고 이어 激動이 생긴다. 따라 시인은 이러한 때 다만 자기 말초의 感官뿐만 아니라, 깊이 전신영혼이 휘둘리고"라는 부분에서 언급된 '불꽃', '격동', '감관', '영혼'과 같이 내적인 부분과 이어진다. 즉, 정지용의 감각은 외부 대상을 수동적으로 감각하는 수용체를 의미하는 것이 아니라 어떤 특수한 반응을 이끌어내는 내적인 요인이라는 것이다.

김환태의 「정지용론」[35] 역시 『정지용시집』을 상찬한 당대 평론의 대표격이다. 이 평론은 정지용의 내적인 '서정'이 외적인 '서경'에 선행한다고 본다. 김환태의 글은 정지용 '천재론'으로 진행되는데 천재라는 근거로서 "그의 純粹한 감정과 찬란한 感覺"과 "예리한 知性"[36] 세 가지 특징을 들고 있다. 1920년대 당시 김환태는 후배의 입장이자, 정지용을 선망의 대상으로 보고 있었다.[37] 이러한 입장에서 정지용에 대한 고평을

---

34 위의 책, 81쪽.
35 김환태, 「정지용론」, 『삼천리문학』 2집, 1938.4.
36 위의 글, 91쪽.
37 1926년 4월 정지용이 교토 도시샤대학 본과 영문과에 입학했을 때, 김환태는 예과에 입학해서 신입생 환영회 때 만났다고 알려져 있다. 그때 정지용이 김환

주저 없이 할 수 있었을 것이다. 김환태의 평론은 정지용에 대한 감탄이 지나치기도 하지만, 단순한 후배의 입장에서가 아닌 상당히 평론가적인 입장에서 분석한 글로 알려져 있다. 그중에서도 아래 인용된 부분은 이양하의 언급, 즉 정지용 시의 풍경 '스케치'를 중시하되 그 속에서 '마음의 도식'을 발견해야 한다는 언급과 상당히 유사하다.

> 이런 한 완전한 감각적 敍景詩까지도 그에 있어서는 곧 서정시가 되는 것이다. 『비극은 반드시 물어야 하지 않고, 사연하거나, 흐느껴야 하는 것이 아닙니다. 비극은 실로 黙합니다.』(「밤」) 戀情, 孤獨, 悲哀, 이 모든 情緖는 한숨 쉬고, 눈물 흘려야만 하는 것이 아니다. 시인 정지용은 이런 情緖에 사로잡힐 때, 그저 한숨 쉬거나, 눈물지지 않고, 이름 못할 외로움을 검은 넥타이처럼 만지고, 모양할 수도 없는 슬픔을 오렌지 껍질처럼 씹는다. 이리하여, 그의 감각은 곧 情緖가 되고, 情緖는 곧 感覺이 된다.[38]

김환태는 정지용의 서경시가 감각적이고, 그러한 '감각적 서경시' 역시 정지용에게 있어 서정시가 된다고 말한다. '서경'이 결과적으로 '서정'이 되는 것이야말로 김환태가 파악한 정지용의 특징, 또한 이양하가 주목한 '스케치'와 '마음의 구도'의 관계라고 할 수 있을 것이다. 이 말은 외적 감각으로서의 풍경이 정지용에게 있어서는 단순하거나 즉물적 가시성

태와 따로 쇼코쿠지(相國寺)로 산보를 나와 그 뒤에 있는 묘지에서 자신의 시 「향수」를 읊어주었다고 김환태는 회상하기도 했다(김환태, 「경도에서의 3년」, 『김환태 전집』, 현대문학사, 1972, 281쪽).

38 이양하, 앞의 글(김은자 편, 앞의 책, 91쪽).

의 효과가 아닌 내적인 원동력을 지니고 있다고 이해될 수 있다. 이어서 김환태는 정지용의 '서정' 및 '정서(情緒)'를 언급하면서 이 내적인 부분의 형태적인 부분으로서 '은유'를 지적한다. 김환태에 의하면 정지용은 형태가 없는 마음의 '정서'에 사로잡혀 있을 때 그 정서를 바로 제시하거나 영탄으로 표출하지 않는다. 대신 정지용은 이름 없는 '외로움'을 "검은 넥타이처럼 만지고", 모양이 없는 '슬픔'을 "오렌지 껍질처럼" 씹는다. 정지용이 감정(정서)를 드러내는 방식이 '검은 넥타이'나 '오렌지 껍질'이라는 우회로, 즉 은유의 도입으로 이루어진다고 김환태는 지적한다.

실제로 정지용의 작품에는 참신하다고 여겨질 수 있는 다양한 은유가 등장한다. 정지용의 작품에서 새롭고 감각적이라고 상찬되는 표현들은 은유를 통해 형상화는 경우가 많다. 그 은유들은 작품 전체의 구성 요소로서 중첩되고 누적되면서 정지용의 내적인 상태, 세계에 대한 해석의 방식을 선명하게 드러내는 기능을 맡는다.

> 고래가 이제 橫斷 한뒤
> 海峽이 天幕처럼 퍼덕이오.
>
> ……힌물결 피여오르는 아래로 바독돌 자꼬 자꼬 나려가고,
>
> 銀방울 날리듯 떠오르는 바다종달새……
>
> 한나잘 노려보오 훔켜잡어 고 빩안살 빼스랴고.
>
> *

미억닢새 향기한 바위틈에

진달레꽃빛 조개가 해ㅅ살 쪼이고,

청제비 제날개에 미끄러저 도–네

유리판 같은 하늘에.

바다는—속속 드리 보이오.

청대ㅅ닢 처럼 푸른

바다

봄

*

꽃봉오리 줄등 켜듯한

조그만 산으로—하고 있을까요.

솔나무 대나무

다옥한 수풀로—하고 있을까요.

노랑 검정 알롱 달롱한

블랑키트 두르고 쪼그린 호랑이로—하고 있을까요.

당신은 「이러한風景」을 데불고

힌 연기 같은

바다

멀리 멀리 航海합쇼.

—「바다 1」 전문[39]

39 『시문학』 2호, 1930. 5(『원본 정지용 시집』, 20~22쪽). 발표 당시 이 작품은 「바

정지용이 바다를 주제로 쓴 작품들은 편수도 여럿이고, 시세계의 핵심적 면모를 드러낸다고 주목받아온 작품군이기도 하다.[40] 이 〈바다 시편〉들은 1920년대 후반기와 1930년대 초반기, 즉 정지용의 초기 시세계를 대표하는 작품들로 알려져 있다.[41] 〈바다 시편〉들에 대해서 조선과 일본을 오고 갔던 관부연락선의 체험[42]이나, 일본 유학생으로서 겪어야 했던 '현해탄 콤플렉스'의 비애[43]가 나타난다는 평가도 있지만, 상

다」라는 제목이었으나 동일 제목의 시가 여러 편이다 보니 『정지용시집』에 실릴 때는 「바다 1」이라고 번호를 달아 구분하게 되었다(권영민, 앞의 책, 105쪽).

[40] 정지용의 〈바다 시편〉들에 대해서 송욱은 부정적인 입장을 취한다. 송욱은 「바다 2」에 대해 "바다가 주는 시각적 인상의 단편을 모아놓은 산문"(「정지용, 즉 모더니즘의 자기부정」, 『시학평전』, 일조각, 1963)이라고 평가한다. 이러한 부정적 평가가 있지만 대부분의 연구자들은 정지용의 〈바다 시편〉이 지닌 중요성을 인정한다. 문덕수는 『한국 모더니즘시 연구』(시문학사, 1981, 77쪽)에서 인간의 감정이나 관념이 개입되지 않고 바다에서 출발하여 바다로 끝나 있으나, 이미지의 예술적 미감에서 어떤 조화와 쾌감을 느낄 수 있다고 평가한다. 이 외에 김우창, 앞의 책 ; 김학동, 앞의 책 등 대표적인 정지용론 역시 〈바다 시편〉에 주목한 바 있다.

[41] 1926년에서 1941년에 이르는 정지용 시의 시기 구분은 지금까지의 연구사에서 대체적으로 동의를 얻고 있는데, 1926년에서 1932년까지의 모더니즘적 이미지즘적인 감각적 이미지의 시와, 1933년에서 1935년까지의 가톨릭 종교시, 혹은 신앙시, 1936년 이후의 동양적 정신주의의 시가 그것이다. 이에 관한 논저로는 양왕용, 『정지용 시 연구』, 삼지원, 1988 ; 김용직, 「정지용론—순수와 기법」, 『한국현대시 해석·비판』, 시와시학사, 1993 ; 이숭원, 『정지용 시의 심층적 탐구』, 태학사, 1999 등이 있다.

[42] 사나다 히로코는 "1920년대 관부연락선은 정지용에게 유교윤리가 지배하는 전근대적인 세계에서 근대화된 도시로 옮기기 위한 타임머신과 같은 장치였다"고 지적하면서, 기계문명과 근대적 생활의 상징으로서 비행기, 선박, 자동차가 모더니즘 시의 詩材로 등장하는 것의 의의를 밝힌 바 있다(眞田博子, 『최초의 모더니스트 정지용』, 역락, 2002, 146~150쪽 참조).

[43] 이에 대한 명명과 사상적 검토는 김윤식, 「현해탄의 사상과 그 패배과정」(『한국

상적이고 환상적인 공간이 표현된 「바다 1」 같은 작품에서는 구체적인 경험과 콤플렉스의 비애를 찾아보기 어렵다. 그보다 이 작품에서 주목할 수 있는 특징은 바로 '바다'라는 대상을 시로 옮겨놓은 방법론과 상상력에 있다.[44]

이 작품은 총 9연으로 되어 있고 그것은 다시 1~4연, 5연, 6~9연의 세 부분으로 나눠진다. 첫 부분에는 '해협은 천막'이라는 은유가 보이는데, 이 은유에는 고래가 횡단하면서 파도가 크게 요동쳤다는 생각이 담겨 있다.[45] 파도는 보이고 고래는 보이지 않는다. 정지용은 가시적인 것

근대문학사상」, 서문문고, 1974)이 대표적이며, 남기혁은 「정지용 초기시의 '보는' 주체와 시선의 문제」(『언어와 풍경』, 소명출판, 2010, 216~217쪽)에서 정지용의 바다 풍경이란 시적 화자가 직접 목격하는 풍경이 아니라 기억이라는 프레임을 통해 회상된 바다 풍경일 뿐이다, 초월적 시선을 빌려 현해탄을 건너면서 경험했던 기억의 바다 풍경을 재구하는 그의 시 쓰기는 정물화를 그리는 행위에 비유될 수 있다는 논의를 펼친 바 있다.

44 이에 관해 남기혁은 정지용의 바다 시편들이 바다의 풍경을 정물화적으로 포착하고 있다고 파악하면서 「바다 1」에 대해서는 "시적 화자는 고정된 위치에서 원경과 근경을 빠르게 옮겨가면서 대상의 전체적인 풍경을 조망하고, 이를 자신이 장악하는 풍경의 틀(프레임) 속에 가두어놓는다"(『언어와 풍경』, 214쪽)고 말한다. 정지용이 바다 앞에서의 경험을 시화하기보다는 자신이 얻은 풍경을 그림 그리듯, 혹은 그림을 제작하듯 언어로 그려낸다는 지적은 매우 적절하다고 할 수 있다. 그런데 정지용이 그림을 그리듯 그린 시를 살펴보면 여기에는 순차적인 흐름이 있음을 알 수 있다. 그림이긴 그림이되 움직이는 활동사진이 아니고 풍경에 대한 정물화적 포착이라는 지적은 이 정지된 그림으로서의 작품이 제작되는 순서와 함께 다시 한 번 분석될 필요가 있다.

45 이때, 고래가 파도를 일으킨다는 생각은 정지용만의 것은 아니고 전통적 유시(遊詩)에서 관습적으로 사용되던 표현이다. 조선 시대, 탐승(探勝) 놀이나 유람을 떠날 경우에는 선조들의 산수유기집(山水遊記集)을 엮어 책으로 만든 것을 소장하고 오르는 경우가 많았다(고연희, 『조선후기 산수기행예술 연구―정선과 농

을 발단으로 삼아 비가시적인 부분에 디테일을 더해간다. 1연 이후의 부분은 보이지 않는 해저의 구체적인 묘사로 이어지면서 정지용의 독창인 상상 세계를 보여준다. 이렇게 작품의 1부에서는 '바다 표면-바다 수면 아래-바다 수면 위' 세 부분이 연결되면서 바다 전체를 아우르는 시각을 보여준다. 그리고 작품 6연 이후의 3부는 '바다는 산', '바다는 수풀', '바다는 호랑이'라는 은유로 구성되어 있다. 이 은유들은 보이지 않는 심해를 상상해서 재구상한 이미지들을 대변하고 있다.

그리고 나서 정지용은 작품 말미에 이 모든 상상의 장면들을 "이러한 풍경"이라고 표현한다. 여기서 "이러한 풍경"이 실제와는 다른 것임은 물론이다. 이 구절을 통해 우리는 정지용에게 있어 '풍경'이라는 것이 눈앞의 정경에 자신만의 해석을 은유적으로 입혀서 제시하는 것임을 알 수 있다. 이때 풍경은 여러 다양한 은유의 축적을 통해 입체적인 깊이를 얻고 있다. 이 깊이야말로 김환태가 지적한 것처럼 정지용의 '서경'이 '서정'과 연결되는 특징이라고 할 수 있을 것이다.

정지용은 바다의 이미지를 그릴 때, 보이는 바다의 외면적인 속성에만 관심을 두는 것이 아니라 바다의 보이지 않는 광경, 수면 아래의 상상적 세계, 바다가 지니고 있는 내적인 성격을 파악하려고 한다. 이러한 시도는 정지용 자신이 바다를 '어떻게' 이해하고자 했는지 대상에 대한 해석의 지향성을 드러낸다고 볼 수 있어 중요하게 분석될 필요가 있

연 그룹을 중심으로』, 일지사, 2001, 26~27쪽) 심지어 17세기 중반 이래로는 아예 산수기행문학 편집물들을 통칭하는 '와유록'의 명칭이 존재했고, 기록산문 '유기(遊記)'와 시로 읊은 기행시 '유시(遊詩)' 등을 참고하면서 같은 장소에서 같은 말을 거듭하는 기행시문들이 생산되었다(고연희, 같은 책, 13쪽).

다. 정지용은 눈앞의 가시적인 대상이 자기 내적인 방식으로 재구성될 때 진정하게 파악되었다고 생각한다. 보이는 속성과 감각만이 중요한 것이 아니라 그 안에 숨겨져 있는 의미가 무엇인지 자체적인 의미 규정이 있어야 한다는 것이다. 이 복합적 파악과 해석을 위해서는 대상에 대한 단편적인 표현으로는 부족하다. 내적인 의미를 드러내기 위해서는 여러 가지 특징들을 이미지, 은유 등의 중첩을 통해 종합해야 한다.

「바다 1」「카페·뜨란스」「난초」외에도, 「유선애상」「비로봉」「바다 2」「해협」「이른 봄 아침」「슬픈 기차」「백록담」 등과 같은 정지용의 다수 작품에서 은유는 시의 구성 단위로서 기능한다. 그리고 다수의 은유들이 모여서 작품의 전체적인 의미와 정조, 가시적인 풍경을 구축하는 데 기여한다. 물론 은유는 시의 기법 중 하나이고 기법적인 은유를 사용하는 행위 자체는 시 창작에 있어서 자연스러운 일이다. 그럼에도 불구하고 1930년대 정지용의 은유 사용이 의미를 갖는 이유는 그의 은유가 분명한 의도를 지니고 창안되어 배치되었기 때문이다. 정지용은 은유를 사용하여 작품 제작을 한 빈도가 많았을 뿐만 아니라 신선한 은유, 색다른 은유를 창안하여 의도적으로 시에 활용하였다.

이러한 은유 사용의 의도는 세계를 파악하는 특별한 시각을 전제하고 있다. 리쾨르에 따르면, 상상력을 통해 세계에 질서를 부여하는 형식 자체를 의미한다.[46] 은유는 은유의 대상이 되는 한 대상의 이름을 그것과 유사한 속성을 지닌 다른 대상의 이름으로 대치하는 것이 아니라 은유의 주체가 한 대상을 '어떻게' 보고자 하는지 그 상상력의 방향성을

---

46 Karl Simms, 앞의 책, 153쪽.

드러내는 방식이라는 것이다. 하나의 '무엇'을 다른 '무엇'으로 재기술하는, 즉 다르게 변신시켜보고자 하는 은유의 측면에 주목할 때 정지용이 은유를 통해서 눈앞의 현실을 가지고 현실이 아닌 다른 무엇을 향해 끌고 나가려고 했는지를 파악할 수 있을 것이다.

정지용 은유의 공통점은 '이해 어려운 대상/속성'이 '이해 가능한 대상/속성'으로 은유된다는 점이다. 즉 'A는 B'라는 은유 구조에서, 정지용의 A는 파악하고 싶은 것, 이해해야 하는 것, 그러나 잘 알 수 없는 것, 낯선 것, 현실적인 것의 영역에 있다. 그리고 B는 이미 파악하고 있는 개념, 익숙하게 습득한 대상, 친숙하고 좋아하는 대상, 내면적인 세계의 영역에 있다. 정지용은 쉽게 납득되지 않는 대상 및 이해하거나 해석하기 어려운 대상을 시적인 방식으로 이해하기 위해서 은유를 들여오는 것이다.

예를 들어 위에 인용된 「바다 1」에서도 '해저'는 눈에 보이지 않는 미지의 장소이다. 그런데 정지용은 이 미지의 장소에 대해서 '바다는 산', '바다는 수풀', '바다는 호랑이'라는 은유적 해석을 붙인다. 옥천 출생 정지용에게 '바다'는 잘 알지 못하고 쉽게 접근하지 못했던 대상인 반면 "꽃봉오리"가 피어 있는 "조그만 산"이나 "솔나무 대나무 다욱한 수풀"은 어린 시절부터 익숙하게 접해왔던 공간(산천)이다. 즉 정지용은 은유를 통해 그가 필연적으로 부딪쳐야 했던 근대적이고 현대적인 '미지의 영역'을 문학적인 방법으로 재해석, 자신의 세계 안으로 포함시키고 있다.

이러한 점은 다음과 같은 수필을 통해서도 파악할 수 있다.

검은옷이 길대로 길고나, 머리쏙뒤에 위테-하게 부튼 검은 동그
란 홍겁은 무엇이라 일음하느뇨? 얼마나 큰 모이며 굵은 목 얼마
나 둑거운 손이랴. 그러나 그가 木蓮花나무 알로 고전스러운 책을
들고 보며 이리저리 걷는다니보담 돌고 도는 것이 코키리가치 상
가롭고도 발소리업시 가비여윗다.[47]

이 수필은 정지용이 일본에서 쓴 것이다. 인용된 첫 문단은 행구분을
한다면 그대로 정지용 시풍의 시로 읽힐 만하다. 시와 유사하다는 느낌
을 주는 것은 묘사의 방법과 은유의 기법이 사용되었기 때문이다. '신
부는 코끼리이다'라는 은유를 통해 정지용은 고풍스러움, 상서로움, 외
형적인 풍채, 무거운 걸음걸이까지를 포함한 이미지를 제시한다. 정지
용은 신부를 코끼리에 은유한 이유에 대해 다음과 같이 서술한다.

나는 쯔랑스사람과 말해 본 적이 업섯다. 아직 말해 보지 못한
푸른 눈을 가진 이는 아직 탐험하지 못한 섬과 가테서 나의 이상
스런 사모와 호기심이 흰 돗폭을 폇다. 거름은 불으지안는 그이게
로 스사로 옴기여지는 것이엿다. 그의 關心이 내게로 향해 오지
안는 것이 도로혀 그의 超越한 日課를 신비롭게 보이게 하는 것이
엿다. 아츰에 이마를 든 해바래기꼿은 오로지 태양을 향해 돌거니
와 이이는 뉘를 향해 보이지 않는 백금원주(白金圓周)를 고요히 것
느뇨?[48]

인용 부분이 바로 그가 프랑스 신부를 은유화한 이유이다. 정지용의

언급에 의하면, 그 이유는 매우 간단하다. 즉 '프랑스 신부와 아직 말해 본 적이 없어서'이다. 신부는 "탐험해보지 못한 섬"과도 같았다는 말은 그가 알지 못하는 대상, 미지의 대상이었기 때문이라는 말과도 같다. 이 구절을 보면 정지용이 은유를 통해 자신이 알고 싶으며 접근하고 싶 은 대상을 해석한 후 자기 세계 안으로 포섭한다는 사실을 알 수 있다. '신부는 코끼리이다'라는 해석을 거친 이후에 비로소 신부라는 존재는 정지용의 내적 세계에 분명한 위치를 갖게 된다. 정지용에게 있어 은유 화한다는 프랑스 신부의 외양을 성공적으로 설명하기 위한 설명 기법 의 하나가 아니라, 어디까지나 자신만의 독자적 해석을 보여준다는 점 이 중요하다. 정지용은 은유를 단순한 표현 기법이 아니라, 해석하고 이해하는 방식 자체로 이해하고 있다. 즉 그의 작품에서의 은유는 대상 이 정지용의 세계관 내로 끌려들어와 해석되었다는 말과 같다.

앞서 정지용은 미지의 대상을 은유되는 대상으로 삼는다고 언급했 다. 근대 문물 역시 정지용에게 있어서는 알 수 없는 미지의 영역에 해 당된다. 정지용의 초기 시편들은 근대적인 문물을 다룬 모더니즘 시편 으로 알려져 있는데 이 시편들 역시 은유를 대거 사용, 근대라는 미지 의 영역을 자신의 정체성과 정체성을 통한 해석한 결과물들이다. 미지 의 근대 문물을 은유적으로 해석하여 이해하려는 시도들은 산문에서도 드러나 있다. 예를 들어 정지용은 「소묘 3」에서 "쉐뾸레"라는 자동차를 서술한다. 자동차에 대한 시인의 감상은 "저즌 애스쀀트우로 달리는 기 체는 가볍기가 흰고무쐴 한개엿다"라는 표현이었다. "쉐뾸레"는 익숙한 대상, 친숙한 대상이 아닌 근대의 새로운 사물이다. 이 낯선 대상을 어 떻게 이해할 것인가. 정지용은 그것을 "흰고무쐴"이라는 은유로써 포섭한다. 정지용은 "쉐뽈레"의 작동 원리에 대해서도, 제작 과정에 대해서도, 운전법에 대해서도 자세히 알지 못한다. 그럼에도 불구하고 그것을 "흰고무쌀"이라고 은유하는 순간, 미지의 "쉐뽈레"는 손에 자주 쥐어봤고 쉽게 제어할 수 있는 친숙한 '고무볼'이 되어버린다. 이제 "쉐뽈레"는 멀고 낯선 위치에서 '고무볼'로서의 위상을 지닌, 보다 가까운 존재가 되어 인식된다.

정지용의 은유에 주목하는 이유는 그의 은유가 유사성을 기반으로 두 대상을 동일선상 위에서 연결하는 작업이 아니고, 질적으로 전혀 다른 두 성질을 연결하면서 대상의 질적인 변환을 초래하기 때문이다. 정지용의 은유는 단순한 이해의 결과가 아니라 해석이 포함된 시세계의 지향성을 드러낸다. 즉, 시인이 현실의 세계를 어떻게 파악하고 문학적 세계를 어떤 방식으로 재구성하려고 했는지, 정지용의 은유에는 그 인식론적인 지향성을 찾아볼 수 있다. 기존의 전통적인 은유이론에서라면 A와 B를 연결하는 고리는 강력한 '유사성'이 되어야 한다. 그러나 정지용의 은유에서 A와 B의 관계는 개연성이 적은 경우도 있고 비약이 심한 경우도 있으며 심지어 유사성이 아닌 대조를 기반으로 하는 경우도 있다. 이렇게 정지용의 은유는 일반적으로 사용되는 관습적 은유나 낡은 은유 대신 낯선 은유가 주를 이루고 있다. 이런 점 때문에 후대 연구자들 사이에는 작품 해석에 대한 다양한 견해가 나타나기도 한다.[49]

---

49 대표적인 예로 「유선애상」과 「파라솔」에 대한 해석의 차이를 들 수 있다. 정지용의 「유선애상」에 대해서 이숭원은 '오리'(이숭원, 『20세기 한국 시인론』, 국학자료원, 1997), 황현산은 자동차(황현산, 「정지용의 '누뤼'와 연미복의 신사」, 『현대시학』, 2000. 4)를 주장하였고 이후 유종호, 이숭원, 김종태, 조창환 등이 황

중요한 것은 정지용이 유사적이지 않은 A와 B의 낯선 결합을 통해서, 세계를 무엇으로 보는지 '~으로 보기(seeing as)'의 세계 해석을 드러낸다는 점이다. 눈앞에 대상으로서의 현실 세계가 존재하고, 이에 대해 정지용은 자기만의 해석을 가하면서 문학적 세계를 만들어간다. 구체적으로 그는 해석의 결과물인 각각의 은유들을 병치하면서 상상 세계를 구축한다. 이를 통해서 정지용은 이해하지 못하는 현실의 대상과 개념들을 자기화할 수 있게 된다.

그런데 정지용은 왜 불가해한 세계의 해석을 문제시하는 것일까. 그가 알지 못하는 세계의 출현에 대해 은유적인 해석을 가하고자 했던 이유는 초기 시편에 보이는 다음의 문제의식과 연결되어 있다.

조약돌 도글 도글……

현산의 견해에 동조한다고 의견을 개진한 바 있다. 이 외에도 신범순은 '현악기'(신범순, 「정지용 시에서 병적인 헤매임과 그 극복의 문제」, 『한국 현대시의 퇴폐와 작은 주체』, 신구문화사, 1998), 김명리는 '곤충'(김명리, 「지용 시어의 분석적 연구」, 동국대학교 석사학위 논문, 2001), 이근화는 '담배파이프'(이근화, 「어느 낭만주의자의 외출」, 『다시 읽는 정지용 시』, 월인, 2003), 권영민은 '자전거'(권영민, 『문학사와 문학비평』, 문학동네, 2009), 소래섭은 '유성기'(소래섭, 「정지용의 시 「유선애상」의 소재와 의미」, 『한국현대문학연구』 제20집, 2006)로 해석하였다. 정지용의 「파라솔」(原詩 제목 「明眸」)에 대한 해석으로는 '아름다운 여성'(이승원, 『정지용 시의 심층적 탐구』, 태학사, 1999, 146쪽 ; 권영민, 『정지용 시 126편 다시 읽기』, 2004, 민음사, 662쪽), '1930년대 신여성'의 상징(소래섭, 같은 논문, 277쪽), 호수 위의 '백조떼 풍경'(오태환, 「「파라솔」의 비유 관계와 의미구조 연구」, 『어문논집』 57집, 민족어문학회, 2008, 57쪽), '예술가의 초상'(조영복, 「정지용의 「파라솔/明眸」연구」, 『한국현대문학연구』 제36집, 2012)이라는 견해가 있다.

그는 나의 魂의 조각 이러뇨.

알는 피에로의 설음과

첫길에 고달픈

靑제비의 푸념거운 지줄댐과,

꾀집어 아즉 붉어오르는

피에 맺혀,

비날리는 異國 거리를

嘆息하며 헤매노나.

조약돌 도글 도글……

그는 나의 魂의 조각 이러뇨.

—「조약돌」 전문[50]

「조약돌」은 1932년 발표작이지만, "이국 거리"라는 구절로 보아 일본 유학 시절에 창작된 것으로 보인다. 그때에 창작된 것이 뒤늦게 발표 기회를 얻었을 수도 있고, 1930년대 초반에 과거 도쿄 시절의 심정이 되어 작품을 창작했을 수도 있다. 어느 경우이든 이 시의 화자는 이국 거리를 헤매는 방랑자의 신세다. 그 방랑의 시점, 이국의 근대적 거리에서 화자가 자기 자신을 표상하는 단어는 "조약돌"이다. 이 단어는 "나의 혼"과 동의어로 사용되었다. 혼을 조약돌로 은유하는 시인의 발상은 영혼이 자아 내면에 단단한 핵으로 자리 잡았음을 언급하고 있다.

---

50 『동방평론』 4호, 1932. 7(『원본 정지용 시집』, 68쪽).

즉 이 작품은 '개인적인 혼'의 문제를 다루고 있는 것이다.

그런데 그 '개인적인 혼'은 지금 어디에 있는가. 그것은 매우 감각적인 요소들 사이에 놓여 있다. 위의 시를 읽어보면 고독한 애상이 매우 화려한 시적 소재들 사이에서 그 외로움을 더하고 있음을 알 수 있다. "피에로", "청제비", "지줄댐", "붉어오르는 피" 등이 "나의 혼"이 걸어가고 있는 주변을 선명하게 밝히고 있다. 주변이 선명할수록 혼의 방황은 더욱 부각된다. 그것은 지표도 방향도 지향성도 없이 떠돌고 있다. "나의 혼"은 "조약돌"이라는 은유를 통해 내면의 핵심으로 중시되지만 방황은 지속된다. 아무 데도 갈 데가 없다는 방랑자적 인식은 반대로 어디론가 지향점을 찾아야겠다는 화자의 내적 필요성을 반영하고 있다. 화려하고 선명하고 감각적인 세계 한 가운데서 "혼"의 위치를 찾아야 한다는 점, 정주해야 할 새로운 지점을 확보해야 한다는 욕망이 이 시의 외로움 속에 포함되어 있는 것이다.

세계 내의 자리 정립은 정지용의 초기 시편에서 중요한 키워드로 작용한다. 그는 초기에 떠돌이의 시를 여러 편 쓴 바 있다. 〈바다 시편〉역시 정주하지 못하는 마음을 미학적으로 보여주었고, 타국에서 쓴 초기 시편들의 외로움과 공허함 역시 그의 정신적 방황을 반영하고 있다. 앞서 정지용이 낯선 세계를 발견하고는 그 낯섦을 은유적으로, 내적인 세계로 해석하고자 했다고 분석한 바 있다. 이러한 내적인 해석 역시 세계 내의 자기 위치를 확보하려는 일과 연결되어 있다. 주변을 알고 이해해서 내면에 일종의 심상지리를 확보한 후에야 자기 좌표를 얻을 수 있기 때문이다. 그리고 이러한 은유적 해석은 초기 시편에서만 해도 '개인적 혼'의 문제를 중심으로 이루어진다.

이 장에서 논의하려는 은유의 기법은 결국 낯선 세계의 광막함과 불가해함 앞에 '개인적 혼'을 정립시키려는 정지용의 시적 노력으로 귀결될 수 있다. '개인적 혼'의 문제가 은유를 통해 전개되는 상황이 초기 시편이라면, 후기 시편에서는 '개인이 혼'이 '공동체의 혼', 내지는 '민족의 혼'의 문제로 확대된다. 후기 시편에서 시인이 추구하는 공동체적인 정신의 확보가 초기 시편의 '개인적인 혼'의 문제에서 비롯되어나가는 과정은 자연스러워 보인다. 또한 '개인의 혼'에서 '공동체의 혼'으로 영혼의 문제가 확대되어가는 시적 여정은 정지용 문학의 해명이나 이미지즘의 조선적인 발현 양상을 규명하기 위해서도 중요하게 인식될 필요가 있다.

2. '동물' 은유와 '지도' 은유를 통한 세계의 해석

정지용의 은유는 미학적 수사 기법을 넘어, 세계 해석의 시도라고 할 수 있다. 정지용의 해석은 구체적으로 말해, 불가해한 외적 세계를 자기 내적인 세계로 은유하기였으며 이 세계 해석이 필요했던 이유는 '개인적 영혼'의 정립을 위해서였다.

이 절에서는 정지용의 중요 은유로서의 '동물' 은유와 '지도' 은유를 분석 대상으로 삼는다. 이 은유에 특히 주목하는 기본적 이유는 우선 이 은유들이 빈도상 자주 등장하기 때문이며 나아가 이 두 은유는 그의 인식론적인 은유 지향성을 보여주기 때문이다. 정지용의 '동물' 은유를 통해서는 그가 문명적 문물을 내적 세계에서 어떻게 의미화하는지 확인할 수 있다. 그리고 '지도' 은유를 통해서는 정지용이 세계 자체의 생명성을 자아의 내적 생명력과 연결시켜 공유하고 있음을 알 수 있다. 이 두 가지 은유의 공통점은 은유되는 대상이 낯설고 새로운 인식론, 과학적이며 근대적인 담론을 기반으로 하고 있는 점이다. 이 근대적 요소들은 정지용의 시적 세계에서 생명력을 얻어 주체적인 의미로 재탄생하게 된다. 정지용은 외적이고 현실적인 요소들을 내적이고 문학적인 요소로 바꾸어가는 과정을 통해 자신만의 세계를 점차 확고하게 구축해나간다. 이 절에서는 정지용의 독자적인 이미지의 세계가 형성되어가는 과정의 특이성을 살펴보기로 한다.

정지용의 작품에서는 큰 것을 작은 것으로 표현할 때나, 추상적인 것을 구체적인 것으로 표현할 때나, 슬픈 것을 아름다운 것으로 표현할 때, 낯선 것을 익숙한 것으로 표현할 때에도 '동물' 은유가 두루 사용된다. 정지용의 '동물' 은유는 무생물적인 대상을 친숙한 가축의 일종으로 끌어와서 이해 가능하게 만드는 역할을 하거나, 동물이 아닌 대상에게 움직임을 부여하여 의도와 표정을 만들어주는 역할을 한다. 구체적인 생물체의 역할을 부여할 경우 은유되는 대상은 자기만의 이야기와 사정을 통해 작품을 생동감 있게 만들기도 한다. 마치 동시(童詩)에서 모든 사물이 제각기 자신의 정체성과 이야기를 발언하는 것처럼, 정지용의 작품에도 주체적 위치를 얻고 있는 많은 사물들이 등장한다. 물론 정지용은 다수의 동시를 창작하기도 했다.[51] 하지만 그의 작품 주류

---

51 이에 대한 대표적 논문으로는 김종철, 「1930년대의 시인들」, 임형택 · 최원식 편, 『한국근대문학사론』, 한길사, 1982 ; 권정우, 「정지용 동시 연구」, 김신정 편,

는 동시가 아니다. 그럼에도 불구하고 그의 작품들에서 물활론적인 표현이 자주 등장하는 것은 무슨 이유에서일까. 문학에서 동물 은유는 흔히 동시나 동화, 또는 애니미즘적인 작품에서 발견된다. 하지만 정지용의 여러 시편에서 발견되는 동물 은유가 아동 문학이나 애니미즘에서 비롯되었다고 볼 수는 없다. 또한 정지용이 신비주의나 마법적 세계관을 추구했다고도 볼 수 없다. 그보다 정지용의 동물 은유는 외적 세계에 대한 시인만의 독자적인 이해 방식의 결과로서 파악할 수 있다.

> 바다는 뿔뿔이
> 달어 날랴고 했다.
>
> 푸른 도마뱀떼 같이
> 재재발렀다.
>
> 꼬리가 이루
> 잡히지 않었다.
>
> 힌 발톱에 찢긴
> 珊瑚보다 붉고 슬픈 생채기!
>
> 가까스루 몰아다 부치고
> 변죽을 둘러 손질하여 물기를 시쳤다.

『정지용의 문학 세계연구』, 깊은샘, 2001.

이 앨쓴 *海圖*에
손을 싯고 떼었다.

찰찰 넘치도록
돌돌 굴르도록

회동그란히 바처 들었다 !
地球는 蓮닢인양 옴으라들고……펴고……

— 「바다 2」 전문[52]

「바다 2」 역시 정지용의 초기 대표작 가운데 한 편이다. 이 작품에 주
목한 선행 연구의 대부분은 바다의 움직임을 생생하게 포착한 문제작
이라는 평가에 동의한다. 그러나 이 작품은 「유선애상」과 함께 논자들
사이에서 서로 다른 해석으로 이해되는 작품이기도 하다. 주로 「바다 2」
의 6연에 나오는 "앨쓴 海圖"가 무엇을 의미하는가를 놓고 새로운 견해
들이 제기되고 있다. 그중에서 주된 이론(異論)은 작품 해석에 있어 해
도를 만든 주체를 화자로 볼 것인가, 아니면 바다로 볼 것인가에 따라
발생한다.[53] 이 작품에 대해서 최근에는 메타적인 분석도 제기되었지만

52 『시원』 5호, 1935. 12(『원본 정지용 시집』, 23~24쪽).

53 이 작품에 대해 지리시간에 사용되는 커다란 지도를 바라보면서 쓴 시 「지도」
    (『조선문단』, 1935. 7)와 유사한 연상에서 착상되었다는 이숭원의 지적(이숭원,
    『정지용 시의 심층적 탐구』, 태학사, 1997, 117쪽)이 있는가 하면, 이숭원의 지
    적에 동의하면서 이 시의 '해도'를 시인이 만들었다는 해석에서 비롯 "모든 바다
    의 이미지들을 화자가 가까스로 몰아다 붙여 바다 그림을 완성하고자 한다"(최
    동호, 「난삽한 지용 시와 바다 시편의 해석」, 최동호 외, 『정지용의 문학 세계 연

제3장 정지용 문학의 이미지적 토폴로지 추구

작품에 등장하는 인식론적 은유에 주목한다면 이 작품은 조물주적 위치에 놓인 화자가 주체라고 할 수 있을 것이다.

이 시에서 '바다는 도마뱀이다'라는 은유와 '지구는 연잎이다'라는 은유는 바다와 지구라는 매우 큰 대상을 아주 작은 대상인 듯이 표현하고 있다. 그런데 이 작품에서 어떤 인식의 과정을 거쳤기에 이렇게 새로운 은유가 출현할 수 있었던 것일까. 「바다 2」의 중심을 이루는 이 신선한 은유의 개발은 매우 주목할 만한 변화를 내재하고 있다. 일반적으로 바다는 연약한 인간을 압도하는 '숭고'의 대상이거나 거대한 속성의 표상으로 인식되어왔다. 그러한 거대한 대상인 바다가 이 작품에서는 겨우 손바닥만 한 크기의 작은 생물 '도마뱀'으로 축소되어 있다. 인간이 실제로는 바다를 한눈에 파악하지 못하지만 '바다는 도마뱀이다'라는 은유는 바다 전체를 하나의 구체적인 대상으로 표상할 수 있게 한다. 또한 인간이 실제로는 한눈에 보지 못했던 지구 역시 '연잎'이라는 작은 대상으로 축소되어 구체적인 표상을 얻고 있다. 지구가 작고 동그란 '연잎'이라는

구」, 깊은샘, 2001, 238쪽)는 주장이 있다. 이와 같은 해석에 반하여 권영민은 '해도'의 주체가 시인이 아니라 바다라는 새로운 해석을 "모든 사물이 자신의 자취와 흔적을 가지듯이 바다는 바다(물결)로써 자신의 모습(해도)를 그린다. 바닷물이 밀려나가면, 물결이 밀려오면서 애써 그려낸 자취(해도)만 남는다"(권영민, 『정지용 시 126편 다시 읽기』, 113쪽)고 제시한 바 있다. 또는 이 작품의 '해도'에 대한 해석으로 방민호는 그림을 그리는 행위는 시를 쓰는 행위로, 쓰는 주체는 그리는 주체로 비유하여 시 쓰기 과정을 메타적으로 보여주는 것이 이 작품의 창작 의도라고 지적(방민호, 「감각과 언어 사이, 그 메울 수 없는 간극의 인식」, 이숭원 외, 『시의 아포리아를 넘어서』, 이룸, 2001, 45~60쪽)한 바 있으며 남기혁 역시 이에 동의하며 시적 화자가 받쳐든 것은 '해도'를 그려 넣은 캔버스라는 주장(남기혁, 『언어와 풍경』, 소명출판, 2010, 220쪽)을 한 바 있다.

은유는 근대적 천문학의 지식, 즉 지구는 구체 형태의 행성이라는 지식이 없었으면 쉽게 떠오르지 않았을 발상이다. 이 두 가지 은유를 통해서 정지용은 쉽게 파악하지 못하는 거대 대상을 친숙하고 알기 쉬운 대상으로 변화시키고 있다.

定午 가까운 海峽은
白墨痕跡이 的歷한 圓周!

마스크 끝에 붉은 旗가 하늘보다 곱다.
甘藍 포기 포기 솟아 오르듯 茂盛한 물이랑이어!

班馬같이 海狗같이 어여쁜 섬들이 달려오건만
──히 만저주지 않고 지나가다.

海峽이 물거울 쓰러지듯 휘뚝 하였다.
海峽은 업지러지지 않았다.

地球우로 기여가는 것이
이다지도 호수운 것이냐!

외진 곳 지날 제 汽笛은 무서워서 운다.
당나귀처럼 凄凉하구나.

海峽의 七月해ㅅ살은
달빛보담 시원타.

火筒옆 사닥다리에 나란히

濟州道사투리 하는 이와 아주 친했다.

수물 한 살적 첫 航路에

戀愛보담 담배를 먼저 배웠다.

—「다시 해협」 전문[54]

地理敎室 專用 地圖는

다시 돌아와 보는 美麗한 七月의 庭園

千島列島 附近 가장 짙푸른 곳은 眞實한 바다보다 깊다.

한가운데 검푸른 點으로 뛰여들기가 얼마나 恍惚한 諧謔이냐!

倚子우에서 따이빙 姿勢를 取할 수 있는 瞬間

敎員室의 七月은 眞實한 바다보담 寂寞하다.

—「지도(地圖)」 전문[55]

이숭원은 「바다 2」가 시 「지도」와 연장선상에 있다고 파악한 바 있다.[56] 「다시 해협」까지 포함하여 「바다 2」 「지도」 「다시 해협」 세 편이 근대적 지도를 학습 도구로 사용하는 지리 수업과 연관성을 지니고 있다고 볼 수 있다. 「다시 해협」에서는 그 근거로서 "白墨痕跡이 的歷한 圓周!"라는 첫 연을 들 수 있다. 정오에 햇빛을 받아 하얗게 보이는 바다의 가장자리를 정지용은 칠판에 백묵으로 그린 원주에 은유한다. 바다를 보면서 지리 시간을 떠올리는 은유 방식은 시 「지도」에서의 은유 방식과

54 『조선문단』 4권 2호, 1935. 7(『원본 정지용 시집』, 42~43쪽).

55 위의 책(『원본 정지용 시집』, 44쪽).

56 이숭원, 『정지용 시의 심층적 탐구』, 같은 쪽.

대조를 이루고 있다. 「지도」라는 작품은 바다 위가 아닌 교실을 배경으로 하고 있다. "지도교실 전용 지도"로 시작하는 이 작품은 교실에서 상상의 바다로 여행을 떠나는 내용을 담고 있다. 다시 말해 「다시 해협」은 실제 바다를 보고 지리학에서의 지도와 지리학이 수학되는 칠판을 연상하고 있고, 「지도」는 그 반대 순서의 연상을 보여주고 있다. 정지용의 실제 여행 체험은 근대적 과학 지식과 연결되고, 근대적 과학 지식은 상상의 여행과 연결되어 있다. 근대 과학을 통한 지식과 인식의 변화가 자연스럽게 작품 속에 녹아 들어가 은유와 상상의 방향을 변화시키는데 영향을 미치고 있다.

학습된 근대 과학 담론을 바탕으로 정지용은 지구를 작은 대상으로 축소하여 은유할 수도 있었고 위 「다시 해협」에서의 '지구는 그릇이다' 은유를 고안할 수도 있었다. 「다시 해협」에는 해협이 지구라는 그릇에 담겨 엎질러지지 않았다고 표현되어 있다. 담을 수 있는 그릇으로서의 지구와 담겨 있을 수 있는 액체로서의 바다라는 은유 역시 상상과 근대 지식이 결합이 되어 있는 경우이다. 정지용에게 있어 바다나 해협, 지구는 쉽게 파악할 수 없는 미지의 대상이었으나 상상과 지식이 결합된 새로운 인식론을 통해 자기 나름의 방식으로 해석을 해나간다. 정지용이 풍경의 제 요소들, 즉 산이나 바다, 해협과 섬 등등에 대해 실제 경험을 통해 인식했을 뿐 아니라 학습된 근대 과학 지식의 일부로서 이해하고 있음은 그의 산문에서도 드러난다.

地誌科 숙제로 지도를 그리어 바칠 적에 추자도쯤이야 슬쩍 빼어버리기로소니 선생님도 돋뵈기를 쓰셔야 발견하실가 말가 생각

되던 녹두알 만하던 이 섬은 나의 소학생 적에는 시험 점수에도 치지 않았던 것입니다. 이제 달도 넘어가고 밤도 새벽에 가까운 때 추자도의 먼 불을 보니 추자도는 새벽에도 샛별같이 또렷한 것이 아니오리까! 종래 고무로 지워버리지 못하고 그대로 말은 이 섬에게 이제 꾸지람을 들어야 할가 봅니다. 그러나 나의 슬픈 교육은 나의 어린 학우들의 행방과 이름조차 태반이나 잃어버렸는데도 너의 이름만은 이때것 지니고 오지 않었겠나![57]

수필 「失籍島」는 정지용의 「다도해기」 중의 한 편이다. 「다도해기」는 1938년 8월 『조선일보』에 연재되었던 기행문으로, 김영랑 및 김현구와 일행을 이뤄 제주행 뱃길에 올라 목적지인 한라산 정상이 올랐다가 돌아오는 전 노정을 점묘하고 있다.[58] 이때 뱃길이 추자도에 이르렀을 때 정지용은 섬을 보고 '지지과(地誌科) 숙제'와 '선생님'과 '지우개' 등을 연상해낸다. 학생 시절 지리 수업을 받을 때 지도를 그리는 숙제가 있었고, 그 숙제를 하던 때 추자도 정도의 섬은 간과했던 기억이 있었다는 것이다. 이 근대 교육기관 내에서의 지리 교육의 경험은 '추자도'의 이미지를 단순히 보이는 무엇 이상 의미를 지닌 것으로 만들고 있다.

그는 낯선 대상이지만 근대적 문물·담론과 함께 등장한 새로운 대상을 은유적으로 해석하면서 문학적 상상 세계를 통합적으로 구상해낸다. 낯설고 알지 못하는 대상에 대해 거부나 비판, 조소나 옹호 대신 정지용은 주어진 신문물 및 담론을 문학 세계 내에 포함시켜 자기화하려는 시도를 보여준다. 이상의 분석에서 강조할 지용 시의 특성은 정지용

57 「失籍島」,『정지용 전집』2, 120쪽.
58 김학동,「정지용의 생애와 문학」, 김은자 편,『정지용』, 51쪽.

이 그려낸 〈바다 시편〉들이 비단 모던한 경향의 작품 내지 정지용의 예민한 감각을 드러내는 작품에 그치지 않는다는 점이다. 〈바다 시편〉은 과학 담론과 근대적 인식론을 포함한 근대적인 세계 자체를 주체적으로 파악하려고 한 결과물이다. 그 예로 「다시 해협」에서의 '연락선(배)은 기어 다니는 동물(곤충)이다'는 은유와 '연락선은 처량한 당나귀이다'라는 동물 은유를 들 수 있다. 연락선이라는 근대 기계는 정지용이 실제 경험하고 봉착한 현실의 일부이면서 또한 낯선 대상이다. 그런데 정지용의 은유는 낯선 근대 문물에 대해 단지 비판, 내지 감각하고 있지만은 않다. 그는 보다 적극적이고 문학적인 방향으로 그 현실의 상황을 치환시킨다. 외적인 대상에 대해 '동물'이며 '당나귀'라는 은유적 해석을 통해 공감하고 이해하려고 한다. 따라서 〈바다 시편〉에서 이미지화된 '바다'의 세계는 외부 세계와 내부 세계를 은유로 연결하면서 새롭게 등장한 혼성 공간[59]으로 이해될 수 있다. 이 정신 공간에서 현실적 실재의 개념(이를테면 '연락선'의 실질적 정의와 기능)과 기존에 시인이 지니고 있던 개념('연락선'과 '당나귀'에 대한 시인의 관념)은 한데 혼합되어 작품에서의 새로운 시적 이미지로 재창조되게 된다. 새로운 개념과 세계를 내적 세계로 치환하면서 종합으로서의 새로운 상상력을 발

---

[59] 인지은유 이론에서는 'A는 B'라는 은유에서 A와 B에 각각 속해 있던 구조, 배경, 정보, 의미 등이 만나 섞이고 통합되는 하나의 공간을 혼성 공간이라고 한다 (平賀政子, 『은유와 도상성』, 최영호 역, 연세대학교 출판부, 2007, 75쪽 참조). 혼성 공간은 인식론적 은유에서 개념과 개념의 혼합되는 공간이자 정신적 상상 공간으로서 상상의 능력이 더욱 환기된다. 이 공간 내에서는 기존에 A라는 은유되는 대상과 B라는 은유의 대상이 지닌 속성 외에 새로운 구조와 의미가 발생된다(김동환, 『개념적 혼성 이론』, 박이정, 2002, 60쪽 참조).

휘해나가는 이러한 은유화의 작업이 정지용의 시 작품에서 문제적이고 탁월한 구절들로 드러나고 있다. 바다 등과 같은 시적 대상에 대한 정지용의 해석과 이미지의 형상은 사물을 지각하거나 회상한 결과가 아니라 일종의 의식 행위를 보여준다는 면에서 하나의 고정된 표상이 아닌 '상상 의식'[60]의 지향성을 확인할 수 있다.

白樺수풀 앙당한 속에
季節이 쪼그리고 있다.

이곳은 肉體없는 (적막)한 饗宴場
이마에 시며드는 香料로운 滋養!

海拔五千° 피이트 卷雲層우에
그싯는 성냥불!

東海는 푸른 揷畵처럼 옴직 않고

----

60 '상상 의식(conscience imageante)'이란 이미지에 대한 사르트르의 용어로서 사르트르에게 있어서 '이미지'란 용어는 일반적으로 사용되는 의미에서 모든 물질적인 속성이 배제된 하나의 의식을 지칭한다. 이미지란, 지각하는 의식과 대등한 위치에서 존재론적 지위를 누리는 "상상(하는) 의식 conscience imageante"인 것이다. 사르트르는 '이미지(image)'라는 용어가 주는 혼동을 피하기 위해 이 '상상 의식'이라는 용어를 사용한다. 사르트르는 "이미지란 의식 속에 있을 수 없다. 이미지는 의식의 어떤 한 유형이다. 이미지는 하나의 행위이지 하나의 사물이 아니다. 이미지는 무엇인가에 대한 의식이다"라고 강조한 바 있다(지영래, 「사르트르의 상상력 이론과 미술 비평—자코메티의 경우」, 『프랑스문화예술연구』, 21집, 2007, 588쪽).

누뤼 알이 참벌처럼 옴겨 간다.

戀情은 그림자 마자 벗쟈
산드랗게 얼어라 ! 귀뜨람이 처럼.

— 「毘盧峯(비로봉)」 전문[61]

앞서 '바다는 도마뱀이다'와 '지구는 연잎이다' 등의 은유는 거대 대상을 매우 작게 축소시켜 인식의 장 안으로 포섭하려는 시인의 의도를 내포한다. 여기서의 포섭이란 다른 말로 해석이라고도 할 수 있다. 정지용의 작품에서 드러나는 선명한 이미지들은 외부 대상을 해석한 결과인 셈이다. 그런데 거대 대상을 매우 작게 축소하는 은유들이 개발되었다는 것은 한편으로 시인의 상상 세계 안에 거대 대상보다 더 거대한 존재가 세계를 바라본다고도 말할 수 있다.

시 「비로봉」에는 이 거대한 화자의 위상이 잘 드러나 있다. 인용 작품에서 "해발오천°피이트 권운층우에/그싯는 성냥불!//동해는 푸른 삽화처럼 옴직 않고/누뤼 알이 참벌처럼 옴겨 간다"는 구절이 그 대목이다. 작품의 화자는 산을 오르며 풍경을 묘사하고 있다. 화자가 산봉우리 끝에서 하늘을 바라보는데 마침 천둥이 친다. 시인은 천둥이 치는 것을 누군가 "성냥불"을 긋는다고 비유하고 있다. 이어 작품 안에서 동해는 한 장의 작고 정지한 삽화인 것처럼 표현된다. 천둥이라는 자연현상은 의인화된 조물주의 행위로 이해되고 조물주 앞에서 동해가 축소되는

제3장 정지용 문학의 이미지적 토폴로지 추구

---

31   『가톨릭청년』 1호, 1933. 6(『원본 정지용 시집』, 25쪽).

만큼 인간의 연약함은 더욱 강조된다. 하늘과 바다를 비롯한 자연물은 시적 대상이면서도 시인의 유년 회상이나 눈앞의 풍경에서 벗어나 신의 손아래 존재하는 대상으로 설정되어 있다. 인간이 지리학을 통해 구획하고 장악한 지리적 세계를 넘어서는 신적인 세계를 이 작품은 암시하고 있다. 결과적으로 그는 축소지향적인 세계관을 만들어 지구든, 바다든, 산이든 파악되고 장악되는 미니어처적인 세계 안에 위치시킨다고 볼 수 있다. 어떤 거대 대상이든, 개념이든 정지용의 은유화를 통해 내면 안에 놓인 문학적 상상 세계 내에 배치될 수 있다. 이것은 앞서 1절에서 언급한, 해석을 거친 은유적 요소들의 디오라마적 구조와 연결되는 지점이기도 하다. 정지용의 작품은 곧 그의 상상 세계이자 지향의 세계이고 그 안에 놓인 세밀한 은유들은 현실 세계의 대상들을 개별적으로 의미화해서 내적인 무대 위에 배치되도록 한다.

무생물에 대한 동물 은유 및 인간에 대한 동물 은유는 정지용 작품의 전기·후기에 고루 나타나는 특징이다. 흔히 정지용의 작품 세계를 시기적으로 구분할 때 초기 작품은 모더니즘적인 세계 내지 이미지즘적인 세계로 인식되고 중기는 종교시, 그리고 후기는 소위 산수시로 지칭되는 전통지향적 세계로 나누어진다.[62] 이러한 삼분법은 정지용의 전

---

62 권정우는 정지용의 작품에 대해 연구사를 검토하면서 그의 작품을 다음과 같이 세 부분으로 나눈다. 초기 시는 「향수」를 비롯하여 동시와 민요풍의 시, 그리고 일본 유학기의 작품들로 구성된다. 중기 시에는 「유리창 1」과 「난초」를 비롯하여 『정지용시집』이 간행된 1935년 무렵까지 씌어진 작품들과 종교 시편들이 포함된다. 그의 후기 시는 『정지용시집』이 간행된 이후에 창작된 작품들도 구성된다. 「장수산 1」과 「백록담」 및 『문장』 종간호에 실린 열 편의 산문 시편들과 이후에 창작된 작품들이 여기에 포함된다(권정우, 앞의 책, 33쪽).

체적인 시세계를 조명하기 위한 효율적인 방법이면서도 또한 정지용의 전체 시세계가 지니고 있을 시적 공통인자를 간과하게 만드는 경향이 있다. 정지용의 초기 작품과 후기 작품은 분위기, 시어, 대상, 지향성 등 여러 요소에서 큰 차이를 보이는 것도 사실이다. 그럼에도 불구하고 정지용 문학의 전반에 해당하는 특성은 분명 존재하며, 그 중요한 인자로서 정지용의 '동물 은유' 양상들을 들 수 있다.

넓은 벌 동쪽 끝으로
옛이야기 지줄대는 실개천이 휘돌아 나가고,
얼룩백이 황소가
해설피 금빛 게으른 울음을 우는 곳,

— 그 곳이 참하 꿈엔들 잊힐리야.

질화로에 재가 식어지면
뷔인 밭에 밤바람 소리 말을 달리고,
엷은 졸음에 겨운 늙으신 아버지가
짚벼개를 돋아 고이시는 곳,

— 그 곳이 참하 꿈엔들 잊힐리야.

…(중략)…

하늘에는 석근 별
알수도 없는 모래성으로 발을 옮기고,

서리 까마귀 우지짖고 지나가는 초라한 지붕,

흐릿한 불빛에 돌아 앉어 도란 도란거리는 곳,

— 그 곳이 참하 꿈엔들 잊힐리야.

— 「鄕愁」 부분[63]

　이 작품은『조선지광』65호(1927. 3)에 발표되고,『정지용시집』에 수
록되었다.[64] "바닥이 얕은 감각시"라는 비판[65]도 있었지만 대개의 경우
"시각적 이미지가 극대화된 증좌"[66]라는 호평을 받았던 대표작이다. 이
때의 '시각적 이미지'의 선명함은 동물 은유를 통해 분명한 윤곽을 얻고
있다. 이 작품에서 정지용은 '움직이는 자연'이라는 상상을 토대로 고
향을 이루는 자연적 요소들의 의미와 지향성을 드러낸다. 그 예로서 1

63　『조선지광』65호, 1927.3(『원본 정지용 시집』, 57~59쪽).

64　박팔양은 "「향수」라 題한 作을 비롯해서 얼마전에 출판된『정지용시집』중에도
　　「압천」「카페 프란스」「슬픈 인상화」「슬픈 기차」「풍랑몽」등은 전부『요람』에 登
　　載하였던 作이오. 더욱 그 시집 제3편의 동요 또는 민요풍의 諸作은 반수이상이
　　그 당시의 작이니 이 문인의 소년시절이 얼마나 문학적으로 조숙하였는지를 알
　　수 있으며"(박팔양,「요람시대의 추억」,『중앙』32호, 1936. 7, 147~8쪽 ; 김학동,
　　앞의 책, 119쪽 재인용)라고 회고한 바 있다. 그러나 김학동은『요람』지가 현재
　　전해지지 않은 만큼 이 회고담을 액면 그대로 받아들이기에는 다소 무리가 있
　　다고 보면서도,「향수」는 1922~3년에 제작된 작품들로『요람』지에 실렸을 가능
　　성이 있다고 추정한다(김학동, 같은 책, 119쪽).

65　김용직은 정지용의 초기작「갑판 우」「향수」「바다」등의 시편에 대해 "너무 바
　　닥이 얕은 감각시"에 그쳤다고 평가한다(김용직,『한국현대시사』1, 한국문연,
　　1996, 250쪽).

66　김용희, 앞의 글, 209쪽.

166

연에는 "옛이야기 지줄대는 실개천", 2연에는 "밤바람 소리 말을 달리고", 마지막 연에는 "석근 별"이 "발을 옮기고"라는 표현이 나온다. 1연에서 실개천은 '옛 이야기'를 말하는 사람이 되고, 2연의 보이지 않는 밤바람은 말이 되고, 3연에서 별은 목적지를 향해 달리는 행동 주체가 된다. 이런 방식으로 정지용은 무생물적인 대상에 동물로서의 특질을 부여한다.

동물 은유는 비단 「향수」에 국한된 것이 아니다. 시인은 앞서 분석한 〈바다 시편〉에서도 바다라든가 해협, 지구가 각각 움직이고 살아 있는 존재라고 은유한 바 있다. 그의 주된 시적 대상들은 제각기 숨을 쉬고, 어떤 목적을 가지고 활동해나간다. 말을 하거나 살아 움직이고 도망가거나 기어가는 등의 구체적인 양태와 의도를 지니고 있다. 이런 방식의 파악은 미지의 대상들을 시인이 어떻게 자기 방식으로 이해하는지, 즉 자기만의 해석을 부여하는지를 알 수 있게 해준다. 알 수 없는 대상을 자기만의 이해 구도 속으로 치환하여 시인은 그 낯선 대상을 자기화한다. 정지용이 시를 쓰면서 눈앞의 시적 소재가 부재하는 대상이나 정지한 대상이 아니라 감정과 사연을 지닌 대상이라고 생각할 때 장면 속에서 그 대상은 자기의 위치를 점유할 수 있게 된다. 이것이 바로 정지용의 동물 은유의 효과이다.

1930년대 정지용이 활발하게 창작 활동을 전개해나갈 당시는 근대 문명이 급속히 유입되던 시기였다. 일상생활에서 기계문명의 비중과 역할이 더욱 커져가고 근대 문명의 횡포도 더해지던 시기였다. 근대 문명의 시기에서는 기계 등의 무기물적 속성이 강해지지만 그럼에도 불구하고 정지용의 작품에서는 무기물에 대한 생물 은유가 독창적으로 발전

167

된다. 그것은 기차라는 금속성 기계를 일종의 동물로서 은유화하는 작품 「슬픈 기차」와 「파충류동물」, 그리고 근대적 시간 장치인 '시계'를 소재로 삼고 있는 작품 「시계를 죽임」을 통해서 확연하게 드러난다.

식거면 연기와 불을 배트며
소리지르며 달어나는
괴상하고 거-창 한 爬蟲類動物.

그 녀ㄴ 에게
내 童貞의結婚반지를 차지려갓더니만
그 큰 궁둥이로 쩨밀어

… 털 크 덕 … 털 크 덕 …

나는 나는 슬퍼서 슬퍼서
心臟이 되구요

여페 안진 小露西亞 눈알푸른 시약시
[당신은 지금 어드메로 가십나 ?]

… 털 크 덕 … 털 크 덕 …

그는 슬퍼서 슬퍼서
膽囊이 되구요

저 기-드란 짱골라는 大腸.

뒤처 젓는 왜놈 은 小腸.

[이이 ! 저다리 털 좀 보와 !]

… 털 크 덕 … 털 크 덕 …… 털 크 덕 … 털 크 덕 …

有月ㅅ달 白金太陽 내려쏘이는 미테

부글 부글 씌어오르는 消化器官의 妄想이여 !

赭土 雜草 白骨을 짓발부며

둘둘둘둘둘 달어나는

굉장하게 기-다란 爬蟲類動物.

— 「파충류동물」 전문[67]

이 작품은 처음 1연부터 '기차는 파충류 동물이다'라는 새로운 은유를 제시한다. 새로운 은유가 발생하는 1차적 근거는 기차와 파충류의 외형적인 공통점이다. 기차는 "괴상하고 거창한" 것이 마치 길고 징그러운 냉혈동물처럼 보인다. 다음의 근거로서 기차와 파충류는 빨리 움직여 시야에서 사라진다는 공통점이 있다. 그런데 정지용은 단순히 기차는 파충류처럼 징그럽다는 의미를 전달하기 위해 이 은유를 사용한 것이 아니다. 그것은 이어지는 다음 연들을 통해 확인할 수 있다. 이 작품에서 화자는 '파충류동물'인 기차 내에 승객으로 탑승해 있다. 기차가 뱀이나 도마뱀과 같은 "파충류동물"이라면 응당 살아 있는 생물은 내장기관을 갖추고

67 『학조』 1호, 1926. 6(『원본 정지용 시집』, 322~323쪽).

있을 것이다. 정지용은 지금 동물 안에 들어와 있다는 상상을 펼치면서 각각의 승객을 "파충류"의 오장육부에 하나씩 대입시키고 있다. 대입의 기술(記述)은 은유를 통해 이루어지는데, 먼저 '실연당해 슬픈 나는 파충류의 심장(心臟)이다'부터 시작해 '백인 여성은 담낭(膽囊)이다', '키가 큰 중국인("짱골라")는 대장(大腸)이다', '키가 작은 일본인("왜놈")은 소장(小腸)이다'라는 네 가지 은유가 등장한다. 실연당한 사람은 마음을 다친, 즉 상심(傷心)한 사람이니까 심장이 되고, 키가 불쑥 큰 중국인은 '대장'이 된다는 이 은유들은 매우 절묘하게 느껴진다. 그리고 이 은유의 결합을 통해 화자를 비롯한 기차의 승객들은 파충류 안에 귀속되어 있는 생명의 일부가 되어버린다.

정지용은 눈앞의 낯선 대상, 시의 영역으로 받아들이려는 대상이 살아 있고, 이야기를 하고 있다고 생각한다. 이러한 대상에는 바다, 산, 하늘과 같은 자연물뿐만 아니라 가장 근대적인 사물까지 포함되어 있다. 대표적으로 「파충류동물」과 「슬픈 기차」에서 시인은 근대의 대표적인 상징인 기차[68]를 친근한 동물에 은유하고 있다. 정지용은 기차에 대한 동물 은유를 통해 그것이 지닌 나름의 사연과 의미를 듣기를 원한다.

> 우리들의 汽車는아지랑이 남실거리는 섬나라 봄날 왼 하로를 익
> 살스런 마드로스 파이프로 피우며 간 단 다.
> 우리들의 汽車는느으릿 느으릿 유월소 걸어가듯 걸어 간 단 다.

68　박천홍, 『매혹의 질주, 근대의 횡단』, 산처럼, 2003, 287쪽.

우리들의 汽車는 노오란 배추꽃 비탈길 새로

헐레벌덕어리며 지나 간 단 다.

…(중략)…

나는 유리쪽에 가깝한 입김을 비추어 내가 제일 좋아하는 이름
이나 그시며 가 쟈.

나는 늬긋 늬긋한 가슴을 密柑쪽으로나씻어나리쟈.

대수풀 울타리마다 妖艶한 官能과 같은 紅椿이 피맺혀 있다.

마당마다 솜병아리 털이 폭신폭신하고,

집웅마다 연기도 아니 뵈는 해ㅅ볕이 타고 있다.

오오, 개인 날세야, 사랑과 같은어질머리야, 어질머리야.

靑만틀 깃자락에 마담 R의 가여운 입술이 여태껏 떨고 있다

누나다운 입술을 오늘이야 싫것 절하며 갑노라.

나는 언제든지 슬프기는 슬프나마,

오오, 나는 차보다 더 날러가쟈지는 아니 하랸다.

— 「슬픈 汽車」 부분[69]

「슬픈 기차」는 「파충류동물」과 동일하게, '기차는 동물이다'는 은유로
시작되는 작품이다. 1연에서 '우리들의 기차는 선원이다'와 '기차는 유
월소이다'라는 은유가 등장하고 있으며, 2연에서 "헐레벌덕어리며"라는
시어가 등장할 수 있는 전제로서 '기차는 숨을 쉬는 생물체'라는 은유가

69 『조선지광』 67호, 1927. 5(『원본 정지용 시집』, 78~79쪽).

깔려 있다. 특이하게도 정지용의 기차에 대한 동물 은유는 제4장에서 다룰 김기림의 작품 「심장 없는 기차」와 상당히 유사하면서도 변별점을 지니고 있다. 두 시인에게 동물 은유는 공통적으로 등장하면서 각각의 은유가 지향하는 바는 서로 다르다는 점에 주목할 수 있다.

기차에 대한 동물 은유는 사실 굉장히 이질적인 사고방식임에 틀림없다. 기차는 근대적인 방식에서는 환상적인 파노라마의 경험체,[70] 전근대적인 이해에서는 농촌의 대지를 뒤흔드는 괴물로 양분하여 이해되었다. 어느 방식에서건 기차는 낯선 대상이었다. 그런데 정지용은 '기차는 유월소이다'는 은유에서 기차가 마치 한 마리 누렁소인 것처럼 매우 친숙하게 표현하고 있다. 가장 이질적인 대상을 왜 가장 친숙한 대상, 즉 '파충류'나 '누렁소'로 은유하는 것일까. 이것은 정지용이 무기물, 즉 알 수 없는 대상으로서의 기차를 자기에게 익숙한 생물로 바꾸어 자기의 세계 안으로 치환시키려는 노력으로 볼 수 있다. 그는 은유의 창출을 통해 대상의 미정형성 의미를 제거하고 접근성을 높이려는 것이다. 이로서 정지용의 세계에는 빠른 속도와 인공적 동력을 자랑하는 실제 기차와 누런 소처럼 친근하게 생물화된 기차의 두 종류가 존재한다고 볼 수 있다. 그는 실제 기차의 이미지에 동물로서의 기차 이미지를 덧씌워 은유를 만들면서 이 하나의 표상에 두 가지 의미를 중첩하고 있다.

그렇다면 '기차'가 '누렁소'로 은유되는 상황은 어떠한 시적 효과를 낳

---

70   이토 도시하루(伊藤俊治)는 「본다는 것의 위상기하학」이라는 글에서 철도 체험의 혁명적 성격을 '공간의 스펙터클화'로 설명한다(박천홍, 앞의 책, 285쪽).

을까. 정지용은 충북 옥천 출생이자 유년기에 한학 수업을 받은 경험이 있다. 10대 중반 이전에는 전통적인 공동체의 생활 습속과 전통적인 사상의 세계에 놓여 있었다고 볼 수 있다. 그러나 정지용이 14세 이후 타지로 나가 배운 신학문은 이와는 반대의 지점에 놓여 있었다. '누렁소-기차' 은유에서 '누렁소'는 정지용의 14세 이전의 세계에 대입되고, '기차'는 14세 이후의 세계에 대입된다. 그런데 14세 이후, '누렁소'의 세계는 '기차'의 등장으로 완전히 종결된 것이 아니라 고향 마을 등지에 여전히 명맥을 유지하고 있었다. 정지용의 눈앞에는 사라져가는 14세 이전의 세계와, 선명해져가는 14세 이후의 세계가 동시에 존재한다. 그리고 두 세계를 동시에 바라보는 시인의 정체성은 전통적인 사회와 근대적인 사회 사이에 낀 중간자적 입장을 대변하고 있다.

하지만 시인의 입장이 '누렁소'와 '기차' 사이에서 분열되어 있는 것이 아니라, '누렁소'와 '기차'를 연결하는 창조적 중간자임은 강조되어야 한다. 정지용과 같이 전통과 근대 사이에 처한 인간은 두 세계관 중 어느 하나의 세계관을 선택해야 하는 강박에 시달리게 된다. 근대에 대한 냉철한 이성적 비판이나 문명에 대한 철저한 반성이 요청되기도 하고, 반면 진보에 대한 향유와 지향이 촉구되기도 한다. 그러나 정지용은 어느 세계관 하나를 선택하지 않는다. 그는 김기림처럼 날카로운 비판의 첨봉을 드러내지도 않았고 1920년대 민족문학처럼 고향에 대한 복고주의를 선택하지도 않았다. 대신 정지용의 문학은 두 세계를 하나로 연결하는 은유적 시도를 통해, 이 은유에서 '애상'이 파급되도록 만들고 있다. 진행되는 현실 세계에 대한 이성적 판단이 아닌, 정서적 판단을 유도하고 있는 것이다. 우선, '누렁소'가 '기차'가 되는 상황은 문전옥답이 신작

로화되어 가는 근대화의 희생을 떠올리게 만든다. 누렁소는 구슬피 울면서 팔려가고 대신 기차의 사용 권리가 주어졌다. 이것은 전통적인 세계를 지키지 못했다는 상실과 사라져가는 것들을 지켜봐야 한다는 슬픔을 유발한다. 또한, '기차'가 '누렁소'가 되는 상황은 근대적 기차를 무조건적으로 증오할 수도 없는 아이러니한 슬픔을 유발한다. 영국의 산업화에 대항하여 공장 기계를 파괴했던 노동자들의 행위처럼, 눈앞의 기차를 파괴한다고 해서 근대가 오지 않는 것은 아니다. 근대 문명은 엄연히 조선의 현재를 구성하는 요소의 하나이다. 정지용의 세계에는 이렇게 두 가지 축이 공존하고 있으며, 이 공존은 그의 문학적 세계의 깊이와 미묘함을 낳는 근원이기도 하다. 기존의 세계에서 상실되는 요소, 부정적이지만 현실에 실질적으로 정착되는 요소를 연결하면서 정지용은 두 세계 양측을 현실로 인정한다. 그리고 시인의 은유화는 상이하지만 공존하는 두 세계관을 하나의 정신 공간에서 혼성하는 방법을 보여준다.

정지용의 동물 은유는 무생물을 생물로 바꾸어놓는다. 무생물을 생물로 이해한다는 것은 눈앞의 대상을 인간과 다름없이 사연을 가진 것, 의미와 목적을 가진 것으로 이해한다는 말과 같다. 식물을 동물로, 사람을 동물로, 무생물을 동물로 은유하면서 정지용은 제반 대상을 동일한 생물의 위상으로 포섭한다. 이를 통해 대상이 지닌 무가해의 부분, 공격성, 불안, 이해하지 못할 부분을 제거하려는 노력을 보인다. 세상에 존재하는 대상들이 존재의 이유를 가지고 있는 생물이라는 이러한 해석의 방식은 전기 〈바다 시편〉 뿐만 아니라, 후기의 시편에도 폭넓게 활용되고 있다.

1

絶頂에 가까울수록 뻑국채 꽃키가 점점 消耗된다. 한마루 오르면 허리가 슬어지고 다시 한마루 우에서 목아지가 없고 나종에는 얼골만 갸옷 내다본다. 花紋처럼 版박힌다. 바람이 차기가 咸鏡道끝과 맞서는 데서 뻑국채 키는 아조 없어지고도 八月한철엔 흩어진 星辰처럼 爛漫하다. 山그림자 어둑어둑하면 그러지 않어도 뻑국채 꽃밭에서 별들이 켜든다. 제자리에서 별이 옮긴다. 나는 여긔서 기진했다.

2

巖古蘭, 丸藥 같이 어여쁜 열매로 목을 축이고 살어 일어섰다.

3

白樺 옆에서 白樺가 骨骼 骨骼가 되기까지 산다. 내가 죽어 白樺처럼 흴것이 숭없지 않다.

4

鬼神도 쓸쓸하여 살지 않는 한모롱이, 도체비꽃이 낮에도 혼자 무서워 파랗게 질린다.

5

바야흐로 海拔六千呎우에서 마소가 사람을 대수롭게 아니녀기고 산다. 말이 말끼리 소가 소끼리, 망아지가 어미소를 송아지가 어미말을 따르다가 이내 헤여진다.

6

첫새끼를 낳노라고 암소가 몹시 혼이 났다. 얼결에 山길 百里를 돌아 西歸浦로 달아났다. 물도 마르기 전에 어미를 여힌 송아지는 움매―움매―울었다. 말을 보고도 登山客을 보고도 마고 매여달

렸다. 우리 새끼들도 手色이 다른 어미한틔 맡길것을 나는 울었다.

7

風蘭이 풍기는 香氣, 꾀꼬리 서로 부르는 소리, 濟州회파람새 회
파람부는 소리, 돌에 물이 따로 굴으는 소리, 먼 데서 바다가 구길
때 쏴—쏴—솔소리, 물푸레 동백 떡갈나무속에서 나는 길을 잘못
들었다가 다시 측년출 긔여간 흰돌바기 고부랑길로 나섰다. 문득
마조친 아롱점말이 避하지 않는다.

8

고비 고사리 더덕순 도라지꽃 취 삭갓나물 대풀 石茸 별과 같은
방울을 달은 高山植物을 색이며 醉하며 자며 한다. 白鹿潭 조찰한
물을 그리여 山脈우에서 짓는 行列이 구름보다 壯嚴하다. 소나기
놋낫 맞으며 무지개에 말리우며 궁둥이에 꽃물 익여 붙인채로 살
이 붓는다.

9

가재도 긔지 않는 白鹿潭 푸른 물에 하눌이 돈다. 不具에 가깝
도록 고단한 나의 다리를 돌아 소가 갔다. 좇겨온 실구름 一抹에도
白鹿潭은 흐리운다. 나의 얼골에 한나잘 포긴 白鹿潭은 쓸쓸하다.
나는 깨다 졸다 祈禱조차 잊었더니라.

—「백록담(白鹿潭)」 전문[71]

「백록담」의 1부는 '뻑국채는 사람이다'라는 은유가 '뻑국채는 별이다
는 은유로 옮겨가면서 진행된다. 이 '뻑국채'의 은유적 이동은 '사람'으

71 『문장』1권 3호, 1939. 4(『원본 정지용 시집』, 194~197쪽).

로서의 시인을 '별'들의 공간으로 옮겨놓는다. 꽃이 사람이 되고, 그것이 다시 "흩어진 星辰"인 별로 변모하는 것은 정지용의 연금술적인 상상력을 드러낸다. 시인이 하나의 꽃에서 은유를 통해 하늘에 닿는 과정은 매우 진폭이 큰 것으로서 시인은 그 충격을 내면적으로 감당해야 한다는 말을 "나는 여긔서 기진했다"고 표현한다.

이어 3부에서는 '白樺는 해골이다'라는 은유와 4부에서 '도체비꽃은 어린아이다'라는 은유를 통해 백록담의 곳곳은 숨어 있는 사연과 이야기를 갖춘 전설적인 공간으로 변모한다. 골작골작마다 '사람-식물'의 얼굴이 인사를 하는 공간과 마주침을 시인은 "나의 얼골에 한나잘 포긴 白鹿潭"이라고 말한다. 분명 이러한 풍경은 백록담이라는 지리적 공간을 기반하고 있다. 그러나 정지용의 시「백록담」은 실재하는 백록담의 가시적 풍경을 정밀하게 묘사하기보다는 장소의 의미를 보여주고 있다. 결론적으로 말하자면 정지용의 '백록담'은 제주도의 고유 화구호를 의미하는 것이 아니라 그것을 상상의 공간으로 은유하여 만들어낸 결과라고 이해할 수 있다. 그렇다면 동물 은유들을 통해 서로 다른 대상들을 하나의 상상 공간에서 혼성하는 이유는 무엇일까. 이 동물 은유들은 외부 대상을 내적인 세계로 은유화, 해석한 결과이다. 그는 은유를 통해 외부 세계의 대상들을 내적인 상상의 세계의 일원으로 바꾸어놓았다. 그리고 그 은유화된 대상들의 의미를 내적인 세계에서 배치하고 병치하면서 문학 세계의 깊이를 창출하였다. 은유를 통해 내면 세계로 통합된 요소들이 지닌 의미는 그 내면 세계의 지향성과 관련을 맺고 있다. 다음 장에서는 정지용의 동물 은유를 포함, 각종 은유들이 배치되어 있는 공간 자체의 은유를 살펴보고자 한다.

3. 여행의 은유와 조선 지리의 '토폴로지' 구축

제3장의 1절이 정지용 초기 시편의 은유를 '개인의 혼'이라는 문제의
식과 함께 논의했다면, 본 3절에서는 후기 시편의 은유를 고찰해서, 정
지용의 사유 방법론으로서의 은유가 초기 시편에 이어 후기 시편에서
도 시적 세계의 구성에 기여함을 밝히고자 한다. 이를 통해 서구 이미
지즘의 영향 관계가 정지용의 유학 시기 및 경성 시절의 초반부에만 확
인된다는 평가를 극복, 정지용의 독자적인 이미지즘은 후기 시에 이르
기까지 유효했음을 증명할 것이다.

정지용 시에 대한 선행 연구에서는 초기의 감각적 이미지즘이 중기
의 가톨릭적 정신주의로, 이것이 다시 후기의 동양정신으로 진행되었
다는 시각이 우세하다.[72] 통시적 변모 과정에 주목하는 입장에서 이미
지즘이란 대개 초기 시에 국한된 한시적인 경향으로 평가받는다. 또한
초기의 경향은 결국 후기의 전통주의로 '극복'되어나간다는 관점 역시
깔려 있다. 그러나 정지용의 작품이 초기에서 후기로 갈수록 점진적으
로 발전했다는 평가는 재고될 필요가 있다. 시인의 작품 세계가 시간을
따라 원숙해지는 것은 자연스러운 일이지만 후기 시의 장점이 초기 시
의 단점을 지양하면서 등장하는 것은 아니다. 정지용 작품의 전체를 다
루기 위해서도 변별 지점보다 연결 지점을 확인하는 일이 필요한 것으

1930년대 '조선적 이미지즘'의 시대

---

72 유성호는 정지용 문학을 통시적으로 보는 연구 관점을 언급하면서 기존의 관점
에 의해 중간의 '종교시편'의 단계가 평가절하되어왔다고 비판한다(유성호, 「정
지용의 이른바 '종교시편'의 의미」, 김신정 편, 앞의 책, 152쪽).

로 보인다. 이러한 문제의식, 즉 정지용의 초기와 후기를 단절이 아닌 연속성으로 파악하려는 선행 연구[73] 역시 상당수 발표된 바 있다.

은유를 통한 세계 해석의 방식은 정지용 시의 초기/후기의 단절 문제를 극복할 하나의 키워드가 될 수 있다. 「백록담」을 중심으로 한 정지용의 후기 작품 및 이와 시기를 같이하는 「화문행각」 등의 기행 산문에는 매우 다양한 은유들이 포함되어 있다. 정지용이 애용하는 은유의 기법은 초기 시와 후기 시를 구분하지 않을뿐더러, 양 시기 모두 선명한 이미지를 보여준다는 공통점을 지니고 있다. 공통적인 특질에도 불구하고 정지용의 작품에서 초기 시는 이미지즘 시, 후기 시는 정신주의 시로 구분하는 경향이 강하다. 이러한 구분에는 이미지즘의 원리에 대한 명확한 고찰이 반영되었다기보다는, 이미지즘은 서구의 사조이므로 후기의 동양고전적 분위기와는 무관하다는 판단이 더 강한 영향을 미치고 있다. 서구 사조인 이미지즘은 초기의 모던한 이미지, 도시적 서정성을 다루는 작품에만 나타나는 국소적인 사조로 보는 것이다. 이러한 관점을 따른다면, 후기 산수시의 세계에 나타나는 이미지의 선명함은 과연 어디에서 비롯되었다고 해석할 수 있을까. 『정지용시집』에 수록된 1933년도의 「비로봉」[74]과 『백록담』에 수록된 1937년도의 「비로봉」은 과연 엄연한 중기와 후기의 차별성으로 구분될 수 있을까.

시집 『백록담』에 수록된 후기 시들은 대개 1937년에서 1941년 사이

---

73 권정우, 앞의 책 ; 김신정, 「정지용 시 연구」, 연세대학교 박사학위 논문, 1999.

74 같은 제목의 다른 작품이 『백록담』에 수록되어 있다. 『정지용시집』에 수록된 「비로봉」은 『가톨릭청년』 1호(1933. 6)에 발표, 『조선중앙일보』(1934. 7. 3)에 「卷雲層우에서—비로봉」이라는 제목으로 재발표되었다.

에 발표되었다. 이 작품들의 특징은 '산수시', '자연시'라는 별칭을 통해 압축된 바 있다. 초기 시가 바다 중심의 작품, 유학 시기와 근대 문물 및 경성의 첨단을 경험하는 시기의 시라면 후기 시는 산 중심의 작품, 『문장』지의 고전 부흥 기획과 맞물려 있는 작품, 고전 경전과 정신주의의 작품이라고 알려져 있다. 그런데 '산수시' 및 '자연시'로 지칭되는 작품을 자세히 살펴보면 배경이 자연일 뿐만 아니라 등장인물, 등장 요소들이 각각의 구체적인 자연임을 알 수 있다. 정지용의 이전 작품에서 사람이 등장했던 자리에 '자연물'이 대신 등장해서 인물이 맡아야 할 역할을 맡고 있다.

꽃도
귀향 사는 곳,

절터ㅅ드랬는데
바람도 모히지 않고

山그림자 설핏하면
사슴이 일어나 등을 넘어간다.

— 「구성동」 부분[75]

'꽃이 귀향 산다'는 표현에서 '꽃'은 외로운 사람으로 의인화되어 있다. 자연 식물의 의인화는 초기 시와 후기 시의 공통점이며 후기 시에

---

75 『조선일보』, 1937. 6. 9(『원본 정지용 시집』, 200~201쪽).

가장 자주 사용된 기법 중의 하나이기도 하다. 이어 '바람', '사슴'이 나머지 장면의 등장 요소이자, 행동의 주체로 등장한다. 자연물 각각이 주체적인 행동과 의미를 지닌 것으로 처리되었기 때문에, 마치 등장인물인 듯 느껴지게 된다. 이것은 앞 절에서 살핀바, 「백록담」의 '뻑국채', '백화'가 의인화되어 전설과 민담이 가능한 상상 세계를 만들었던 것과 유사하다.

작품 안에는 여전히 등장인물들, 행동의 주체가 존재한다. 다만 그것이 사람과 근대 문물에서 자연 요소로 바뀌었을 뿐이다. 사람이 잘 나서지 않는 이 세계를 정지용은 "귀신도 쓸쓸하여 살지 않는 한모롱이, 도체비꽃이 낮에도 혼자 무서워 파랗게 질린다"(「백록담」)고 표현한다. 즉 정지용이 시집 『백록담』에서 다루는 거개의 시는 죽은 인간으로서의 '귀신'은 물론, 살아 있는 인간의 손도 타지 않는 신비한 장소를 다루고 있다. 정지용은 분명 조선의 국토이자 조국의 대지를 다루면서도 『백록담』에 와서는 매우 신비한 분위기에 주목한다. 그 이유는 비단 산 자체가 도시와 구별된 곳, 신비를 내포한 별세계이기 때문만은 아니다. 그보다는 이 시기에 정지용이 조선 땅의 영적의 측면에 주목해야 할 시적 필요성이 있었기 때문이다.

이처럼 정지용이 제각기 혼이 살아 숨쉬는 자연에 주목하게 된 요인은 복합적이다. 그중 하나로 1930년대 후반의 문단 위기론을 들 수 있다. 1930년대 후반에서 1940년대 초반 조선 문단은 흔히 전형기로 명명될 만큼 변화가 극심하고 이에 따른 불안감이 팽배하던 시기였다. 여기저기서 위기론이 제기되었고, 위기를 타개하기 위한 내부적 변화가 요청되던 시기이기도 했다. 이 시점에 대해 최재서는 "내지에서 국민문학론이 논의된 소화 15년경에는 조선 문단에서는 전환론이 한창이었습니다. 조선 문학도 이래서는 안 된다, 어떻게든 전환해야 한다는 것이 비평가나 작가들의 입에서 구호가 나오기 시작했습니다"[76]라고 1940년 전후의 문단을 회상했다. 1930년대 말, 조선문학에 대한 위기감과 이에 따른 타개책의 시급한 요청이 당대 문단의 주된 분위기였던 것이다.[77] 이 분위기에 이어 당시의 신인들은 기성 문단의 가장 큰 문제점으로 외래 문학에 대한 추수를 비판하고 '조선 문단 위기설'을 극복할 방법으로 자주적인 문학 논리를 구축하자고 주장하고 나선다.

문단이 총체적인 위기론을 제기하고 있었을 뿐만 아니라 1930년대 후반은 정지용 자신에게도 개인적 위기의 시간이었다.

> 1) 기자 : 한동안 몇몇 시인을 가르쳐 은둔이니 너무 고답적이니 도피니 하고 떠들었는데 정선생도 아마 그 멤버 중의 한 사람였죠.
> 정지용 : 그러나 그것은 일부의 악덕 평론가가 그렇게 꾸민 것이지 아무리 고답적 시인이라 하기로서니 문학의 소재가 되는 생활이라든가 환경, 경제 같은데 관심이 안갈 리가 있나요.[78]

> 2) 『백록담』을 내놓은 시절이 내가 가장 정신이나 육체로 피폐한 때다. 여러 가지로 남이나 내가 내 자신의 피폐한 원인을 지적할 수 있었겠으나 결국은 환경과 생활 때문에 그렇게 된 것이었다. 그러나 모든 것을 환경과 생활에 책임을 돌리고 돌아앉는 것을 나

76 최재서, 「國民文學の立場」, 『轉換期の朝鮮文學』, 人文社, 1943(藤石貴代, 「김종한과 국민문학」, 『사이間』, 2002. 가을, 136쪽 재인용).

77 나민애, 앞의 글.

78 「문단타진즉문즉답기」, 『동아일보』, 1937. 6. 6.

는 고사하고 누가 동정하랴? 생활도 환경도 어느 정도로 극복할수
있는 것이겠는데 친일도 배일도 못한 나는 산수에 숨지 못하고 들
에서 호미도 잡지 못하였다. …(중략)… 위축된 정신이나마 조선의
자연 풍토와 조선인적 정서 감정과 최후로 언어 문자를 고수하였
던 것이요, 정치 감각과 투쟁 의욕을 시에 집중시키기에는 일경의
총검을 대항하여야 하였고 또 예술인 그 자신도 무력한 인테리 소
시민층이었던 까닭이다.[79]

이상은 정지용의 1930년대 후반의 상황을 보여주는 두 가지 문건이
다. 먼저『동아일보』기자와의 인터뷰에서 기자는 정지용에게 은둔자
가 아니냐고 질문한다. 이런 비판에 맞서 정지용은 반박하는 답변을 하
고는 있지만 은둔자라는 비난을 의식하지 않을 수 없었다. 1937년이면
『정지용시집』이 발간되고 정지용의 문단의 핵심 인물로 인정받은 이후
의 시점이다. 곧 창간될『문장』지에서는 시 부분의 선자로 참가할 만큼
중진이라는 평가를 받고 있는 상황이었다. 그럼에도 불구하고 정지용
은 고답적이다, 도피한다는 비판에서 자유롭지 못했다.

다음의 문건을 보면 이 시기는 남들의 비판뿐만 아니라 자책으로 시
달리던 시기이기도 했다. 두 번째 인용문「조선시의 반성」은 1948년 10
월호『문장』지에 발표된 평론으로서 1940년 전후에 해당하는 정지용의
심리 상태를 엿볼 수 있게 한다. 인용된 구절에서 정지용은 '배일도 친
일도 못했다'고 자책한다. 그런데 흥미롭게도 이 '친일'에 맞서는 '배일'
을 '산수'와 '들'이라는 공간의 디테일을 들어 은유하고 있다. '배일'이라

---

79 「조선시의 반성」,『정지용 전집』2, 267쪽.

는 정신의 선택을 '산수'라는 공간으로 표상하는 방식은 사소하되 우연으로 치부할 수는 없다. 그리고 이때 '산수'가 지니고 있는 의미는 정지용의 후기 시가 왜 자연을 선택했는지를 암시한다고 볼 수 있다. '배일'이 사회적 '운동'이나 '저항'이 아닌, '산수'와 '들'의 세계로 표상되는 것은 정지용에게 있어서 '근대적 일본 대(對) 전통적 향토'라는 도식이 성립된다는 사실을 드러낸다. 성진에서 출생했음에도 불구하고, 첨단적인 세계—신문이라는 미디어, 기자라는 정체성, 경성적인 감각, 심지어 패션과 취향과 같은 사소한 영역까지—에 깊이 침윤했던 김기림과 달리 정지용은 전적으로 경성적인 감각에 휩쓸리지 않았던 시인이다. 외래어와 모던한 감각이 특징적인 작품에서도 정지용은 특유의 애상적 분위기, 반성, 불안, 회의 등의 정조를 통해 비판적인 거리를 유지한 바 있다.[80]

친일의 반대를 고향 산수로 파악한다는 점, 경성의 도시 문명에 회의하고 불안해하는 시적 정체성을 지녔다는 것은 정지용이 얼마나 조선 민족의 향토성에 뿌리 깊은 인물인지 알게 해 준다. 유학파 이전에 시골 사람 정지용에게는 근대가 조선의 일부였지, 조선이 근대의 일부가 될 수는 없었던 것이다. 따라서 정지용에게는 근대의 조선에 대한 전체적

---

80 신범순은 정지용이 김기림의 경우와는 달리 거리의 일상성이 내뿜는 스펙터클에 매혹되지 않고 일상생활 속에 스며 있는 우울함의 정조와 데카당스적인 어둠에 관심을 둔 점에 주목하면서, 정지용이 도시의 근대적인 사물이나 풍경들의 의미를 감각들의 거대한 물결로 압축한다고 평가한 바 있다(신범순, 「정지용 시에서 헤매임과 산문양식의 문제」, 『한국현대문학연구』 5집, 한국현대문학회, 1997 참조).

인 고찰 및 답사가 먼저였지, 조선의 근대에 대한 첨예화가 우선되지 않았다.

이런 상황의 정지용이 직면한 문제는 간단치 않다. 우선 그는 조선의 시인으로서 시를 쓰긴 했지만 '고향의 비고향성'이라는 문제의식을 지니고 있었다.

고향에 고향에 돌아와도
그리던 고향은 아니러뇨.

산꽁이 알을 품고
뻐꾸기 제철에 울건만,

마음은 제고향 진히지 않고
머언 港口로 떠도는 구름.

— 「고향」 부분[81]

집 써나가 배운 노래를
집 차저 오는 밤
논ㅅ둑 길에서 불럿노라.

나가서도 고달피고
돌아와 서도 고달 노라.
열네살부터 나가서 고달 노라.

81 『동방평론』 4호, 1932. 7(『원본 정지용 시집』, 42~43쪽).

···(중략)···

이 집 문ㅅ고리나, 지붕이나,
늙으신 아버지의 착하듸 착한 수염이나,
활처럼 휘여다 부친 밤한울이나,

이것이 모도다
그 녜전부터 전하는 니야기 구절 일러라.

　　　　　　　　　　　—「녯니약이 구절」[82] 부분

인용시 「고향」에는 고향에 돌아와도 고향이 아니라는 반어적인 진술
이 중심을 이룬다. 이것은 「녯니약이 구절」에서도 반복되는 갈등 상황
이다. 「녯니약이 구절」에는 '집 쩌나가 배운 노래'와 '녯니약이'가 서로
섞이지 못하고 공존하고 있다. 어느 쪽에도 서지 못한다는 시인의 갈등
은 「녯니약이 구절」의 풍경을 애상적으로 만드는 주요 원인이기도 하
다. 이 '고향의 노래'와 '고향으로 돌아올 수 없는 노래' 사이의 갈등이
바로 정지용의 시적 정체성을 암시한다. 정지용은 고향의 노래를 보존
할 수 없음을 알기 때문에 탈향 의식, 노스텔지어를 선택하지는 않았
다. 그렇다고 해서 정지용이 '고향으로 돌아올 수 없는 노래'를 선택하
는, 전적인 근대인의 초상이었던 것도 아니다. 그 갈등의 사이에서 정
지용은 고향이되, 고향의 확장으로서의 근대적인 조선, 고향의 확장으

---

82 『신민』 21호, 1927. 1. 창작 시점은 '1925. 4'로 표기(『원본 정지용 시집』, 328~
　　329쪽).

로서 근대적이지 않은 조선을 두루 살피는 공간적인 문제의식을 보여준다.

　이러한 문제의식에서 정지용의 '화원(花園)'의 은유가 비로소 의미를 지니게 된다. 이 책에서 사용하는 '화원'이라는 개념은 다음과 같은 논의의 흐름 위에서 의미를 지닌다. 앞서 1절에서는 정지용의 문제의식을 '개인적 혼'의 차원, 즉 그것이 감각의 세계에서 자기 정체성을 확보하는 일로 파악했다. 그리고 이어진 2절에서는 근대적이고 무생물적인 세계의 구성요소들, 내지는 세계 자체를 생명력 있는 존재로 은유하는 정지용의 시적 세계를 살펴보았다. 정지용은 비생명적인 것을 내적인 상상 세계에서는 생명력 있는 존재로 재탄생시킨다. 외적인 대상, 과학적이며 근대적이며 식민지적인 인식을 질료로 하되 그것을 상상 세계를 통해, 의식의 지향성이라는 이미지를 통해서는 자기만의 독자적인 성격으로 변모시켰다. 생명으로 변화시켜서 자기화하는 정지용의 문학적 특질은 후기 시에 와서 더욱 강하게 포착된다. 정지용의 초기 시편이 '개인적 혼'의 확보에 놓여 있다면, 후기 시편은 '공동체적 혼'의 확보에 닿아 있다. 그리고 '공동체의 혼'을 구성하는 다수의 혼들은 생명력을 얻어 문학의 상상 공간에서 배양되기에 이른다. 이 다수의 혼이 발견되고 생장되는 공간을 바로 '화원'이라고 할 수 있다. 이것은 곧 '공동체적 혼'의 장소라고 말할 수도 있다.

　정지용의 후기 산수시는 이러한 특징을 잘 드러내는 '화원'의 작품에 해당한다. 정지용에게 있어 초기 시에서부터 공간 및 그것에 대한 포착은 매우 중요한 시적 주제였다. 그리고, 그러한 공간에 대한 의미부여는 단순히 배경적 공간의 드러냄이 아니라 그 공간 안에 살아 움직이는

의미들을 포착하는 것이었다. 이러한 초기 시의 의도는 후기 시에서도
이어진다. 이에 시집『백록담』의 시편들은 정신적 공간을 재편하고 그
안에 살아 움직이는 생명체들을 확인하기에 이른다.

> 흰돌이
> 우놋다.
>
> 백화 홀홀
> 허울 벗고,
>
> 꽃 옆에 자고
> 이는 구름,
>
> 바람에
> 아시우다.
>
> ──「비로봉」부분[83]

인용된 부분은 여러 가지 동물 은유로 되어 있다. "흰돌"은 울고, "백
화"는 옷을 벗고, "구름"은 잠을 잔다. 이러한 것들을 통해 「비로봉」 골
짜기는 백화만발한 요소들이 제각기의 활동을 지속하고 있는 생명의
골짜기로 재편된다. 이 공간에 정지용과 박용철[84]이나 김영랑[85]과 함께

---

83 『조선일보』, 1937. 6. 9(『원본 정지용 시집』, 198~199쪽).
84 '철(喆)'과 함께 여행한 금강산 기행문인 「내금강소묘」는 『지용문학독본』(박문출

방문했다 하더라도, 시를 쓸 수 있었고 시를 썼던 인물은 정지용뿐이다. 이것은 비로동 등의 시적인 공간이 실제의 공간이 아니라 정지용이 유람과 답사와 탐사를 통해 발견한 공간이기 때문이다. 정지용은 각각의 요소들의 의미와 역할을 지니고 하나의 프레임 안에서 심어져 있다는 사실을 시로서 보여준다. 마치 한 편의 시는 한 구획의 '화원'과 같은 역할을 맡고 있고 그 '화원' 안에는 정지용이 포착한 어여쁘고 영적인 사물과 동물과 식물들이 심어져 있다.

이때 정지용의 '화원'은 정신적이고 초월적인 영적인 존재들의 집합이라는 의미를 지니고 있다. 1920년대 상징주의 시편들에서 '화원'의 의미가 몽롱하되 영적인 혼들의 공간이었다면[86], 1930년대 후반 정지용의 '화원'은 이러한 상징주의적 화원의 계보 위에 놓인 것이자 유구한 영적 존재들을 감각하는 작업이라는 의미를 지니고 있다. 「백록담」 등이 영적인 공간이며 시인의 정신이 추구하는 혼들의 집합체라는 것은 후기 시에서의 특별한 감각에 의해서도 증명된다. 후기 시에서 제 군상들의 공간을 은유로 표상할 때, 초기 시에서 자주 등장하지 않았던 감각이 등장한다. 그것은 '호흡' 및 '향기'라는 후각의 요소이다. 『정지용

판사, 1948)에 실려 있다. 이때 동행한 인물은 박용철이 아닐까 생각된다고 김학동은 추측하고 있다(김학동, 앞의 책, 5쪽).

35 「다도해기」는 1938년 8월 『조선일보』에 연재되었던 기행문인데 김영랑, 김현구와 일행이 되어 제주행 뱃길에 올라 목적지인 한라산 정상에 올랐다가 돌아오는 전 노정을 점묘하고 있으며 이때 정지용의 시 「백록담」이 창작된 듯하다고 김학동은 보고 있다(김학동, 앞의 글, 김은자 편, 『정지용』, 51쪽).

36 박현수, 「1920년대 동인지의 '영혼'과 '화원'의 의미」, 『어문학』 90집, 한국어문학회, 2005, 562쪽.

시집』에서는 「바다 1」에 단 한 번 등장했던 '향기한'이라는 표현이 이 시기에 와서는 "풍란이 풍기는 향기"(「백록담」), "이마바르히/해도 향그롭어"(「비로봉」), "기슭에 약초들의/소란한 호흡!"(「옥류동」), "처녀는 눈 속에서 다시/벽오동 중허리 파릇한 냄새가 난다"(「붉은손」), "흰 옷고롬 절로 향긔롭어라"(「춘설」)라고 여러 번 활용된다.

후각은 보이지 않으나 느낄 수 있는 내밀한 감각에 해당한다. 후기 시에서 후각이 새롭게 등장하는 이유는 이때의 작품들이 일상적인 삶의 공간이 아니라 '영적인' 공간을 다루고 있기 때문이다. 이 영적인 공간은 정지용이 초기 〈바다 시편〉에서 조약돌과 나비에 은유했던 '나의 혼'에서 단초를 보였으나 그것은 개인의 혼에 머무르는 차원이었다. 정지용의 시는 초기에서 후기로 갈수록 개인의 혼이 전체의 혼으로 확장되어 가는 방향으로 나아간다. 전체의 혼을 감각하는 지용의 시적 문제는 종국에는 누적된 자연의 혼, 전설, 사연까지를 포섭해 조선의 공간을 '화원'으로 재생한다는 의미를 지니고 있다.

무릇 정지용에게 있어 풍경의 포착은 상을 얻는다, 묘사한다, 근대인의 시각을 보여준다는 의미를 넘어서 있다고 볼 수 있다. 그는 '보는 자'가 아니라 '파악하는 자', '재생하는 자'로서의 적극적인 시인의 정체성을 지니고 공간의 의미가 생성됨을 파악한다. 공간 안에는 생활의 습속이 포함되어 있고, 인간군상의 본질과 삶의 생생함이 들어 있는데, 이것을 정지용은 이미지를 통해 시의 세계로 들여온다. 정지용에게 있어 공간은 지정학적인 위치, 시군도의 구역, 행정의 장소가 아니라 사람과 의미가 생장, 성장하는 장소이자 '화원'의 은유(수풀, 숲, 삼림, 동산의 은유를 포함)라고 할 수 있다. '우리들의 화원'에는 무엇도 살고 어떤 의미도 자라고 무엇도 심어져 있다는 식의 다양성을 확보하는 구도가 그의 산수 시편에서는 반복되고 있다. 즉 '화원'으로서의 은유가 큰 틀로서 있고, 그 안에 정지용은 심겨 있는 의미들을 개별적인 은유로 자리매김시켰던 것이다.

초기 시와 비교하자면, 초기 시의 은유는 외적인 대상을 내적인 세계로 끌어들이는 방식으로 성립된다. "'외적인 A'는 '내적인 B'"라는 은유가 성립하면서 현실의 세계가 정신적인 세계/내적인 세계로 은유된다. 이때의 지향성은 외적인 대상을 내적으로 끌어들이는 소화/흡수의 방식을 보여준다. 그리고 시인은 이 은유적 이해를 통해 세계 속에 근대인이자 문학인으로서의 자기 좌표를 확보할 수 있다.

이와는 반대로 후기 시의 공간은 내적인 공간이 외적인 대상으로 끌어내지는 것, "'내적인 B'는 '외적인 A'"라는 은유 형식을 지닌다. 이때에는 은유의 목표가 은유의 대상이 되어버리고 내적인 대상을 외적으로 끌어내어 점철하는 지향성을 드러내게 된다. 정지용의 세계에 「비로봉」「장수산」「옥류동」「구성동」「백록담」의 세계는 겉으로 보기에는 고유명사의 세계이지만 실질적으로는 다 같은 장소이다. 정신적으로 재탄생한 자연세계들이어서 이 작품들 사이에는 차등이 존재하지 않는다. 〈바다 시편〉들에서는 실질적인 세계가 내적인 세계로 치환되면서 은유가 등장한다면, 이 후기 시편들에서는 정신적인 세계/내적인 세계가 현실의 세계이자 고유명사의 세계로 은유되면서 현실을 정신화한다.

골에 하늘이
따로 트이고,

瀑布 소리 하잔히
봄우뢰를 울다.

날가지 겹겹히
모란꽃닙 포기이는듯.

자위 돌아 사풋 질ㅅ듯
위태로히 솟은 봉오리들.

골이 속 속 접히어 드렁
이내가 새포롬 서그러거리는 숫도림

꽃가루 묻힌양 날러올라
나래 떠는 해.

— 「옥류동」 부분[87]

옥류동은 금강산에 속해 있는 실제 지명이다. 그런데 작품을 보면 현실의 세계가 아니라 청정하고 신비로운 '숫도림'의 모습을 하고 있다. 이 특별하고 국한된 세계가 발견된 세계라는 사실은 '골에 하늘이/따로 트이고'라는 구절에서 알 수 있다. 이 구절은 옥류동 골짜기만을 비추는 하늘이 따로 마련되어 열렸다고 말한다. 따로 구획된 하늘 아래 옥류동 역시 따로 구획을 지은 장소로 등장한다. 그리고 이 구획 내의 면면은 잔잔한 '봄우뢰', '모란꽃닢', '봉오리들' 등등의 요소들로 채워진

---

87 『조광』25호, 1937. 11(『원본 정지용 시집』, 202~293쪽).

다. 요소들은 각각 옥류동의 사위와 전경과 후경을 맡아 마치 등장인물처럼 공간 내부를 의미로서 채우고 있다. 옥류동이라는 독립된 장소를 채우는 요소들에는 나비에 은유된 '해'가 포함된다. 시인은 햇살이 줄기줄기 비추는 모습을 "꽃가루 묻힌 양 날러올라/나래 떠는 해"라고 표현한다. 이 구절에는 '태양은 나비다'라는 창조적이고 시적인 은유가 중심을 이루고 있다. 이 은유를 가지고 시인은 저 멀리에 있는 태양의 요소를 따로 프레임을 이루고 있는 옥류동 가까이에 배치하게 된다.

이 작품에서 정지용은 경탄과 경이에 가득 차서 옥류동의 곳곳을 세세히 살핀다. 그리고 옥류동은 여기 동원된 시적 소재들만으로 하나의 완전한 세계를 구축하게 된다. 정지용은 실제 옥류동에 도착해서 자신만의 옥류동을 발견해낸다. 독자들은 실제 옥류동을 떠올리면서 작품을 읽기 시작하지만, 작품의 말미에서는 결국 정지용이 재창조한 옥류동을 만나게 된다. 옥류동이라는 실제 지명이 마음 속에서 정지용의 화원으로 변해가는 것은 현실의 세계가 발견으로 재구성된 세계로 은유되는 과정을 담고 있다. 즉, 정지용은 현실을 보고 그 위에 자신의 정신의 세계를 덧씌우면서 조선의 한 무의미한 땅을 영적인 사연들과 의미와 아름다움들이 소란한 위상으로 끌어올리게 된다.

이를 통해 폭포 소리, 꽃잎, 햇빛, 이내 등이 살아 숨쉬는 미적인 옥류동이 진정한 옥류동으로 등장한다. '새로운 옥류동(화원 옥류동)이 옥류동이다'는 은유가 성립하는 이 작품은 은유의 계사를 통해 창조적 진실을 드러내고 있다. 리쾨르의 해석학적 은유론에서 은유의 핵심은 '이다(is)'라는 계사를 통해 그것이 아닌 것을 그것인 것으로 연결하는데 있다. 이 계사가 사람들이 의례히 그럴 것이라고 예측하는 관습적 관계가 아닌 새로운 연결고리를 만들 때 은유는 수사를 넘어 창조적 진실에 접근하게 된다는 것이다.[88] 정지용은 이 새로운 은유적 연결을 통해 옥류동의 세계를 영적으로 충만한 '화원'의 프레임으로 구축해낸다. 시인이 발견한 요소들이 이 프레임 안에 배치되어 있으며, 요소들은 각각의 의미를 가지고 지상에 심겨져 있다. 시인이 시적으로 재제작한 화원으로서의 옥류동은 정지용의 내적인 지향을 바깥으로 드러낸 결과물과 같다. 내적인 세계가 외적인 세계로 은유되자 외적인 지명 옥류동이 내적인 화원 옥류동으로 변신하게 되는 것이다.

> 풀도 떨지 않는 돌산이오 돌도 한덩이로 열두골을 고비고비 돌았세라 찬 하눌이 골마다 따로 씨우었고 어름이 굳이 얼어 드딤돌이 믿음즉 하이 꿩이 긔고 곰이 밟은 자옥에 나의 발도 노히노니 물소리 꾀꼬리처럼 口卽口卽하놋다 피락 마락하는 해ㅅ살에 눈우에 눈이 가리어 앉다 흰시울 알에 흰시울이 눌리워 숨쉬는다 온산중 나려앉는 휙진 시울들이 다치지 안히! 나도 내더져 앉다 일즉이 진달레 꽃그림자에 붉었던 絕壁 보이한 자리 우에!
>
> ── 「장수산 2」 전문[89]

정지용이 틀을 만들고 그 안에 의미들을 구축해서 하나의 지명을 의

---

88 'fiction'과 'redescription(재기술)'의 연결을 통해 나는 은유의 장소를 결론지을 수 있다. 은유의 결정적이고 궁극적인 주소는 '명사(이름)'도 아니고, '문장'도 아니고, 심지어 담론도 아니다. 그것은 to be 동사의 계사(연결사)에 있다. '은유적인 is(계사)'는 즉각적으로 '그것은 다른 것이 아니다'와 '그것은 이것이다'라는 두 가지 의미를 뜻한다. 그러하다면, 우리는 '은유적 진실(metaphorical truth)'을 말할 수 있게 된다(Paul Ricoeur(1977), p.7).

89 『문장』1권 2호, 1939. 3(『원본 정지용 시집』, 192쪽).

미가 숨쉬는 영적인 화원으로 변화시키는 점은 다른 시편들을 통해서
도 확인할 수 있다. 정지용의 후반기 작품「장수산 2」를 살펴보면 초기
〈도시 시편〉들에서는 갈 길 없다던 방향이 "꿩이 긔고 곰이 밟은 자옥
에 나의 발도 노히노니"라는 전래적 동물의 것에 합일되고 있음을 볼
수 있다. 이 작품의 초입은 심산유곡의 장대한 산세로 시작되지만 이후
의 작품 중후반은 웅대함보다는 그 안에 포함되어 있는, 살아 있고 다
정한 생물 은유들이 작품 안에서 살아남을 강조한다. '흰시울'도 살아
있고, '물소리'도 살아 있고, 배경으로서의 돌산도 '열두골'의 내력을 간
직하고 있다. 그 안에 점경으로 들어간 화자는 다른 여러 요소들과 함
께 "내더져 앉"게 된다. 분명히 풍경을 보여주고 있지만 시인은 눈에 보
이는 가시성을 그린다기보다는 의미로 된 풍경을 읊고 있다.

　이 '화원'의 심오한 깊이 안에서 정지용의 시집『백록담』후반부에 수
록된 일군의 시편들을 이해할 수 있다. 영적인 화원 안에서 그것과 일
치되는 것을 시인은 시「백록담」에서 "여긔서 기진했다"라고 표현한 바
있다. 그 '기진'은 패배라든가 소멸이 아니라 '화원'과의 일체감을 의미
하고 있다. 그리고 화원 안에서 '기진'의 상황은 다음의 시편에서도 드
러난다.

　　모오닝코오트에 禮裝을 갖추고 大萬物相에 들어간 한 壯年紳士
　가 있었다. 舊萬物 우에서 알로 나려뛰었다. 웃저고리는 나려 가다
　가 중간 솔가지에 걸리여 벗겨진채 와이샤쓰 바람에 　타이가 다
　칠세라 납족히 업드렸다 한겨울 내- 흰손바닥 같은 눈이 나려와
　덮어 주곤 주곤 하였다 壯年이 생각하기를 [숨도아이에 쉬지 않어
　야 춥지 않으리라]고 주검다운 儀式을 갖추어 三冬내- 俯伏하였

다. 눈도 희기가 겹겹히 禮裝같이 봄이 짙어서 사라지다.

— 「예장(禮裝)」 전문[90]

이 작품에서 한 신사는 자살한 것으로 나타나지만, 제목은 '예장(禮裝)'이라고 붙어 있다. 자살한 그의 장례를 치러준 사람은 어디에도 없다. 대신 한겨울 내내 손바닥 같은 눈이 내려와 주검을 덮어주었다. 이 죽음의 결말 부분에는 '사라지다'라는 서술어가 등장해서 「백록담」에서의 '기진'과 유사한 느낌을 전달하고 있다. 이 유사성에 주목할 때, 「예장」은 「백록담」에서 화원을 발견한 사람의 정신세계를 은유적으로 표현한 작품이라고 할 수 있다. '화원'의 은유는 시인이 지금까지 고수하던 정체성을 무화시키고 '화원' 속에 완벽히 접속하도록 만든다. 「예장」에서는 이러한 일체(一體)의 합일을 정지용은 '죽음'이라는 은유를 통해 표현하고 있다. 이러한 은유의 역할을 전통시학에서는 '비흥(比興)'이라는 개념으로 중시한 바 있다. 유협은 "사물의 이치를 연결한다는 것은 비유를 사용하여 사물을 설명한다는 의미이고, 사물에 의탁해서 어떤 정서를 불러일으킨다는 것은 모종의 의미를 아주 은근하게 내포하고 있는 사물에 감정을 맡긴다는 뜻"[91]이라고 하여 은유를 가지고 이치와 정서를 표현할 수 있다고 말했다. 이 은유는 단순한 '입상(立像)'을 '진의(盡意)'로 비약할 수 있도록 만들어 묘오(妙悟)의 세계를 드러내기도 한다.[92] 정지용의 은유는 불완전한 도구인 언어의 능력을 최대한도

90 『문장』 3권 1호, 1941. 1(『원본 정지용 시집』, 232쪽).
91 劉勰, 제36장 「비흥(比興)」편, 『문심조룡』, 최동호 역, 민음사, 1994, 428쪽.

1930년대 '조선적 이미지즘'의 시대

로 활용해서 이러한 상상의 전환이 가능하도록 만드는 중요한 통로인 것이다.

정지용이 지정학적인 공간이 아닌, 의미의 화원으로서의 공간을 확인하는 탐색은 그의 기행 산문을 통해서도 확인할 수 있다. 정지용의 기행산문에는 「수수어 Ⅱ-3(내금강소묘 1)」「수수어 Ⅱ-4(내금강소묘 2)」 「화문행각」「남유 편지」「다도해기」「남해오월점철」 등이 있다. 그중에서 「화문행각」은 글과 그림의 만남이자 정지용과 길진섭의 합작이라는 독특한 기획이다. 「화문행각」은 정지용이 39세이던 1940년의 벽두부터 『동아일보』에 실리기 시작했다. 총 편수는 13편으로 그 구성 면면을 보자면 「선천」 1~3편, 「의주」 1~3편, 「평양」 1~4편, 「오룡배」 1~3편으로 나누어진다. 정지용 사후에 발간된 전집들에서는 그 「화문행각」의 내용만을 싣고 있는데 정작 이 작품이 맨 처음 『동아일보』에 실릴 때에는 매 편마다 그림과 함께 수록되어 있었다. 구체적으로는 그들이 찾아가는 지역의 풍경과 정취를 표현하는 식으로 구성되어 있다. 길진섭이 평양의 풍광을 그림으로 그리면, 정지용도 역시 평양의 풍광을 글로 그려서 발표했다.

정지용이 「화문행각」을 통해서 강조했던 것은 지리 묘사가 아니라 그 지역에 심어져 있는 풍속이었다.

아루깐 국물 데우는 가매 넢에 오마닌지 색씬지 모를 이가 앉구,
나추 걸린 전화통 아래 조께 입은 이, 감투쓴 녕감, 촌사람인 듯한

92 정민, 『한시미학산책』, 휴머니스트, 2010, 58~65쪽.

이들이 앉구 한 새에 섞에 앉아서 고명판에 고명 골르는 꼴이며 국수 누르는 새닥다리에 누어서 발로 버티는 풍경을 보며 쟁반을 먹을까 하는데 우층으로 올라가소 하는 거다. 행색이 양복을 입고 오버를 입구 해서 대접하누라구 그러는 거던디 난로 피운 우층 마루방으루 안내하는 거다.[93]

평양은 길진섭의 고향이어서 쓸 것도 소개받을 것도 더 풍부했던 도시였다. 그곳에서 정지용은 기생을 만나고, 수심가를 듣고, 그림 그리는 길진섭을 보고, 길진섭의 예전 작품과 집안 이야기를 엿보게 된다. 그리고 밥을 먹으러 가서 평양 사람들의 일상적인 모습을 흥미롭게 관찰한다. 인용문은 식당에서 사람들의 풍속을 열거하며 묘사한 부분이다. 정지용은 풍속에 대해서 '풍경'이라는 말로 표현한다. 정지용에게는 풍속이 곧 풍경이고 이 풍경의 확인과 재구성이 「화문행각」의 목적이었다. 의주에 와서는 "기왓골 아래 풋되지 않은 전통을 가진 의주 살림살이에 알고 가고 싶은 것이 많다"면서 "밤 늦어 들어온 장국에 다시 의주의 풍미를 느끼며 수백년 두고 국경을 守禁하기는 오직 풍류와 전통을 옹위하기 위함이나 아니었던지. 멀리 의주에 와서 훨씬 李朝的인 것에 감상하며"(「의주 3」)라고 소회를 적었다. 이것은 의주의 살림살이, 장국과 같은 음식, 습속을 통해 그 안에 담겨 있는 조선적인 의미를 파악하려는 의도를 보여준다. 그리고 정지용은 본 것을 재료로 "航空兵이 수태두 쏘다데 나와 삼삼오오 돌아댕긴다. 兵科襟章을 아무리 주목해 봐야 제가끔 하늘빛을 오레다가 붙인 듯한 세루리안 불류뿐이었다. 내가

93 「평양 4」, 『정지용 전집』 2, 90쪽.

화가라구 한대믄 「일요일」이라는 그림을 구상하구푸다. 이웃집마다 칼
렌더빛이 모다 빨갛구 거리마다 항공병의 금장이 하늘쪽같이 나붓긴다
구 어떻게 이렇게 슈우루 레알리스틱하게 말이디"와 같이 재구성하기
도 한다. 지역을 방문하되, 그 공간을 지리지의 하나로 보기 전에 사람
들의 공간, 사람의 생활 방식으로 파악하는 입장을 산문에서 확인할 수
있다. 정지용에게 공간이 중요한 것은 공간에 담겨 있는 요소들의 의미
가 중요하기 때문이고, 이 의미들을 생생하게 살아나게 만들기 위해서
는 은유라는 기법이 주되게 사용되는 것이다.

정지용의 여행에 대해서 황종연은 "어떠한 정신적 깨달음과도 무연
한, 향락적 성향의 자유로운 유람"이며 유람에서 주된 것은 "일정한 지
리적 공간에 남겨진 역사의 자취가 아니라 유람하는 당사자의 개인적
인 감흥"[94]이라고 파악한다. 그러면서 "산문에 숱하게 깔려 있는 비유적
이미지들은 그 주체의 심미적 향락을 드러내는 데 기여하고 있다"[95]고
본다. 이 입장과는 달리 이 책에서는 정지용의 기행을 의미화된 공간의
확보를 위한 답사로 파악한다. 정지용의 기행은 유람과 감상이 주된 것
이 아니라 습속, 방식, 생활을 중심으로 사람들의 의미를 고찰하는 데
놓여 있다. 그 지역의 역사에 주목하지 않은 것은 사실이지만 이 점은
시인이 놓친 것이 아니라 의도한 것으로 해석할 수 있다. 정지용은 역
사가 아닌 현재 삶의 구체적인 양태에 주목해서 당대의 의미를 드러내

---

94 황종연, 「정지용의 산문과 전통에의 지향」, 『한국문학연구』 10집, 동국대학교 한
    국문학연구소, 1987, 240쪽.
95 위의 글, 241쪽.

려고 했다. 그리고 이때 사용된 비유 역시 구성 요소로서의 삶의 의미
들을 구체화하는 역할을 맡고 있다.

주목해야 할 점은 1930년대 후반 정지용의 국토 순례와 기행문, 그리
고 후기 시의 세계가 상당히 밀접한 관계를 보인다는 점이다.[96] 정지용
은 1938년과 1940년에 각각『조선일보』와『동아일보』의 청탁을 받아서
국토순례를 하며 기행문을 썼다.[97] 정지용의 기행문, 특히「화문행각」의
「평양」편에 대해 박진숙은 일제의 동화 정책 중 하나였던 고적조사보존
사업에 대항코자 했다는 주장을 제기한 바 있다.[98] 하지만 고적조사보
존사업에 대항한다는 의미로서는 평양편이 아닌 다른 기행문들에 대한
해명이 명확하지 않다. 신문사는 당시에 정지용에게 공식적인 후원을
제시하는데 이러한 기획이 가능했던 이유로는 조선 관광이 붐을 일으
켰던 당대 상황을 고려해야 한다.

일본 제국주의는 조선을 풍물, 풍경, 삶의 양식을 구경거리의 대상으
로 포착하곤 했다. 효과적인 지배를 위해서 조선의 민속 및 사상에 대
한 철저한 조사를 시행하는 한편, 조선을 관람의 대상으로 삼으면서 명

---

96 이에 대해 김학동은 "이 천재시인이 1930년대의 한국 근대시단을 주도했다 하
   더라도 과언이 아닐 만큼 그의 시사적 위치는 확고한 기반 위에 서 있었다. 그리
   하여『동아일보』나『조선일보』에서는 다투어 그에게 국토순례의 여정을 도와 기
   행문을 쓰게 했는지도 모른다. 이것이 모두 그의 제2시집『백록담』의 발판이 되
   었다고 할 때, 정지용의 이런 여정이 단순한 기행문에만 머물러 있었던 것이 아
   님을 알 수 있다"라고 평가한 바 있다(김학동, 앞의 글, 48~49쪽).

97 권정우, 앞의 책, 19쪽.

98 박진숙,「식민지 근대의 심상지리와『문장』파 기행문학의 조선표상」, 민족문학
   사연구소 편,『조선적인 것의 형성과 근대문화담론』, 소명출판, 2007, 67~74쪽.

확한 객체로 인식하고자 했다. 이를테면 1903년 일본 오사카에서 열린 제5회 내국권업박람회의 학술 인류관에는 조선인 두 명이 선발되어 조선의 풍속을 전시하는 데 이용되었다. 1907년 5월 도쿄 우에노 공원에서 열린 '일본 메이지 40년 박람회'에 조선관이 특설되었는데 이곳에도 살아 있는 조선인 남녀 한 쌍이 인종 표본으로 특별 전시되었다.[99] 살아 있는 조선인이 조선 의관을 차려입고 앉아 있는 모습이나 여인네가 물레를 돌리는 모습은 조선의 정체성에 관련되어 있지만, 그것이 전시되는 순간 일본인 관람객에게는 조선의 문화가 차별적인 우월감을 자아내는 요소로 전락하고 만다.

일본에서 조선의 풍물이 관람의 대상으로 전락했다면, 조선 내에서는 각지의 명지가 관람의 대상이 되어 많은 일본인 관광객을 끌어모았다. 식민지를 관광의 대상으로 포착하는 것은 조선인을 박람회에 세우는 것과 다르지 않다. 조선의 관광지화는 조선의 대지를 외부의 시선 앞에 전시되는 결과를 초래한다.[100] 일례로, 1933년 이후 일본의 국제관광국은 선전사업의 일환으로 외국인들을 초빙하기 시작하였고,[101] 1934년 조선총독부 철도국에서 펴낸 「조선여행안내기(朝鮮旅行案內記)」 및 「경성안내도」(1934, 1935, 1939), 그 외 1930년대에 「경성고적안내」(소책자), 『경성안내편람』(책), 「경성명승유람안내」 등의 다양한 관광안내서가 발매되었다. 이 중에서 1939년에 경성관광협회와 총독부 철도

---

99 박천홍, 앞의 책, 257쪽.
100 허병식, 「식민지 조선과 '신라'의 심상지리」, 황종연 편, 『신라의 발견』, 동국대학교 출판부, 2008, 121쪽.
101 위의 글, 같은 쪽.

국에서 발매된 「경성안내도」[102]를 보면 관광의 기반이 얼마나 잘 짜여져 있는지를 알 수 있다. 조선을 여행하려는 일본인은 일본 내에서 도쿄안내소, 니가타안내소, 시모노세키안내소, 모지안내소, 나가사키안내소, 오사카안내소를 통해 각종 질의응답, 통관, 화물에 대한 안내를 받을 수 있다. 조선 내에서는 '재팬 투어리스트 뷰러'(일본관광협회) 안내소를 이용할 수 있는데 경성의 안내소는 미쓰코시백화점 내(內), 화신백화점 내, 미나카이 백화점 내에 설치되어 있는 것으로 표기되어 있다. 이 안내소는 조선뿐만 아니라 지나와 만주까지를 아울러 연계하고 있는 것으로서 일본 제국주의의 시선이 닿는 곳은 관광지화되고 있었음을 알 수 있다.

정지용이 당대 2대 민족신문사인 조선일보사, 동아일보사의 도움으로 남해안과 제주도 일대를 탐승한 일(1938), 금강산 관광을 다녀온 일(1936, 1937),[103] 화가 길진섭과 함께 황해도·평안도 지역을 다녀온 일

---

102 『〈이방인의 순간포착 경성 1930 전시회〉 자료집』, 청계천문화관 기획전시실 발행, 2011.

103 정지용의 북유(北遊)를 통한 「화문행각」이 동아일보사의 후원으로 이루어졌다면, 1937년 전후의 금강산 기행은 조선일보사의 후원으로 이루어졌다. 정지용의 수필 「수수어 II-3(내금강소묘 1)」은 1937년 2월 16일자 『조선일보』에 발표된 것으로 "8월 중순"에 금강산을 방문했다고 적혀 있다. 즉 「수수어 II-3」과 「수수어 II-4」는 1936년 8월 여름의 여행을 바탕으로 한 기행문이다. 그리고 수필 「수수어 III-2」는 1937년 6월 9일 『조선일보』에 발표되었는데 시 「비로봉」과 「구성동」이 함께 수록되어 있다. 정지용은 1936년에 이어 1937년에도 금강산을 찾아가게 된다. 이에 대해 정지용은 "한해ㅅ여름 팔월하순 닥어서 금강산에 간적이 잇섯스니 남은 고려국에 태여나서 금강산 한번 보고지고가 원이라고 일른 이도 잇섯거니 나는 무슨 복으로 고려에 나서 금강을 두 차례나 보게 되엇든가"라고 적고 있다.

(1940) 등은 이러한 일본 제국주의의 관광 붐에 대항하는 의미를 지니고 있다. 근대의 관광이 성할 수 있는 이유는 기본적으로 철도와 증기선이 발달, 보급되었기 때문이다. 증기선을 타고 조선으로 건너온 일본인들은 철도를 타고 금강산과 경주 등지를 관광했으며, 조선인 관광객 역시 철도를 통해 근대적인 의미의 관광을 할 수 있게 되었다. 1931년에 완공된 금강산 철도를 이용한 승객의 수가 1만 5,219명이었다고 하니[104] 철도가 관광을 얼마나 가속화시켰는지 알 수 있다. 물론 정지용의 금강산 여행 역시 현실적으로는 철도 노선을 이용했을 것이다. 그렇지만 시인의 금강산 여행은 일본의 제국주의적 관광과는 대척적인 지점에 놓여 있다. 정지용의 기행, 특히 금강산 기행은 전통적이며 정신적인 배경을 지니고 있다는 사실에 주목할 필요가 있다.

금강산을 중심으로 한 조선의 동부 지방 여행은 예로부터 '동유(東遊)'라 불리며 많은 문인들에 의해 행해졌다.[105] 조선후기의 문인들이 '동유'의 실지 체험을 중시한 이유는 금강산 일대의 유람을 통해서 천유(天遊)를 시도하고자 한 의도가 있었다.[106] '천유(天遊)'로서의 금강산 유람이

---

[104] 서영채, 「최남선과 이광수의 금강산 기행문에 대하여」, 『민족문학사연구』 24집, 민족문학사학회, 2004, 248쪽.

[105] "조선 후기 금강산은 누구나 다 유람을 바라던 명산이었다. 이용휴도 최칠칠(최북)이 그린 풍악도에 쓴 화제(畫題) 「題楓嶽圖」에서 '우리나라에 태어나 풍악을 보지 못한다면 泗州를 가보고도 공자묘를 배알하지 않는 것과 같다'고 하였다. 금강산을 '高山仰止'의 至高한 경지에 빗대어 찬미한 것이다."(심경호, 「조선후기 문인의 동유(東遊) 체험과 한시」, 『한국 한시의 이해』, 태학사, 2000, 510쪽)

[106] 이어 심경호는 다음과 같이 조선 후기 금강산 유람의 정신적 의미를 규정한 바 있다. "금강산의 모습은 조선후기 문인들에게 속된 유흥의 수단으로 존재한 것이 아니었다. 마음을 육근의 속박으로부터 해방시켜 자유로움을 느끼게 하는

란 참된 자아정체성과 마음을 되찾는 정신적 양생(養生) 수련이었던 것이다.[107]

'천유'로서의 금강산 여행이란 이 여행이 일상과의 단절을 통해 인간의 본질을 회복할 수 있는 계기임을 의미한다. 그리고 '양생(養生)'으로서의 금강산 여행이란 천유를 거친 인간 정신의 풍요로움을 자연 속에서 키워낸다는 것을 의미한다. 이 '천유'와 '양생'은 여행이 가시적인 감각, 행위로서의 여행을 넘어 정신적인 여정이 될 수 있음을 보여준다. 그리고 정지용의 금강산 기행 역시 이러한 전통적이고 정신적인 여행의 연장선상에 놓여 있다. 정지용은 「화문행각」의 '북유(北遊)', 금강산 기행의 '동유(東遊)', 남해와 제주도 기행의 '남유(南遊)'를 합하여 세 방향의 '천유'를 행한다. 그리고 이 유람의 과정은 그의 기행문과 후기 시의 세계

안온함이 있다. 오욕칠정에 물든 나를 버리고 맑은 영혼의 '참된 나'를 회복하려는 과정에서 산수자연의 참모습과 만나게 된다. 이러한 인식 속에는 자연을 완전하고도 조화로운 세계로서 인식하는 자연관이 근저에 놓여 있다. 장자가 말한 '맑은 마음(心齋)'의 상태에서 천지의 정신과 왕래하는 경지, 유협이 말한 '마음이 사물과 교유한다'는 미학적 경지는 조화로운 완전한 자연 세계에 인간이 완전히 동화된 정신태도를 가장 적확하게 지적한 말로 환기된다. …(중략)… 전통시대의 우리 문인들이 승경지를 중심으로 누대정각을 얽어두고 시문을 즐긴 것은 주변 풍광에서 그러한 정신태도를 지향하였기 때문이다. 이러한 시들은 궁극적으로는 밖으로 사물을 사물에 구함이 없이 안으로 자기에게 기댐이 없는 완전한 자유의 경지인 '獨化'의 상태를 지향한다."(위의 글, 512~513쪽).

107 조선 후기에 금강산 유람은 문인들 간에 유행되었을 뿐만 아니라, 금강산을 보면 지옥을 면한다는 속설 때문에 일반인들도 금강산 여행을 자주 결행하였다. 사회적으로 유행했던 금강산 유람의 실례와 문인들이 금강산 유람에서 창작한 한시들의 전통적 유산에 대해서는 심경호, 『한시기행』(이가서, 2005)의 17장 참조.

에 녹아들어 정지용의 문학적 상상력을 증대시키는 역할을 맡고 있다.

세 방향의 '천유' 중에서도 가장 영적인 공간임이 강조되었던 곳은 금강산 기행이었다. 「수수어 II-3(내금강소묘 1)」,[108] 「수수어 II-4(내금강소묘 2)」[109]은 첫 번째 금강산 여행을 담고 있는 수필이다. 동행은 박용철, 여행 시점은 1936년 음력 8월에 해당한다. 이 기행문에는 금강산을 영적인 장소로 파악하는 구절이 나와 있다. 정지용은 이 글에서 분명 "영기(靈氣)"를 언급하고 있다.

> 바위로 올라가 청개고리같이 쪼그리고 앉으니 무엇이 와서 날큼 집어삼킬지라도 아프지도 않을 것같이 영기(靈氣)가 스미어 든다. 어느 골작에서는 곰도 자지 않고 치어다보려니 가꾸로 선 듯 위태한 산봉오리 위로 가을 은하(銀河)는 홍수가 진 듯이 넘쳐흐르고 있다. 산이 하도 영기로워 이모 저모로 돌려 보아야 모두 노려보는 눈같고 이마같고 가슴같고 두상 같아서 몸이 스스로 벗은 것을 부끄리울 처지다. 한편으로 생각하면 진정 발가숭이가 되어 알몸을 내맡기기는 이곳에 설가 하였다. …(중략)… 개온히 씻고 났다느니 보담 몸을 새로 얻은 듯 가볍고 신선하여 여관 방에서 결국 밥상을 혼자 받게 되었다.[110]

동행인 박용철이 배탈로 앓아눕는 바람에 정지용은 홀로 목욕에 나선다. 계곡물에 목욕을 하고 나서 정지용은 알몸으로 바위에 올라가 앉

108 『조선일보』, 1937. 2. 16.
109 『조선일보』, 1937. 2. 17.
110 「수수어 II-4(내금강소묘 2)」, 『정지용 전집』 2, 37쪽.

는다. 그리고 온몸으로 산의 기운을 느꼈다고 되어 있다. 그는 산의 '영기'를 감각하고 압도되었고, 그것이 몸을 관통하는 느낌을 받는다. 정지용의 이 같은 감상을 근거로 삼는다면, 그에게 있어서는 고유명사로서의 특정 장소가 문제가 아니라 그 장소 안에 깃들여 있는 의미, 즉 영기가 문제였다는 셈이 된다. 전통적이고 고유하고 거대한 대지의 힘을 경외하고 그 공간을 확보하려는 의지가 정지용의 산수시와 연결되어 있다. 그에게는 영지로서의 공간이 바로 곧 전통의 다른 말이고, 민족이며, 조선이고, 현실이고, 문학이었음을 알 수 있다.

그러면 다음 해인 1938년 '남유(南遊)'의 경우는 어떠할까. 「다도해기」는 1938년에 연속 발표된 기행문이다. 경성서 호남선 직통 열차를 타고 영랑이 살고 있는 강진으로 내려가 그곳에 머물다가 다시 한라산에 가는 여정을 담고 있다. 여러 편의 기행문 중 「다도해기 5—일편낙토(一片樂土)」에서는 "낙토(樂土)"에의 지향이 확인되어 흥미롭다.

> 산이 얼마나 장엄하고도 너그럽고 초연하고도 다정한 것이며 준열하고도 지극히 아름다운 것이 아니오리까. 우리의 母陸이 이다지도 絕勝한 從船을 달고 엄연히 대륙에 기항하였던 것을 새삼스럽게 감탄하지 않을 수 없었습니다.[111]

여기서 주목할 수 있는 대목은 "모륙(母陸)"의 새삼스러운 발견이다. 정지용은 당연히 조선 반도에 살고 있는 상황이었으므로 어머니 나라

---

111 「다도해기 5——一片樂土」, 『정지용 전집』 2, 124쪽.

의 대지는 낯설 것이 없다. 실제가 그렇다 하더라도 그러나 인식적인 상황은 달랐던 것 같다. 정지용은 경성이 아닌 머나먼 제주도에 가서 비로소 "우리의 母陸"을 인식하게 되었기 때문이다. 정지용은 장엄, 너 그리움, 초연, 다정, 준열, 아름다움 등등의 수식어구를 총동원하여 그 육지를 미화한다. 그리고 이러한 감탄 이후의 수필 부분은 공간에 대한 묘사, 즉 이미지와 은유적 표현으로 채워져 있다. 정지용이 어머니 땅 이라고 발견한 것은 단지 땅의 풍광이 아름답다는 것만을 의미하지는 않는다. 그는 여기에 사람의 인격적 풍모를 부여했다. 정지용에게 있어 서 공간의 발견은 아름다운 풍경을 넘어 결국 그 안에 살고 있는 사람 집단의 풍속의 발견을 의미하고 있다.

> 사람들은 돌을 갈아 밭을 이룩하고 우마를 고원에 방목하여 생 업을 삼고 그러고도 童女까지라도 열길 물 속에 들어 魚貝와 해조 를 낚어 내는 것입니다. 생활과 근로가 이와 같이 명쾌히 분방히 의롭게 영위되는 곳이 다시 있으리까? 거리와 저자에 넘치는 老幼 와 男女가 지리와 人和로 생동하는 天民들이 아니고 무엇이오리 까. 몸에 깁을 감지 않고 뺨에 朱와 粉을 발르지 않고도 지체와 자 색이 風雅 풍요하고 기골은 차라리 늠름하기까지 한 것이 아니오 리까.[112]

위의 인용문 역시 「다도해기 5」의 일부이다. 정지용이 이 지역을 아 름답다고 찬하는 이유가 드러나 있다. 그것은 '풍아'한 사람들과 문화와

---

12 「다도해기 5——一片樂土」, 앞의 책, 같은 쪽.

행위에 기반한다. 자연스럽고 본질스러운 삶의 형태를 유지한다는 것은 지금 경성에서는 발견하기 어려운 풍속이다. 여행지에서 정지용이 취한 태도는 영탄조인데, 이 영탄이 낯선 지방색을 만난 감격만은 아니라는 점에 주목할 필요가 있다. 정지용의 영탄은 낯선 지방에 대한 감상이 아니라, 경성에서는 이미 잊혀진 인간 군상, 나아가서는 조선 민족의 이상적인 모습을 발견했기 때문에 나온 것이다. 이에 대한 근거로 정지용의 표현 "천민(天民)"을 들 수 있다. 천민이란 자연스러운 민족, 이상적인 인간형 의미하는 용어이기도 하지만 우리 민족이 고대적부터 스스로를 가치롭게 표현하기 위한 선민의식의 하나이기도 하다.

이러한 고대적인 자연스러움이 제주도의 풍속에는 아직 살아 있음을 정지용은 발견한 것이다. 이 오래된 풍속의 우아함과 건강함, 그 풍속으로서의 인간 군상이야말로 정지용이 감탄했던 '母陸'의 발견이라고 할 수 있다.

정지용이 민족주의적 기치를 강하게 표방한 것은 아니었지만 그에게 있어 민족의 문제는 조국, 현실, 전통, 문학 등과 결부되어 간과될 수 없었다. 해방 이후에 작성된 수필이긴 하지만, 정지용은 「남해오월점철 1—기차」라는 수필에서 "나는 쇄국주의자가 아니다. 다만 우리 겨레끼리 한번 실컷 살아보아야 나는 쾌활하다"라는 감상을 피력한 바 있다. 이러한 점을 고려한다면 정지용에게 있어 전통의 중시가 복고나 고전주의를 넘어 당대적인 의미에서 발현된 것임을 알 수 있다.

이상에서 살펴본 바와 같이 정지용의 여행은 곧 정신적 의미의 여정이다. 그는 정신적 기행의 공간에서 내면적인 공간을 외부적 공간에 은유하면서 여정을 밟아 나간다. 보는 장면, 눈에 들어오는 공간은 곧 마음속에 있는 장면과 공간의 외적인 투사가 된다. 이것이 시인의 공간 파악 방식이자 조선의 확인에 대한 시적 행보라고 할 수 있다. 초기 시의 풍경에는 부분적이지만 서구적 교통과 영상물의 영향, 근대인의 눈을 습득한 결과로 해석할 수 있는 부분이 분명 존재했다. 현해탄 바다 위에서 배를 타고 가면서, 기차를 타고 일본 열도를 지나면서 지나가는 풍경이 빠르게, 반대 방향으로 흘러가는 것을 정지용은 경험했고 시에 반영하기도 했다. 하지만 정지용의 작품은 그것의 반영이 아니라 그 이후에 펼쳐진 문학적인 행보로서 이해되어야 한다. 정지용의 초기 시에서도 풍경은 가시적인 대상, 근대인의 시각으로 포섭되지 않는 다른 특성들을 펼쳐내면서 정지용만의 특성을 드러낸다. 초기 시의 풍경은 분명 정지용에게 경이를 선사했던 풍경, 새로운 낯선 감각의 풍경, 직접 보고 확인했던 가시성의 풍경에서 출발하지만 그 풍경을 두고 정지용은 자신만의 해석을 가미한 은유적 풍경을 만들어냈다. 이 은유적 풍경은 정지용 시에서 다의적 해석이 가능하게 하고, 선명하면서 환상적인 장면을 선사하고, 애상적인 정조를 분출시키기도 하고, 상상력의 세계로 인도하기도 한다. 초기 시가 현실을 상상으로 은유하는 과정을 보여준다면, 후기 시는 상상을 현실로 은유해내는 과정으로 해석될 수 있다. 현실과 상상을 연결하면서 새로운 공간과 의미를 재탄생시키는 일을 정지용의 언어 기법이자, 시적 기교이자, 세계 해석의 방식인 은유가 담당한다는 사실은 재차 강조될 필요가 있다. 이것은 현실에 대한 인식과 시적 변용이라는 정신적인 과정이 언어적인 과정과 함께 결부되어 있는 보기 드문 예가 되기 때문이다.

특히 정지용은 후기 시에서는 조선의 근대가 아닌 근대의 조선을 확장하는 여러 지리적 탐구를 보여준다. 그것은 현실의 지명들을 바탕삼고 있으면서도 사실상 그가 보여주는 공간들은 창조된, 발견된 장소들이라고 할 수 있다. 그것은 정지용의 '개인의 혼'에서 확장된 '우리의 혼'이 의미화되는 장소이자 생장하는 장소라는 의미를 지니고 있다. 그는 현실의 공간을 의미들이 성장, 발화하는 영혼들과 의미들의 화원으로 은유하면서 그 안의 구성 요소들에게 제각기의 행동과 가치를 부여한다.

이렇게 은유를 통해 현실 세계를 내적이 세계로, 내적인 세계를 현실 세계로 연결하는 정지용의 풍경과 이미지들을 종합하면 일련의 조선 국토에 대한 위상이 종적으로, 횡적으로 드러남을 볼 수 있다. 이것은 조선의 의미론적 지리지에 대한 구성이자 '문학적 토폴로지(Topologie)'[113]를 구성하는 작업이라고 말할 수 있다. '토폴로지'라는 용어는 지도의 다양한 형태에서 나타나는 공간성을 기술적(技術的)·문화적으로 재현하는 방식들을 의미하는 용어이다.[114] 작성자의 방식에 따라, 세계관과 가치관에 따라, 동일한 지리지도 서로 다른 위상의 관계망으로 재탄생되는 것이 바로 토폴로지의 기능이자 활용 방식이다. 단순 지리를 개성적으로 포착하여 전유하는 정지용의 시적 작업은 이러한 토폴로지에 비견될 수 있다. 정지용의 작품에 등장하는 풍경들은 분

---

113 공간적인 실체 혹은 연장 같은 측면보다는 공간의 구조적인 측면 내지 공간들의 위치 관계들을 우선해 다루는 연구 방법을 수학자들은 흔히 '위상(수)학'이라 칭한다(Stephan Günzel, 『토폴로지(Topologie)』, 이기흥 역, 에코리브르, 2010, 11쪽).

114 Stephan Günzel, 위의 책, 18쪽.

명 지도에 표기되는 지리를 바탕으로 하고 있지만 그 풍경들의 총합은 문화적으로 재구성되어 시적인 세계로 재편되고 있다. 그의 작업은 흩어져가는 조선 지리의 의미를 재영역화하는 작업이고 그 안에서 영적이고 공동체적이며 은유적인 의미들을 재생하는 작업이었다. 재생은 정지용의 시적 세계를 통해 독자적인 문학적 의미와 상상적 가치로서 이루어진다. 정지용은 당대인이 보았으나 감각하지 못했던 풍경을 시적으로 구성하고, "마음이 사물과 교유"[115]한 결과로서의 미학적 경지를 화원으로 구성한다. 이 공간들의 합은 조선 언어로서 조선 문학이 할 수 있었던 주체적인 세계 인식의 결과를 보여주는 전체망, 즉 토폴로지의 형성으로 이어진다. 정지용의 이미지적 상상 세계를 토폴로지라고 파악할 수 있는 이유는 이 상상 세계가 지상의 지리 위에 펼쳐진 문학적 심상지리를 구축하고 있기 때문이다. 그리고 이 심상지리는 식민지적 근대의 상황에 저항하는 정신적이며 공동체적이고 문학적인 대응 양식이라고 규정할 수 있다.

---

115 정지용의 이러한 시학은 전통적인 시학에 바탕을 두고 있다. 劉勰은 『문심조룡』에 이와 같은 경지를 "神思, 故思理爲妙, 神與物遊"라고 표현하면서 시가 도달할 수 있는 최고 경지로 극찬하였다(심경호, 「조선후기 문인의 동유(東遊) 체험과 한시」, 『한국 한시의 이해』, 태학사, 2000, 513쪽).

김기림 문학의
'서판'적 세계 인식과 전복성

김기림 문학의 '서판'적 세계 인식과 전복성

1. 은유의 수평적 연결과 세계의 파노라마적 확장

김기림은 모더니즘 내지 주지주의의 대표 시인으로 평가받고 있는데 그의 모더니즘 및 주지주의는 이미지즘과 깊이 관련되어 있다. 김기림의 시론 중에서도 초기 시론은 "이미지즘적인 것으로 요약된다".[1] 시론가로서의 김기림 역시 이미지의 시적 기능을 중시하였고 그 이미지를 시적으로 활용하는 시인들에 대해 누구보다 먼저 주목했다. 그 일례로 김기림의 대표 시론인 「모더니즘의 역사적 위치」를 들 수 있다. 이 시론에서 그는 정지용, 김광균, 신석정, 조영출, 장만영, 박재륜의 시를 새로운 시적 경향으로 분류한 바 있다.[2] 이 시인들을 동일한 경향이라고

---

1   문혜원, 앞의 책, 291쪽.
2   문혜원, 앞의 글, 257쪽.

구분했던 기준, 그리고 고평했던 원인은 이미지를 유려하게 구사한다는 점에 있었다. 이렇듯 김기림은 이미지를 중시했을 뿐 아니라 이론적으로도 서구 이미지즘에 대해서 소개가 아닌 비판이 가능할 수준으로 이해하고 있었다. 나아가 그는 실제 작품에서 다양하고 선명한 이미지를 구사하여 사조적으로 정지용, 김광균과 함께 대표적인 이미지즘 시인으로 구분되기도 한다. [3]

이러한 김기림의 이미지스트적 성격에 주목하여 문혜원은 다음과 같은 견해를 제기한 바 있다. 즉, "주지주의는 정신사적인 맥락을 포함한 이론적인 바탕을 형성하고, 이미지즘은 그러한 이론이 실제 시에 나타나는 양상이라고 설명할 수 있는 것이다. 한국 모더니즘 시가 이미지즘에서 비롯된다는 견해는 이러한 점에 근거를 둔 것이다"[4]라는 의견이 그것이다. 이 언급이 시사하는 바는 주지주의, 이미지즘, 모더니즘이 상호 영향을 미치며 문학사를 진전시켜나갔다는 점이다. 따라서 한국 근대시를 연구함에 있어서도 주지주의, 이미지즘, 모더니즘의 의의 및 역할은 통합적으로 고찰될 필요가 있어 보인다. 모더니즘은 이미지즘을 포함하는 상위 사조이지만 한국 근대시 연구에 있어서 모더니즘에 대한 관심이 1990년대 이후 핵심 과제로서 인식되어왔다. 모더니즘 연구는 이미지즘 및 주지주의 사조와의 포함 관계를 인정하면서도 이미지즘과 모더니즘의 관계, 이미지즘과 주지주의의 관계, 모더니즘과 주지주의의 관계 등에 대해서는 많은 관심을 보이지 않아왔다. 1930년

---

3   박노균, 앞의 글, 221쪽.
4   문혜원, 앞의 글, 257~258쪽.

대 문학이라고 하면 곧 모더니즘의 시대라는 인식이 보편적이지만, 모더니즘은 다른 문학사조들을 압도한 한 시대의 주류라기보다는, 이미지즘과 주지주의를 포함하는 전체 사조로서 세분화되어 고찰될 필요가 있다.

이미지즘은 1930년대의 모더니즘의 출발이 되었던 사조이자, 1920년대와 구별되는 문학적 성취를 낳았다. 이 책의 3장에서 이미지즘의 성취와 의미를 정지용의 은유를 통해 드러내고자 했다면, 이 장에서는 이미지즘의 또 다른 축으로서 시인 김기림의 성과를 작품에서의 은유화 양상을 통해 확인하고자 한다.

이 책의 김기림론에서 우선적으로 주목하는 작품은 장시 「기상도」[5]이다. 이 작품은 김기림의 대표작으로 평가받고 있을 뿐만 아니라, 시인이 문학적 포부와 열정을 다해 기획한 야심작이었다. 김기림은 작품 연재를 하기 전에 "한 개의 현대의 교향악을 계획한다. 현대 문명의 모든 면은 여기서 발언의 권리의 기회를 거절당하는 일이 없을 것이다. 무모 대신에 다만 그러한 관대만을 준비하였다"[6]라는 작품 구상 의도와 포부를 밝힌 바 있다. 이 포부가 발표되던 당시 김기림의 기획 의도나 장시의 발표는 상당히 주목할 만한 일이었다. 그렇지만 「기상도」는 당대의 평자들과 후대의 연구자들에 의해 관심의 대상임과 동시에 비판의 대상이 되기도 했다. 비판적 입장의 후대 연구자들은 김기림의 시론의 선

5 　『中央』 1935년 5월호와 7월호, 그리고 『삼천리』 1935년 11월호와 12월호에 걸쳐 발표.

6 　김기림, 「서언」, 『조광』 1935. 4.

구적인 측면에 대해서 높이 평가하면서도 그의 시론이 작품에는 충분히 드러나지 않았다는 점을 문제 삼는다. 작품 「기상도」 역시 거창한 포부가 탁월한 문학적 시도로 이어지지 못한 예라는 것이다. 구체적으로는 연구자들은 「기상도」가 세계정세와 이국적인 상황 및 고유명사의 남용에 가까운 나열에 치중하고 있어 심도 있는 사색과 문학적 성찰을 보여주지 못했다는 점을 지적한다.[7] 즉 「기상도」의 제작 의도가 세계 문명의 핵심을 언급하는 교향악이었지만, 세계상에 대한 나열적 언급이 있었을 뿐 그것의 통합적인 감당이 불가했다는 비판이다. 물론 「기상도」가 낯선 어휘 및 외래어를 지나치게 자주 동원하는 측면이 있고, 이 점이 감동이나 미학적 감수성을 저해하는 점 역시 사실이다. 또한 다루는 국제정세가 다양하다 보니 각각의 장면이 반드시 통일되는 것도 아니다. 이러한 단점에도 불구하고 「기상도」의 문제의식과 시도를 고평하는 견해도 있다.[8] 작품에 시론이 그대로 실현되어야만 좋은 작품이라고 말

7　이런 비판의 시발점은 당대의 박용철의 언급에서 찾을 수 있다. 박용철은 김기림의 「기상도」에 대해 "이 시의 印象은 한 개의 모티브에 완전히 통일된 악곡이기보다 필름의 다수한 단편을 몽타쥬한 것 같은 것이다. …(중략)… 다시 비유하면 한 개의 급속도로 회전하는 축의 주위에 시의 각부가 구심적으로 구를 이루지 못하고 제각기 직선의 방향을 가진다는 느낌이다. 시인의 경복할 만한 노력과 계획에 불구하고 시인의 정신의 연소가 거대한 소재를 화합시키는 고열에 달하지 못하고 그것을 겨우 접합시키는데 그쳤는 것같다."(박용철, 「을해시단총평 (완)―김기림의 「기상도」론」, 『동아일보』, 1935. 12. 28).

8　이민호, 「김기림의 역사성과 텍스트의 근대성」, 『한국문화이론과 비평』 23집, 한국문화이론과 비평학회, 2004 ; 김준환, 「『황무지』와 『비엔나 읽기』:『기상도』의 풍자적 장치들」, 『T. S. 엘리엇 연구』 18집, 한국T. S.엘리엇학회, 2008 ; 이은실, 「T. S. 엘리엇의 『황무지』와 김기림의 『기상도』」, 『T. S. 엘리엇 연구』 21집, 한국T. S.엘리엇학회, 2011.

할 수는 없는 것이고, 당대의 작품 수준을 놓고 보았을 때 오히려 김기림의 시도는 문인의 문학적인 감각과 기사의 사회사적인 감각을 통합하여 근대 문명의 파악에 가장 근접했다는 것이다.

「기상도」에 대한 비판적인 견해는 주로 작품의 내용과 사용되는 시어를 근거로 제시한다. 이러한 비판에도 불구하고 시어의 결합이라든가 내용의 구성면에서 「기상도」는 상당히 새로운 전개 방식을 보여준다. 그것은 「기상도」의 첫 부분에서부터 두드러지게 드러난다.

비늘
돛인
海峽은
배암의 잔등
처럼 살아났고
아롱진 「아라비아」의 의상을 둘른 젊은, 산맥들

바람은 바다가에 「사라센」의 비단幅처럼 미끄러웁고
傲慢한 風景은 바로 午前 七時의 絶頂에 가로누었다

헐덕이는 들 우에
늙은 香水를 뿌리는
敎堂의 녹쓰른 鍾소리
송아지들은 들로 돌아가려므나
아가씨는 바다에 밀려가는 輪船을 오늘도 바래보냈다

國境 가까운 停車場

車掌의 信號를 재촉하며

발을 굴르는 國際列車

車窓마다

「잘있거라」를 삼키고 느껴서 우는

마님들의 이즈러진 얼골들

旅客機들은 大陸의 空中에서 티끌처럼 흐터 다

本國에서 오는 長距離 라디오의 效果를 實驗하기 위하야

「쥬네브」로 旅行하는 紳士의 家族들

샴판 甲板 「안녕히 가세요」 「단녀 오리다」

船夫들은 그들의 歎息을 汽笛에 맡기고

자리로 돌아간다.

埠頭에 달려 팔락이는 五色의 「테잎」

그 女子의 머리의 五色의 「리본」

傳書鳩들은

船室의 집웅에서

首都로 향하여 떠났다

……「스마트라」의 동쪽……5킬로의 海上……一行 感氣도 없다

赤道 가까웁다…… 20日 午前 열 時.……

— 「世界의 아침」 전문[9]

인용된 부분은 전체 장시의 처음인 「세계의 아침」이다. 거대한 스커

9   발표 당시 제목은 「아침의 표정」, 『中央』, 1935. 5(이후 제목을 바꾸어 시집 『기
     상도』에 수록. 『김기림 전집』 1, 127쪽).

일을 지닌 이 작품은 "잡다한 시사정보를 총동원하여 세계의 풍경을 자랑스럽게 점묘해간 저널리스트의 작업"이며 "이 시집에서 긍정적인 요소로 끄집어낼 수 있는 것은 감각적 비유의 참신성, 유머와 위트의 사용, 풍자의 감각"[10]이라는 평가를 받았다. 이상의 평가에서 긍정적 요소로 언급되었던 '감각적 비유의 참신성'이라는 특징은 작품 곳곳에서 발견된다. 참신한 은유의 예로는 '해협은 뱀의 잔등이다', '산맥은 젊은이다', '굴곡진 산맥은 아라비아 의상이다', '바람은 사라센의 비단폭이다', '풍경은 누워 있는 생물이다', '들은 달리는 동물이다', '종소리는 향수다', '국제열차는 말이다', '여객기는 티끌이다' 등을 들 수 있다.

한 작품에서 이렇게 다양한 은유가 활용되는 것은 흔한 경우가 아니었다. 그렇다면 김기림은 왜 다수의 은유를 개발하고 연결하는 시적 방법론을 도입한 것일까. 시인이 관습적인 은유와는 차별적인, 새로운 은유의 조합을 만들어내는 것은 시인이 지닌 이해의 상상적 구조를 반영한다고 볼 수 있다. 즉 김기림이 사용하는 낯선 은유들은 그가 세계를 어떻게 이해하고 있으며, 혹은 어떻게 인식하려고 하는지를 반영한 결과물이라고 볼 수 있다. 그의 은유들은 주로 시적 대상의 특성을 역동적으로 발현시키는 역할을 맡고 있다. 앞의 시 「세계의 아침」에는 산맥이나 해협, 풍경, 들, 국제열차 등이 등장하고 있는데 은유를 통해 이 대상들은 의미와 움직임을 지닌 속성으로 재탄생한다. 김기림은 세계 문명의 일부인 사물들에게 의미를 부여하고, 이 개개의 의미들을 연결하면서 그가 다루고자 하는 세계 전체는 역동적인 생명으로 꿈틀거리

---

10 이숭원, 『그들의 문학과 생애 김기림』, 한길사, 2008, 71쪽.

는 하나의 장으로 인식되게 된다. 김기림은 이 작품을 통해 세계의 지형에 대해 언급하거나 세계 문명의 흐름에 대한 정보 및 지식을 풀어내는 것이 아니다. 그는 아는 세계를 시화하지 않고 상상적으로 재구성한 세계를 시화한다. 세계의 운동성, 역사의 움직임을 표현하려는 의도가 바로 이 작품들의 은유들을 통해 시적인 효력을 얻고 있다.

위에서 언급했던 은유들은 주로 무생물인 대상을 생물에 비유한다. 활동하지 못하는 대상은 생물 은유를 거쳐서 자발적인 활동성과 의도를 지니고 있는 존재로 변환된다. 이 과정에서 얻은 대상의 역동성들을 종합해서 김기림은 세계정세를 역동적인 '폭풍'으로 은유할 수 있게 되었다. 김기림이 시의 제목을 「기상도」라고 붙여서 세계정세를 날씨에 비유하고 있지만 작품이 단순히 '맑음'과 '흐림' 또는 '폭풍'과 '평온'을 축으로 가름되는 것은 아니다. 시인은 맑음에서 폭풍으로, 다시 폭풍의 극복으로 진행되는 역사의 진행을 은유로 채우고 있다. 그의 은유적 표현의 세세한 부분을 바탕에 놓고 보면, 김기림의 이 작품은 세계 전체를 마치 역동적인 움직임을 지닌 하나의 생물체인 양 그려내고 있다. 세계는 물질적인 지리를 넘어 살아 있고 변화하는 정세와 의미 자체라는 그의 세계관이 「기상도」에 그려져 있는 것이다.

첫 부분 「세계의 아침」 외에도 「기상도」에서는 대륙, 해협, 산맥과 같은 다양한 지형지물이 살아 있는 대상으로 은유화된다. 「기상도」가 포섭하는 운동성의 대상들은 지리뿐만 아니라 중국의 소수민족, '니그로'의 슬픔, 지배자로서의 백인 '순경' 등을 포함하고 있다. 김기림이 문학화하고 있는 세계의 판 위에는 매우 다양한 생물, 무생물적 운동성이 복잡하고 다양하게 자리잡고 있다. 지리, 민족, 사람, 감정 외에도 그

세계의 판 위에 놓인 구성 요소의 하나로서 근대적인 발명품들을 들 수 있다. 김기림은 세계 전체의 운동하는 체계 속에 근대적인 발명품들을 포함시킨다. 김기림은 다른 작품에서도 '기차'나 '비행기' 등을 시적 소재로 삼고 그 소재에 대해 살아 있는 동물의 은유를 자주 사용한 바 있다. 이러한 특징은「기상도」에서도 확인할 수 있다.

　위의 인용 부분에서도 "발을 굴르는 국제열차"라든가 "여객기들은 대륙의 공중에서 티끌처럼 흩어졌다"라는 표현이 등장한다. '국제열차'와 '여객기'는 강철로 만들어진 기계이며 근대적 이동 수단의 대표격이다. 이 두 가지는 과학적 근대의 속성을 가장 잘 대변하는 발명품이라고 할 수 있다. 그런데 김기림은 이 강철 인공물들에 대해 '국제열차'는 마치 전근대적인 대표 교통수단인 한 마리의 '말'처럼 발을 구른다고 표현했고, '여객기'는 "띠끌처럼 흩어졌다"면서 마치 하늘의 새떼인 양 표현했다. 이러한 표현을 통해 국제열차에 대한 기존의 개념은 '국제열차는 말이다'라는 새로운 은유로 이행되고, 여객기 역시 근대적 정의에서 '여객기는 새다'는 은유로 이행하게 된다. 이때 김기림이 고안해낸 새로운 은유들은 단순히 작품의 수사적 묘미를 살리는 의의에 국한되지 않는다. 그의 은유는 단순히 비유어법을 넘어서 세계를 그가 어떻게 바라보고자 했는지 그 지향성을 암시해주는 이해 구조를 포함한다.

　김기림의 세계 이해가 역동적인 움직임을 바탕으로 삼고 있는 것은, 「기상도」의 기획이 이상적으로 파악한 근대의 미래를 바탕으로 하고 있기 때문이다. 「기상도」의 중반 부분은 여러 민족과 근대성에 대한 비판으로 이루어져 있지만 그는 "태풍이 짓밟고 간 깨어진 메트로폴리스에/어린 태양이 병아리처럼/홰를 치며 일어날 게다"라는 긍정적인 인식으로 가장 마지막 편인 「쇠바퀴의 노래」를 마무리한다. 김기림은 인식적 노력을 발휘하면 이 "깨어진 메트로폴리스"를 살아 움직이는 다른 여러 지형, 의미와 조화롭게 재구성할 수 있다는 믿음을 가지고 있었다. 이것은 김기림의 문명에 대한 긍정적 인식을 엿볼 수 있게 하는 부분이다.

이렇게 김기림의 신선한 은유는 살아 있는 역사로서의 '세계의 판'을 보려는 시인의 인식 방식을 드러낸다. 이것이 시인의 역사관, 세계관을 의미하고 있다고 할 때 그 전체를 이루는 은유와 은유의 관계 방식 역시 주목할 필요가 있다. 이 책에서 주목하는 특징은 김기림은 은유를 활용할 때, 개개의 은유들을 방사형으로 연결해가면서 「기상도」의 세계를 확장한다는 점이다. 「세계의 아침」 부분에서도 한 은유와 또 다른 은유가 결합되면서 작품은 산맥에서 해변가로 확장되고, 또다시 은유와 은유가 결합되면서 들에서 항구로 확장되었다. 그가 세계를 알아가는 방식은 은유와 은유의 수평적 결합을 반복하면서 영역을 확장하는 식으로 진행된다. 은유는 일종의 단편적 해석이라고 할 때 그는 작은 해석과 작은 해석을 이어서 세계 진단의 큰 그림을 그리는 것이다. 이렇게 은유의 수평적 결합을 통해 전체적인 세계에 대한 의미론적이고 문학적인 지도를 그려나가는 것이야말로 바로 김기림의 세계 파악의 방식이자 「기상도」의 제작 방식인 것이다.

김기림은 개별 은유들을 수평적이고 방사형적으로 결합해나가면서 자신이 바라보고 있는 세계의 판에서 미지의 영역을 조금씩 해석의 영역으로 변화시켜나간다. 이것은 세계 지리와 역사와 문명에 대해 알려진 '지식'을 얻는다는 말이 아니다. 조선인이자, 기자이자, 지식인이자,

1930년대 '조선적 이미지즘'의 시대

시인이자, 근대인으로서의 정체성이 세계의 기준이 되어 기존 세계를 문학적이며 내면적인 방식으로 재배치, 재영역화한다는 말이다. 이러한 자기화, 주체화의 특정 때문에 김기림의 세계 해석 방식 및 그것을 증거하는 은유는 더욱 중요한 시적 요소로 인정받을 수 있다.

은유가 해석의 단위로서 기능한다는 점은 정지용과 김기림의 동일한 특징이다. 그렇지만 정지용은 개별 은유를 병치시켜서 작품의 내적인 성질을 궁구하는 편이고, 자신의 내면으로 끌고 오는 편이다. 반면 김기림은 개별 은유를 수평적으로 결합해서 세계의 이해를 확장한다는 특징을 보인다. 이러한 비슷하되 차별적인 부분은 은유의 활용 방식 외에도 동물 은유, 여행 은유, 지도 은유 등에서도 발견된다. 후설되겠지만 정지용과 김기림의 은유적 발상 자체는 상당히 유사한 부분이 있지만 그 활용 방식과 의미에 있어서는 다른 의미, 내지는 대조적인 성격을 지니고 있다.

김기림이 은유와 은유를 결합시키면서 하나의 지역에서 다음 지역으로 시적 인식을 넓혀가는 방식은 필름과 필름이 연결되면서 서사가 진행되는 영화 촬영기법을 연상시킨다. 확장을 기본으로 한 시의 진행 방식은 시인의 시선 이동과 결부되어 있다. 특히 「세계의 아침」 첫 부분은 마치 영화의 도입 부분과 유사한 방식으로 진행된다. 작품의 시선은 원경에서 출발해서, 점차 근경으로 접근해간다. 구체적으로 맨 처음에는 '해협'이 나왔고 그다음에는 '산맥'이 나왔으며, 해협과 산맥과 같은 큰 지형이 언급된 후에는 국제열차와 여객기가 언급되었고, 더 좁혀서는 인물(여자)과 인물의 디테일(여자 머리의 리본 장식) 등 세밀한 부분으로 대상이 축소된다. 김기림이 이러한 시선의 이동을 시적으로 활용하는 이유는 다음과 같은 그의 시론에서 확인할 수 있다.

> 시는 나뭇잎이 피는 것처럼 물이 흐르는 것처럼 자연스럽게 쓰여져서는 안된다. 피는 나뭇잎, 흐르는 시냇물을 지배하는 것은 자연의 법칙이다. 가치의 법칙은 아니다. 시는 우선 '지어지는 것'이다. 시적 가치를 의욕하고 기도하는 의식적 방법론이 있지 않으면 아니된다. 그것이 없을 때 우리는 그를 시인이라고 부르는 대신에 단순한 感受者라고 부를 것이다. 그는 다만 가두에 세워진 호흡하는 '카메라'에 지나지 않는다. '카메라'가 시인이 아닌 것처럼 그도 시인은 아닐 것이다. 시인은 그의 독자의 '카메라 앵글'을 가져야 한다. 시인은 단순한 표현자 · 묘사자에 그치지 않고 한 창조자가 아니면 아니된다.[11]

인용문에서 김기림은 시인의 '카메라'에 대해 언급한다. 김기림에게 있어 '카메라'와 '카메라 앵글'은 서로 대조되는 것이다. '카메라'로서의 시인은 비판되어야 하는데 그 이유는 모든 감각 및 영상을 무비판적으로 받아들이는, 기계적이며 무의식적인 포착은 시인의 방식이 아니기 때문이다. 진정한 시인은 '카메라'가 아닌 '카메라 앵글'을 갖추어야 한다고 말하는데, 이때의 카메라 앵글이란 감각에 함몰된 무비판적 자아가 아니라 앵글의 조작을 통해 세계관을 담아낼 수 있는 감독을 의미한다. 시인의 눈이 내적인 세계관을 바탕으로 외부 세계의 면면을 선택적으로 선별하고 조직하며 취합할 수 있는 틀을 갖추어야 한다는 것이다. 가치를 가진 관점은 대상을 해석하고 분별하고 선별할 줄 알아야 한다. 이 말

---

11 「감상에의 반역」,『조선일보』, 1932. 4(『김기림 전집』 2, 79쪽).

은 세계정세를 파악할 때에도 보이는 것을 보이는 대로 파악하는 것이 아니라 선별하고, 의미화하고, 은유화할 줄 알아야 한다는 말과 같다.

위에서 시인이 갖추어야 할 카메라의 앵글이란, 우선적으로는 '카메라', 즉 외부 세계와 감각을 인식하고 받아들이는 매체로서의 시각성을 전제하고 있다. 그것이 다시금 앵글이 되기 위해서는 감각기관임을 넘어 세상을 인식하는 자신만의 의도적 틀이나 세계관을 명확하게 갖추어야 한다. 김기림은 그의 유명한 전체주의 시론을 통해 기교와 세계관의 일치를 주장한 바 있는데 여기서 시인을 카메라 감독으로 비유하는 것, 그리고 시인의 눈과 시각, 즉 관점과 세계관의 표현적 측면을 앵글에 비유하는 것은 앵글 안에 담겨 있는 장면(정경)의 의미가 바로 세계관의 의미와 직결될 수 있음을 시사한다.

감독에 비유될 수 있는 세계관으로서 시적 대상, 즉 세계 전체를 파악한다는 시론은 작품에서 전체를 장악하는 고도의 시선으로 적용된다. 김기림의 작품은 스케일이 큰 경우가 많으며 천체적인 상상력을 활용하는 경우가 잦은데 이런 경우에 화자는 대개 고도의 영역에 놓여 있다. 「기상도」에서도 이러한 방식이 전형적으로 활용되고 있다. 작품 첫 구절에서 김기림은 '해협은 배암의 잔등'이라고 표현했다. 이어 산맥을 '아라비아 의상'처럼 늘어진 곡선으로 파악했다. 거대한 지형을 이렇게 하나의 형상으로 포착하여 '뱀'이나 '의상'에 비유한다는 것은 시를 창작하는 상상적 시선의 위치가 상당한 고도에 위치해 있기 때문이다. 전 세계를 한눈에 조감할 수 있을 만큼의 고도를 유지하면서 시인의 눈은 '초점거리'를 변화시켜나가면서 하나의 장면을 자세하게 언급하기도 하고, 그것을 흐릿한 영상으로 이해하기도 한다.

김기림이 실제로 비행기를 타고 세계 일주를 실행하면서 이 작품을 쓴 것은 아니다. 「기상도」의 제작은 어디까지나 시인의 상상 속에서 이루어졌다. 그러나 시적 상상이 전연 사실적 근거가 없는 환영의 수준이 아닌 것은, 여기에 이용되는 인식적 토대가 김기림의 실제 현실의 변화와 관계가 있기 때문이다. 우선, 당대 항공사진을 조선의 신문사들이 앞다투어 시도했다는 사실은 고도의 시선을 내화할 가능성을 암시한다. 강제 합병 이후에는 20미터 이상의 높은 곳에서 사진을 촬영할 경우 반드시 총독부의 허가를 받아야만 했다. 군사기밀을 이유로 심지어 경성 내 3층 건물인 화신백화점 옥상에서의 촬영도 금지되어 있었다. 부감 촬영이나 항공 촬영에 대해 단속과 제한을 둠으로써 일제는 '높이의 미학'을 정치적·군사적인 측면에만 이해하고 관리했던 것이다.[12] 이러한 규제와는 반대로 1920년대 중반부터 각 신문사에서는 항공사진을 직접 촬영하여 보도하기 시작했다. 항공사진은 곧 신문 사진의 새로운 트렌드가 되었으며, 신문 독자들은 새로운 시각적 경험을 제공한 항공사진을 통해 근대적 시선의 주체로 거듭나게 되었다.[13] 조선일보사 기자였던 김기림 역시 『조선일보』『중외일보』『동아일보』 등에서 행해진 이러한 항공사진의 유행을 접했을 것이다. 고도에 올려진 비행기에서 지상을 내려다보는 이러한 시선이 신문 독자들에게 암암리에 내재되었던 것처럼 김기림 역시 기자이며 독자인 이상 근대의 시각 경험을 바탕으로 한 인식론적 변화를 겪을 수밖에 없었다.

12 이경민, 『경성, 사진에 박히다』, 산책자, 2010, 51쪽.
13 위의 책, 60~63쪽.

또한 김기림이 「기상도」를 통하여 세계 일주의 가상적 프로젝트를 시적으로 실행하고, 그 형식을 통해 자신만의 문명관과 세계관을 펼쳐놓는 데는 당대의 영상 미디어의 변화가 암암리에 작용했을 가능성을 고려할 수 있다. 당대 영화관에서 영화를 보는 경험이나 파노라마 영사 필름을 보는 경험처럼 김기림은 영상적인 기법을 시적으로 활용하고 있다.

당시 접할 수 있는 활동사진에는 서사적 틀의 완결성을 제시하는 이야기의 전달이 아닌, 파노라마적 정경의 흐름을 보여주는 목적을 지닌 것들이 다수 존재했다. 신문 기사를 보면 특히 박람회에 빠지지 않고 파노라마관이 설치되어 있음을 알 수 있다.[14] 1915년 조선물산공진회에서도 〈동해도 기차여행〉(미쓰코시 오복점 상영)과 〈만주풍속〉(남만주철도주식회사 상영)이라는 제목의 여행 영화를 상영했다.[15] 1929년 조

---

14 "문을 열고 손을 마지할날이겨우압흐로 이틀동안밧게는 남지아니한 조선신문사주최 조선박람회의 회장설비는 엇더한지 …(중략)… 龍山역압헤잇는 데삼회장은룡산수해부흥긔념박남회로써 본관외에水族館 陸軍館 交通館 파노라마관 등 각종의준비가완비되엿더라"(「觀衆을 佇待하는 三處會場의 設備」, 『동아일보』, 1926. 5. 11).

"래년구월십이일부터 십월삼십일일까지에 개최되는 조선박람회에대하야 지금까지 결명된것을보면 …(중략)… 交通土木建築館, 衛生警務司法館, 陸海軍館, 美術館水族館, 파노라마館(관), 其他演藝活動寫眞館, 個人特設館 등"(「來九月에 開催될 朝鮮博覽會」, 『동아일보』, 1928. 7. 13).

"야외극장이며 만텰의출픔인만몽관(滿蒙館)의중국색이풍부한 출픔이며 중국복미인의딸으는 중국차맛을보고아동긔차를타고 조선과세계의"파노라마"를일목요연으로볼아동긔차와 廻轉吊環(회전적환)"(「未備하나 豫定대로 開場 定刻前에 万項人波」, 『동아일보』, 1929. 9. 13).

15 이각규, 앞의 책, 267쪽.

선박람회 때에는 '어린이 나라'[16]라는 야외관을 만들었는데 이 야외관은 소형 기차를 타고 세계 각지의 풍경과 조선 내의 각 지역을 파노라마식으로 보여주어 세계 일주의 기분을 느낄 수 있는 시설을 제공했다. 이 어린이 나라의 기차는 당시 큰 인기를 끌었는데 1회 10전의 요금을 내면 15분 동안 세계 각국 풍경을 파노라마화로 그려놓은 제1터널과 부산에서 금강산 일만이천 봉에 이르는 조선의 명승지를 묘사한 제2터널을 통과하게 된다. 즉, 기차를 타고 터널의 파노라마화를 구경하면서 세계 일주 기분을 만끽하게 되는 것이다.[17] 박람회에서는 이런 방식으로 파노라마와 여행 활동사진을 일반인에게 제공하여 앉은 자리에서 세계 여행을 하는 경험을 제공했다.

이 외에도 당시에는 기록영화 방식의 국책영화가 제작·상영되곤 했는데 이러한 종류의 활동사진에도 주인공과 스토리를 배제한 정경의 파노라마식 제시가 중심을 이루었다. 그 예로 시미즈 히로시[18]가 조선총독부 철도국의 의뢰로 만든 1939년도의 흑백 문화영화 〈경성〉[19]을 들 수

---

16 어린이 나라는 소규모 테마파크를 연상시킬 정도로 총 면적은 6000평, 설비에 든 비용만도 무려 2만 3233원이었다. 위의 책, 467쪽.

17 이각규, 앞의 책, 468쪽.

18 시미즈 히로시(1903~1966)는 영화 감독으로 1922년 쇼치쿠 카마타촬영소에 입사에 1939년에는 36세의 나이로 쇼치쿠 오후나 촬영소의 대표 감독이 되었으며 조선에서는 〈친구〉(1940), 대만에서는 〈사온의 종〉(1943)을 각각 찍었다. 아이들이나 무명의 배우 등을 대담하게 등장시킴으로써 작위적이지 않고 자연스러운 작품을 추구했다. 그가 일생 동안 남긴 영화작품은 모두 166편에 이른다(『〈이방인의 순간포착 경성 1930 전시회〉 자료집』, 청계천문화관 기획전시실 발행, 2011).

19 〈경성〉은 문화영화라는 타이틀을 달로 제작되었으며 러닝타임은 24분이고

있는데 이 작품은 경성의 곳곳과 인파, 거리 등 만을 기록하여 만든 영화다. 당대 영화에는 할리우드나 일본에서 제작된 인기 흥행작 외에도, 공간의 이동을 주축으로 제작한 파노라마식의 영화가 포함되어 있었다. 이렇게 직접 경험하지 못했던 정경을 '파노라마'를 통해 접하는 경험은 실제 풍경을 접할 때에도 '파노라마적'이라는 수식어를 떠올리게 만들었다. 이를테면 김승구의 1938년 수필 「차창」[20]에 보면 "大畧(대약)한 情景(정경)만을 머리에적어너코 나는다시 北行列車(북행렬차)에 몸을실엇다. 파노라마같이 지나가는 故鄕(고향)의風景(풍경)"이라는 표현이 있다. 이 구절에서 저자는 차창 밖의 풍경을 '파노라마'에 비유하면서 인식하고 있다.

1920년대 및 1930년대의 파노라마는 박람회와 활동사진을 통해 자연스럽게 일상의 수준으로 흡수되고 있었다. 실례로 당대 산문과 소설의 표현을 보면 파노라마에 대해 어떤 인식을 공유했는지 확인할 수 있다.

> 1) "오고가는사람들은 긔자의눈압헤" 파노라마" 가치 잠간면개되 엿다가는 사라지고"
>
> ─「子正後의 京城」,『동아일보』, 1926. 6. 1.

> 2) "M의 집으로 가느라고 공원 뒷문을 향하야 두 사람은 천천히 걸어가는 동안에 P의 머리에는 K와 지나든 과거가 파노라마와 가

───────

　35mm 사운드판으로 대일본 문화영화 제작소에서 제작하였다.
20　김승구, 「차창(中)」,『동아일보』, 1938. 2. 5.

티 뎐개되엿다."

　　　　　　　— 채만식,「그 뒤로」,『별건곤』25호, 1930. 1.

　3) "이 한해동안 지낼일을 청산하랴고 책상을 마조안저 눈을 감엇다. 큰일 적은일 굴근일 가는일이 파노라마와 가치 눈압헤 전개된다."

　　　　　　— 金昭姐,「除夜(제야)」,『별건곤』26호, 1930. 2.

　4) "마즌편 극장에는 챱풀린의 「도시의 빛」이라는 크다란 글자가 번쩍번쩍 파노라마와 같이 돌아가고 잇다."

　　　— 한흑구,「호텔 콘(HOTEL CONE)」,『동광』34호, 1932. 6.

　5) "대자본가의 蠶食이 그만콤 맹렬히 감행되고 잇는 것이 「파노라마」모양으로 역력히 보혀진다."

　　　　— 강경애,「間島야 잘잇거라」,『동광』38호, 1932. 10.

　7) "영감님이 제게 살뜰이 고마이 구든 일이 파노라마처럼 머리속에 전개되였다."

　　　　　— 장혁주,「加藤清正」,『삼천리』11권 1호, 1939. 1.

　1920년대는 물론이고 1930년대의 기사, 수필, 신문 등에는 '파노라마'라는 말이 자주 사용된다. 위에 인용한 1)에서 7)까지는 파노라마에 대한 산문에서의 용례인데 대부분 '~처럼'이나 '~같이'라는 말이 뒤에 붙어 부사적으로 사용되고 있음을 알 수 있다. 이 용례에서 알 수 있듯이 '파노라마'라는 말이 환기시키는 어의는 '풍경'이나 '전개되었다'라는 말과 결합되어 있는 경우가 많다. 즉, '파노라마처럼'이나, '파노라마

같이'라는 말은 굳이 파노라마의 장치를 직접 경험하는 일 없이도 어떤 장면이 흐르듯이 '전개'된다는 의미로 사용되었다. 이것은 일반적으로 사람들이 '파노라마'라는 말을 들을 때나 사용할 때 유사한 인상을 공유한다는 근거가 될 수 있다.

이러한 당대 인식의 배경을 참조한다면, 김기림이 은유와 은유의 결합을 파노라마적으로 연결하여 전체 세계의 흐름을 가시화하려고 했음은 당대의 인식론적 측면과도 결부된 문제이다. 그러나 중요한 점은 김기림이 당대 매체적 특성을 시적으로 활용했다는 그 민첩함에 있지 않다. 조감도적 시점이라는 근대적인 시각 체계, 내지는 촬영 기법과 파노라마적 미디어의 체계를 「기상도」의 구조적인 측면에서 활용한 흔적을 찾을 수 있지만, 이것은 현실적인 인식론의 자연스러운 반영이지 김기림 문학의 결정적인 특질은 될 수 없다. 김기림이 어떤 시점을 어떻게 차용했느냐의 문제는 논의의 전제나 시발점의 차원일 뿐 김기림 문학의 핵심적 의의 그 자체는 아니다. 더욱 중요하게 생각해야 하는 것은 김기림이 이러한 현실적인 인식론의 변화를 문학적이고 상상적인 내면의 세계에서 어떻게 변용하며 시학화하고 있느냐이다. 김기림은 도입한 현실 변화의 일반적인 체계를 따르려고 하지는 않는다. 김기림은 「기상도」를 통해 당대 근대적 시각성의 변화나 영상의 변화를 시적으로 수용함과 동시에 다른 작품들에서는 그것을 극복하는 은유를 개발해나간다. 김기림이 현실 변화를 바탕으로 하되 자신만의 창조적인 변화를 이끌어낸 결과물들은 3절에서 다루어질 '천체 은유'와 '지하층 은유'로 대표된다. 이 은유들은 경성의 상상적 구조를 오히려 반(反)조감도적, 반(反)파노라마적으로 재편하는 역할을 담당하고 있다. 김기림의 이러한 전복적인 시도는 현실의 바탕을 충분히 흡수하되, 그것을 토대로 주체적인 시적 지향성을 드러낸다는 의의로 평가될 수 있다. 김기림에게 중요한 점은 첨단의 파악 방식을 인지하되 그것을 자신만의 문학적 방식으로 소화하여 근대의 것이 아닌 김기림의 특성이자 조선 문학의 특성으로 변형시키는 일이었다.

2. 미디어로서의 '지도'에서 '판(板)'적 은유로의 전복성

이 장에서 살펴볼 것은 김기림의 작품 세계에서 중요한 역할을 차지하는 '지도'의 은유이다. '지도'의 은유가 중요한 이유는 이것이 현실적 인식론과 문학적·은유적 인식에 걸쳐 있기 때문이다.[21] 그리고 '지도'의 은유는 일종의 은유적 계열치인 '판(板)'[22]의 은유에 포함된다. 앞서 「기상도」 분석에서 김기림이 세계를 일종의 판으로 인식하고 은유들의 확장적

---

21 미디어로서의 지도는 김기림의 현실 의식의 특이성을 의미한다. 김기림은 시인이면서 동시에 신문기자였다. 게다가 김기림은 당초 문예부 기자가 아닌, 사회부 기자로 활동을 시작했다. 이러한 사실은 김기림이 신문의 사회적 기능에 정통했음을 암시한다. 당시 신문에서는 세계의 지리 지식을 보급하는 일뿐만 아니라, 세계정세의 흐름을 읽는 작업을 중시했었다. 당대의 신문은 지면을 통해 각국의 뉴스를 전달함은 물론, 세계전도를 제작해서 배부하는 사업에 많은 자본을 투자했다. 이것이 사실상 신문에서 파악한 세계의 '기상도'라면 김기림은 이러한 현실적 인식론을 바탕으로 문학적 '기상도'를 제작한 바 있다. 세계 권력 및 역사의 흐름을 보여주는 지도는 미디어로서의 지도라고 할 수 있다. 이것이 신문기자 김기림의 세계 인식이라면, '미디어로서의 지도'를 바탕으로 하되 그것을 전복함으로써 시인 김기림의 문학적 세계 인식은 진행되어갔다.

연결을 통해 그 판을 문학적으로 구성해나갔음을 논증했다. 세계를 일종의 '판'으로 인식한 것과 연장선상에서 김기림의 시적 인식은 '판'적인 이미지들을 매우 중시하고 또 다양하게 활용하고 있다. 구체적으로, 김기림의 작품에는 '지도'–'메뉴판'–'서판'–'신문의 판'–'박람회 판' 등의 일련의 수평적 이미지들이 등장한다. 그리고 '지도' 은유는 이 '판'적 이미지들의 중심에 해당한다. 그의 문학에는 실제 미디어로서의 '지도'와 문학적 상상 세계 내에서의 '지도'가 공존하는데, 이 실제 '지도'와 상상적 '지도'가 맺는 전복적인 관계는 '판'적 은유의 전체적인 구도를 대변하고 있다 하겠다. 이 책에서는 이 구도를 요약하여 '지도'를 중심으로 일련의 '판'적 계열체가 문학적인 '서판(書板)'으로 이어진다고 파악한다. 그리고 이를 통해 당대 문명적 인식을 전복시켜 자기화하는 김기림의 시법이 드러난다고 본다.

'지도' 은유는 '판' 은유의 목적인 전복적 여행을 가능하게 만드는 키

---

22 이 '판'의 은유는 신범순이 제기한 '서판'의 상상력을 확장한 개념이다. 신범순은 김기림의 여행 시편을 분석하면서 메뉴판을 뒤집어서 시를 쓰는 행위를 '서판'이라고 명명한 바 있다(신범순, 「식당의 시학—이상과 김기림」, 『천년의시작』 2권 2호, 2003. 5). 이때 '서판'이란 고대 이집트에서 발견된 에메랄드 서판(Emerald Tablet)에서 온 용어이다. 에메랄드 서판은 고대 이집트의 신화적 내용을 남고 있고 알렉산드리아 도서관에 보관되었다가 연금술의 기초를 이루었다고 알려져 있다. 이 책에서는 이 용어를, 시인이 감각하고 사유하고 상상하는 시 쓰기의 판으로 활용한다. 시인은 산책자이기도 하지만 산책 후에는 원고지 앞에서 상상의 세계를 언어로 포착하게 된다. 김기림의 경우, 언어가 시로 탄생하는 장은 메뉴판의 뒷장에만 있는 것이 아니라 지도의 상상적 뒷면에, 책상 위에, 신문의 뒷면에, 박람회를 보고 난 인식 위에도 존재한다. 이 책에서는 김기림이 현실의 미디어적인 판을 인식하고 그것을 바탕으로 전복적인 상상의 시 쓰기를 한다는 의미에서 '판'이라는 용어를 사용한다.

워드로 작용하고 있다. 김기림에게 있어 여행의 모티브가 많은 작품에서 활용되었음은 널리 알려진 사실이다.[23] 직접 여행을 다녀와서 여행시 「인천」 「동방기행」 「함경선 5백킬로 여행풍경」 「관북기행」 등을 창작한 바 있으며 제주도 해녀 심방기인 「생활과 바다」와 「주을온천행」 등의 수필을 발표한 바 있다. 초기 시편에도 여행의 모티브는 자주 등장했다. 동시대의 비평가 최재서는 김기림의 시집 『태양의 풍속』을 평함에 있어 '고대적 환상'과 '현대적 윗트'의 결합된 '아름다운 여행의 시'[24]라고 표현한 바 있다.

김기림의 작품을 보면 그의 여행은 두 가지 방식으로 전개된다. 하나는 철로를 따라가는 기차 여행이고, 다른 하나는 배를 타고 행하는 항해이다. 전자가 철도 여행의 경험을 바탕으로 비판적인 경향을 드러낸다면 후자의 여행은 상상적 여행으로 확장되는 경우가 많다. 물론 김기림의 두 차례 도일 유학을 상기한다면 물론 배를 타본 경험이 있을 것이다. 그런데 김기림의 작품에서 '배'나 '바다'는 직접적 경험의 일환에서 창작되었다기보다는 지극히 상상적인 차원에서 창작된다. 이것은 정지용의 〈바다 시편〉 중에 연락선 위에서 창작된 작품이 포함되어 있

---

23 김유중, 앞의 책, 28쪽.

24 "『태양의 풍속』의 저자를 보라. 그는 일요일이면 공원으로 혹은 룩사크를 지기도 하고 안지기도 하고 교외로 떠나간다. 그에게 있어선 이것도 한 여행이다. 또는 볼 일이 있어 기차를 탈 때에도 조그만 비용과 조고만 시간을 보태여 명승을 찾는다. 이것은 그에게 있어 한 매력이고 또 본능이다. 태양의 풍속에 실려 있는 아름다운 여행의 시는 대개 이렇게 해서 얻은 모양이다. 그는 인천을 한 번만 다녀와도 여러 편의 시를 얻는다."(최재서, 「여행의 낭만—『태양의 풍속』의 평」, 『매일신보』, 1939. 11. 5)

는 것과 대비된다. 정지용의 〈바다 시편〉은 지금 눈앞에 놓여 있는 바다에서 상상의 세계로 진행하는 경우가 많다. 그렇지만 김기림의 경우 바다라는 소재는 눈앞에 놓여 있는 실제 바다에서 착안되지 않고 비실재적인 영역, 즉 지도라든가 상상이라든가 연상에 의해서 등장하곤 한다. 해상 위 직접 경험과 그것에 대한 기억보다 상상의 여행을 통해 바다의 이미지가 형성되기 시작한다는 것은 대표적으로 다음 인용 작품을 통해 알 수 있다. 아래 시편에서 김기림의 바다는 '책상 위'의 바다다. 즉, 김기림은 책상 위에 지도를 펼쳐놓고 그 위에서 바다 여행을 상상적으로 경험한다. 정지용이 실제 바다를 경험한 경이감을 지니고 있었던 데 비해 대조적이다. 지도 속으로 들어가는 상상의 여행은 다음과 같다.

네모진 책상
흰 벽 위에 삐뚜러진 세잔느 한 폭.

낡은 페-지를 뒤적이는 흰 손가락에 부딪혀 갑자기 숨을 쉬는
시들은 해당화(海棠花).
증발한 향기의 호수.
(바닷가에서)
붉은 웃음은 두 사람의 장난을 바라보았다.

흰 희망의 흰 化石 흰 동경의 흰 해골 흰 古代의 흰 미이라
쓴 바닷바람에 빨리우는 산상의 등대를 비웃던 두 눈과 두 눈은
둥근 바다를 미끄러져 가는 기선들의 출항을 전송했다.

오늘
어두운 나의 마음의 바다에

흰 등대를 남기고 간

― 불을 켠 손아

― 불을 끈 입김아

갑자기 창살을 흔드는 버리떼의 汽笛.

배를 태여 바다로 흘려보낸 꿈이 또 돌아오나보다.

나는 그를 맞이할 준비를 해야지.

속삭임이 발려있는 시계(時計) 딱지

다변(多辯)에 지치인 만년필(萬年筆)

때묻은 지도(地圖)들을

나는 나의 기억(記憶)의 흰 '테불그로스' 우에 펴놓는다.

흥

인제는 도망해야지.

란아―

내가 돌아올때까지

방을 좀 치어놓아라.

―「첫사랑」 전문[25]

작품의 첫 부분을 읽으면 한창 등대, 기선, 출항 등이 시어가 등장하기 때문에 역동적인 항구의 바다를 표현하나 싶다. 그렇지만 결미까지 읽으면, 결국은 방 안에서의 상상적 바다 여행이었음이 드러난다. 상상적 바다 여행인 까닭에 이 시에는 실제 바다가 아닌 "마음의 바다"가 등

---

25 『개벽』, 1934. 1(『김기림 전집』 1, 31쪽).

장한다. 물론 '마음의 바다'는 순전한 공상 속에서 태어나는 것은 아니다. 그것은 현실적인 미디어의 자극으로 촉발된다. 이에 대해 김기림은 "때묻은 지도"를 테이블 위에 펼쳐놓은 뒤에 바다를 상상한다고 표현했다. 이 미디어적인 지도와 상상적인 지도의 관계는 시인 상상 속의 바다로 "도망"한다는 구절을 통해 드러난다. 마지막 구절에 보면 이 '도망'이란 바로 '지도의 세계로의 여행'임을 알 수 있다. "란아, 돌아올 때까지 방을 좀 치어놓아라"는 구절은 잠시 여행을 다녀온다는 말과 같이 들리는데 이것은 그가 집 밖을 나간다는 말이 아니다. 그는 실질적이고 일반적인 여행이 아니라 '지도' 속으로의 관념적 여행을 떠난다. 김기림은 지도라는 네모난 프레임을 펼쳐놓고 그 안에 새로운 세계를 상상하면서 이 작품을 썼다. 이 상상 자체를 그는 '도망'이자 '여행'이라고 표현한 것이다. 실제 세계로의 여행이 아니라 지도 위의 세계로 여행한다는 식의 사유는 김기림의 수필에도 동일하게 발견된 바 있다.

> 나는 책상 위에 지도를 펴놓는다. 수없는 산맥, 말할 수 없이 많은 바다, 호수, 낯선 항구, 숲, 어찌 산만을 좋다고 하겠느냐, 어찌 바다만을 좋다고 하겠느냐, 산은 산의 기틀을 감추고 있어서 좋고 바다는 또한 바다대로 호탕해서, 경솔히 그 우열을 가려서 말할 수 없다. 그렇지만 날더러 둘 가운데서 오직 하나만을 가리라고 하면 부득불 바다를 가질 밖에 없다. 산의 웅장과 침묵과 수려함과 초연함도 좋기는 하다. 하지만 저 바다의 방탕한 동요만 하랴. 산이 '아폴로'라고 하면 우리들의 '디오니소스'는 바로 바다겠다.[26]

26 「여행」, 『조선일보』, 1937. 7. 25~28(『김기림 전집』 5, 173쪽).

「여행」이라는 수필에서 김기림은 "책상 위에 지도를 펴놓는다"고 서술한다. 그리고는 산맥, 바다, 항구 등 지도에 표시되어 있는 각 지역을 돌며 상상적 여행을 한다. 이것은 마치 영화를 관람하는 경험과 유사하다. 영화를 볼 때에 관객은 눈앞에 제시된 사각의 영화 스크린 안에 몰입되어 새로운 세계를 경험하게 된다. 김기림에게 영화라는 미디어가 아니라 지도라는 미디어가 신세계로 이끄는 출발점이 된다는 차이점이 있을 뿐이다. 일반적으로 여행이란 동작 주체가 공간을 이동하며 움직이는 것을 전제로 하고 있다. 그런데 김기림의 상상적 여행은 고정된 자리에서 움직이지 않은 채 의식만이 이곳저곳을 이동한다. 실제 여행이 몸이 움직이면서 의식과 마음이 따라 변한다면, 김기림의 지도를 통한 상상의 여행은 이와 반대로 몸은 고정되어 있고 의식과 마음만이 변화하는 여행이다. 이러한 상상의 여행에는 몸의 위치 변동이 의미와 정경을 결정하고 장악하지 못한다. 몸이라는 중심축은 사라지고 그 대신 여행의 중심에는 눈앞의 펼쳐진 이미지—김기림의 경우에는 지도라는 이미지—가 그 의미와 영역을 좌우한다. 이때의 여행은 인간의 신체가 도달할 수 있는 지역적 한계를 벗어나 주어진 이미지의 어디든 이동할 수 있다는 자유로움을 제공한다.

자기가 터전으로 삼고 있는 국토의 전체를 한눈에 파악하고자 할 때나, 조국 바깥에 존재하는 미지의 외부 세계에 눈을 돌릴 때에도, 여지없이 지도는 등장한다. 세계의 흐름, 격변, 역사에 대해 알고자 할 때역시 지도가 필요하다. 제국주의와 오리엔탈리즘을 논하는 에드워드 사이드의 저서들에서 지도 이미지가 자주 삽화로 등장하는 것은 우연이 아니다. 즉, 지도는 지각의 주체가 자기 좌표를 중심으로 외부 세계를 파악하는 인식론적 방법론이라고 할 수 있겠다. 그런데 지도는 관념이자 인식임과 동시에 분명한 이미지를 갖추고 있다. 지도는 그림으로 그려진 의미로서, 이미지가 없는 지도는 존재할 수 없기 때문이다. 세계 인식의 이미지화, 이것이 바로 지도라고 말할 수 있는 것이다. 이러한 지도의 본질을 고려한다면, 인식과 이미지의 결합으로서의 지도가 1930년대 이미지즘 시인의 중요 모티브가 된 것은 우연이 아니라고 할 수 있다.

'여행 은유'에서 보여주는 김기림의 이러한 상상적 시선은 당대의 매체 변화와 무관하지 않다. 조선의 근대에서 활동사진은 사람이 스크린 안에서 움직이고 말한다는 신기함뿐만 아니라 그 안에서 펼쳐지는 정경을 통해 가보지 못한 것을 간접 경험할 수 있는 계기가 되기도 했다. 당시의 구경꾼들은 이런 특징 때문에 파노라마와 영화에 신기해하고 열광했다. 박람회에 빠지지 않고 등장했던 파노라마의 상영이 인기를 끈 이유 역시 여행을 가지 않으면서도 다른 여러 공간을 목도할 수 있었기 때문이다. 그런데 과연 김기림이 파노라마와 영화를 접했기 때문에 이러한 작품을 썼다고 단언할 수 있을까? 물론 당대의 근대적 매체를 통한 인식적 틀의 변화가 전연 무관할 수는 없겠지만 영화 체험이 이 작품의 원동력이라고 보기는 어렵다.

그보다 주목해야 할 점은 김기림이 문학 세계에서의 여행, 즉 정신적이고 이미지적인 여행을 통해 자신만의 심상지리를 상상하고 있다는 사실이다. 수필과 시에서 김기림의 '여행'은 두 가지 의미를 지니고 있는 것으로 보인다. 하나는 실질적인 경험, 당대의 변화된 문명을 반영한 여행의 경험이다. 그것은 수필 「여행」에도 나타나 있다. 위에 인용되었던 수필은 1937년 '동래온천'을 방문한 경험을 토대로 작성되었다. 그렇지만 수필의 태반은 관광 기록이 아닌, "떠나고 싶은 충동"과 그 충동에 이은 상상으로 채워져 있다. 우선 다음 대목을 살펴보자.

> 나는 「튜리스트 · 뷔로」로 달려간다. 숱한 여행 안내를 받아가지고 뒤져본다. 비록 직업일망정 사무원은 오늘조차 퍽 다정한 친구라고 지져본다. 필경 정해지는 길은 말할 수 없이 겸손하게 짧다. 사무원의 책상 위나, 설합 속에 엿보이는 제일 먼 차표가 퍽으나 부럽다. 안내서에 붙은 1등 선실 그림을 하염없이 뒤적거린다. 그러나 나는 오늘 그 「보스톤 · 백」과 그리고 단장을 기어이 사고 말겠다. 내일은 그 속에 두어벌 내복과 잠옷과 세수기구와 그리고는―「악의 꽃」과 불란서말 자전을 집어 넣자.[27]

이 대목에 등장하는 "튜리스트 · 뷔로"는 당시에 일본 여행객들의 편의를 위해 여러 곳에 설치된 여행안내소이다. 김기림이 밝힌 실질적 여행 체험은 '동래온천장'이 몹시 소란스러워서 여행안내소에 찾아갔다는 내용뿐이다. 실질적 여행 체험은 오히려 실제 여행은 할 만한 것이 못되고 진정한 여행은 상상의 여행이라는 견해를 확고하게 만들었다. 동래온천장을 빠져나와 찾아간 '여행안내소'에서, 그리고 이 수필을 쓰고 있는 책상 앞의 상황에서 김기림을 사로잡고 있었던 것은 '상상적 여행'에 대한 열망이었다. 열망에 대해 김기림은 "나는 생각한다"와 "나는 그려본다"라고 표현했다. 구체적으로 그는, "나는 생각을 한다. 李箱이 그리워한 것은 반드시 괴로운 꿈 많은 계절조의 날개가 아닌 것 같다. 그

---

27 「여행」(『김기림 전집』 5, 175쪽).

는 차라리 천공을 마음대로 날아다니는 새 인류의 종족을 꿈꾸었을 것이다"[28]라면서 창공의 여행을 생각하고, "나는 눈을 감고 잠시 그 행복스러울 어족들의 여행을 머리 속에 그려본다. 해류를 따라서 오늘은 진주의 촌락, 내일은 해초의 삼림으로 흘러 다니는 그 사치한 어족들, 그들에게는 천기예보도 트렁크도 차표도 여행권도 필요치 않다"[29]면서 머릿속의 여행에 빠져본다. 김기림에게 있어서는 어떠한 실제의 여행도 이렇게 행복스럽고 자유롭게 그려진 적이 없다. 시인 김기림에게 있어 진정한 여행은 상상의 지평 안에서 가능한 것이었다. 이것이 김기림의 '여행'에 대한 두 번째 의미이자 문학적인 여행의 진정한 의미라고 볼 수 있다.

이를 요약하자면 김기림의 작품 세계에는 실질적인 체험과 상상적이고 문학적인 세계가 서로 길항의 관계를 이루고 있다고 구도화할 수 있을 것이다. 김기림의 문학 내에는 실질적인 여행 체험 및 그로 비롯되는 근대 문물의 경험이 있는가 하면, 다른 한편으로는 상상의 차원에서 이루어지는 문학적인 여행이 있다. 이 두 가지 여행을 동시에 고려해야 김기림의 '여행' 모티브가 비로소 해명될 수 있다. 수필 「여행」에서 김기림은 "단장(短杖)"과 "보스톤 · 백"을 여러 번 언급하며 애호한다. 이것들은 여행에 필요하지만 아직 가지지 못한 대상이다. 그런데 화신백화점에서 판매되고 있었던 단장과 여행가방을 구입한다고 해서 김기림의 결망이 해소될 수 있었을까. 시인이 말하고 있는 단장과 여행가방은 실

28   위의 글(『김기림 전집』 5, 173쪽).
29   위의 글(『김기림 전집』 5, 174쪽).

물 그 자체에 대한 소유 욕망을 의미하는 것이 아니라 상상적이고 이상적인 여행의 상징이었다. 김기림은 '단장'을 상상의 여행으로 나아가는 발걸음으로 생각하고 있고, '보스톤·백'은 그 안에 채우는 상상의 내용 꾸러미로 여긴다. 그것들을 백화점에서 구입한다고 해도 여전히 시인에게는 "무척 가지고 싶다"[30]는 대상으로 남을 것이다. 왜냐하면 김기림의 상상 여행은 '자유의 여행', 가상의 여행, 현실의 여행을 전복하고 가능한 비현실적 여행이기 때문이다.

이렇게 이중화된 김기림의 여행 모티브는 비단 '여행시'에 국한되지 않고 도심의 공간을 다루는 '도시시'와 함께 맞물려 있다. 김기림의 도시시는 전적으로 도시에 대한 비판적 성찰만을 통해 이루어지지 않는다. 김기림의 도시시에 보이는 풍성한 이미지들은 지도라든가 상상 여행을 통해 가능할 수 있었다. 이를테면 그는 도심을 묘사하는 작품을 창작할 때 도시의 정경 위에 지도 여행을 통해 배운 상상지리를 덧씌우며 묘사한다. 구체적으로 김기림은 도시의 병든 풍경 위에 도심과는 다른 풍경, 대표적으로 '해도'라는 지도, 바다, 여행의 이미지를 중첩시키면서 재구성한다.

산(山)봉오리들의 나즉한 틈과 틈을 새여 남(藍)빛 잔으로 흘러들어오는 어둠의 조수(潮水). 사람들은 마치 지난밤 끝나지 아니한 약속(約束)의 계속인 것처럼 그 칠흑(漆黑)의 술잔을 들이켠다. 그러면 해는 할 일 없이 그의 희망(希望)을 던져 버리고 그만 산(山) 모록으로 돌아선다.

---

30 위의 글(『김기림 전집』 5, 172쪽).

고양이는 산(山)기슭에서 어둠을 입고 쪼그리고 앉아서 밀회(密會)를 기다리나 보다. 우리들이 버리고 온 행복(幸福)처럼……. 석간신문(夕刊新聞)의 대영제국(大英帝國)의 지도(地圖) 우를 도마배암이처럼 기어가는 별들의 그림자의 발자국들. 미스터 · 뽈드윈'의 연설(演說)은 암만해도 빛나지 않는 전혀 가없은 황혼(黃昏)이다.

집 이층집 강(江) 웃는 얼굴 교통순사(交通巡査)의 모자 그대와의 약속(約束)…… 무엇이고 차별(差別)할 줄 모르는 무지(無知)한 검은 액체(液體)의 범람(汎濫) 속에 녹여 버리려는 이 목적(目的)이 없는 실험실(實驗室) 속에서 나의 작은 탐험선(探險船)인 지구(地球)가 갑자기 그 항해(航海)를 잊어버린다면 나는 대체 어느 구석에서 나의 해도(海圖)를 편단 말이냐?

—「해도(海圖)에 대하야」 전문[31]

이 작품은 시인이 실재로는 존재하지 않는 '해도'를 자신만의 방식으로 상상하고 구축하는 과정을 그리고 있다. 그런데 '해도'에 대한 발상은 어디서 비롯되었는가. 그것은 "석간신문(夕刊新聞)의 대영제국(大英帝國)의 지도(地圖) 우를 도마배암이처럼 기어가는 별들의 그림자의 발자국들"라는 구절에 드러나 있다. 김기림의 '해도'는 신문에 인쇄되어온 서구의 지도에서 발단되었다. 당대의 신문은 가장 보편적으로 해외 토픽과 정세를 전달하는 근대적 현실과 지식의 보급 매체로서 기능했다. 신문이 전달하는 근대의 지식과 현실에는 지도가 포함되어 있었다. 지

---

31 발표 당시 제목은 「나의 探險船」, 『신동아』, 1933. 9(이후 제목을 바꾸어 시집 『태양의 풍속』에 수록. 『김기림 전집』 1, 24쪽).

식의 일부로서 등장한 근대적인 공간과 그 근대적인 공간의 이미지화인 지도는 조선의 근대 지식인 김기림으로 하여금 조선의 도시를 지도의 이미지를 빌어 인식하게 만들었다.

김기림은 도시 문명을 눈앞에 펼쳐진 정경 그대로 '보는(see)' 것이 아니라 그것을 무엇인가 다른 것으로 치환해서 '바라본다(-seeing as)'고 할 수 있다. 'as' 이후에 등장하는 구체적인 대상이 지도일 때 김기림은 이 '지도의 은유'를 통해 세상에 대한 인식을 전개시키고 그를 통해 자기 문학의 방향성과 구체성을 획득하는 것이다. 김기림은 교통순사가 감시의 눈길로 통제하고 검열하는 근대의 시가지를 암담하고 무질서한 "실험실(實驗室)"이라고 부른다. 그리고 그 도시 속에서 도시를 극복하는 방식으로 지도의 은유를 발전시켜나간다. 위 작품에서 김기림은 "나의 작은 탐험선(探險船)인 지구(地球)가 갑자기 그 항해(航海)를 잊어버린다면 나는 대체 어느 구석에서 나의 해도(海圖)를 편단 말이냐?"고 썼다. 이 구절은 김기림이 근대 문명에 대한 시각성을 실험적으로 다양화해가고 이에 따라 지구, 즉 세계에 대한 이해의 방식을 여러 방식으로 변주해나가면서 자신만의 지도(해도)를 작성해나간다는 언술로 이해된다.

김기림에게 있어 '지도'는 단지 육지나 하천, 바다 등 자연지리적인 지형지물의 분포와 형상을 보여주는 지형도가 아니다. 그가 「기상도」를 제작할 때에도 단순 지형도가 아닌 국가와 민족이라는 공동체를 기준으로 나누어진 근대적 세계지도를 기본 전제로 삼고 있었다. 지도가 현실 사회의 권력과 소유 등을 보여주는 의미의 이미지화인 것처럼, 김기림의 해도 역시 단순한 측량의 결과물이 아니다. 김기림에게 있어 해도와 지도는 동일하게 지리지의 근대적인 이미지화에서 출발하지만, "해도"
는 미디어적인 지도와는 상반된 지극히 문학적이고 상상적인 속성을 지
니고 있다. 실제 지도는 현실 사회, 즉 집단이나 인간과 관련된 사건 및
의미가 포함하고 있다. 그런데 "해도"는 사람들의 사건과 토지 소유물로
의미화되지 않은 미지의 것이다. 해도는 「기상도」에서 언급되지 않았
던, 영해의 밑바닥 지리지까지를 표상한다. 의미의 영역으로 아직 포섭
되지 않았기 때문에 기존 세력으로부터 자유로울 수 있는 해도의 영역
은 시인에게 있어 자신의 순수한 정신과 상상력이 존재할 수 있는 장소
로 여겨진다.[32]

> 바다가 바라다보이는 窓이 잇는
> 二層으로 올라간다……
>
> 어디서든지 出發의 命令이 떨어지기를 기다리는
> 안타까운 이 집의 귀인 것처럼
> 나는 南쪽으로 뚫린 그 窓을 열어제치려……
>
> 그렇고는 바다에 억매여 흘러갈 줄을 모르는 섬들을 비우서 줄
> 게다.

---

32 1920년대 후반에서 1930년대 모더니즘 경향의 시인과 작가에게서 바다의 이미
   지가 애호되는 것은 분명 주목해야 할 필요성이 있다. 이에 주목한 한 예로 신
   범순은 이효석과 김기림의 능금과 연관지어 이효석의 '원초적인 바다'를 설명한
   적이 있는데 이러한 이효석의 원초적인 바다는 김기림의 바다 이해에 대한 비
   교적 대상으로 참조 가능하다(신범순, 「원초적 시장과 레스토랑의 시학─야생
   의 식사를 향하여」, 『한국현대문학연구』 12집, 한국현대문학회, 2002 참조).

또 해뻘의 愛撫를 받기를 바라는 주린 고양이와 시드른 菊花꽃
들을 오늘도 露臺에 옮겨놓자.

天使의 심부름꾼들인 비닭이들이 달어와본 일도 날어가본 일도
없는 窓.
「커-틴」의 이쪽에서는 幸福이 자본 이로 없다.

나는 그 窓에 기대여 꾸짓는다.
— 人生아
나는 네가 나를 놀래여 기절시키려고하야 수없는 不幸과 殘忍을
이 季節의 담벼락 넘어서 陰謀하고 잇는 것을 안다.

올에도 나는 醫師의 걱정을 기처본 일은 없다.
지금 너의 打擊에 꺽구러지지 않기 위하야
나는 나의 마음에 향하야 武裝을 命한다.-

—「창(窓)」 전문[33]

「창」은 「해도(海圖)에 대하야」와 상당히 유사한 지향성을 드러낸다. 두 작품 모두 도시라는 암울한 공간 속에서 '해도'의 제작을 희망하며 도시 이미지의 전복을 시도한다. 「창」에서 '나'라는 화자는 건물의 2층으로 올라가는데 그 목적은 바다를 보기 위해서이다. 그는 2층 높이의 건물 안에 갇혀 있으며 내적으로는 병든 수감자의 신세이다. 집, 또는 도시의 사벽 안에 갇혀 있는 이 근대적 자아를 구원하는 것은 바다가 보

인다는 것, 그리고 바다를 조망하면서 상상의 바다 공간을 꿈꾼다는 두 가지 요소이다. 이때 '꿈꾸는 바다'는 김기림의 작품 이해에 중요한 역할을 담당하고 있다.

구체적으로 보자면, 김기림의 작품에는 '여행'과 '지리', 그리고 '지도'와 '바다'라는 서로 관련성 있는 시어들이 자주 동원되면서 시세계의 중심적 축을 형성하고 있다. 이 시어들이 지닌 의미망이 이전의 전근대적인 방식에서 지녔던 것과 달라졌음은 물론이다. 김기림의 '꿈꾸는 바다'를 알기 위해서는 당대의 바다, 김기림의 바다, 전대의 바다 간에 서로 다른 이미지와 의미를 지니고 있음을 확인할 필요가 있다. 그렇다면 당대의 지도와 여행에 대한 인식은 어떠했으며, 1930년대 세계 지리의 이미지는 어떤 방식으로 전달되었을까. 당대 인식론적 변화의 하나로서 교육기관에서의 지리 수업을 들 수 있다. 근대적 교육과정 내 포함된 지리 교육에서는 교육용 세계전도가 교육 기자재로 활용되었다. 공통적으로 보급된 세계전도의 이미지는 교육과정을 통해 학습되고 재생되었다. 이것이 교육 체제에서의 지도 이미지의 전파 경로라면, 일반적인 지도 이미지의 전파 경로도 존재했다. 일반 대중에게 세계 지도의 이미지를 보급시킨 활동의 대표적인 예로는 1930년대『조선일보』를 중심으로 한 세계전도의 배부를 들 수 있을 것이다.

『조선일보』는 1934년 새해 기념으로 신문 독자들에게 세계전도를 배부하게 된다. 〈그림 1〉은 배부에 앞서 1933년 12월 2일에 홍보 목적으로 게시한 세계전도 사진이다.『조선일보』의 세계전도 제작 및 보급 기획은 단시일 동안 행사용으로 급조된 것이 아니라 이미 오래전에 독자들에게 예고를 하고 돌입한 장기 작업이었다. 사실『조선일보』측에서 직접 측

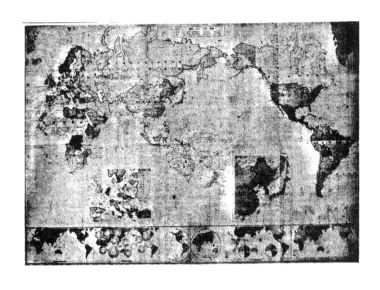

그림 1 『조선일보』가 배부 이전에 게재한 세계전도(1933. 12. 2, 2면)

량·완성한 것이 아니고 외국의 지도를 참고하여 재작성했던 것이지만 그럼에도 불구하고『조선일보』측의 주장에 의하면 이 세계지도 작성 작업은 반년 이상의 시간을 소요할 정도로 공들인 기획이었다.『조선일보』에서는 1934년부터 비로소 세계지도를 배부하기 시작했는데 그 이후에도 지속적인 보완 작업을 가한다.『조선일보』의 세계지도 보급 사업은 적어도 1938년까지 신문사의 중요한 대외 사업으로 자리매김했던 것으로 보인다.

〈그림 2〉는『조선일보』에서 보완하여 1938년에 다시 배부한 세계지도이다. 이 지도의 홍보 기사 제목은「본사 3대 사업의 하나, 특제 세계 現勢地圖, 6월 20일 현재 애독자에 배부」였다. 홍보문에서 알 수 있는바,『조선일보』의 세계지도 배부 작업은 '특산품전람회'와 '향토문화조사' 사

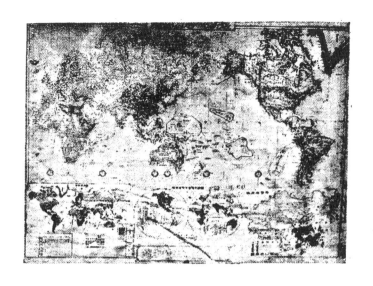

그림 2 『조선일보』에서 다시 배부한 세계전도(1938. 6. 17, 2면)

업과 함께 대외적으로 공표한 3대 사업 중의 하나였다. 그토록 지도 작업에 열과 공을 들인 이유는 아래 인용 기사에서 알 수 있듯이 세계의 보이지 않는 정세를 명확히 파악하기 위해서 반드시 정확하고 세밀한 세계지도의 지식이 필요했기 때문이었다.

　본사에서는 본보지령(紙齡)육천호와 혁신(革新)오주년의 기념으로 세가지큰사업을 계획하여 특산품전람회는 대성황으로 마치엿고 향토문화조사(鄕土文化調査)사업은 방금 착착진행중에 잇거니와 그세가지사업가운데 하나인 『세계현세지도』(世界現勢地圖)의 작성도 만흔노력과 연구를 거듭한결과 요지음에 비로소 완성되엿스므로드디여 오는이십일에 만천하본보애독자에게 일제히 무료로 배부하기로되엿다 이제 세계정세는 나날이달라저가며 더욱이 지나사변의 전국(戰局)은 점점확대되여가는터이므로 무엇보다도 세

계의 움지기는자태를 일목요연하게 알려면 정확하고 세밀한 세계
지도가 매우필요한터이다 이번에 본사에서 새로작성한 이『세계현
세지도』는정말로 다른 일반시중에서 팔고잇는 지도와는 가튼자리
에서 이야기할바가 못될 가장 우수한것이여서 이것이 독자대중의
손에전하게될 때에는 남에게 형용하야 말하지못할 만족을 느낄 것
이다.

— 『조선일보』, 1938. 6. 17, 2면.

당시로서는 세계전도가 일반인에게 무상 배부되는 것은 유례가 없었
던 일이었다. 신문사의 지도 배부는 상당한 사회적 의미를 지니고 있었
다. 일반 독자들은 이 지도를 통해 근대적인 세계상의 이미지를 얻을
수 있었기 때문이다. 이때 배부되었던 지도의 형태를 보면 당시 공유되
었던 인식적 바탕과 세계상의 변모를 알 수 있다. 『조선일보』는 독자에
게 보답하는 선물이라는 의미를 붙였지만, 1933년 말부터 신문에 실렸
던 세계전도 홍보 문구 면면에는 선물이 아닌 위기감이 드러나 있다. 홍
보문들은 세계정세에 대한 위기감을 전제로 우리가 그것을 알지 않으면
안 된다며, '지식'을 촉구하고 나섰다. 아래의 기사는 〈그림 1〉에 해당하
는 지도를 소개하는 홍보문이다. 이 글을 통해 당시에 세계지도를 어떤
의미로 받아들이고 있었는지 알 수 있다.

일천구백삼십사년을 마지하랴는 세계의 대세는 실로 긴장의 극
도를 보이고 잇습니다. 더욱이 태평양을 중심으로 하고 열리는 렬
강의 쟁패는 극동쌍에 몸을부치고사는우리들에게도 째업시 무거
운관심을 가지도록합니다. 이 째를 당하야 우리로서 가질바 가장
급하고귀한지식은 세계를알고세계를보는 눈을 가저야만될것입니
다. 이러한 의미에서본사에서는일즉이최신세계지도를발행하야 독

자에게드리겟다고 약속한바 잇섯거니와저간에준비가완전히되엿
슴으로 적으나마 새해선물로겸하야드리고저 합니다. 이번에 드릴
지도는 본사조사부에서 반년을두고정성을 드려만든것으로일즉이
조선문지도로서는 볼수업는정밀한지도입니다. …(중략)… **한개平
面地圖로써 世界大勢를단번에알게하기는너무나不足하야一定한단
계아래多數의附錄을모아 그려너헛습니다. 一見에 世界大勢를 鳥
瞰할만한 充分한 內容을가젓습니다.**

— 『조선일보』, 1933. 12. 2, 2면(강조-인용자)

『조선일보』는 세계지도에 대한 홍보를 마치 사회부에 실릴 법한 기사
처럼 다루고 있다. 즉 사회부 기사가 사회 정세의 급박한 변화와 현실을
알게 해주는 것처럼, 현재 작성되어 가시적으로 펼쳐진 세계지도는 세
계를 이해하기 위해 가장 급선무로 알아야 할 '지식'의 하나라는 것이다.
이때 세계지도는 '지리적 사실의 이미지화' 수준을 넘어서 권력과 권력,
정세와 정세의 역동적 동태를 한자리에 모아놓은 '의미의 이미지화'라
고 볼 수 있다. 『조선일보』의 기사는 지도를 읽는 이에게 대외적으로 "무
거운 관심"을 갖고 알아야 조선이 살아남는다는 지식에의 촉구를 당부
한다.

그런데 위의 인용문에는 '지도=지식'을 넘어서는 또 다른 인식이 전
제되어 있다. 『조선일보』는 '지도'란 바로 "세계를알고세계를보는 눈"이
라고 표현한다. 다시 말해 최첨단 '세계대세(世界大勢)'를 파악하는 눈
(시각)을 제공하기 위해 이 세계전도를 배부한다는 것이다. 그리고 의
미를 읽을 줄 아는 힘, 세계를 볼 줄 아는 하나의 시각을 "一見에 世界
大勢를 鳥瞰"이라고 표현한다. 『조선일보』에서는 지도를 통해 지구 전
체를 장악하는 시선의 확보를 지녀야 근대화의 과정 속에서 조선이 살

아남을 수 있다고 경계하고 있다.

『조선일보』뿐만 아니라『동아일보』역시 1935년부터 세계지도 배부를 통해 세계정세 파악의 위급함을 알리는 사업을 실시한 바 있다. 1935년 11월 30일 기사에는『동아일보』에서 자체 제작한 세계전도의 사진이 함께 게재되어 있다.『조선일보』의 지도보다 지리적 측면은 자세하게 묘사되지 않았지만, 대신 여백에는 각종 비교 수치 및 도표가 부기되어 있어서 수치화와 계량화를 한눈에 파악할 수 있다는 유용성을 지니고 있었다.

> 이해도 벌서저물어 본사는 새해에는 일반애독자여러분께 어떠한 선물을 드릴가 고심연구한 결과로 새해에는"세계시국대지도"를본사에서특제하야골고루루논하드리기로 하엿다. 이지도는 현하 세계의 정치적, 경제적, 군사적으로 누란의 위국에 처한자와 못세력이 대치, 각축, 침략과 충돌 만항의 가지가지모양을 유감없이 조사하야 표시하엿을 아니라 각국세력의 일체역략을 엄밀히 비교하야 만방의 소장과 인유의귀치를 이지도한장우에 그대로역력히 그려내노키에 노력한 것이다. 이는 실로 제二(이)차세계대전이라는 말이 아동주졸에게까지 구호처럼 불려지는 **오늘날 혼돈세계의 가장 뚜렷한 정보탑이오 폭풍전야의 해양에 내어걸리는 기상도**라할 것이다. 독자여러분은 이지도한장을 벽에부치기만하고서 넉넉히 세계현하의 정치, 경제, 군사등 일체세계지식을 얻으실수잇을 실노 전에 못보든 일대벽상보감인 것이다.

> — 「新年의饍物 累卵危局의情報塔 世界時局大地圖」,
> 『동아일보』, 1935. 11. 30, 2면(강조-인용자)

『동아일보』에는 세계 지도의 기획과 배부 목적을 1935년 11월과 12월에 집중적으로 광고하였다. 이와 같은 기사는 당시『동아일보』에 반복

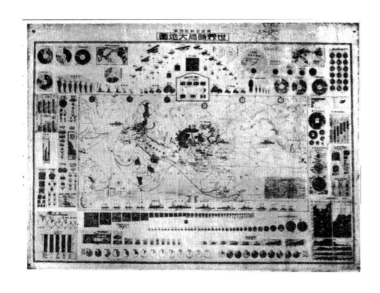

그림 3 『동아일보』에서 제작한 세계지도(1935. 11. 30)

적으로 게재되었다. '세계시국대지도'라고 이름 붙여진 지도 배부 작업
은 실질적으로는 신문 판매 부수의 확장을 노리고 있었던 사업이다. 그
렇지만 사업적 기획 외에 이 지도의 배부는 신문의 기능, 즉 세계정세
와 흐름에 대한 현재적인 정보의 파악을 극대화한 것이기도 했다. 이 기
획의 상징적인 기능은 전운으로 비롯한 전세계적 위기감에 대처하기 위
한, "폭풍전야의 기상도이며 혼돈세계의 정밀탑"[34]이라는 문구를 통해
드러나고 있다.

　이상, 흥미로운 지점은 1935년 경 세계대지도의 제작 배부가 『조선
일보』와 『동아일보』라는 양대 신문사에서 공통적으로 이루어졌고, 또한

4　「新年(신년)맞이饋物(찬물)」, 『동아일보』, 1935. 12. 1, 2쪽.

양 신문사에서 가장 큰 기획으로 역량을 쏟았다는 점이다. 과연 이러한 움직임이 필연적으로 등장해야 했던 시대적 분위기는 무엇이었을까. 이러한 시대적 흐름은 김기림의 장시 「기상도」의 출현 배경, 기획과도 상당히 밀접한 관계를 보이고 있다.

세계지도 기획은 『동아일보』에서 먼저 시작한 일이다. 기록에 의하면 『동아일보』에서는 1933년부터 최초로 세계지도를 독자들에게 배부하기 시작했다. 그리고 1935년 말 이후, 즉 1936년, 1937년에는 『동아일보』 지도 배부 행사가 없었다. 1938년에는 지도 배부가 있었지만 광고를 많이 하지 않고 넘어갔는데 이때에는 세계지도가 아닌 극동 지역에 대한 지도였고 1939년에는 다시 세계대지도 배부가 이루어졌지만 이때의 세계지도는 '황국'의 정세를 주로 표기하고 있다.

두 신문사 모두 특히 1935년에 세계전도에 대한 관심이 최고조에 달했던 점은 공통적이다. 이즈음에는 세계 2차 대전이 일어날지 모른다는 공동의 위기감이 만연했었고, 신문사들은 이 위기감을 반영, 대외적인 세력의 관계와 정도를 알아야 한다는 '지(知)'의 필요성을 역설했다. '지(知)'를 통해 세계를 진단하고 위기를 극복할 수 있다는 필요성은 특히 『동아일보』의 기사와 지도 방식에서 두드러진다. 『조선일보』의 세계지도와 다른 『동아일보』 세계지도의 특색은 세계지도의 지도 사방을 둘러 각국 군사력과 해군력, 자원량 및 점령 지역 등 "각개세력의 일체의 양을 엄밀히 비교"[35]하여 도표로 제시하고 있다는 점이다. 세계에 대한 지식이란 엄밀히 말해 지리가 아닌 힘에 대한 지식이라는 전제가 여기

35 「新年(신년)맞이饍物(찬물)」, 같은 쪽.

에 깔려 있다. 권력 관계에 대한 다각적인 분석을 통해 독자들은 세계를 알 수 있으며, 이러한 시도를 통해 세계 내 자국 민족의 위치를 확인하고 자리매김할 수 있다는 사고방식은 사실 김기림식의 세계지도 제작 기획인 「기상도」의 방식과도 맞닿아 있다. 앞서 김기림의 「기상도」를 분석하면서 이 작품이 세계의 판에 대한 인식, 즉 문학적이고 주체적인 방식의 파악임을 분석한 바 있다. 김기림은 자신 만의 해석인 은유와 은유를 결합하면서 전체적인 세계의 판도를 읽으면서 문학적 세계 지도를 완성했다. 김기림이 그렸던 것은 지리의 지도가 아니라 의미의 지도였다. 그가 시구절에서 은유들을 개발하고 사용했던 것은 주체적인 의미들, 문학적인 해석의 일환이었다. 이러한 「기상도」의 기획은 『동아일보』에서 지리가 아닌 권력의 움직임을 가시적으로 지도에 포함시키려고 했던 것과 상당히 유사하다고 볼 수 있다.

　일차적으로 당대의 사람들이 근대 문명의 낯섦을 느끼는 계기는 구체적으로 변화하는 사람과 시가지의 외양, 그리고 새롭게 등장하는 신식 사물이다. 그렇지만, 이전과 다르게 세상을 바라보는 방식이나 사람들이 개념적으로 지니고 있는 세계에 대한 이미지의 변화 역시 낯선 신문물 중의 하나이다. 사전적 의미에서 지도란 있는 그대로의 지구 표면 형상을 그린 것에 지나지 않는다.[36] 그렇지만 지도는 단순히 그대로의 충실한 모사가 아니라 사회의 '진실'이나 '사실'을 그 사회에서 생산되는 다른 담론이나 정보의 상호관계 속에서 만들어내는 일종의 미디어이다. 사람들은 지도를 통해 현실에 대한 인식과 개념을 형성해간다.

36　若林幹夫, 『지도의 상상력』, 정선태 역, 산처럼, 2002, 11쪽.

제4장　김기림 문학의 '지평'적 세계 인식과 전위성

한번도 가보지 못했던 지역이라 할지라도 사람들은 지도나 지도적인 이미지를 매개로 하여 어렵지 않게 다른 나라나 지역을 개념화할 수 있다. 볼 수 없는 세계 전체를 축척(縮尺)하여 표현하는 지도적 표현을 매개로 삼음으로써 사람의 개념에는 세계의 지리 및 의미가 총체적으로 가시화된다. 이러한 인식을 바탕으로 사람들은 사회를 하나의 지도적 공간으로서 이미지화할 수 있게 되는 것이다.[37]

그렇다면 『조선일보』 · 『동아일보』의 세계전도 배부 계획 역시 당시에 발생하는 새로운 지도 이미지의 조직 및 확산, 또는 세계에 대한 개념과 이미지의 변화를 드러내는 한 사건이라고 할 수 있다. 세계지도를 만들고 세계지도를 통해 세상을 학습하는 이들은 단순히 '지도'를 제작하고 배우는 것이 아니다. 당대인들은 지도 안에서 그들 나름의 방식으로 '지도로서의 세계', '지도로서의 사회'를 제작하고, 그 속에 자기와 타자의 의미를 정립하게 된다. 당대의 지도적 시선과 이미지의 변화를 전제할 때 우리는 김기림의 작품 내부에 있는 두 가지 지도를 발견할 수 있다.

김기림은 과연 세계지도와 관련된 변화를 얼마만큼 인식하고 있었을까. 『조선일보』의 지도에 대한 편찬 및 보급, 부여했던 의의와 위기감은 김기림의 조선일보사 재직 시기와 겹치는 부분이 있어 김기림의 시적 상상력에 영향을 미쳤을 가능성이 크다. 김기림은 1929년 조선일보사 신입 기자로 입사했다. 1936년 4월 센다이의 도호쿠제대 법문학부 영문학과로 유학을 떠날 때[38] 기자직을 접었던 시기도 있었지만 귀국

---

37 若林幹夫, 앞의 책, 24~25쪽.
38 이 유학 역시 조선일보사 후원으로 설립된 정상장학회의 장학생 자격으로 이

후에 다시 신문기자로 활동하는 등 깊은 관계를 맺고 있었다. 김기림은 중간에 학예부 기자로 자리를 옮겼지만 처음 입사할 당시에는 사회부 기자의 신분으로 조선일보사에 들어왔다. 사회부 기자였던 그는 사회부 진행의 세계전도 제작 기획이나, 1~2쪽에 자주 실렸던 홍보 기사의 사정에 밝았을 것이다. 「과학과 비평의 시」[39] 등의 시론에서 자주 밝힌 바와 같이 김기림은 사회와 역사에 대해 깊은 관심을 갖고 있었다. 또한 「신문기자로서의 최초 인상—저널리즘의 비애와 희열」[40]에서 밝힌 바와 같이 그는 사회부 기자로서의 확실한 자의식을 지니고 있었다. 이런 시인의 경향을 염두에 둔다면, 그의 작품에 등장하는 지도의 모티브와 세계 여행의 모티브는 이러한 당대 지도 개념, 지도 이미지의 변화 및 그것에 내포되어 있는 시각성의 문제와 함께 고찰될 필요가 있다.

루어졌던 것이며 김기림은 귀국 이후 조선일보사에 복직하여 사회부장이 되고 『조선일보』가 강제 폐간될 때까지 근무한 바 있다(이승원, 『그들의 문학과 생애 김기림』, 한길사, 2008, 88쪽 참조).

39   『조선일보』, 1937. 2. 21~2. 26(『김기림 전집』 2, 27~40쪽).

40   이에 해당하는 구절은 다음과 같다. "이리하여 편집국은 한 장의 호흡지(呼吸紙)인 것이다. 순간순간에 사회의 각우(角隅)에서 일어나는 사건이 그대로 넘쳐흐른 검은 '잉크'와 같이 이 사회적 흡인지에 흡인(吸引)되는 것이다. 신문기자는 실로 이 흡인지의 각 세포에 부착한 흡반(吸盤)과 같다. 거대한 사회생활의 기구의 심장에까지 돌입할 수 있는 특권을 우리는 가지고 있는 것이다. …(중략)… 이리하여 신문기자의 신경은 그리고 제(第) 육감(六感)은 부단히 사회의 표면과 이면에까지 배회한다."(『철필』 1권 1호, 1930. 7 ; 『김기림 전집』 6, 94쪽) 이 글은 김기림의 문인으로서의 면모 외에 신문기자로서의 자의식을 보여주는 문건으로 널리 알려져 있다. 뿐만 아니라 김기림이 사회적인 현상을 감각적으로 포착해내는 순간을 담고 있어 사회적 감각과 문학적 감각의 접점을 드러내는 글로서 주목할 수 있다.

세계지도는 분명 세계에 대한 지리적 지식의 가시적 결과물이지만, 전적으로 객관적이지는 않다. 우선 1935년도『동아일보』와『조선일보』에서 세계지도를 제작할 때부터 특수한 제작의 의도가 있었고, 그 의도는 지도를 보는 독자들에게까지 '기사'와 '홍보'를 통해 전달되었다. 더욱이『동아일보』의 세계지도는 대륙의 윤곽선과 물리적인 배치 정보만을 전달한 것이 아니다. 여기에는 권력의 충돌과 흐름, 즉 돈, 광물, 면화, 군비, 군사력, 식민지 정보 등 세계 각국의 긴장감 있는 대치 상황이 포함되어 있었다. 당시 세계지도의 배부는 주로『동아일보』독자, 즉 조선 민족을 대상으로 이루어졌고, 그 독자는 세계지도를 볼 때 분명 자신의 시점을 조선 반도에 위치시키고 주변 정황을 조망하는 방식으로 지도를 읽어나갈 것이다. 읽고 이해하고 정보를 습득하면서 세계에 대한 자기만의 이해 방식을 세워나가는 이 조망과 확장의 시야는 김기림이「기상도」를 전개시켜나갔던 방식과 다르지 않다.「기상도」에서 김기림이 시세계를 구성하는 주된 수법은 높은 곳에 시점을 위치해놓고 주변의 정황을 단계적으로 확장해가면서 자신의 위치를 확립하는 방식이다.「기상도」의 창작 시기가 1935년도임을 감안해보면 김기림이 세계전도의 이미지를 이미 알고 있었고, 또한 전도가 촉구했던 전세계 파악의 필요성을 인지하고 있었으리라 예상할 수 있다. 당대 김기림에 대한 평론 중 하나인 박용철의 언급―"이 시(「기상도」를 말함-인용자) 가운데는 세계를 파악하려는 시인의 열정이 수많은 奇警한 비평과 상쾌한 비유의 考案으로 나타난다"[41]―역시 이러한 세계 전

---

41 박용철,「을해시단총평(완)」,『동아일보』1935. 12. 28.

1930년대 '조선적 이미지즘'의 시대

체에 대한 파악을 시인의 열망으로 지적하고 있다. 김기림의 「기상도」는 세계적인, 또는 전방위적인 인식의 확장을 노렸으며, 이것이 단순한 지식의 습득이나 아는 것의 시적 표현이 아닌 세계에 대한 상상적이고 실재적인 이해를 결합하여 독자적인 이해의 방식을 완성하기 위한 노력이었다.

김기림의 「기상도」가 당대 세계전도의 이미지 위에 자신만의 독자적인 세계전도를 확립한 작품이라면, 바다 여행을 다루는 작품들 역시 당대 세계전도의 인식론적 틈새에서 출발하되 그것을 전복적이고 문학적으로 변화시키는 작품들이라 할 수 있다. 앞서 김기림에게 있어 수평적 미디어나 이미지를 바탕으로 한 문학적 상상력이 이미지의 계열체를 이루고 있다고 분석한 바 있다. '지도', '사진', '원고지', '메뉴판' 등으로 변주되는 이 '판'의 이미지들은 김기림에게 있어 중요한 시학의 원리가 된다. 이것을 신범순은 '상상적 서판'으로 해석한 바 있다. 신범순은 "그의 시 「기차」에 나오는 식당은 일종의 산책가의 작업실과도 같다. 그는 이 식당의 메뉴판을 뒤집어서 시를 쓴다. …(중략)… 뒤집힌 메뉴판은 즉 마음 속의 상상적 서판(書板)인 것이다. 김기림은 기차의 궤도처럼 냉정하고 엄밀하게 움직이는 상품의 논리적 서판을 뒤집고 있다. 그가 앉아 있는 식당과 거리의 백화점 그리고 이 근대적인 도시 전체는 이 시에서 '메뉴판'에 상징적으로 압축되어 있다"[42]고 언급한 바 있다. 이 책에서는 이 '상상적 서판'이 산책가의 산책 이후 일어나는 문학적 활동의 본질이라고 파악한다. 신범순이 제기한 '상상적 서판'은

42   신범순, 「식당의 시학—이상과 김기림」, 『천년의시작』 2권 2호, 2003. 5, 299쪽.

주로 식당 및 식욕에 관련된 것으로, 구체적으로 메뉴판과 테이블크로스가 포함되어 있다. 이 책에서는 이를 확대하여 다음과 같은 일종의 계열체가 드러난다고 본다. 판적 시학의 계열체로는 세계전도(세계에 대한 보급된 근대의 이미지)를 넘어서는 전복적인 세계판으로서 여행, 바다, 해도 등의 은유가 구축하는 의미망에 주목할 수 있다. 현실적 미디어의 판 위에 덧씌워지거나, 뒷면에 씌어진 이 새로운 판의 상상력은 현실적 지도의 의미를 지우고 새로운 길과 도식을 만들어낸다. 현실 미디어를 전복적으로 활용한 판적 시학은 비판적이고 대안적인 상상의 공간을 확보하게 해준다.

김기림에게 있어 근대의 발명품으로서의 세계지도의 이미지는 현실에 대한 인식론적 장에 속해 있다. 신문기자의 감각과 문인으로서의 감각을 동시에 지니고 있었던 김기림은 이 이미지를 형성한 원리가 단지 세계 그림이라는 단순한 차원이 아님을 이해하고 있었다. 그에게 있어 세계지도라는 근대적 미디어는 문명의 일부로서 인지되고, 역으로 문학적으로는 비판과 전복의 대상이 된다. 자신의 인식론적인 장 안으로 세계 지도의 이미지를 받아들이되, 그것을 무비판적으로 향유하지 않고 문학적 전복을 이룬다는 점이 바로 김기림의 모더니즘 문학에서 주목할 만한 특징이다. 김기림 문학은 근대 문명("세계지도")이 존재하지 않는 다른 차원의 세상으로 초월할 것을 목표로 삼지 않는다. 그의 문학적인 시도는 어디까지나 근대적이며 현실적인 인식론을 토대로 하고, 그 위에 새로운 건축물과 시적 세계를 건설하는 방향으로 나아간다. 이 점이야말로 김기림 문학의 당대적 성취를 값지게 하는 부분으로서 고평되어야 한다. 김기림은 현실의 인식론적인 변화와 판도를 매우 정확하게 이해한 후에, 그것을 기반으로 하되 문학적이고 상상적으로 현실과는 다른 극복의 장(場)을 건설했기 때문이다.

김기림이 미디어적 지도를 펼쳐놓고 그 위에 상상적 여행을 덧씌운 것은 기존의 세계지도가 보여주는 근대적 인식을 탈출하려는 시도로 이해할 수 있다. 미디어가 보여주는 근대적 세계 여행과 김기림 문학이 보여주는 균열적 세계 여행이라는 대립항 사이에는 좌절과 절망과 희망이라는 복잡한 심리가 포함되어 있다. 이 갈등 상황은 '기차' 여행을 다룬 시편과 '항해'를 다룬 시편으로 나누어 살펴볼 수 있다.

김기림에게 있어 기차, 그리고 자동차라는 대표적인 근대 교통수단은 단순한 운송 방편 이상의 의미로 인식된다. 그의 작품들을 보면 '기차'와 '자동차'는 마치 동물이나 사람처럼 살아 있다. '기차(자동차)는 동물이다'라는 동물 은유가 그의 작품에 폭넓게 사용되었다.

> 레일을 쫓아가는 기차는 풍경에 대하여도 파랑빛의 로맨티시즘에 대하여도 지극히 냉담하도록 가르쳤나 보다. 그의 끝없는 여수를 감추기 위하여 그는 그 붉은 정열의 가마 위에 검은 강철의 조끼를 입는다.
>
> 내가 식당의 메뉴 뒷등에
>
> (나로 하여금 저 바닷가에서 죽음과 납세와 초대장과 그 수없는 결혼식 청첩과 부고들을 잊어버리고
>
> 저 섬들과 바위의 틈에 섞여서 물결의 사랑을 받게 하여주옵소서)
>
> 하고 시를 쓰면 기관차란 놈은 그 둔탁한 검은 갑옷 밑에서 커-다란 웃음소리로써 그것을 지워버린다.
>
> 나는 그만 화가 나서 나도 그놈처럼 검은 조끼를 입을까 보다 하

고 생각해 본다.

― 「기차」 전문[43]

「기차」는 「심장 없는 기차」와 함께 '기차는 동물이다'라는 은유를 활용한 대표적인 작품이다. 이 은유는 앞 장에서 분석대상이 되었던 정지용의 동물 은유(「슬픈 기차」 「파충류동물」)와 비교될 수 있다. 두 시인이 공통적으로 '기차는 동물이다'라는 은유를 사용하는 것은 상당히 흥미로운 특성이다. 그리고 동일한 동물 은유를 도입하되 활용 방식과 의미 부여에 있어서는 전혀 다른 지향성을 드러낸다는 것 역시 주요하게 검토될 필요가 있다. 3장 2절에서 분석했듯이 정지용의 '기차는 동물'이라는 은유는 외부 세계의 낯섦을 내부 세계로 치환시키려는 목적을 지니고 있었다. 이질적인 대상을 익숙한 대상으로 은유하면서 정지용은 현실 세계의 물질적·인식적 변화를 상상 세계 안에서 재의미화하였다. 정지용의 기차에 대한 동물 은유가 세계 해석의 시도였다면, 김기림의 동물 은유는 어떤 발상으로 이해될 수 있을까.

사전적으로 기차는 증기기관에 강철 외관을 씌운 운송 기관이다. 기차는 인간이나 동물의 근력이 아니라 석탄 같은 무기물에서 인공적 동력을 뽑아낸다는 특징으로 인해 근대 기계문명을 대변하는 발명품이 되었다.[44] 지금은 기차가 일상의 일부로 여겨지지만 처음 도입될 때 기

---

43 발표 당시 제목은 「바다의 抒情詩」, 『가톨릭청년』, 1933. 10(이후 제목을 바꾸어 시집 『태양의 풍속』에 수록. 『김기림 전집』 1, 18쪽).
44 박천홍, 앞의 책, 7쪽.

차는 경이감의 대상, 또는 괴물의 이미지로 인식되곤 했다.[45] 김기림의 「기차」가 창작되었던 1930년대 초반에 기차는 상당히 일상생활의 영역으로 들어와 있어서[46] 경이감이나 괴물 이미지보다 더 복합적인 개념들을 연상시키고 있었다. 그렇다면 시인 김기림은 기차를 어떻게 파악하고 은유화하고 있었는가. 그는 '기차는 동물이다'라는 은유를 통해 근대적 인간의 모습을 투영해내고 있다.

이 작품에서 기차의 특성은 우선, '레일을 쫓아가기'로 시작한다. 이때 주어진 노선을 벗어날 수 없는 기차의 모습은 의지와는 무관하지만 그럼에도 불구하고 '쫓아가기' 행동을 하는 사람처럼 의인화되어 있다. 기차를 사람처럼 그리고 있는 또다른 구절로 기차가 "검은 조끼"를 입고 있다는 표현을 들 수 있다. '검은 조끼'라는 시어를 통해 '기차는 동물'이라는 은유는 '기차는 인간'이라는 은유로 좁혀진다. 이 시어는 김기림 자신도 즐겨 입을 만한 정장의 일부로, 1930년대 자신과 같은 근대인의 이미지를 기차 위에 덧씌우는 효력을 발휘한다. 근대의 일원으

---

45 서구의 근대에서도 맨 처음 기차의 출현은 노동자들에게 일자리를 빼앗고 굉음과 함께 대지를 흔드는 괴물과 같은 이미지로 인식되었다. 조선에서도 기차가 침략과 지배, 수탈과 분열, 탄압과 차별이라는 식민지의 모순을 상징하고 있었음을 알 수 있는 기사 중의 하나로 "교통기관은 조선사람에 의지하여 수입의 원천을 짓는 교통기관이 아니라 다소의 편리를 이용하여 조선 사람의 피를 빨아먹고 주머니를 빼앗아가는 교통기관"을 들 수 있다(『동아일보』, 1923. 3. 6. 사설을 위의 책 103쪽에서 재인용).

46 조선의 경우 1899년 9월 18일 경인철도의 개통, 1904년 경부철도의 개통으로 인해 조선의 대지는 철로에 의해 점령당하고 구획되기 시작한다. 1920년대에 들어서면서 조선에서도 기차 여행은 자연스러운 것으로 자리잡았다(위의 책, 159쪽).

로서의 기차와 근대인의 한 사람으로서의 시인의 이미지는 이 작품 안에서 대조적으로 그려지고 있다. 전형적인 근대의 상징으로서의 기차는 화자가 창작해내는 '상상적 서판'과 '상상적 바다 여행' 모두를 부정하고 조소한다. 시 쓰기가 기차의 근대성에 함몰되지 않은 문학적 정체성을 표현한다면 근대인의 정체성과 시인의 상상력을 종합적으로 지닌 화자는 전적으로 근대적인 일원인 기차와 서로 비판하고 있는 셈이다. 문학과 근대, 현실과 상상의 대립이 아니라, 시인이 근대와 문학의 종합으로서의 입장을 취한 다음에 근대적인 대상과의 관계를 맺는다는 사실은 매우 흥미롭다. 김기림의 문명 비판은 후기 시에서 중점적으로 나타난다고 알려져 있다. 그런데 위 시에서는 문명과 문학을 종합한 시인의 정체성이 문명 일변도에 대한 비판을 시도하고 있어 문명 비판적 인식을 이미 초기 시에서부터 갖추고 있었음을 보여준다. 그리고 이러한 비판적 시선은 다음의 작품에서 '기차'가 아닌 '자동차'를 중심으로 펼쳐진다.

> 萬若에 내가 길거리에 쓸어진 깨여진 自動車라면 나는 나의 「노-트」에서 將來라는 「페이지」를 벌-서 지여버렸을텐데……

> 대체 子正이 넘었는데 이 미운 詩를 쓰노라고 벼개로 가슴을 고인 動物은 하느님의 눈동자에는 어떻게 가엾은 모양으로 비췰가? 貨物自動車보다도 이쁘지 못한 四足獸.

> ─「貨物自動車」 부분[47]

---

47 『中央』 1권 2호, 1933. 12(『김기림 전집』 1, 21쪽).

김기림의 「화물자동차」는 경성이라는 도시 정경을 작품으로 치환했다기보다 〈기차 시편〉들의 연장선상에서 읽혀야 할 필요가 있다. 왜냐하면 〈기차 시편〉에 보이는 '기차는 동물이다' 내지는 '기차는 인간이다'라는 은유 방식이 위 시편에서는 주어를 바꾸어 '자동차는 동물이다'와 '자동차는 인간이다'라는 은유로 등장하기 때문이다. 자동차에 대한 동물 은유가 확연하게 드러나는 구절은 인용 하단의 "화물자동차보다도 이쁘지 못한 사족수"라는 표현에 있다. 화물자동차와 비교·대조되는 '사족수'란 바로 시인 자신이다. 시인이 '동물(사족수)'이 되고 화물자동차와 비교된다는 말은 한편으로 화물자동차 역시 '수(獸)'의 일종이라는 의미가 된다. 시인과 자동차가 결국 동물의 층위에서 동일하게 취급되고 있다. 구체적인 은유를 확인하고 다시 「화물자동차」의 구도를 살펴보면 이 작품의 갈등 관계가 앞서 인용한 「기차」와 상당히 닮아 있음을 알 수 있다. 그것은 "내가 …(중략)… 자동차라면" "나는 나의 「노-트」에서 將來라는 「페이지」를 벌-서 지여버렸을텐데"라는 구절에서 드러난다. 여기서 자동차가 '노트'의 '페이지'를 지워버리는 일은 「기차」에서 기차가 '시'를 조소한 것과 같은 의미를 지닌다. 시 「기차」에서 시인이 그럼에도 불구하고 '시'를 계속 썼던 것과 마찬가지로 「화물자동차」에서의 '나' 역시 '화물자동차'의 '삭제된 시'에 맞서 지속적으로 "미운 시"를 써나간다.

이상의 두 작품은 외부적인 속성, 즉 근대성에 대항하는 시인의 자의식을 그리고 있다. 그런데 왜 이 갈등 상황에서 결국 시는 승리한다고 낙관되지 못할까. 김기림에게 있어 '시'는 추구되면서도 동시에 스스로도 미덥지 않은 대상으로 인식된다. 개인의 '시'라는 것이 워낙에 막강한 '기차'와 '자동차'의 위력을 쉽사리 넘어설 수 없었기 때문이다. 근대성이 지닌 위력에 대한 김기림의 인식은 '죽음을 만들어내는 기차'에 대한 다음 작품들에서 찾아볼 수 있다.

> 이민들을 태운 시컴언 기차가 갑자기 뛰여들었음으로 명상을 주물르고 있던 강철의 철학자인 철교가 깜짝 놀라서 투덜거립니다. 다음 역에서도 기차는 그의 수수낀 로맨티시즘은 기적을 불테지. 그렇지만 이민들의 얼굴은 차창에서 웃지 않습니다. 기관차에게 버리운 연기가 산냥개처럼 검은 철길을 핥으며 기차의 뒤를 따라갑니다.
>
> ―「三月의 씨네마―북행열차」 전문[48]

「삼월의 씨네마―북행열차」는 간도 이민들의 기차 이주를 표현하고 있는 작품이다. 이 작품에는 '철교는 철학자'라는 기발한 은유가 눈에 띄지만 사실 의미의 중심은 이 은유에 있지 않다. 이 작품을 대표하고 있는 것은 기차의 검고 어두운 이미지이다. 기차의 검은 외면에서 연상된 이미지는 기차에 탑승한 이주민들의 무표정 속에 침투해 있으며 나아가 기차가 지나고 난 뒤의 철도에도 남아 있다. 이 작품에서 '기차'(근대성)의 특징으로 강조된 '검은' 이미지는 다음의 작품에서 '죽음'이라는 보다 구체적인 의미로 드러난다.

> 汽車 소리가 죽어버린 뒤의 검은 들 우에서

---

48 발표 당시 제목은 「三月의 프리즘―⑤紫」, 『조선일보』, 1931. 4. 23(이후 제목을 바꾸어 시집 『태양의 풍속』에 수록. 『김기림 전집』 1, 92쪽).

오늘

나는 삐죽한 광이 끝으로 두터운 안개빨을 함부로 찢어준다.

이윽고 흰 배암이처럼 寂寞하게 나는 돌아갈게.

— 「感傷風景」 부분[49]

앞선 작품 「삼월의 씨네마—북행열차」에서 기관차에서 흘러나온 검은 연기는 검은 철길과 함께 암담한 풍경을 조성하고 있는데, 위 작품 「감상풍경」 역시 기차 소리가 흘러나와 '들'을 검게 물들였다고 표현한다. 두 작품 모두에서 '기차'는 검고 암담한 죽음으로 상징화된다. 이것은 근대의 부정적인 속성을 비판하는 표현임과 동시에 그 근대에 편입되어야만 하는 근대인의 암울한 운명을 암시하고 있기도 하다. 기차가 일정한 궤도를 벗어날 수 없는 것처럼 근대적 인간상 역시 주어진 근대의 노선을 그대로 따라야만 한다. 이러한 폭력적인 상황에 맞서 「감상풍경」에는 근대적 인간상과는 다른 '나'의 모습이 등장한다. 김기림은 이 작품에서 "삐죽한 광이 끝으로 두터운 안개빨을 함부로 찢어준다"고 말한다. 이것은 기차가 지닌 어두운 이미지에 반항적 틈새를 생성하는 저항의 행동으로 읽힌다. 이어서 김기림은 기차의 '궤도'와는 다른 노선을 이 반항적 틈새 다음에 등장시키는데 그것은 작품 안에서 "흰 배암이처럼"이라는 표현으로 은유화되고 있다. 즉, 철로가 만들어놓은 불가역적 노선이 있고, 기차와 근대인은 그것을 무비판적으로 따라가야 한다. 그 궤도를 따라가면서 느끼는 갈등과 자기 연민은 「기차」와 「화물

---

49 발표 당시 제목은 「가거라 너의 길을」, 『新家庭』, 1933. 1(이후 제목을 바꾸어 시집 『태양의 풍속』에 수록. 『김기림 전집』 1, 36쪽).

자동차」라는 시에서 찾아볼 수 있었다. 이에 반해「감상풍경」이라는 작품에서 김기림은 근대의 설정과 궤도를 벗어나는 "흰 배암이"의 궤도를 등장시키면서 철도 선로와는 다른 노선을 제시하는 것이다. 김기림이 "찢어"놓은 반항적 틈새를 통해 "배암이"가 등장한다면 그 뱀은 자유롭고 반궤도적인 노선을 생성하는 주체가 될 수 있다. 이 시 안에 압축적으로 포함된, "기차"의 궤도와 "배암이"의 궤도 간 대조적인 구도는 다음의 작품에서도 동일하게 드러난다.

> 배아미처럼 굼틀거리는 水平線 그 넘어서는
> 계절이 봄을 준비하고 있다고
> 바람이 물결을 타고 지나가면서
> 항용 중얼거리는 그 들에서는⋯⋯
>
> ―「먼들에서는」부분[50]

이 작품에도 동일하게「감상풍경」과 마찬가지로 "배아미"라는 시어가 등장한다. 그리고 그 바탕에는 '수평선은 뱀이다'라는 은유가 놓여 있다. 바다의 수평선은 일렁이는 파도와 태양 광선의 영향으로 인해 마치 굼틀거리는 생명체처럼 보일 수 있다. 그런데 이러한 정경 표현만을 위해 그가 '뱀'을 들여온 것은 아니다. 이때의 뱀은「감상풍경」에서 새로운 노선으로 등장한 "흰 배암이"와 동일한 의미를 지니고 있다. 즉 이 작품에서 김기림은 '뱀'을 통해 '수평선'이라는 한계 지점을 "넘어서는" 세계

1930년대 '조선적 이미지즘'의 시대

---

50 『조선일보』, 1934. 5. 13(『김기림 전집』 1, 39쪽).

를 상상하고 있다. 다시 말해 가시적인 '선'을 넘어서 그 바깥을 꿈꾸기 위해 '뱀'이라는 자유의 상징이 등장했다고 볼 수 있다. 주어진 한계 지점의 고정된 노선에 대한 비판은 김기림이 직접적으로 문명 비판을 주제화하는 작품에서도 자주 등장하는 모티브이다. 기차 선로의 것이자, 근대 체제의 것으로서의 그 고정된 행로를 김기림은 "행진"이라고 조소한 바 있다.

　　　大中華民國의 將軍들은
　　　七十五種의 勳章과 靑龍刀를
　　　같은 풀무에서 빚고 있습니다.

　　　『엑 軍士들은 무덤의 方向을 물어서는 못써. 다만 죽기만해. 그
　　　때까지는 鴉片이 여기있어. 大將의 命令이야⋯⋯
　　　　엇둘⋯⋯둘⋯⋯둘』

　　　『大中華民國의 兵士貴下
　　　부디 이 빛나는 勳章을 貴下의 骸骨의 肋骨에 거시고
　　　쉽사리 天國의 門을 通하옵소서. 아―멘.
　　　　엇둘
　　　　엇둘』
　　　　　　　　　　　　　　　　　　　 ― 「大中華民國 行進曲」 전문[51]

「大中華民國 行進曲」은 행진이란 결국 병사들의 무덤을 낳는, '죽음의

---

51 『조선일보』, 1934. 1. 4(『김기림 전집』 1, 23쪽).

행진'임을 비판적으로 드러내고 있다. 이 작품에서 군사들은 우리가 어디로 가고 있으며 왜 가고 있는지를 물어서는 안 된다. 다만 아편을 먹고 정신을 마취시킨 후 무조건적인 명령을 따라야 한다. 이때 병사들의 구령인 "엇둘 엇둘"은 궤도를 따라갈 뿐인 무의미한 기차의 기적 소리와도 겹쳐진다. 즉 병사는 〈기차 시편〉에서 비판되었던 근대의 '기차'와 같고, 그 둘은 죽음의 노선을 따라 죽음의 행진을 하고 있다. 근대성에 내포된 '죽음의 행진'에 대한 김기림의 성찰은 많은 작품을 낳는 기반이 되었다. 김기림의 작품에서 도시의 화려함과 그 뒤의 병폐를 잘 드러내고 있는 「비」 역시 이러한 '노선'과 '행진'에 대한 언급이 포함되어 있다.

> 그들의 구조선(救助船)인 듯이
> 종이 우산(雨傘)에 맥없이 매달려
> 밤에게 이끌려 헤엄쳐 가는 어족(魚族)들
> 여자(女子)—
> 사나이—
> 아무도 구원(救援)을 찾지 않는다.
>
> 밤은 심해(深海)의 돌단(突端)에 좌초(坐礁)했다.
> SOSOS
> 신호(信號)는 해상(海上)에서 지랄하나
> 어느 무전대(無電臺)도 문을 닫았다.
>
> — 「비」 부분[52]

---

52 발표 당시 제목은 「밤의 SOS」, 『가톨릭청년』, 1934. 1(이후 제목을 바꾸어 시집

위에 인용되지 않은 작품의 나머지 부분은 도시의 화려함과 허망함에 대한 것이다. 어느 날 밤비가 도시의 아스팔트에 고여 물웅덩이를 만들었고 각종 네온사인은 그 웅덩이 위에 거짓 보석의 이미지를 만들어내고 있다. 그리고 위에 인용한 부분은 이 도시의 허망함과 거짓 화려함 속에 허우적거리며 살고 있는 근대 도시인을 다룬다. 그것은 구체적으로 "밤에게 이끌려 헤엄쳐 가는 어족(魚族)들"로서의 인간 군상이다. 자신이 가야 할 곳을 자신이 결정하지 못한 도시의 군상들은 '우산'과 '밤'의 노선에 매달려 다닌다.

김기림의 작품 세계에서 '어족'으로서의 인간 군상이 위 작품에서처럼 늘 부정적이고 무기력한 것만은 아니다. 김기림은 근대인을 표상하면서 '어족'이라는 시어를 자주 사용하는데 전체적인 작품을 살펴볼 때에 이 어족으로서의 인간 군상은 두 가지 중의적인 의미를 지니고 있다. 하나는 세계전도의 판 안에 갇혀 있는 근대인의 일상을 의미하고, 또 하나는 전자와는 반대로 세계전도의 전복적인 판을 유영하는 자유로운 시도를 의미한다. 하나의 단어에 두 개의 서로 다른 이미지가 파생되는 이유는 김기림에게 있어 세계에 대한 인식의 판이 두 갈래로 나뉘어 있기 때문이다.

앞서 언급한 것처럼, 김기림은 지도, 신문, 테이블, 메뉴판 등과 같은 현실 인식의 장을 일차적으로 잘 내면화하고 있다. 그가 감각 있는 신문기자라는 것, 비판 의식이 높은 지식이라는 것, 사화와 역사에 관심이 많았다는 점 모두 이러한 현실 인식의 장을 잘 파악하고 있었다

『태양의 풍속』에 수록.『김기림 전집』1, 25쪽).

는 사실로 연결된다. 「기상도」의 구상 역시 전체적인 세계정세와 역사와 지리에 대한 실질적 지식이 없었으면 불가능했을 일이다. 그러나 이 현실 인식의 장은 김기림 문학의 전제일 뿐 궁극 지점이 아니다. 「기상도」가 현실의 실제적인 세계 판 위에 문학적이고 주체적인 자기 세계를 재건설한 결과물이었던 것처럼, 김기림은 정밀한 현실 인식 위에 문학적이고 상상적인 판을 은유화하면서 작품 세계를 만들어나갔다. 이 책에서는 이러한 방법론, 즉 현실의 인식론적인 판을 문학의 상상적인 서 판으로 바꾸어나가는 방식을 '판적' 은유로 규정했던 것이다. 김기림의 문학 세계에 이처럼 현실 인식의 판, 그리고 그것을 극복하는 전복적인 판이 이중화되어 있기 때문에 이 두 가지 판의 갈등과 공존은 김기림의 시의 분위기를 위급하게도 만들고, 건강하게도 만든다.

두 가지 세계, 어족의 이중성 외에 김기림의 여행 역시 두 가지 대립적인 의미를 지니고 있다. 위에 인용된 작품 「비」의 경우처럼 때로 김기림의 바다 여행은 비극적으로 파탄난다. 그렇지만 또 작품에서 김기림의 바다 여행은 건강하고 긍정적으로 그려다. 이것은 김기림의 현실 인식과 이상향의 차이이자, 인식론적인 판과 상상적 판의 차이라고 보아야 한다. 이런 시 쓰기, 즉 현실을 기반으로 그것을 역전적으로 활용하는 전복성은 김기림의 시적 특성이다. 이 특징은 다음 절에서 살펴볼, '조감도적 인식'과 '반조감도적 공간의 형성'를 통해서도 십분 파악할 수 있다.

3. 천상적 은유와 지하층 은유의 반(反)조감도적 구도

앞서 「기상도」를 분석하는 부분에서 고도의 부감 시점과 항공 촬영에서나 가능한 기법이 활용되었다 보았지만, 김기림은 당대 새롭게 등장한 근대의 시각성을 그대로 답습하지 않는다. 오히려 김기림은 당대의 근대적인 '조감도'를 이용·극복하여 근대의 자장 안에 귀속되지 않은 새로움을 창조해낸다. 근대의 시점과 시각성을 바탕으로 삼되 그것을 전복적으로 활용하는 방식은 현실 인식의 장과 그 장을 기반으로 하되 뒤집는 서판의 시학을 보여준다. 그의 문학 내에서 인식론적인 변화에 주목한다면, 김기림에게는 근대 기술을 통해 탄생한 조감도적 시각성을 학습하는 하나의 장이 존재하고, 그 장을 상상적으로 가공하여 시적으로 활용하는 또 하나의 장이 존재한다. 민첩하게 알되, 그것을 전복시키는 것이야말로 김기림만의 고유한 특성이다. 현실적이고 인식론적인 개념의 장에서 시작하여 시인의 내면으로 투사된 표상들의 체계와 이미지들은 시인의 상상적인 세계 안에 새로운 은유로서 재탄생한다. 그의 창조적 은유는 조감도적 시각성을 기반으로 하되 근대적 조감도를 '재조감화'하면서 기존의 조감도를 무화시킨다. 근대적 시각성의 일종인 조감도를 무화시키는 초월적인 조감의 시선은 '천사의 시선'으로서 이것은 천체적 상상력의 결과로서 나타난다.

날아갈 줄을 모르는 나의 날개.

나의 꿈은

午後의 疲困한 그늘에서 고양이처럼 조려웁다.

도무지 아름답지 못한 午後는 꾸겨서 휴지통에나 집어넣을가?

그래도 地文學의 先生님은 오늘도 地球는 圓滿하다고 가르쳤다
나.
「갈릴레오」의 거짓말쟁이.

홍 創造者를 絞首臺에 보내라.

하누님 단한번이라도 내게 성한 날개를 다고. 나는 火星에 걸터
앉아서 나의 살림의 깨어진 地上을 껄 껄 껄 웃어주고 싶다.

하누님은 원 그런 재주를 부릴 수 있을가?
— 「午後의 꿈은 날줄을 모른다」 전문[53]

「오후의 꿈은 날줄을 모른다」는 김기림의 초기 시편에 속하는 작품이
다. 이 작품에는 두 가지 대립적인 인식 체계가 등장한다. 하나는 '갈릴
레오'로 표방되는 현재 과학 지식의 장이다. 그것은 과학 담론의 일반
화와 함께 현재 사람들의 뇌리 안에서 진리라고 믿어지고 있으며 '지문
학의 선생님'이 가르치는 당대 지식의 내용으로 전파된다.[54] 이것이 바

---

53 『신동아』 3권 4호, 1933. 4(『김기림 전집』 1, 19쪽).

54 서구과학이 한국의 근대 학교교육에 정규 교과로 등장하게 된 것은 1895년 한
성사범학교 관제로 시작되는 근대적 학교제도의 성립에서 비롯된다. 이때 학교
에서 과학이 하나의 교과로 정착된다. 현재 과학교과에서의 물리, 화학, 생물은

로 김기림이 파악하고 있는 근대적 현실의 패러다임이다. 그런데 김기림은 이 작품에서 근대 과학적 패러다임을 '조소'할 수 있는 새로운 시각을 도입하고 있다. 근대 과학 담론에서는 '지구는 둥글다'고 가르친다. 이러한 과학적 지식은 근대 문명의 원동력이 되어주었지만, 김기림의 문학적 관점에 의하면 근대에서 가치롭게 가르치는 교육의 내용이란 무기력한 내용일 뿐이다.

알지 못한 상태에서 비판할 수는 없다. 이 시에서 김기림이 갈릴레오로 표상되는 천문학의 세계를 비판할 수 있었던 것은 분명 그가 근대과학에 대한 지식을 갖추고 있기 때문이다. 알고는 있지만 김기림은 근대 과학을 신봉하거나 그것을 진리로 믿는 절대주의적 입장에 서 있지않았다. 지식인이었지만 지식에 상당히 회의적이었으며 지식과 진리를 구분할 줄 알았다. 오히려 그는 진리란 인식의 재구성을 통한 형이상학적 발상을 통해 등장한다고 생각하고 있었다. 1930년대 집필한 것은 아니지만 김기림의 과학적 관심을 보여주는 자료로 1948년 6월에 발간된 『과학개론』을 들 수 있다. 이 자료는 김기림이 J. A. 톰슨이라는 영국 생물학자의 저서를 번역한 것으로서 앞에 본인의 역자 서문과 저자 소개를 붙여놓았다. 톰슨은 이 저서에서 과학의 본질과 제 분야에 대해 설명하고 있지만 이 책은 근대적 과학의 역량을 강화하기 위함보다 하나

당시의 과학교과로는 박물학, 식물학, 동물학, 생리학, 위생학 등으로 유형화되고 지구과학은 당시에 천문학, 지문학, 광물학, 지질학 등으로 유형화되었다(박종석 외, 「대한제국 후기부터 일제 식민지 초기(1906~1915년)까지 사용되었던 과학교과용 도서의 조사 분석」, 『한국과학교육학회지』 18권 1호, 한국과학교육학회, 1998, 93~97쪽).

의 패러다임으로서 근대적 과학을 이해시키는 데 초점을 맞추고 있다. "여러 과학은 세계에 대한 부분도를 제공한다. 여러 다른 관점에서 얻은 그림들이다. 한 陰畵를 다른 음화 꼭대기에 이어 붙임으로써 구성 사진을 만드는 것처럼 하는 것이 아니라 차라리 실체 사진기에서 두 간점을 결합하듯이 이러한 그림들을 결합하는 것은 형이상학이다"[55]라는 구절에서처럼 톰슨의 입장은 과학의 이해에 있지 주장에 있지 않다. 그의 과학론은 오히려 과학적인 관념이 "시처럼 상상력을 뒤흔들어놓는다"[56]는 문학적인 표현을 입어 표현된다. 이른바 과학은 절대적인 것이 아니라 지적 발전에 있어서, 보는 관점이 변화한 것이라는 입장이다. 역자인 김기림이 톰슨의 저술을 선택했던 데에는 이러한 과학론에 동의했기 때문이다. 김기림이 톰슨처럼 과학이란 지식의 일반이지 진리가 아니라는 것, 즉 이해해야 할 것이지 우리의 의식을 점령당해야 할 것이 아니라는 점을 알고 있다면 그의 과학적 지식, 근대적 지식을 바탕으로 한 작품 역시 그가 신문물을 자랑하거나 강조하기 위해 쓰지 않았다고 추측할 수 있다.

다시 작품으로 돌아가서, 김기림은 이 시에서 등장하는 '나'의 위치를 지구를 내려다보는 화성에 설정해놓았다. 그는 "나는 火星에 걸터앉아서 나의 살림의 깨어진 地上을 껄 껄 껄 웃어주고 싶다"라는 구절을 통해 '나(화자)는 천사'라는 은유를 도입한다. '나는 천사'라는 은유를 더욱 확실하게 만들어주는 것은 "날개"에 대한 언급이다. 그는 "날어갈 줄

---

55 『김기림 전집』 6, 235쪽.
56 『김기림 전집』 6, 367쪽.

을 모르는 나의 날개"로 작품을 시작하고, 제목 역시 "오후의 꿈은 날줄을 모른다"고 정했다. 화자로서의 천사나 날 줄 모르지만 날기를 희망하는 꿈은 결과적으로 동일한 의미를 지니고 있다. "나의 꿈은 고양이"이며 이 꿈이 나른하게 졸리다는 구절이 있는데 여기서 의인화된 꿈은 "화성"에 걸터앉아서 지상을 비웃는 천사의 모습을 연상시킨다. 즉, 김기림의 상상 속에서 시적 주체는 마치 '꿈'처럼, 또는 '천사'처럼 지구 밖의 우주적 시선을 얻어 지구를 바라보고 있다.

김기림에게 '천사'의 이미지 및 천상적 상상력은 여러 편에서 등장하는 공통된 이미지이다. 그에게 있어 이상적인 주체상은 '천사'와 '어족'이라는 은유를 입어 전체 시세계에 포진되어 있다. 그렇다면 김기림은 시적 주체에 대한 지향성을 왜 '천사'의 개념을 통해 은유화했던 것일까. 김기림의 시세계의 두 구조, 즉 현실 인식론적 장과 그것을 변환시키는 상상적인 문학의 장을 감안한다면 '천사' 역시 현실의 인식론적 장에서 출발해 시인의 내적 세계 안에서 새로운 의미로 재탄생한다고 볼 수 있다. 김기림이 작품에 있어, 우주 밖에서 지구를 내려다보는 '천사의 시선'은 갈릴레오적인 근대천문학 체제와 관련되어 있다. 천사 은유가 시작되는 현실 인식론적 장으로서 근대 과학 담론에서의 천체 개념 변화를 들 수 있다. 그리고 이 현실적인 개념은 은유화를 거치면서 그 실질적 과학 담론을 다시금 굽어보는 초고도적 시선, '천사의 시선'으로 변화된다. 이 작품에서 김기림은 그 초고도적 시선을 통해 근대적 체계를 무화시키고 조소할 수 있는 초월적 공간을 그리려고 한다. 그의 〈기차 시편〉들에서 근대성이 강압적인 궤도에의 복종 및 죽음의 암울함으로 이어졌다면, '천사의 시선'이 등장하는 〈천상적 시편〉들에서는 이러한 지상의 상황을 초월할 수 있는 가능성이 담겨 있다. 그러나 한편으로는 이 이상적 상황('천사의 시선')이 조소와 고발을 넘어서지 못한다는 갈등도 함께 나타낸다. '화성'에서 지구를 내려다보는 시선은 화성에 도달할 수 있을 만한 '성한 날개'를 지녔을 경우에만 획득할 수 있다. 김기림은 '날개'를 지니는 것을 '꿈'이라고 부르면서 지향하지만 사실 '꿈'이라는 시어에는 비현실적이고 불가능하다는 의미도 다소 포함되어 있다. 그는 희망하되 현실적으로는 실재의 조감도를 넘어서는 우주적 상상력을 실현할 수 없음을 비판한다. 위의 시편에서 "꺾어진 날개"와 그럼에도 불구하고 "비상하는 날개"는 김기림 작품에 보이는 절망과 추구를 각각 상징하고 있다. '날 수 있다'는 비상에의 열망과 '날 수 없다'는 근대인의 절망은 김기림 작품 세계를 채우는 일종의 감정적 파동을 담당하고 있다. 그리고 이 상반된 시적 내면은 김기림의 작품에서 '바다'가 등장하는 작품들과 '태양'이 등장하는 작품들에서 반복적으로 이미지화되고 있다. '날개'의 추구와 그것에의 절망에 관한 주제의식들은 여러 시편(「분수」「방」「가을의 과수원」「옥상정원」「꿈꾸는 진주여 바다로 가자」「우울한 천사」「저녁별은 푸른 날개를 흔들며」「아츰 비행기」 등)을 통해 전개되어나간다.

> 海拔 1000피-트의 高臺의 單面에
> 疲困한 太陽이 겨으른 自畫像을 그린다.
> 山허리에 살아지는 애처로운 抛物線의 자최인
> 해오라기 한 마리……
> 孤寂.

아낌없이 바다까에 비오는 沈默.
헐덕이는 물결의 등을 어루만지는 늙은 달은 모래불 우에서
경박한 사람들이 잊어버리고 간 발자국들을 집기에 분주하다.
脫衣場의 모래 우에 꾸겨져 젖어 있는
「러브레터-」 한 장.
밤은 벌서 호텔의 歡樂에 불을 켰다.

　　　　　　　　　　　　　― 「海水浴場의 夕陽」 전문[57]

「해수욕장의 석양」은 「오후의 꿈은 날줄을 모른다」와 연장선상에 놓여 있는 작품이다. 이 작품은 바다를 시의 소재로 다루고 있지만 앞서 고도의 조감도를 상상적으로 펼쳐놓은 것과 유사한 상황 역시 담고 있다. 이 작품에서는 첫 구절 "해발 1000피-트의 고대의 단면에/피곤한 태양이 겨으른 자화상을 그린다"는 부분에 주목할 필요가 있다. 이때 고도를 언급하면서 하필 '해발 1000피-트'라는 구체적인 표현을 선택한 것은 우연한 일이 아니다. 해발이란 해수면에서 상공으로의 높이를 의미하며 1000피트는 미터로 환산하면 약 300미터의 높이를 의미한다. 이 1000피트의 높이는 고공비행과 저공비행을 구분하는 기준점으로서 본격적인 비행기라면 1000피트 이상의 높이를 날 수 있는 수준을 만족시켜야 한다. 처음 비행기가 등장하여 1000피트 상공을 날았을 때 사람들은 비행기가 천사들이 사는 곳까지 닿았다고 느꼈다. 그래서 천사가 살고 있는 높이까지 왔다는 뜻에서 '해발 1000피트'의 높이를 전문 항공용어로 '엔젤(Angel)'이라고 부른다. 이 외에도 김기림의 작품에서는

57　『가톨릭청년』 1권 3호, 1933. 8(『김기림 전집』 1, 108쪽).

'체펠린'58)이라는 비행선 이름과59) '프로펠러'60)라는 관련 단어를 발견할 수 있다. 김기림이 활동하던 1930년대에 비행기는 전쟁과 행사 등의 일환으로 목격되던 대상으로서 당대의 지식인들은 비행선이나 비행기의 존재를 신기하고 불길한 근대 문물의 하나로 인식하고 있었다. 이런 상황에서 김기림은 근대가 하늘의 영역에까지 도달했음을 표지하는 비행기에 대해 비판적이고 문학적인 방식으로 은유화하고 있다. 그는 비행기가 도달할 수 있는 상공 '1000피트' 높이를 '천사'의 높이라는 은유로 재탄생시키면서 자신이 제시한 고도의 수준을 보다 풍성하게 드러내고 있다.

김기림에게 있어 '고도 1000피트'라는 표현은 근대적 규격의 외형을 빌려서 시작하지만, 그 고도를 근대의 것이 아닌 '천사'의 것으로 돌렸다는 데에 김기림의 특징이 있다. 그리고 이 '천사'의 변주 형태로 김기림은 '새'와 '비행기'를 등장시킨다.

> 푸른 하늘에 향하야
> 날지않는 나의 비닭이. 나의 절름바리.
>
> 아침해가

---

58 1900년 독일 체펠린 백작이 최초로 발명한 경식 비행선(rigid airship)을 의미하는데 백작의 발명과 생산으로 인해 '체펠린'이라는 이름은 곧 '경식 비행선'을 지칭하는 일반 명사가 되었다(Guillaume De-Syon, 『비행선, 매혹과 공포의 역사』, 박정현 역, 마티, 2005, 88쪽 참조).

59 「생활의 바다―제주도 해년 심방기」, 『조선일보』, 1935. 8.

60 시「아츰 비행기」와 수필「신문기자로서의 최초 인상―'저널리즘'의 비애와 희열」.

金빛 기름을 부어놓는

象牙의 海岸에서

비닭이의 傷한 날개를 싸매는

나는 오늘도

憂鬱한 어린 天使다.

　　　　　　　　　　—「憂鬱한 天使」전문[61]

「우울한 천사」는 "나는 천사"라는 은유와, "비닭이는 상한 나(천사)"라는 두 가지 은유를 보여주는 작품이다. 이때 '천사'의 이미지와 '상한 날개'라는 요소는 앞서 인용한 작품 「오후의 꿈은 날줄을 모른다」에도 그대로 등장했던 것이다. 그래서 이 작품은 「오후의 꿈은 날줄을 모른다」의 연장선상에 있다고도 볼 수 있다. 이 작품에서 '아침해'는 마치 축복이라도 내려주는 듯 해변가에 금빛 섬광을 채워놓고 있다. 이렇게 아름다운 배경에서 시인은 '나는 우울한 어린 천사'라고 낙심한다. 김기림이 '나는 천사'라고 표현해놓은 구절만 따로 읽으면 이 시인이 나르시시즘에 빠져 있는 듯이 생각될 수도 있다. 하지만 김기림의 천사 이미지는 긍정적인 세계 전망을 선취하는 관점에서 태어난 것으로서, 지상과 단절된 차원에서 천상계의 순수함을 상징하는 천사 이미지와는 다르게 해석되어야 한다. 김기림은 근대를 보는 자신의 이해를 바탕으로 그 안에 기존의 천사의 이미지를 들여오되 그것에 적극적인 의미부여를 시도한다. 시를 만드는 원동력으로서의 상상력이란 정신이 볼 수 있는 것

61　『조선일보』, 1934. 1. 4(『김기림 전집』 1, 40쪽).

곧 이미지를 형성하는 힘이다. 상상력은 은유를 통하여 이미지─말하자면 장면을 일반과는 다른 방식으로 지각함으로써 상투적 관념을 넘어서도록 하는 이미지─를 형성함으로써 새로운 관념에 도달하려는 힘으로 이해될 수 있다.[62] 김기림은 이러한 상상력의 기능을 활용하여, 관습적인 의미에서의 천사 이미지와 차별화되는 '천사의 시선'을 활성화한다.

김기림에게 있어 '천사' 이미지의 의미란, 근대적 시각 체계로서의 조감도를 훌쩍 뛰어넘을 수 있는 가능성의 확보로 인식될 수 있다. 「우울한 천사」에서거나 「오후의 꿈은 날줄을 모른다」에서도 천사는 존재하지만, 그 인식적 가능성과는 달리 현실의 천사는 날개 꺾인 존재로 표현되고 있다. 근대 문명 앞에 문학적 주체이자 상상적 주체의 현실은 "날개 꺾인 천사" 혹은 "상한 날개"로 은유화되고 있는 것이다. 세계에 대한 현실적이며 개념적인 인식을 토대로 하여 문학적으로 형상화한 '천사'의 은유는 이전 시대에는 찾아볼 수 없었던 특질이다. 게다가 김기림은 이 천사의 이미지를 일회성의 것으로 끝내지 않고 이후 많은 다른 시에서 상승과 하강을 반복하는 중심축으로서 활용하였다.

> 나의 가슴의 무덤 속에서 자는
> 죽지가 부러진 希望의 屍體의 찬등을 어루만지며
> 일어나보라고 속삭여 보았다.
>
> 나의 꿈은 한 끝이 없는 草綠빛 잔디밭

62　G. Lakoff · M. Turner, 『시와 인지』, 이기우 · 양병호 역, 한국문화사, 1996, 203쪽.

지난밤 그 우에서 나의 食慾은 太陽에로 끌었단다.

그러나 지금은 아침.

순아 어서 나의 病室의 문을 열어다고.

푸른 天幕 꼭댁이에서는

힌 구름이 매아지처럼 달치 안니?

우리는 뜰에 나려가서 거기서 우리의 病든 날개를 햇볕의 噴水
에 씻자.

그리고 표범과 같이 독수리와 같이 몸을 송기고

우리의 발굼치에 쭈그린 미운 季節을 바람처럼 꾸짖자.

— 「噴水」 부분[63]

오—나의 戀人이여

너는 한 개의 슈-크림이다.

너는 한 잔의 커피다.

너는 어쩌면 地球에서 아지못하는 나라로

나를 끌고가는 무지개와 같은 김의 날개를 가지고 있느냐?

— 「커피盞을 들고」 부분[64]

여기에 인용된 「분수」와 「커피盞을 들고」 역시 김기림의 〈천사 시편〉

---

63 발표 당시 제목은 「날개를 펴렴으나」, 『조선일보』, 1934. 1. 1(이후 제목을 바꾸
    어 시집 『태양의 풍속』에 수록. 『김기림 전집』 1, 67쪽).

64 『新女性』, 1933. 8(『김기림 전집』 1, 43쪽).

으로 묶일 수 있다. 특히 「분수」를 인용한 이유는 "나의 가슴의 무덤 속에서 자는/죽지가 부러진 희망의 시체의 찬등"과 같은 복잡한 표현을 통해 '천사' 이미지가 지닌 구체성이 확보되기 때문이다. 김기림에게 있어 천사는 근대적 조감도보다 훨씬 광대한 우주적 시점에서 근대적 시각성을 무화시킬 수 있는 가능성이고, 그렇기 때문에 이 구절에서 표현된 바와 같이 "희망"이다. 그런데 그 희망은 어디에 있는가. 김기림은 그것을 "시체"라고 말한다. 앞서 '상한 날개'의 이미지에서 더욱 병적으로 악화된 천사의 이미지는 이 작품에 와서 시인의 내면적 세계의 무덤이며 "시체"라는 극단적 표현을 얻고 있는 것이다. 천사의 이미지가 조감도적 시선의 극복이라는 우주적인 위치에서부터, 시인의 마음 속 무덤에까지 이르는 낙차는 상당히 심한 격차를 지니고 있다고 볼 수 있다. 고점에서 저점까지의 이러한 낙차폭은 김기림의 작품에 나타나는 '명랑'에서 '우울'까지 다양한 심리적 표현의 스펙트럼을 상징하고 있다. 김기림이 비상 가능한 '천사' 이미지에 상당한 애착을 기울이고 있었음을 그의 작품 「커피잔을 들고」에서 찾아볼 수 있다. 김기림은 이 작품에서 지식인의 애호식품이자 현대적인 기호식품이라고 할 수 있는 커피를 놓고 여러 가지 상을 대입시키고 있다. 커피가 심리적 안정과 쾌감을 준다는 의미에서 '커피는 연인'이라는 은유가 등장했다가 '커피는 슈크림', '커피는 커피'로 다시 돌아온다. 그리고 김기림은 사소하고 일상적인 경험, 커피잔 위로 피어오르는 김을 보고 "날개"를 떠올리기에 이른다. 이때 '김은 날개'라는 새로운 은유는 김기림의 천사 이미지를 다룬 전작들과 어울려 다시금 김기림을 일상에서 상상의 차원으로 비상하게끔 만든다. 그는 "너는 어쩌면 지구에서 아지못하는 나라로/나를 끌고 가는 무지개"라고 말하는데 이때 '지구–알지 못하는 나라'의 차이는 앞서 살펴보았던 '조감도적 지평–천상계적 지평'의 구조로 이어진다. 그리고 김기림이 이렇게 여러 작품에서 구상했던바, 실재 관념으로서의 조감도와 은유적 지향으로 만들어진 천상계적 상상력의 대조로서 '천사'의 자리 대신 '새'와 근대 물질문명의 상징인 비행기(작품 「아츰 비행」 「비행기」[65])가 등장하기도 한다.

김기림의 천상적 상상력을 구성하는 또다른 중요한 이미지들 중에는 '태양'과 '별'이라는 이미지를 들 수 있다. '천사', '태양', '별'은 분명 구별점을 지니고 있지만 이 세 요소가 어우러져 김기림의 독자적인 천상적 상상력을 형성해나간다는 공통점이 있다.

가을의
太陽은 겨으른 畵家입니다.

거리 거리에 머리 숙이고 마주선 벽돌집 사이에
蒼白한 꿈의 그림자를 그리며 댕기는……

「쇼-윈도우」의 마네킹人形은 홋옷을 벗기우고서
「셀루로이드」의 눈동자가 이슬과 같이 슬픔니다.

失業者의 그림자는 公園의 蓮못가의 갈대에 의지하야
살진 금붕어를 호리고 있습니다.

---

65 「三月의 씨네마」 중에서 「비행기」(『김기림 전집』 1, 91쪽).

가을의 太陽은 「플라티나」의 燕尾服을 입고서

피빠진 하눌의 얼굴을 散步하는

沈默한 畵家입니다.

　　　　— 「가을의 太陽은 플라티나의 燕尾服을 입고」 전문[66]

　인용시는 '태양은 화가'라는 은유로 시작한다. 이 태양은 지금 무기력과 우울로 점철되어 있지만, 건강을 회복한다면 고도에서 어떠한 역작을 그려낼 것이라는 기대도 담겨 있다. 이때 '태양은 화가'라는 은유는 이 작품에서만 등장하는 것이 아니다. 김기림은 「해수욕장의 석양」에서도 "자화상"을 그리는 '태양은 화가'라는 은유를 보여준 적이 있었다. 김기림의 '조감도'를 통한 세계 이해와 '천사 은유'를 통한 새로운 이미지의 대립을 전제하고 '태양은 화가' 은유를 살펴본다면, 화가의 원래 그림이 세계의 근대적 형상을 재편하는 '천사'의 시선과 겹침을 알 수 있다. 이렇게 김기림의 중요한 은유들은 각각 개별적인 은유로 분리되는 대신 서로 상당한 연관 관계를 형성하고 있다. 김기림에게 있어 현실의 조감도적 시선을 뛰어넘는 새로운 천상계적 상상력은 나아가 "태양"의 다양한 시적 은유의 개발과 함께 이루어진다.

　　太陽아

　　다만 한번이라도 좋다. 너를 부르기 위하야 나는 두루미의 목통을 비러오마. 나의 마음의 문허진 터를 닦고 나는 그 우에 너를 위한 작은 宮殿을 세우련다. 그러면 너는 그 속에 와서 살어라. 나는

1930년대 '조선적 이미지즘'의 시대

너를 나의 어머니 나의 故鄕 나의 사랑 나의 希望이라고 부르마.
그리고 너의 사나운 風俗을 쫓아서 이 어둠을 깨물어 죽이련다.

太陽아

너는 나의 가슴속 작은 宇宙의 湖水와 山과 푸른 잔디밭과 흰 방
천에서 불결한 간밤의 서리를 핥어버리려. 나의 시내물을 쓰다듬
어 주며 나의 바다의 요람을 흔들어 주어라. 너는 나의 병실을 어
족들의 아침을 다리고 유쾌한 손님처럼 찾아오너라.

태양보다도 이쁘지 못한 시. 태양일 수가 없는 설어운 나의 시를
어두운 병실에 켜놓고 태양아 네가 오기를 나는 이 밤을 새여가며
기다린다.

— 「太陽의 風俗」 전문[67]

김기림의 태양 이미지는 「살수차」[68]나 「가을의 태양은 플라티나의 연
미복을 입고」 등에서는 도시인의 무기력한 일상을 조소하는 창백한 빛
으로 등장한다. 반면 위 인용시 「태양의 풍속」에서는 강한 에너지의 원
천으로 등장한다. '병든 태양'의 경우와 건강한 풍속을 자랑하는 경우
모두 태양은 일종의 시선의 회복이라는 의미를 지니고 있다. 그 시선이
란 공간에 대한 근대적인 시선을 넘어서는 새로운 시선을 의미한다. 김
기림의 초기 시편을 모아놓은 시집 『태양의 풍속』에서 '풍속'이 의미하
는 바 역시 바로 김기림이 태양 및 천상계적 요소로 표상한 새로운 은
유의 지향성이라고 할 수 있다.

---

67 『김기림 전집』 1, 17쪽.
68 『삼천리』 3권 7호, 1931. 7(『김기림 전집』 1, 281쪽).

그는 도시문명을 시 안으로 끌어들이면서 도시에 대한 인상과 감각을 무분별하게 나열한 것이 아니다. 그의 인식론적인 장 안에는 당대를 살아가면서 습득한 근대 도시의 이미지와 개념이 이미 자리잡고 있다. 그리고 그 현실적 이미지를 문학적 상상력으로서 다시금 '제작'해나간다. 그에게 있어 제작이란 낭만주의적 시의 창작에서처럼 무에서 유를 창조해내는 영감의 산물이 아니라, 이미 존재하는 재료들을 재구성하고 재배열하면서 이미지의 배치와 의미의 층위를 달리하는 것이다. 기존에 있는 인식론적 층위를 인식하고 기반으로 삼되 기존 질서를 허물고 그 위에 새로운 질서를 성립시키는 것이 김기림의 시학이었고 시의 실천이었다.

> 별들은 地球 우에서 날개를 걷우어가지고 날어갑니다. 變하기 쉬운 戀人들이여. 푸른 하눌에는 구름의 층층대가 걸려 있습니다. 부즈런한 事務家인 太陽君은 아침 여섯時인데도 벌서 沈床에서 일어나서 별의 잠옷을 벗습니다. 그리고 총총히 층층대를 올러가는 것이 안개가 찢어진 틈틈으로 보입니다.
> — 할로 바다와 地球
> 그의 걸음거리는 傳說 속의 임금답지도 않게 고무뽈처럼 가볍습니다.
> — 「三月의 씨네마—아츰해」 전문[69]

이 작품에서는 그 예를 찾아볼 수 있다. 여기서 주의 깊게 살펴볼 이

---

69 발표 당시 제목은 「三月의 프리즘—①赤」, 『조선일보』, 1931. 4. 23(이후 제목을 바꾸어 시집 『태양의 풍속』에 수록. 『김기림 전집』 1, 85쪽).

미지는 '태양' 이미지이다. 시인은 "태양"에 대해 "전설 속의 임금"이라는 표현과 함께 "고무뽈처럼 가벼"운 걸음걸이의 건강성("부즈런한 사무가인 태양군")을 부여한다. 김기림이 "전설 속의 임금"이라고 말한 부분은 '태양(해)'에 대한 전통적인 담론을 염두에 둔 것이다.[70] 그는 이와 같은 기존의 개념적 은유와 더불어 변화된 현대적 이미지의 측면을 제시한다. 이 작품 안에서만도 '태양'의 이미지는 고전적인 이미지와 현대적인 이미지로 나뉘고, 그것이 김기림의 전체 작품 세계 안에서 다시 통합된다. 다시 말해 이 작품 안에는 '태양은 임금'이라는 전통적이며 개념적인 은유[71]가 있고, 김기림은 일상적인 은유에서 일탈하여 새로운 은유를 제시[72]한다. 그것은 '태양은 지구의 제작자'라는 은유이다.

김기림의 표현적인 특징은 이와 같이 보편적인 은유와 창조적인 은유를 결합하고 혼합해나가면서 당대의 새로운 문학적 인식을 주도해나간다는 점에 있다. '태양'의 이미지와 은유뿐만이 아니다. 김기림에게 있어 태양 외에 바다와 여행 등의 주요한 모티브들은 그의 주제의식을 가름하고 드러내는 은유적 용법들로 창조되고 있다. 창조의 과정을 살

---

70 "조선조에 와서는 임금은 하늘이며 백성은 땅이라고 비유하였으며 임금의 하늘 같은 은혜로 나라와 백성이 편안하다고 믿었다. 그리고 군은에 대한 감사와 충절로 나타나 있어 임금 숭배사상은 곧 경천사상과 통한다고 볼 수 있다."(서동목,『고시조 문학에 나타난 천체 연구』, 경희대학교 석사학위 논문, 1982, 14쪽)

71 기본적인 개념적 은유는 문화의 구성원들이 공유하는 공통된 개념적 장치에 해당한다. 이런 은유는 체계적이고, 체험에 근거를 두며, 무의식적이고, 인지적으로 자동적이고, 언어에서 널리 관습화되어 있다(M. Sandra Pena,『은유와 영상도식』, 임지룡 · 김동환 역, 한국문화사, 2006, 37쪽).

72 위의 책, 38쪽.

펴볼 때 실제적이며 일상적인 어법 및 개념의 변화, 거기에 얽혀 있는 사회적인 인식의 장을 염두에 두지 않고, 그것들이 전적으로 시인 개인의 개성에서 출발한 시인만의 상상력의 소산이라고 말할 수는 없을 것이다.

이어 김기림은 태양 은유의 다른 양상으로서 '별'의 은유를 선보인다. 태양이 사라지거나 병든 시기에 "삘딩" 위에 내려앉은 별은 사실상 힘이 약해진 태양을 아름답게 표현한 것이라고 볼 수 있다.

높은 한울의 별에 달리는 修道院의 女僧들의 염주를 헤이는 소리 소리 소리—

메말은 개천의 잠든 河床에 돌멩이를 베고 미꾸라지는 「가르랑 가르랑」 텅 빈 창자를 틀어쥔다 天氣豫報에는 아직도 비 이야기가 업다

깊은 空氣의 堆積알에 잡바진 거리 우를 葡萄酒의 물결이 흐른다 조개의 가벼운 속삭임 —

「네온싸인」처럼 透明한 바다풀의 誘惑—바다는 푸르다

사람들은—本能的인 어린 魚族의 무리들은 그물을 뚫고 시든 心臟을 들고 바다의 써늘한 바람으로 뛰어나온다

꿈의 조악돌을 담은 「빠스켓」을 들고 푸른 날개를 흔들며 天使와 가티 「삘딩」의 憂鬱한 지붕 우를 나려오는 초저녁별 —

어서와요 푸른 天使여 나의 꿈은 지금 나의 차듸찬 寢室에서 시
드렀습니다 꺼구러진 나의 花瓶에 당신의 薔薇의 꿈을 피우려 아
니옵니까 —

— 「저녁별은 푸른 날개를 흔들며」 전문[73]

어린 曲藝師인 별들은 끝이 없는 暗黑의 그물 속으로 수없이 꼬
리를 물고 떨어집니다. 「포풀라」의 裸體는 푸른 저고리를 벗기우
고서 방천 위에서 느껴웁니다. 果樹園 속에서는 林檎나무들이 젊
은 환자와 같이 몸을 부르르 떱니다. 무덤을 찾어 댕기는 닙 닙
닙……

西 南 西

바람은 아마 이 方向에 있나 봅니다. 그는 진둥나무의 검은 머리
채를 찢으며 「아킬러쓰」의 다리를 가지고 쫓겨가는 별들 속을 달
려갑니다. 바다에서는 구원을 찾는 광란한 기적소리가 지구의 모—
든 凸凹面을 굴러갑니다. SOS · SOS. 검은 바다여 너는 당돌한 한
방울의 기선마저 녹여버리려는 意志를 버리지 못하느냐? 이윽고
아침이 되면 農夫들은 수없이 떨어진 별들의 슬픈 屍體를 주우려
과일밭으로 나갑니다. 그리고 그 奇蹟的인 과일들을 수레에 싣고
는 저 오래인 東方의 市場 「바그다드」로 끌고 갑니다.

— 「가을의 果樹園」 전문[74]

인용된 두 작품은 앞서 언급한 작품 「방」과 함께 '별'의 이미지를 중심
으로 창작된 작품이다. 그런데 중심을 차지하고 있는 '별'은 쫓겨가거
나(「가을의 과수원」), 초라하거나(「저녁별은 푸른 날개를 흔들며」), 절망

---

73 『조선일보』, 1930. 12. 14(『김기림 전집』 1, 273쪽).
74 『삼천리』 3권 13호, 1931. 12(『김기림 전집』 1, 27쪽).

스럽다(「방」). 태양이 부재하면서도 적극적인 호명의 대상, 희망의 대상이 되는 것과는 달리 '별'은 어두운 도시의 암담함을 비추고 있으면서도 별다른 역량을 발휘하지 못하고 있다. 그럼에도 불구하고 김기림이 '별'에 대한 지속적인 관심을 보여주었다는 것은 '태양' 및 천상적 상상력에 대한 추구가 이어졌음을 의미한다. 김기림은 '별'과 '태양'이라는 하늘의 빛을 통해 네온사인적 인공의 빛에 대응하는 광학적 은유를 형성해나간다. 그런데 이 별과 태양이 전적으로 자연의 편, 다시 말해서 인공의 것을 극복할 최후이자 최선의 자연이라는 의미를 가지고 있는 것은 아니다. 김기림은 어머니에 대한 시편에서도 어머니의 자궁 속 세상으로 회귀하겠다는 복고적 본능을 찬미하지 않았다. 마찬가지로 그는 자연의 빛을 인공의 빛과 대립시키면서도 시골-도시, 자연-인공의 익숙한 이분법을 적용시키지 않는다. 김기림의 천체적인 상상력에 주목할 때 주의할 점은 김기림이 그것들을 '어떻게' 만들어나가느냐에 있다. 즉 '태양' 이미지만 해도 그 안에 담긴 신화적인 의미—즉 지성과 성스러움의 눈[75], 풍요와 우주적 원리의 상징[76]—를 넘어서 1930년대적인 인식론을 넘어서 다시 김기림적인 의미로 구체화되어야 한다. 시학적 의미를 파악하기 위해서는 김기림이 기존 개념을 당대적인 의미의 체계 안에서 이해하고 다시 그 이미지 안에 자신만의 상상력과 문제의식을 도입시켜서 새로 탄생시키는 과정에 주목해야 한다. 김기림은 무조

---

75 Jean C. Cooper, 『그림으로 보는 세계문화상징사전』, 이윤기 역, 까치, 2007, 337 ~341쪽.
76 M. Eliade, 『종교형태론』, 이은봉 역, 한길사, 2002, 221쪽.

건적인 자기 상상의 차원에서 조감도를 언급하고 그것을 조소하는 것이 아니고, 그것의 인식론적인 장을 충분히 인지하고 그 체계를 비판적으로 문학에 들여옴으로써 문학적인 표상의 현실에 대한 재해석을 시도한다. 김기림이 인식론적으로 받아들인 당대의 조감도적 시각 체계를 문학적 상상력과 함께 고찰할 때 비로소 그의 천체적 상상력은 정확한 방향성으로 이해될 수 있다. 김기림의 이러한 비판과 창조를 확인한다면 그가 비판받았던 기교주의와 신기주의에 대한 부분이 새로운 은유 및 이미지의 조직으로 재평가될 수 있을 것으로 보인다.

이러한 조감도적 이미지의 인식과 그 탈피는 김기림의 시적 전개를 이해하는 중요한 통로가 되어준다. 김기림에게 있어 당대 문물 중에서도 도시의 건축물에 대한 언급은 상당히 많은 비중을 차지하고 있는데 이 도시 건축물을 다루는 작품들은 김기림이 세계를 바라보는 조감도를 시작으로 자기만의 세계를 구축하는 '공간 구축자'[77]로서의 면모를 보여주고 있다.

1930년대 당시에는 조감도적으로 제작된 영상물의 이미지 체험뿐만 아니라 고층 건물의 건설로 인해 실제 조망을 경험할 수 있었다. 1926년 10월 30일에 완공된 경성부청사(현 서울시청)가 지상 4층 높이였고,

---

77 인지언어학적 관점에서 "이미지를 사용하는 사람은 '공간 구축자(space builder)'이다. 공간 구축자의 요소들의 의미에 포함되어 있는 것은 바탕 공간과 다르면서도 이것에 연결되는 새로운 공간의 조립이다. 공간 구축자는 논리 의미론에서의 가능 세계뿐만 아니라 여타의 다양한 운용소에 대응하는 방대한 범위의 의미 현상을 포함한다."(D. A. Cruise · William Croft, 『인지언어학(Cognitive Linguistics)』, 김두식 · 나익주 역, 박이정, 2010, 70쪽)

1930년 지어진 미쓰코시백화점(삼월백화점)은 지하 1층과 지상 4층, 그리고 그 위에 옥상 정원을 설치해서 서울의 명물로 자리 잡았다. 1937년 화신백화점이 재건축한 지상 6층 건물이 세워지기 전까지 이 5층짜리 미쓰코시백화점 건물은 서울 시민이 올라가볼 수 있는 최대 높이의 조망권을 자랑했었다.

실제 경험도 있었겠지만 김기림이 근대의 조감도적 시선을 파악하는 과정에는 당대의 박람회 체험 역시 무관하지 않아 보인다.[78] 만국박람회가 전시하는 것은 일련의 인공물들이지만, 전체적으로는 '세계의 지리'를 전시한다고[79] 말할 수 있다. 세계 지리는 조선의 박람회에서도 자주 활용되었던 신문물이었다. 근대화를 겪는 조선 사회에서 박람회의 열기와 파급력이 어느 정도였는가 하는 점은 이미 상당한 조사가 진행되어 있다.[80] 1929년 경성에서는 최대 규모의 조선박람회가 개최되었

78 　조감도는 박람회 회장을 선전, 소개할 때 자주 활용되던 방식이었다. 예를 들어 조선이 최초로 참가한 박람회였던 1893년 시카고세계박람회에서도 회장을 소개할 때도 역시 〈BIRD'S-EYE VIEW OF THE WORLD'S COLUMBIAN EXPOSITION, CHICAGO, 1893〉라는 제목의 조감도를 이용했다(이각규, 앞의 책, 11쪽).

79 　David Harvey, 『포스트모더니티의 조건』, 구동회·박영민 역, 한울, 1994, 332쪽.

80 　이각규의 조사에 의하면 조선에서 열렸던 대규모 박람회는 1906년 일한상품박람회(관람인원 77,000명), 1907년 경성박람회(관람인원 108,000명), 1915년 조선물산공진회(관람인원 1,200,000명), 1923년 조선부업품공진회(관람인원 400,000명), 1926년 조선박람회(관람인원 665,500명), 1929년 조선박람회(관람인원 1,200,000명), 1940년 조선대박람회(관람인원 1,334,000명)으로 기록된다. 그중 1929년의 박람회는 "조선박람회는 10월 말에 폐막하였다. 총경비 200만 원으로 50일이라는 긴 기간을 보냈고, 일시에 전 조선의 공기를 뒤흔든 박람회는, 그 설비와 규모로 인해 거대했다고 말하지 않을 수 없다"(『중외일보』,

다. 이 조선박람회를 위해 조선총독부는 요시다 하쓰사부로(吉田初三郎, 1884~1955)라는 조감도 전문 화가를 위촉해 박람회장과 경성조감도(그림 4)를 그리기까지 한다.

그림 4　〈조선박람회와 경성조감도〉

(요시다 하쓰사부로 作, 조선총독부발행소, 名古屋觀光社印刷, 1929년 9월 발행)[81]

그렇게 해서 제작된 〈조선박람회와 경성조감도〉는 특수한 목적을 가지고 있었지만 드문 그림은 아니었다. 요시다 하쓰사부로가 그린 도시와 전원 풍경의 조감도는 당시 철도 여행용이나 관광용으로 크게 인기가 있었다고 한다. 그 외에도 조감도를 전문적으로 그리는 화가는 다수여서 이들을 지칭하는 조감도화가(鳥瞰圖繪師)라는 용어가 따로 생기

1929. 11. 4, 이각규, 앞의 책 510~511쪽에서 재인용)는 평가를 받은 바 있다.

81　『〈이방인의 순간포착 경성 1930 전시회〉 자료집』, 청계천문화관 기획전시실 발행, 2011.

기도 했다. 조감도화가의 대표격인 요시다 하쓰사부로의 경우 일생 동안 1,600매 정도의 작품을 남겼다고 하니 당시 조감도의 제작이 얼마나 성황을 이루었는지 짐작할 수 있다. 1927년과 1929년 조선총독부의 요청으로 조선에 온 그는 27점의 도시 조감도를 제작하였다. 요시다 하쓰사부로의 1929년 조감도 그림은 박람회 안에 게시되어 있었을 뿐 아니라 인쇄물로 만들어져 경성 시내에 널리 배부되었다. 당시 「조선박람회 경성협찬회보고서」(1930)[82]를 참조하면 1929년 조선박람회의 선전비가 519,910원 22전으로 잡혀 있다. 선전비 중에서도 인쇄비는 '조감도, 그림엽서, 경성 안내, 우대권'의 인쇄를 합하여 22,723원 66전이었는데 조선박람회의 건축 공사비 금액이 선전비의 절반 수준에도 못 미치는 167,554원 84전이었던 것에 비하면 선전비, 그리고 인쇄비가 상당했음을 알 수 있다. 사용된 금액만큼 조선박람회의 안내 및 이미지의 홍보가 상당해 일상적인 인식 수준에까지 침투했음을 짐작할 수 있다.

김기림은 1929년 4월 공채 시험을 거쳐 『조선일보』 사회부 기자로 입사했는데 당시 김기림이 출퇴근하던 조선일보사의 위치(사진 1)는 박람회의 주된 장소로 사용되던 경복궁 및 광화문 일대, 즉 예전 한성의 육조 거리 주변에 위치해 있었다. 그런 그가 15일간 인파가 광화문 일대 교통을 마비시킬 정도로 시가지를 메웠던 조선박람회의 경험을 간접적이건 직접적이건 체험하지 않았을 리 없다.

조감도적 시선은 1929년의 박람회 그림에만 한정적으로 사용된 것이 아니었다. 당시에 발행된 조선 관광 책자는 쉽게 접어 휴대 가능한 팸

82　이각규가 재작성한 '경성협찬회 지출 현황' 참조(이각규, 앞의 책, 477쪽).

사진 1 1930년대 조선일보사 위치

플릿 형식으로 만들어져 일본인과 조선인에게 배부되었는데 1930년대

발간된 「경성 안내도」 「경성 고적 안내」(그림 5 참조) 등의 뒷면에는 자

그림 5 1930년대 경성 유람 안내도[83]

---

83 『〈이방인의 순간포착 경성 1930 전시회〉 자료집』, 청계천문화관 기획전시실 발
    행, 2011.

연스럽게 전체적인 지도나 경성 조감도가 함께 실려 있었다. 당시 인쇄물 중에서도 조감도적 시선이 가장 잘 드러나 있는 매체는 엽서였는데 당시에 제작된 엽서에는 경성 거리와 시가지를 직접 촬영하여 사진을 표지로 이용하는 경우가 흔했다. 엽서 앞면에 '동대문 거리'라는 제목의 사진이 인쇄되어 있거나, '경성 시가' 또는 '동대문 밖 조선인 거리' 등의 제목을 단 사진을 엽서로 이용하는 경우를 쉽게 찾아볼 수 있다. 그런데 이때 시가지를 촬영한 사진 엽서는 거리를 조감하는 시점에서 원근법적 구도를 사용하는 경우가 대부분이었다.

〈사진 2〉 역시 그중의 하나로서 당시 경성 전경을 촬영한 사진 엽서인데 그 하단 부분에는 사진의 제목으로 "BIRDS'E EYE VIEW OF KEIJO CITY"라고 적혀 있다. 이 사진처럼 대부분의 엽서는 중심 시가지나 시내 관통 도로를 중심에 두고 그 주위에 건축물이나 전신주를 늘어세워 놓은 구도를 따르고 있다. 도시 촬영을 담당한 전문 사진가들이 공통되게 선택한 이 시선은 대상을 질서 있게 교율하려는 근대적 시각 체제를

사진 2 조감도로 찍은 사진 엽서

보여주며, 그것이 엽서라는 방식에서처럼 근대의 일상에 뿌리 깊게 들어와 있었음을 알게 한다.

　조감도라는, 근대적인 포착방식에 대해 김기림은 시적으로 매우 민감하게 반응하고, 또한 그것을 역전적으로 활용한다.

　　百貨店의 屋上庭園의 우리 속의 날개를 드리운 「카나리아」는 「니히리스트」처럼 눈을 감는다. 그는 사람들의 부르짖음과 그러고 그들의 日氣에 대한 柱式에 대한 西班牙의 革命에 대한 온갖 지껄임에서 귀를 틀어막고 잠속으로 피난하는 것이 좋다고 생각한다. 그렇지만 그의 꿈이 대체 어데가 彷徨하고 있는가에 대하야는 아무도 생각해보려고 한 일이 없다. …(중략)… 建物會社는 병아리와 같이 敏捷하고 「튜-립」과 같이 新鮮한 공기를 방어하기 위하야 大都市의 골목골목에 75센티의 벽돌을 쌓는다. 놀라운 戰爭의 때다. 사람의 先朝는 맨첨에 별들과 구름을 거절하였고 다음에 大地를 그러고 최후로 그 자손들은 공기에 향하야 宣戰한다.

　　거리에서는 띠끌이 소리친다. 『都市計劃局長閣下 무슨 까닭에 당신은 우리들을 「콩크리-트」와 鋪石의 네모진 獄숨속에서 질식시키고 푸른 「네온싸인」으로 漂白하려 합니까? 이렇게 好奇的인 洗濯의 實驗에는 아주 진저리가 났습니다. 당신은 무슨 까닭에 우리들의 飛躍과 成長과 戀愛를 질투하십니까?』 …(중략)…

　　『여기는 地下室이올시다』

　　『여기는 地下室이올시다』

　　　　　　　　　　　　　　　　　　　― 「屋上庭園」 부분[84]

　열두時 넘어서

84　『조선일보』, 1931. 5. 31(『김기림 전집』 1, 28쪽).

별과 燈불을 띠우고

防川아래

꿈을 알른 下水道에⋯⋯

無限히 띠끌을 生産하는 이 都市의 모-든 排泄物을 運搬하도록

命令받은 忠實한 검은 奴隷.

똥⋯⋯

먼지

타고 남은 石炭재

棄兒 때때로 死兒

찢어진 遺書쪼각

警察醫가 「오-토바이」에서 나렸다.

거리의 거지가 鐘閣에 기댄채 꿋꿋해버렸다.

教堂에서는 牧師님이

最後의 祈禱끝에 「아-멘」을 불렀다.

다음날 아침 朝刊에는 그 전날밤의 추위는 十六年來의 일이라고 거짓말했다.

來日은 紳士와 淑女들은

安心하고 네거리로 나올게다.

劇場에서는

學生과 會社員들이 사이좋게

같은 盞에서 炭酸「가쓰」를 비았었다 드리켠다⋯⋯

芝罘種의 무우와 같은 「스크린」의 「아메리카」 여자의 다리에 食慾을 삼킨다.

어둠의 洪水

거리에 구비치는 어둠의 흐름

太陽이 어대 갔느냐?

어대 갔느냐?

내 가슴은 太陽이 안고싶다.

— 「어둠 속의 노래」 부분[85]

위에 인용된 작품 「옥상정원」은 "여기는 지하실(地下室)이올시다"를 반복하며 시를 마무리한다. 이 참담한 선언에서 보듯이 시인은 도시의 생활을 암울하게 표현할 때 '도시는 지하실'이라는 은유를 즐겨 사용한다. 그런데 하필 태양을 잃은 공간을 말하면서 왜 어두운 '암실'이 아닌 지층보다 한 층 하향된 "지하실"이라는 표현을 얻게 되었을까. 이때 '지하실'이라는 말은 김기림이 눈앞에 펼쳐진 도시 생활을 층층의 차원으로 인식하고 있음을 알게 해 준다. 그에게 어느 때 도시는 실제적으로는 지상이지만 인식면에서는 한 층 아래로 내려앉은 '지하실'이기도 하고, 때로 그 도시 위에 바다의 비유를 덮어 씌워 상상의 나래를 펼치기도 한다. 눈앞의 공간을 한 층 밑으로 내려앉히기도 하고, 저 멀리 이미지를 빌려와 부각시키기도 하면서 김기림은 공간 구축자로서의 기술을 펼쳐나간다. 근대적 공간의 이미지를 적극적으로 활용하고 비틀면서 그는 문명에 대한 시편을 기술해나간다.

「어둠 속의 노래」에서 보듯 도시 공간을 '지하실'의 어둠으로 인식하

---

85 『新女性』1권 3호, 1933. 11(『김기림 전집』1, 120~121쪽).

게 되는 결정적 결여 요소는 바로 '태양'이다. 그는 「옥상정원」에서 도시의 거리를 지하실로 만들고 있는 것이 도시 공간의 기반과 좌우를 형성하고 있는 콘크리트와 그 밀폐된 공간을 비추는 네온사인이라고 말한다. 두 가지 모두 인공적인 건축의 요소들로서 이것들에 의해 도시는 분명 지상이면서도 반자연적인 공간이 된다. 김기림이 매혹적이지만 부정적인 요소로 파악하는 램프나 네온사인 등은 소위 '인공의 빛' 계열에 포함된다. 이 인공의 빛이 조명해주는 곳은 "도시계획국장각하"(근대적인 지배의 시선)의 담당 영역이고 인공빛은 도시 경계선 내부를 공고히 하는 역할을 맡고 있다. 김기림은 이 인공의 빛을 부정적으로 파악, 인공의 빛이 제 빛을 발하는 시간이 바로 주체에게는 '암흑'의 시간임을 비판적으로 드러내곤 한다.

　　땅우에 남은 빛의 最後의 한줄기조차 삼켜 버리려는 검은 意志에 타는 검은 慾望이여
　　나의 작은 房은 등불을 켜들고 그 속에서 술취한 輪船과같이 흔들리우고 있다.
　　유리창 넘어서 흘기는 어둠의 검은 눈짓에조차 소름치는 怯많은 房아

　　문틈을 새어흐르는 거리 우의 옅은 빛의 물결에 적시우며
　　흘러가는 발자국들의 鋪石을 따리는 작은 音響조차도 어둠은 기르려하지 않는다.
　　아름다운 푸른 그림자마저 빼앗긴
　　거리의 詩人 「포풀라」의 졸아든 몸둥아리가 거리가 꾸부러진 곳에서 떨고 있다.

「아담」과 「이브」들은

『우리는 도시 어둠을 믿지 않는다』고 입과 입으로 중얼거리며
층층계를 내려간 뒤

地下室에서는 떨리는 웃음소리 잔과 잔이 마조치는 참담한 소
리······

높은 城壁 꼭댁이에서는

꿈들을 내려 보내는 것조차 잊어버린 별들이 絶望을 안고 졸고
들 있다.

나는 불시에 나의 방의 작은 속삭임소리에 놀라서 귀를 송긋인다.

─어서 밤이 새는 것을 보고싶다─

─어서 새날이 오는 것을 보고싶다─

─「房」 전문[86]

이 작품에는 "거리 위의 옅은 빛"이라는 인공적인 빛이 등장하고 있
으며 절망적인 분위기가 가득하다. 시인이 비판의 시선으로 바라보는
젊은 남녀들은 도시의 어둠에 대해 어떠한 경각심도 갖지 못하고 쾌락
의 문명에 도취되어 있다. 시인은 검은 밤거리를 네온사인으로 밝히고
그 안에서 밤의 향락을 즐기는 이 젊은 문명과 젊은 사람들을 "지하실"
의 범주에 놓고 있다. 이처럼 "지하실"로 파악되는 공간에 대한 인식은
여러 시편에서 반복적으로 등장한다. 당시 지하실의 최대 범위는 지하
1층 수준이고 그다지 다양하게 활용되지 않았음을 생각한다면 지하실

---

86   발표 당시 제목은 「밤」, 『조선문학』, 1933. 11(이후 제목을 바꾸어 시집 『태양의
     풍속』에 수록. 『김기림 전집』 1, 26쪽).

이란 실제 건물에 존재하는 것이 아니라 바로 도시공간의 인공성을 의미한다고 볼 수 있다. 그런데 이렇게 지하실로 표상되곤 하는 도시의 최대 높이는 '5층'을 넘지 못한다. 네온사인이 비추는 곳이 지하실이라면, 지하실은 지상 5층까지를 경계선으로 그 이하를 말한다고 볼 수 있다. 김기림은 「옥상정원」에서 네온사인의 의미를 단지 문명의 향락적 측면을 넘어서는 체제적인 면, 즉 도시계획국장의 시선으로 구체화한 바 있다. 다시 말해 근대적인 문명과 지배 체제의 감시 시선은 인공의 빛과 일치하며 그 높이는 '5층 높이의 조감'에 해당한다는 것이다.

앞서 살펴본 것처럼 당대 경성 도시는 조감도적인 시선에 의해 구획되고 재편성되고 이미지화된다. 그런데 도시의 조감도를 만드는 시선은 개인의 것에서 출발하지 않는다. 일반적으로 조감도는 도시 계획이나 건물 건설을 맡고 있는 관료 체제에 의해 제작되어 일반 대중에게로 확장·습득되는 이미지이다. 여기서 김기림이 "지하실"을 만드는 '5층 높이의 인공 빛의 시선'을 비판한다면, 그것은 근대적 행정 관료 체제의 시선, 구체적으로는 그것을 담당하는 총독부 도시계획국의 시선을 염두고 두고 있는 것이다.

조선 사회에서 도시계획국의 시선은 이미 1920년대부터 사회적인 사건으로 드러나기 시작했다. 이를테면 1921년 『동아일보』에는 일본 오사카(大阪)에서 열릴 도시전람회에 출품하기 위해 경성부(京城府)도 경성 시내를 축소판으로 제작한 경성부 대모형(京城府大模型)을 공개적으로 모집한다는 기사[87]가 등장한다. 인구의 증가와 더불어 1910년부터

---

87 "來七月一日(내칠월일일)부터 大阪市天王寺市民博物舘內(대판시천왕사시민박

경성의 도시 개조를 단행한 일제는 1912년 11월 도쿄의 도시 개수 계획을 모방하여 1929년까지 경성 시내의 기존도로를 대폭 개수하고 신도로를 건설했다. 군대 출동과 차량 이동을 용이하게 하기 위해서 구불구불한 좁은 도로를 직선화하고 그 폭도 넓혔다. 행정적으로도 1914년 경성의 5부 8면제가 폐지되면서 전통적인 우리의 부(部)-방(坊)의 행정제도를 정(町)-동(洞), 통(通)-로(路)로 바뀌었다. 종로는 로(路)로, 그 외의 대로변은 통(通)으로, 그리고 남산을 중심으로 청계천 남쪽은 정(町), 북쪽은 동(洞)으로 바뀌었다. 가로 구획은 1정목(町目), 2정목(町目)하는 방식으로 고쳐졌다. 1926년에는 경성부청사를 완공하면서 조선총독부-경성부청사-서울역-용산으로 이어지는 새로운 도시축의 거점이 완성되었고 이 시기에 남촌과 북촌의 구분도 명확해져갔다. 그리고 1930년대 이후 경성은 완연한 근대도시의 면모를 띠어간다. 전차, 철도, 극장, 영화관, 병원, 은행, 공원 등 근대 소비도시의 외면적인 틀은 거의 갖추어갔다.[88] 〈그림 5〉의 1930년대 후반 〈경성 유람 안내도〉와 같은 그림을 보면 이미 도시는 태평통, 남대문통, 황금정, 본정 등 몇 개의 중심도로를 기점으로 구획화되어 이미지화되고 있었다.

구획된 전체 도시의 구조적인 이미지는 당시 상황에서 낯선 것이 아니었다. 이런 당대의 변화를 염두에 둔다면 '도회의 아들'임을 자인하는 김기림의 인식 안에서도 역시 경성 전체의 지형이 구획화된 도시 모형

물관내)에서 開催(개최)할 都市展覽會(도시전람회)에 對(대)하야 京城府(경성부)에서 出品(출품)할 京城府大模型(경성부대모형)을 모집"(「도시전람출품모형」, 『동아일보』, 1921. 5. 20).

88   박천홍, 앞의 책, 232쪽.

도가 자리 잡고 있었음을 추측할 수 있다. 현실 인간으로서의 김기림은 틀에 잰 듯 짜여진 도시의 평면적 구획성, 그리고 그 도시의 층위를 인식하고 있는 근대 지식인이다. 반면 시인으로서의 김기림은 '인공의 빛'의 방식을 따라 형성된 이 도시 지도 안에 속박되지 않기 위한 방법을 작품 안에 실현한다. 그것은 도시의 판옵티콘적 시선인 네온사인의 시선을 압도하는, 태양의 시선을 얻는 방법이다. 김기림에게 있어 태양의 시선은, '5층 높이의 조감도'를 뛰어넘는 창조적 시선의 창조이자 인공의 빛에 편입되지 않는 상층의 시선을 획득하는 방식이었다. 김기림은 이러한 도시적 조감도의 시선을 뛰어넘는 방편으로 '태양의 시선(풍속)'을 제시하는 것이라고 이해된다.

한편 '도시는 지하실'이라는 은유는 김기림에게 있어서 두 가지 의미를 지닌다. 하나는 네온사인에 도취되어 쾌락적 생활을 이어나가는 도시남녀의 공간이다. 시 「방」은 이것을 "'우리는 도시 어둠을 믿지 않는다'고 입과 입으로 중얼거리며 층층계를 내려"간 아담과 이브에 비유했다. 그런데 김기림의 문학 세계 안에는, 쾌락의 공간으로서의 '지하실'과 구별되는 또다른 지하실이 있다. 그것은 '하수도'와 '공중변소'로서 비판적이고 부정적인 도시 남녀의 공간과 구분된다. "열두시 넘어서/별과 등불을 띠우고/방천아래/꿈을 알른 하수도"라는 구절에서 김기림은 이 도시의 문명인임을 자인하는 사람들이 하수도와 같은 더러운 단점을 파악하지 못함을 조소한다. 그리고 그 안에 근대의 안전하고 평화로운 지상을 전복시킬 여러 가지 더러운 욕망과 찌꺼기가 엉켜 있음을 드러낸다. '하수도'는 지상 밑에서 흐르는 탁류이고, '공중변소'도 역시 이 하수도로 이어져 있는 잉여적 장소이다. 이것은 또 하나의 보이지 않는

지하실이자 근대 도시 건축의 보이지 않는 은폐의 장소이다. 김기림은 지하실을 아스팔트 밑에 잠재되어 있는 위험의 장소, 즉 근대적인 모든 폐단이 총동원되어 있는 공간으로 강조한다. 그리고 김기림의 이 최후의 장소로서의 지하실에 대한 인식은 무비판적인 관찰자를 시인으로 탈바꿈시키는 원인으로 인식된다.

— 여러분—
여기는 發達된 活字의 最後의 層階올시다
單語의 屍體를 짊어지고
日本 조희의
漂白한 얼골 우헤
꺽구러저
헐떡이는 活字—

「뱀」을 手術한
白色 無記號文字의 骸骨의 무리—
歷史의 가슴에 매어 달려
죽어가는 斷末魔
詩의 샛파란 입술을
축여 줄 쉼표는 업느냐?

公同便所—
오래동안 市廳의 掃除夫가 니저버린 窒息한 똥통속에
어나곳 「쎈티멘탈」한 令孃이 흘리고간
墮胎한 死兒를 市의 檢察官의

三角의 귀밑눈이 낚시질했다

— 詩다—뿌라보—

나기를 넘우 일즉히 한 것이여

생기기를 넘우 일즉히 한 것이여

感激의 血管을 脫腸當한

죽은 言語의 大量産出 洪水다.

死海의 混濁—警戒해라

…(중략)…

한개의

날뛰는 名詞

금틀거리는 動詞

춤추는 形容詞

(이건 일즉이 본 일 없는 훌륭한 생물이다)

그들은 詩의 다리[脚]에서

生命의 불을

뿜는다.

詩는 탄다 百度로—

빗나는 「푸라티나」의 光線의 불길이다

모-든 律法과

「모랄리티」

善

判斷

— 그것들 밧게 새 詩는 탄다.
「아스팔트」와
그리고 저기 「렐」우에
詩는 呼吸한다.
詩—딩구는 單語.
— 「시론(詩論)」 부분[89]

　이 시의 창작 목적은 '센티멘털리즘은 어린아이'라는 은유로 표현된다. 즉 전 세계를 덮고 있는 낭만주의와 감상주의를 '어린아이'라고 배격한 후, 새로운 시가 탄생해야 한다고 자임하고 있는 것이 이 시의 전체를 이룬다. 그런데 김기림이 비판의 대상으로 삼는 시를 어린아이 외에 무엇으로 비유했는지 살펴보면 역시 '지하실'의 은유를 동원하고 있다. 「시론」이라는 작품은 "여기는 발달된 활자의 최후의 층계올시다"라고 시작한다. 이 '최후의 층계'가 위로 올라선 최후의 막다른 곳인지 아니면 아래로 내려선 최후를 말하는지는 다음 연에서의 "공중변소"에 떨어뜨린 "영양"의 "사아(死兒)" 이미지를 통해서 확실해진다. 그는 겉으로 드러나지 않은 하수구, 즉 하강한 '최후의 층계'를 말한다. 김기림에게 있어 '지하실'은 긍정적인 대상이 아니지만 강조되어야 하는 것이, 그가 지하실을 지하실로 보지 못하는 상황을 배격하기 때문이다. 다시 말해서 일반적인 관념에서는 주의를 기울이지 않은 그 지하 공간의 병폐를 인식하는 것이 바로 현재 문제의 직시로 이어진다는 강조가 '지하실' 은유의 핵심이다. 김기림은 지하실의 '최후의 층계'를 밟는 '최후의 인간'을 극

89　『조선일보』, 1931. 1. 16(『김기림 전집』1, 274~277쪽).

복하는 것이 '아스팔트' 위, 즉 지상의 도시 공간으로 들어오는 것이라고 보지 않는다. 그에게 있어 '지하실'이 중요한 것은 인식론적으로 근대에 대한 파악과 비판의 심화 정도를 드러내는 부분이기 때문이다. 김기림의 지하실을 통해 실재 공간에 대한 인식을 바탕으로 하되 이전에는 없었던, 은폐된 공간에 대한 주목이 시의 장면으로 들어오고 있다. 그는 눈앞에 펼쳐진 근대적 공간의 자로 잰 듯 명확한 구획성과 계획성이 아름답지 못하다고 폭로한다. 뿐만 아니라 김기림은 대지의 밑으로 하강한 공간에 대한 음울한 상상을 통해 천사의 시선, 천상계의 상상력과 또 다른 지하세계의 상상력을 도입하여 새로운 문학적 공간을 수직적으로 건축해낸다.

공동체의 정신적 공간 구축과
'조선적 이미지즘'의 의미

공동체의 정신적 공간 구축과 '조선적 이미지즘'의 의미

조선의 문인들에게 근대화와 식민지 체제라는 두 가지 문제는 문학적 의식과 매우 밀접하게 연결되어 있다. 근대화란 곧 식민지화를 의미했기 때문에 거부되어야 할 것이면서, 근대화든 식민지화든 현실적으로는 거부할 수 없는 시대의 조류이기도 했다. 이러한 상황에서 근대 문인들은 조선적인 근대문학의 형성이라는 문제의식에 당면해 있었다. 근대문학과 조선 문학을 어떻게 종합할 수 있을지에 대한 모색은 때로는 특정 사조의 발현으로, 때로는 위기 의식의 발로로 나타나기도 했다.

보편적 문제의식을 공유함에도 불구하고 당시 조선의 문학은 세계적 근대문학의 수준에 도달하지 못했다는 후진성에 시달렸다. 1920년대와 1930년대에 걸쳐 이미지즘과 이미지라는 개념을 받아들이면서도 시인들에게는 후진성의 고뇌가 있었다. 외래에서 이미 발생한 사조를 어떻게 자기화할 것이며, 그 간극을 어떻게 따라잡을 수 있을까에 관한 인식론적인 심리 역시 존재했다. 이미지즘과 모더니즘은 이러한 상황에서 출발하고 발전했다.

역으로 이미지즘과 같은 외래 사조의 수용에는 근대적 조선 문학의 성립에 대한 고민이 담겨 있다고도 볼 수 있다. 과연 이미지즘은 서구의 이국적 풍속에 대한 나열, 또는 의미가 부재하는 이미지의 향연일 뿐일까. 사상의 빈곤이며 한때의 유행에 불과할까. 정지용과 김기림, 김광균과 신석정, 장만영과 장서언, 박재륜과 조영출 등의 여러 시인이 이미지즘과 관련되어 있다는 점은 간과할 수 없는 문학적 사실이다. 이미지즘에 대한 재고는 조선 근대문학의 형성 과정 고찰과 무관하지 않으며, 현재 시사에서 다루어지는 것보다 더 중시될 요소가 있다. 그 요소는 바로 '은유'이다.

이미지즘 연구에서 은유가 중요한 이유는 이 은유가 이미지를 발생시키는 원동력이기 때문이다. 이 점은 서구 이미지즘의 이론가 흄(T. E. Hulme)과 에즈라 파운드(Ezra Pound)에 의해서 강조된 바 있다. 이미지즘의 이미지는 보편적으로 알려진 사물과 개념의 표상으로서의 이미지가 아니라, 새로운 감각과 감상을 불러일으킬 충돌적 요소의 결합이다. 그리고 서로 다른 요소들을 결합하는 기제가 바로 은유이다. 이미지즘의 핵심은 물론 이미지에 있지만, 이미지의 구현 및 출현은 은유에 달려 있는 것이다. 원론적인 수준에서 은유의 중요성이 이와 같다면, 조선 사회의 특수성 역시 은유를 통해서 이해할 수 있다.

우선, 이 책에서 주목한 당대의 은유는 바로 식민지학(植民地學)의 심상지리로 보급되던 조선에 대한 은유이다. 일본 제국이 식민지화에 성공하기 위해 일찍부터 식민지학회, 식민지학을 발달시켰던 것은 널리 알려진 일이다. 그리고 이 식민지학에서 중시했던 것은 동양에 대한 심상지리, 서구에 대한 심상지리, 조선 반도에 대한 심상지리였다. 특히 식민 체제에서 조선 반도에 대한 심상지리는 조선을 열등하며, 마땅히 지배받아야 할 대상으로 은유했다. 조선은 게으르고 열등한 민족이라는 은유, 조선은 지배받으며 규제되어야 할 '여성'이라는 은유, 조선은 '창녀'와 같은 존재라는 은유 등이 조선 반도에 대한 식민 지배를 당연시하는 은유로서 개발·확산되었다. 조선 민족 및 반도에 대한 은유가 암암리에, 즉 심리적이며 문화적인 방식으로 유포되면서 식민지 체계는 더욱 공고해질 수 있었다.

다음으로 주목하는 조선 사회에 대한 식민지적 은유는 '조선은 일본이다', '경성은 작은 도쿄다'라는 내선일체적 은유이다.[1] 식민지 조선인이 이 은유에 동의한다는 것은 식민지 체계에 완전히 포섭되었음을 의미한다. 그렇지만 이 동일성을 추구하는 은유에는 기만적인 모순점이 포함되어 있다. 이 은유는 동일성을 추구함과 동시에 제국주의 신민이

---

1 황호덕은 채만식론을 진행하면서 경성이 일본 제국의 확장이자 모방판임을 다음과 같이 언급한 바 있다. "경성은 식민도시이자 제국의 '확장'이었다. 일본은 늘 식민지를 식민지라 부르기를 주저했다. …(중략)… 경성이 반도에 있으면서도 그토록 내지적이었던 것은 담론적으로도, 실제로도 이상할 것이 없었다. 따라서 서울의 건축은 유럽 보자르 양식(Beaux Arts), 네오클래식 양식과 같은 유서 깊은 제국주의 양식들을 모델로 한 일본 식민지 건축의 전형적 풍경들을 보여주고 있었다. …(중략)… 언어와 의장에서 건축과 풍경까지의 표상 공간—경성은 '內地'였다."(황호덕, 「경성지리지, 이중언어의 장소론」, 『대동문화연구』 51집, 성균관대학교 대동문화연구원, 2005, 114쪽) 즉, 일본 제국주의에서는 1930년대 조선 경성의 정체성을 일본 도시에의 은유를 통해 형성해갔음을 짐작할 수 있다.

되지 않으려는 조선인의 민족적 정체성을 배타적으로 부정하는 차별성을 지니고 있기 때문이다. 즉 식민 체제 경성을 변화시킨 제국주의의 은유는 조선을 일본과 동일시하는 듯하면서도 사실은 같지 않다는 차별성을 전제하고 있다. 이러한 은유적인 상황은 경성이 근대 도시로 변화하는 기간 동안 서서히 파급되고 점차 강화되어갔다. 심리적이고 문화적인 은유의 변화에 대해 조선의 문학을 고민하던 문인들이 무감했을 리 없다. 이에 2장 3절 탈식민지적인 논의를 통해 이러한 은유적인 식민 체제적 현실에 반응한 조선 문단의 문학적 반응을 이미지즘의 배경과 연결하여 설명하였다.

그렇다면 이러한 식민지적이고 현실적인 은유의 상황 앞에서 조선 이미지즘 작품들이 보여준 은유는 구체적으로 어떠한 의의를 지니고 있는 것일까. 조선의 이미지즘이 실제로 이러한 현실을 문제적으로 의식하고 있었다면 더 이상 이미지즘을 사상의 빈곤이나 기교로 비판할 수 없을 것이다. 이 책에서는 일제의 식민 체제 은유에 대응하여 1930년대 이미지즘이 주체적인 은유의 세계를 확립했다고 본다. 이것은 문학의 수준을 제고하면서 동시에 저항의 구체적 방식을 찾는 방식으로 이루어졌다. 조선 이미지즘의 은유는 조선 반도라는 현실 위에 새로운 조선 반도라는 상상 공간을 구현한다. 그것을 이미지가 구성하는 주체적인 심상지리라고 의미화할 수 있다.

당대 이미지즘의 역할에도 불구하고, 이미지즘에 대한 기존 논의는 사조 내적인 영역 안에서 이루어졌다. 이 책의 논의는 이미지즘의 시사적 위치에 대해서는 확고한 정의가 내려져 있음에도 불구하고, 이미지즘=회화성에 대한 강조로 포괄되어버리는 데에 대한 재고의 필요성에서 시작된다. 선명한 시각적 심상으로 대상을 명확하게 묘사하는 데 치중한 작품들을 이미지즘이라고 유형화할 수는 있어도 이미지즘의 제작 원리 중의 하나인 이 시각적 심상이 이미지즘의 전체가 될 수는 없다.

시각 심상만이 이미지즘의 변별점은 아니다. 정지용과 김기림에게서는 숱하게 새로운 감각, 이미지, 표현 방식, 기교주의라고 비판받을 정도의 언어 활용이 있었는데 이 특징들에서는 과거의 이미지(인지 방식), 현재의 근대적 이미지(인지 방식), 그리고 이 둘을 은유적으로 연결하여 지향해내는 은유의 상상적 지향성이 드러난다. 이때 이미지를 만들어내는 은유의 지향성, 그것이 구현한 토폴로지의 구축이 바로 총체적이며 조선적인 이미지즘의 조건으로 제시될 수 있다.

이러한 내용을 논증하기 위해서 이 책은 다음의 수순으로 논의를 진행하였다. 본론의 첫 부분인 2장은 서구 이미지즘 이론에 대한 확인, 조선 문단으로의 이입 상황 검토, 정지용과 김기림의 은유론 및 이미지관에 대한 고찰로 되어 있다. 이론적 파악에 이어 신문과 잡지, 비평 등을 통해 1930년대 조선 문단 상황의 흐름을 고찰하였다. 정지용과 김기림이 이미지즘, 즉 이미지의 구현과 그 창작 원동력으로서의 은유에 주목했던 이유가 당대 문단의 상황과 연결되어 있기 때문이다. 기교주의 논쟁에서 비판받았던 '기교'라는 항목은 신세대 논쟁으로도 이어지는 화두였는데, 이 화두는 오히려 신세대 논쟁의 시점에 가서는 비판에서 절충적 옹호의 입장으로 바뀌어갔다. 그리고 김기림과 정지용의 후속 세대라는 자의식을 지니고 있었던 김광균과 『문장』지 신인 등 신세대 논쟁의 주역들이 '조선시'를 주창할 수 있었던 근거는 선행된 김기림과 정지용의 이미지즘적 시 작업이라고 할 수 있다.

2장의 논의는 이미지즘에 '조선적'이라는 수식어를 붙일 수 있을 상황적 근거를 모색하는 일에 초점이 맞추어져 있다. 1930년대 후반 등장한 차세대의 시인들로 하여금 '조선시'의 주장으로 나아가게 하는 부분이 정지용과 김기림의 시적 작업에 있다면 이들의 작업에는 '조선시'의 선행적 요소가 있다고 할 수 있다. 그리고 3장과 4장에서는 조선적 이미지즘이라고 규정할 수 있는 이미지즘 문학의 특질을 찾는 데 중점이 놓여 있다.

이미지, 그리고 이미지즘은 단순히 회화성의 구현에 목표를 두고 있지 않다. 서구 이미지즘 역시 시가 고착되어서는 안 된다는 위기의식, 그리고 새로운 형태와 의미를 창출해야 한다는 목표의식을 지니고 있었다. 출현 배경은 조선의 이미지즘에서도 공통적이다. 조선 이미지즘의 발단에는 조선적인 시단의 수준이 현 수준에 머물러서는 안 되며 조선만의 특수한 상황을 포착해야 한다는 문제의식이 자리 잡고 있었다. 그 근거로서 이미지가 구현해내는 내면적 공간성의 문제에 주목할 수 있다. 즉, 회화성을 기준으로 이미지즘 작품을 판별할 것이 아니라 상상의 공간성이 지닌 의미로 이미지즘의 가치를 논해야 한다는 논지이다.

이미지즘이 외래 사조 용어라고 해서 그 시적 성격과 의미가 외래적이라거나 근대적인 것만은 아니다. 오히려 정지용의 이미지즘은 주체적인 시 작업을 위해 적극 변용되어 적용된 바 있다. 현 민족의 문제, 정지용이 '우리 겨레'라고 지칭하는 것의 문제를 문학적인 수준으로 해결하는 것, 즉 현실의 모순적인 부분—식민지와 근대화의 이중적인 문제점—에 봉착한 조선 민족의 정체성을 문학 내의 미학으로 해결하고

자 한 목표가 정지용에게 있었다. 이 현실 인식은 초기 현실에 대한 은유적인 해석을 통해 낯선 것을 이해하려는 데에서 출발한다. 정지용에게 있어 근대와 식민지와 전통과 현재의 인식 등을 포괄한 현실에 대한 인식은 그의 시적 출발점이 된다. 그 기반 위에서 감각이라든가, 새로움이라든가, 언어라든가 하는 것이 비로소 의미를 지니게 된다.

정지용의 경우, 그의 작품에는 다양한 감각의 문제 사이에서 지속적인 '혼'의 문제가 탐색됨을 확인할 수 있다. 초기 시편에서 그것은 '개인의 혼'이 감각적 세계의 어느 곳에 위치해야 하는가로 나타났다. '개인의 혼'이 문제시되었기 때문에 정지용의 초기 시편은 세계 안에 위치한 문학적 주체가 세계의 다양한 의미와 존재들을 어떻게 해석하는지에 초점을 맞추고 있다. 'A는 B'라는 기본 은유 도식은 정지용의 문학 작품에서 불가해한 외적 대상은 가해한 내적 존재라는 은유로 바뀌어 적용된다. 이를 통해 알 수 없는 근대의 이질성들은 시인의 주체적인 내면 안에서 해석되고 배치되면서 소화된다. 외부 세계를 내부 세계로 끌어들이면서 은유하는 것이 초기 시편의 작업이었다면, 후기 시편에서는 내부 세계를 실제 외부 세계에 은유하면서 조선의 지리를 상상적인 토폴로지의 지리지로 변화시키는 양상을 보인다. 내면이 외면에로 은유된다는 것, 실제 지리가 갖춘 공간을 정신적인 공간으로 바꾸어놓는 작업은 정지용의 '공동체의 혼'에 대한 탐색과 맞물려 있다. 정지용이 후기 시편에서는 '공동체의 혼'이 심상지리의 어느 곳에서 발견될 수 있는가로 나타난다. 이 혼의 문제가 개인의 것에서 전체의 것으로 점차 확장되는 과정이 정지용의 초기 시에서 후기 시로의 변모를 담당하고 있다.

정지용에게 있어 선명한 이미지는 분명 중요한 요소이지만, 그 이미지가 은유적으로 어떤 지향성을 보이고 있느냐는 더욱 중시되어야 할 심층적 요소이다. 정지용의 이미지는 개인의 내밀한 감각계를 넘어서 공동체(민족)의 정신이 노닐 숨터로서의 상상적 공간을 확보하는 방향으로 나아간다. 그 공간의 토대와 윤곽과 구조를 만드는 하나하나가 바로 정지용의 이미지들이고, 이미지들에 창조력을 부여하는 것이 바로 은유의 인식론이다. 그리고 이러한 상황하에서 정지용의 후기 시에서 영적인 공간과 정지용의 수필에서 모국의 제 공간에서 유지되는 풍속에 주목한 원인을 해명할 수 있다.

정지용에게 있어 민족 공동체의 영혼이 자라날 수 있는 상상 공간의 확보가 이미지즘의 도달 지점이었다면, 공간성에 주목한 점은 김기림에게서도 공통되게 발견된다. 정지용이 현실 공간에 상상 공간을 은유하는 인식론을 보여준 데 반해, 김기림은 현실 공간을 역전적으로 활용하여 전복적인 은유의 방식을 드러낸 바 있다. 그의 현실 인식은 신문 기자로서의 감각, 그리고 신문 등의 미디어를 통해 접하게 된 세계 인식을 통해 시작된다. 신문, 지도, 박람회, 경성 시가 사진 등 현실의 수평적 판이 그의 인식의 기초를 차지한다면, 김기림의 시 창작은 이 수평적 판을 뒤집으면서 시작된다. 수평적 판을 전복하여 문학적인 상상의 세계를 전개하는 한편, 김기림은 근대적 인식의 하나인 조감도적 인식을 전복하는 최상위의 천상적 상상력과 최하위의 지하층의 상상력을 개발하기도 한다. 이러한 이미지를 통한 시적 인식의 수평적 전개와 수직적 전개는 김기림 문학의 전체 구조를 형성하고 있다. 그리고 현실 공간에 대한 전복적 공간은 근대 문학인의 내면에 게릴라적 도피처를 마련했다는 의미를 지니고 있다. 앞서 정지용의 경우처럼 문학적 상상 공간의 구성 요소가 김기림 작품의 제반 이미지들이고 이 이미지들에 의미를 부여하는 역할은 은유가 맡고 있다.

이 책에서는 이러한 파악과 함께 '조선적 이미지즘'이라는 용어를 제언한다. 이 용어는 앞서 살펴보았듯이 이미지즘에 '조선시'의 단초가 담겨 있고, 조선적 근대문학의 구상이 동반되고 있으며 서구 이미지즘에 대한 주체적인 변용이 있다는 점을 포괄하는 개념이다. 그리고 또한 정지용과 김기림에게서 확인한 조선적이며 문학적인 심상 공간의 확보가 이미지즘의 궁극적 지향점이었다는 점 역시 이미지즘의 조선적인 특질을 의미하고 있다. '낙토(樂土)'가 될 수 없는 현실에 대하여 낙토를 꿈꾸는 일은 문학의 영역에서는 가능하고 가당한 일이다. 상상 공간에서 낙토, 즉 공동체의 정신적 숨터를 발견하고 확보하고 형성하는 것, 현실 공간을 낙토의 공간으로 은유하는 의미의 지향성이 바로 조선적 이미지즘의 역할이다.

참고문헌

1. 기본 자료

김광균, 『와사등』, 근역서재, 1977.

김기림, 『김기림 전집』 1~6, 심설당, 1988.

박용철, 『박용철 전집』 2, 박용철기념사업회 편, 깊은샘, 2004.

임화, 『임화 전집』 1~2, 김외곤 편, 박이정, 2001.

정지용, 『정지용 전집』 1~2, 민음사, 2001.

정지용, 『원본 정지용 시집』, 이숭원 주해, 깊은샘, 2012.

『동아일보』, 『조선일보』, 『매일신보』, 『신인문학』, 『문장』, 『인문평론』

『〈이방인의 순간포착 경성 1930 전시회〉 자료집』, 청계천문화관 기획전시실 발행, 2011.

2. 단행본

고연희, 『조선후기 산수기행예술 연구—정선과 농연 그룹을 중심으로』, 일지사, 2001.

권영민, 『정지용 시 126편 다시 읽기』, 민음사, 2004.

─────, 『국문 글쓰기의 재탄생』, 서울대학교 출판부, 2006.

─────, 『문학사와 문학비평』, 문학동네, 2009.

권정우, 『정지용의 『정지용 시집』을 읽는다』, 열림원, 2003.

근대문학 100년 연구총서 편찬위원회 편, 『논문으로 읽는 문학사』 1, 소명, 2008.

김경용, 『기호학의 즐거움』, 민음사, 2005.

김동환, 『개념적 혼성 이론』, 박이정, 2002.

김신정 편, 『정지용의 문학 세계연구』, 깊은샘, 2001.

김은자 편, 『정지용』, 새미, 1996.

김영민, 『에즈라 파운드』, 건국대학교 출판부, 1998.

김용직, 『한국현대시연구』, 일지사, 1974.

──, 『전형기의 한국문예비평』, 열화당, 1979.

──, 『현대시원론』, 학연사, 1990.

──, 『한국현대시 해석 · 비판』, 시와시학사, 1993.

──, 『한국현대시사』 1, 한국문연, 1996.

김용직 외, 『한국현대시사의 쟁점』, 시와시학사, 1991.

김우창, 『궁핍한 시대의 시인』, 민음사, 1977.

김유중, 『한국 모더니즘 문학과 그 주변』, 푸른사상사, 2006.

김윤식, 『한국근대문학사상』, 서문문고, 1974.

──, 『한국현대시론비판』, 일조각, 1975.

김윤식 · 정호웅 편, 『한국문학의 리얼리즘과 모더니즘』, 민음사, 1989.

김재근, 『이미지즘 연구』, 민음사, 1973.

김재근 편역, 『이미지즘 시인선』, 정음사, 1977.

김재용 외, 『한국근대민족문학사』, 한길사, 1993.

김종길, 『시론』, 탐구당, 1965.

──, 『진실과 언어』, 일지사, 1974.

김진우, 『은유의 이해』, 나라말, 2005.

김학동, 『정지용 연구』, 민음사, 1987.

김학동 외, 『김광균 연구』, 국학자료원, 2002.

김환태, 『김환태 전집』, 현대문학사, 1972.

남기혁, 『언어와 풍경: 한국 현대시의 다양한 시선과 표정』, 소명출판, 2010.

문덕수, 『한국 모더니즘시 연구』, 시문학사, 1981.

문혜원, 『한국 현대시와 모더니즘』, 신구문화사, 1996.

문혜윤, 『문학어의 근대』, 소명출판, 2008.

박성창, 『수사학과 현대 프랑스 문화이론』, 서울대학교 출판부, 2002.

박종성, 『탈식민주의에 대한 성찰』, 살림, 2006.

박천홍, 『매혹의 질주, 근대의 횡단』, 산처럼, 2003.

박철희, 『한국시사연구』, 일조각, 1982.

박현수, 『시론』, 예옥, 2011.

방민호, 『채만식과 조선적 근대문학의 구상』, 소명출판, 2001.

백철, 『신문학사조사』, 민중서관, 1950.

서준섭, 『한국 모더니즘 문학 연구』, 일지사, 1988.

손병희, 『정지용 시의 형태와 의식』, 국학자료원, 2007.

송욱, 『시학평전』, 일조각, 1963.

신범순, 『한국 현대시의 퇴폐와 작은 주체』, 신구문화사, 1998.

심경호, 『한국 한시의 이해』, 태학사, 2000.

심경호, 『한시기행』, 이가서, 2005.

심원섭, 『한일 문학의 관계론적 연구』, 국학자료원, 1998.

양왕용, 『정지용 시연구』, 삼지원, 1988.

오세영, 『20세기 한국현대시 연구』, 일지사, 1990.

───, 『한국 근대문학론과 근대시』, 민음사, 1996.

───, 『문학과 그 이해』, 국학자료원, 2003.

유평근 · 진형준, 『이미지』, 살림, 2001.

윤여탁, 『시의 논리와 서정시의 역사』, 태학사, 1995.

이각규, 『한국의 근대박람회』, 커뮤니케이션북스, 2010.

이경민, 『경성, 사진에 박히다』, 산책자, 2010.

───, 『경성, 카메라 산책』, 아카이브북스, 2012.

이미순, 『한국문학과 모더니즘』, 한양출판사, 1994.

───, 『김기림의 시론과 수사학』, 푸른사상사, 2007.

이숭원, 『20세기 한국시인론』, 국학자료원, 1997.

───, 『정지용 시의 심층적 탐구』, 태학사, 1999.

───, 『그들의 문학과 생애─김기림』, 한길사, 2008.

임형택 · 최원식 편, 『한국근대문학사론』, 한길사, 1982.

전홍실 편역, 『에즈러 파운드 시와 산문선』, 한신문화사, 1995.

정기철, 『상징 은유 그리고 이야기』, 문예출판사, 2002.

정민, 『한시미학산책』, 휴머니스트, 2010.

조연현, 『한국현대문학사』, 성문각, 1969.

조영복, 『문인기자 김기림과 1930년대 '활자─도서관'의 꿈』, 살림, 2007.

주은우, 『시각과 현대성』, 한나래, 2003.

최동호 외, 『정지용의 문학 세계 연구』, 깊은샘, 2001.

───, 『다시 읽는 정지용 시』, 월인, 2003.

───, 『그들의 문학과 생애─정지용』, 한길사, 2008.

한영옥, 『한국 현대 이미지스트 시인 연구』, 푸른사상사, 2010.

姜尚中,『오리엔탈리즘을 넘어서』, 이경덕 · 임성모 역, 이산, 2002.

小森陽一,『포스트콜로니얼』, 송태욱 역, 삼인, 2002.

眞田博子,『최초의 모더니스트 정지용』, 역락, 2002.

若林幹夫,『지도의 상상력』, 정선태 역, 산처럼, 2002.

李孝德,『표상공간의 근대』, 박성관 역, 소명출판, 2001.

平賀政子,『은유와 도상성』, 최영호 역, 연세대학교 출판부, 2007.

劉勰,『문심조룡』, 최동호 역, 민음사, 1994.

Aristoteles,『시학』, 천병희 역, 문예출판사, 2002.

Cooper, Jean C.,『그림으로 보는 세계문화상징사전』, 이윤기 역, 까치, 2007.

Cruise, D.A. · Croft, William,『인지언어학(Cognitive Linguistics)』, 김두식 · 나익
주 역, 박이정, 2010.

De-Syon, Guillaume,『비행선, 매혹과 공포의 역사』, 박정현 역, 마티, 2005.

Eliade, M.,『종교형태론』, 이은봉 역, 한길사, 2002.

Günzel, Stephan,『토폴로지』, 이기흥 역, 에코리브르, 2010.

Harvey David,『포스트모더니티의 조건』, 구동회 · 박영민 역, 한울, 1994.

Lakoff, G. · Turner, M.,『시와 인지』, 이기우 · 양병호 역, 한국문화사, 1996.

Lévi-Strauss, C.,『슬픈 열대』, 박옥줄 역, 한길사, 1995.

Omong, J.,『이마주』, 오정민 역, 동문선, 2006.

Relph, E.,『장소와 장소상실』, 김덕현 외 역, 논형, 2008.

Richards, I.A.,『수사학의 철학』, 박우수 역, 고려대학교 출판부, 2001.

Said, W. Edward,『문화와 제국주의』, 박홍규 역, 문예출판사, 2005.

Sandra Pena, M.,『은유와 영상도식』, 임지룡 외 역, 한국문화사, 2006.

Sartre, Jean-Paul,『상상계』, 윤정임 역, 에크리, 2010.

Schwartz, V.R.,『구경꾼의 탄생』, 노명우 · 박성일 역, 마티, 2006.

Silverman, Kaja,『월드 스펙테이터』, 전영백과 현대미술연구회 역, 예경, 2010.

Simms, Karl,『해석의 영혼 폴 리쾨르』, 김창환 역, 엘피, 2009.

Johnson, M.,『마음 속의 몸』, 노양진 역, 철학과현실사, 2000.

Wittgenstein, L.,『철학적 탐구』, 이영철 역, 책세상, 2006.

Childers, J. · Hentiz, G.,『현대문학 · 문학비평 용어사전』, 황종연 역, 문학동네,
1999.

Hulme, T.E., *Speculations: essays on humanism and the philosophy of art*, ed. Hervert

Read, United Kingdom: Routledge & Kegan Paul, 1924[(1977 reprinted)].

Richards, I.A., *The Philosophy of Rhetoric*, Oxford: Oxford University Press, 1936.

Ricoeur, Paul, *La métaphore vive*, Paris: Seuil, 1975.

Ricoeur, Paul, *The Rule of Metaphor: Multi-Disciplinary Studies of the Creation of Meaning in Language*, Trans. Robert Czerny with Kathleen McLaughlin and John Costello, Toronto: University of Toronto Press, 1977.

Coffman, Stanley K., *Imagism: a chapter for the history of modern poetry*, Norman: Univ. of Oklahoma Press, 1951.

Whellwright. P.E., *Metaphor and Reality*, Bloomington: Indiana University Press, 1962.

3. 논문

곽명숙, 「김기림의 시에 나타난 여행의 감각과 의미」, 『한국시학연구』 21집, 한국시학회, 2008.

권오만, 「정지용 시의 은유 검토」, 『시와시학』 14호, 시와시학사, 1994. 여름.

김명리, 「지용 시어의 분석적 연구」, 동국대학교 석사학위 논문, 2001.

김시태, 「기교주의 논쟁고」, 『제주교육대학교 논문집』 8집, 제주대학교, 1977.

김신정, 「정지용 시 연구」, 연세대학교 박사학위 논문, 1999.

김신정, 「'시어의 혁신'과 '현대시'의 의미―김영랑, 정지용, 백석을 중심으로」, 『상허학보』 4집, 상허학회, 1998.

김예리, 「김기림 시론에서의 모더니티와 역사성의 문제」, 『한국현대문학연구』 31집, 한국현대문학회, 2010.

──, 「김기림의 예술론과 명랑성의 시학 연구」, 서울대학교 박사학위 논문, 2011.

──, 「1930년대 한국 모더니즘 문학에 나타난 시각 체계의 다원성」, 『상허학보』 34집, 상허학회, 2012.

──, 「정지용의 시적 언어의 특성과 꿈의 미메시스」, 『한국현대문학연구』 36집, 한국현대문학회, 2012.

김용희, 「정지용 시에서 은유와 미적 현대성」, 『한국문학논총』 35집, 한국문학회,

2003.

김유중, 「김기림의 역사관, 문학관과 일본 근대 사상의 관련성」, 『한국현대문학연구』 26집, 한국현대문학회, 2008.

김준환, 『『황무지』와『비엔나 읽기』:『기상도』의 풍자적 장치들」, 『T.S. 엘리엇 연구』 18집, 한국T.S.엘리엇학회, 2008.

김태석, 「기교주의 논쟁 발단에 담긴 내포적 의미」, 『국문학논집』 17집, 단국대학교 국어국문학과, 2000.

나민애, 「모더니즘의 본질과 시의 본질에 대한 논리적 충돌」, 『한국현대문학연구』 32집, 한국현대문학회, 2010.

나희덕, 「1930년대 모더니즘 시의 시각성 : '보는 주체'의 양상을 중심으로」, 연세대학교 박사학위 논문, 2006.

남기혁, 「정지용 초기시의 '보는' 주체와 시선(視線)의 문제」, 『한국현대문학연구』 26집, 한국현대문학회, 2008.

──, 「정지용 중·후기시에 나타난 풍경과 시선, 재현의 문제」, 『국어문학회』 47집, 국어문학회, 2009.

류순태, 「1950년대 한국 모더니즘 시의 표상 연구」, 서울대학교 박사학위 논문, 1999.

문혜원, 「김기림의 시론 연구」, 『한국의 현대문학』 2집, 한국현대문학회, 1993.

──, 「김기림 시론에 나타나는 인식의 전환과 형태 모색」, 『한국문학이론과 비평』 23집, 한국문학이론과 비평학회, 2004.

──, 「1930년대 주지주의 시론 연구」, 『우리말글』 30집, 우리말글학회, 2004.

박노균, 「정지용과 김광균의 이미지즘 시」, 『개신어문연구』 8집, 개신어문학회, 1991.

박재열, 「이미지즘」, 『영어영문논총』 2집, 경북대학교 영어영문학 연구회, 1982.

박성창, 「근대 이후 서구수사학 수용에 관한 고찰─김기림과 I.A. 리차즈를 중심으로」, 『비교문학』 41집, 한국비교문학회, 2007.

박영순, 「Ezra Pound의 이미지즘 시학 연구」, 『인문사회과학연구』 10집, 공주대학교 인문사회과학연구소, 1995.

박종석 외, 「대한제국 후기부터 일제 식민지 초기(1906~1915년)까지 사용되었던 과학 교과용 도서의 조사 분석」, 『한국과학교육학회지』 18권 1호, 한국과학교육학회, 1998.

박진숙, 「식민지 근대의 심상지리와 『문장』과 기행문학의 조선표상」, 민족문학사연구소 편, 『조선적인 것의 형성과 근대문화담론』, 소명출판, 2007.

박현수, 「1920년대 동인지의 '영혼'과 '화원'의 의미」, 『어문학』 90집, 한국어문학회, 2005.

방민호, 「감각과 언어 사이, 그 메울 수 없는 간극의 인식」, 이숭원 외, 『시의 아포리아를 넘어서』, 이룸, 2001.

백운복, 「1930년대 한국 이미지즘과 主知的 文學論 연구」, 『인문과학연구』 4집, 서원대학교 인문과학연구소, 1995.

서동목, 『고시조 문학에 나타난 천체 연구』, 경희대학교 석사학위 논문, 1982.

서영채, 「최남선과 이광수의 금강산 기행문에 대하여」, 『민족문학사연구』 24집, 민족문학사학회, 2004.

소래섭, 「정지용의 시 「유선애상」의 소재와 의미」, 『한국현대문학연구』 20집, 한국현대문학회, 2006.

송기한, 「김기림 문학 담론에 나타난 과학과 유토피아 의식」, 『한국현대문학연구』 18집, 한국현대문학회, 2005.

신범순, 「30년대 모더니즘에서 '산책가'의 꿈과 재현의 붕괴―한국 모더니즘의 새로운 이해를 위하여(상)」, 『시와시학』 1991. 가을.

―――, 「30년대 모더니즘에서 '산책가'의 꿈과 재현의 붕괴―한국 모더니즘의 새로운 이해를 위하여(하)」, 『시와시학』 1991. 겨울.

―――, 「김기림의 근대성 추구에 있어서 '작은자아' '군중' 그리고 '가슴'의 의미」, 김용직 편, 『모더니즘 연구』, 자유세계, 1993.

―――, 「정지용 시에서 '헤매임'과 산문 양식의 문제」, 『한국현대문학연구』 5집, 한국현대문학회, 1997.

―――, 「정지용 시에서 '詩人'의 초상과 언어의 특성」, 『한국현대문학연구』 6집, 한국현대문학회, 1998.

―――, 「정지용의 시와 기행산문에 대한 연구―혈통의 나무와 德 혹은 존재의 平靜을 향한 여행」, 『한국현대문학연구』 9집, 한국현대문학회, 2001.

―――, 「원초적 시장과 레스토랑의 시학―야생의 식사를 향하여」, 『한국현대문학연구』 12집, 한국현대문학회, 2002.

―――, 「식당의 시학―이상과 김기림」, 『천년의시작』 2권 2호, 2003.5.

오세영, 「김기림의 '과학으로서의 시학'」, 『한민족어문학』 41집, 한민족어문학회,

2002.

오태환, 「『파라솔』의 비유 관계와 의미구조 연구」, 『어문논집』 57집, 민족어문학회, 2008.

유종호, 「한국 시의 20세기⑵—두 개의 축」, 『세계의 문학』, 민음사, 2006. 겨울.

윤의섭, 「정지용 시의 시간의식 연구」, 아주대학교 박사학위 논문, 2005.

이광호, 「김기림 시에 나타난 근대성에 대한 시선」, 『어문연구』 153집, 한국어문연구회, 2012.

이민호, 「김기림의 역사성과 텍스트의 근대성」, 『한국문화이론과 비평』 23집, 한국문화이론과 비평학회, 2004.

이상오, 「정지용 시의 자연 은유 고찰」, 『한국현대문학연구』 16집, 한국현대문학회, 2004.

―――, 「정지용 시의 풍경과 감각」, 『정신문화연구』 28집 1호, 한국학중앙연구원, 2005.

이수정, 「정지용 시에서 '시계'의 의미와 '감각'」, 『한국현대문학연구』 12집, 한국현대문학회, 2002.

이윤경, 「폴 리쾨르의 은유이론 연구―『살아 있는 은유』를 중심으로」, 서울대학교 석사학위 논문, 2010.

이은실, 「T. S. 엘리엇의 『황무지』와 김기림의 『기상도』」, 『T. S. 엘리엇 연구』 21집, 한국T. S.엘리엇학회, 2011.

이 철, 「에즈라 파운드의 이미지즘 연구」, 『영어영문학』 14집, 한국강원영어영문학회, 1995.

이숭원, 「한국근대시의 자연표상 연구」, 서울대학교 박사학위 논문, 1986.

이형권, 「정지용 시의 '떠도는 주체'와 감정의 차원」, 『한국문학이론과 비평』 19집, 한국문학이론과 비평학회, 2003.

장 경, 「문학 해석과 창조적 은유―뽈 리꾀르의 문학이론을 중심으로」, 『불어불문학연구』 33집, 한국불어불문학회, 1996.

장경렬, 「이미지즘의 원리와 '시화일여'의 시론―정지용과 에즈라 파운드, 그리고 이미지즘」, 『작가세계』 11집 4호, 1999.

정문선, 「한국 모더니즘 시 화자의 시각체제 연구」, 서강대학교 박사학위 논문, 2002.

―――, 「자아, 주체, 그리고 시점공간」, 『현대문학의 연구』 29집, 한국문학연구학

회, 2006.

정효구, 「정지용 시의 이미지즘과 그 한계」, 김용직 편, 『모더니즘 연구』, 자유세계, 1993.

조영복, 「1930년대 문학의 테크널러지 매체의 수용과 매체 혼종」, 『어문연구』 37권 2호, 한국어문연구회, 2009.

─────, 「정지용의 「파라솔/明眸」연구」, 『한국현대문학연구』 36집, 한국현대문학회, 2012.

지영래, 「사르트르의 상상력 이론과 미술 비평─자코메티의 경우」, 『프랑스문화예술연구』 21집, 프랑스문화예술학회, 2007.

진수미, 「정지용 시 은유 연구」, 서울시립대학교 석사학위 논문, 1994.

최호진, 「은유의 지평─폴 리꾀르의 은유해석학에 대한 기원적 고찰」, 장로회신학대학교 석사학위 논문, 2007.

한계전, 「한국 근대 시론형성에 관한 연구」, 서울대학교 박사학위 논문, 1982.

허병식, 「식민지 조선과 '신라'의 심상지리」, 황종연 편, 『신라의 발견』, 동국대학교 출판부, 2008.

현영민, 「에즈라 파운드의 이미지스트 시학」, 『현대영어영문학』 47집 1호, 한국현대영어영문학회, 2003.

홍은택, 「영미 이미지즘 이론의 한국적 수용 양상」, 『국제어문』 27집, 국제어문학회, 2003.

황종연, 「정지용의 산문과 전통에의 지향」, 『한국문학연구』 10집, 동국대학교 한국문학연구소, 1987.

황현산, 「정지용의 '누뤼'와 '연미복의 신사'」, 『현대시학』, 2000.4.

황호덕, 「경성지리지, 이중언어의 장소론」, 『대동문화연구』 51집, 성균관대학교 대동문화연구원, 2005.

眞田博子, 「정지용 재평가의 가능성」, 한국현대문학회 2009년 제1차 전국학술발표대회, 2009.

藤石貴代, 「김종한과 국민문학」, 『사이間』, 2002. 가을.

Ricoeur. Paul, 'The Metaphorical Process as Cognition, Imagination, and Feeling', ed. Sheldon Sacks, *On Metaphor*, Chicago: University of Chicago Press, 1979.

찾아보기

인명, 용어

1930년대 '조선적 이미지즘'의 시대

작품, 도서, 매체

찾아보기

1930년대 '조선적 이미지즘'의 시대

◆◆◆ 나민애 羅民愛

1979년 충남 공주에서 태어나 서울대학교 국어국문학과 및 같은 대학원을 졸업했다. 2007년 『문학사상』 신인문학상으로 평론 활동을 시작했다. 주요 평론으로 「잡음의 세계에서 '푼크툼'을 건지다」 「여원 신화에 대처하는 우리의 자세」 「무성성의 사랑과 병중의 치유법—김남조론」 「여성 시학의 갈래화를 위하여」 등이, 주요 논문으로 「'지식인-시인'의 시적 과제와 이상(理想)—시인 신석초의 경우」 「『맥』지와 함북 경성(鏡城)의 모더니즘—경성(京城) 모더니즘의 이후와 이외」 「1930년대 후반 『시학』지와 신세대 시인의 시적 이상」 등이, 편저로 『신석초 시선집』 『광장으로 가는 길』(공편) 등이 있다. 현재 서울대학교 기초교육원 강의교수로 있으며 『동아일보』에 「시가 깃든 삶」을 연재하고 있다.

1930년대 '조선적 이미지즘'의 시대

인쇄 · 2016년 6월 27일
발행 · 2016년 7월 5일

지은이 · 나민애
펴낸이 · 한봉숙
펴낸곳 · 푸른사상사

편집 · 지순이, 김선도 | 교정 · 김수란
등록 · 1999년 7월 8일 제2-2876호
주소 · 경기도 파주시 회동길 337-16(서패동 470-6) 푸른사상사
　　　서울시 중구 을지로 148 중앙데코플라자 803호
대표전화 · 031) 955-9111~2 | 팩시밀리 · 031) 955-9114
이메일 · prun21c@hanmail.net
홈페이지 · http://www.prun21c.com

ⓒ 나민애, 2016
ISBN 979-11-308-0659-4 93810
값 26,000원

현대문학연구총서 **43**

1930년대 '조선적 이미지즘'의 시대

The period of 'Joseon style Imagism', in 1930's
— Focusing on Jeong Jiyong and Kim Gilim